Sarah Bailey

Die Namen der Toten

Kriminalroman

Aus dem Englischen
von Stefan Lux

PENGUIN VERLAG

MIX
Papier aus verantwortungsvollen Quellen
FSC® C014496
FSC www.fsc.org

Verlagsgruppe Random House FSC® N001967

PENGUIN VERLAG

2. Auflage 2018

Originaltitel des Romans: »All The Lost Ones«

Covergestaltung: www.buerosued.de
Covermotiv: Arcangel/Laurence Chellali
Satz: Uhl + Massopust, Aalen
Druck und Bindung: GGP Media GmbH, Pößneck
Printed in Germany
ISBN 978-3-328-10174-1
www.penguin-verlag.de

Dieses Buch ist auch als E-Book erhältlich.

Sarah Bailey hat Kriminologie und Angewandte Psychologie studiert. Sie ist verheiratet, hat einen Sohn und lebt in Tunbridge Wells, einer Kleinstadt im Südosten Englands, wo auch ihre Krimireihe um Detective Richard Vega spielt. *Die Namen der Toten* ist ihr erster Roman.

Besuchen Sie uns auf www.penguin-verlag.de
und Facebook.

1

Samstagnachmittag

Deanos Haare waren immer noch feucht vom Pool. Um die Kälte zu vertreiben, rieb er sich mit der Hand über den Kopf. Zum fünften Mal tippte er die Nummer seines Bruders in sein Handy.

»Komm schon, Reese … Nimm ab. Bitte.«

Einmal mehr wurde er zur Mailbox weitergeleitet. Während Deano seine Nachricht aufsprach, hörte er das Echo seiner eigenen Stimme im Headset mit einer halben Sekunde Verzögerung. Sie klang höher, als er sie normalerweise wahrnahm. Jünger. Er bemühte sich, möglichst cool zu klingen, ohne Erfolg.

»Hör mal, Mann, es tut mir leid, was ich gemacht hab, klar? Vor allem wenn ich dich dadurch in Schwierigkeiten gebracht hab. Ich wollte dich nicht in irgendeine Scheiße reinreiten. Ich hab mir einfach Sorgen um dich gemacht. Es war gut gemeint. Das weißt du doch, oder?« Deano schickte einen Tritt ins Leere, zog die Schultern hoch und wartete auf eine Antwort, die nicht kam. »Na ja, egal. Rufst du mich zurück? Hab dich lieb.«

Er legte auf und schämte sich bereits für die letzten drei Worte, die ihm einfach herausgerutscht waren.

Seine Augen brannten immer noch vom Chlor. Er rieb sie sich mit den Handknöcheln, zwinkerte energisch und entdeckte sein Spiegelbild in der glänzenden Fassade des Sportcenters.

Er sah immer noch ganz normal aus. Einfach ein Teenager in einer Puffa-Jacke mit eingesteckten Ohrhörern und dem unvermeidlichen finsteren Blick im Gesicht. Trotzdem würden die Leute es merken. Es war, als hätte sich in seinen Körperzellen etwas verändert. Als wäre er am Verfaulen und man könnte es riechen.

Die Leute verstanden ihn grundsätzlich falsch. Die einzige Ausnahme war immer sein älterer Bruder gewesen, bis jetzt jedenfalls, bis jetzt, da es darauf ankam.

Deano warf sich seinen in Signalfarben gehaltenen Rucksack über die Schulter und schloss sein Fahrrad auf. Zehn Minuten später raste er die schmale Straße entlang, die ihn nach Hause bringen würde. Zu beiden Seiten ragten Hecken auf. Eine Amsel ließ ihren schrillen Warnruf hören. Er trieb sich an. Schneller, immer schneller, bis er die Geschwindigkeit und den Gegenwind für seine Tränen verantwortlich machen konnte.

Man spricht nicht mit der Polizei. Dad hatte es ihnen beiden immer und immer wieder eingetrichtert, seit sie laufen konnten. *Man verrät ihnen nie etwas. Sie drehen einem die Worte im Mund herum. Und dann lochen sie einen ein.*

Aber jetzt war Dad weg. Dad war weg, Mum war zu nichts zu gebrauchen, und Reese ging vor die Hunde. Was sollte er dagegen unternehmen? Etwa gar nichts?

Quatsch. Er liebte diesen schlaksigen Trottel viel zu sehr, um nichts zu unternehmen.

Deano hörte hinter sich das lauter werdende Geräusch eines Dieselmotors und wich an den Straßenrand aus, um das Fahrzeug vorbeizulassen. Er widmete dem Lieferwagen keinen weiteren Gedanken, bis das Hinterrad seines Fahrrads von der Stoßstange erfasst und er auf die Windschutzscheibe geschleudert wurde.

Ein Knirschen von Glas und das Kreischen von Metall. Mit einem harten Aufprall landete Deano auf dem löchrigen Asphalt und rollte weiter, bis er auf dem zerfurchten Gras am Straßenrand liegen blieb. Er starrte in den Wolkenwirbel am langsam dunkler werdenden Himmel und versuchte zu begreifen, was zum Teufel gerade geschehen war.

Durch die Wellen des ausgestoßenen Adrenalins hindurch nahm er den Schmerz wahr. Er bewegte sich vorsichtig und versuchte abzuschätzen, wie schwer seine Verletzungen waren. Gebrochen fühlte sich nichts an. Der Rucksack, in dem sein feuchtes Handtuch lag, hatte ihn offenbar geschützt, aber sein Helm lag zu Hause, am Fußende seines Bettes.

Mum würde ihn umbringen.

Mühsam richtete Deano sich auf und hielt sich die Rippen. Mit der Zunge fuhr er an den Zähnen entlang: der Geschmack von Kupfer und den Chemikalien aus dem Schwimmbad. In die Haut an seiner Wange hatten sich Kieselsteine gegraben. Er starrte den inzwischen stehen gebliebenen Lieferwagen an, an dessen Stoßstange sich sein BMX-Rad verfangen hatte.

Als er sich humpelnd dem Transit näherte, den linken Fuß hinter sich herziehend, trat Wut an die Stelle des Schocks. Der Fahrer stieg aus und marschierte mit schweren Stiefelschritten auf ihn zu.

»Sie haben es zu Schrott gefahren!« Deano starrte auf die Überreste seines Rades. »Sie haben Glück, dass ich verletzt bin, sonst würde ich Sie jetzt plattmachen!«

Deano war fünfzehn und der kleinste Junge in seiner Klasse. Der Fahrer neigte den Kopf zur Seite und lächelte ihn an, als hätte er eine witzige Bemerkung gemacht. Der

Mann war fett und blond und hatte schwere Augenlider. Er ging zurück zum Lieferwagen und öffnete die Türen zum Ladebereich.

»He! Sie Vollidiot! Ich rede mit Ihnen! Schauen Sie mich an! Schauen Sie mich an! Sie müssen es ersetzen, ich *brauche* mein Fahrrad!«

Der zweite Mann, der Beifahrer, stieg aus. Er war älter als der erste, wirkte aber fitter. Er hatte die Statur und die Haltung eines Mannes, der an harte Arbeit gewöhnt war. Und an handgreifliche Auseinandersetzungen. Deano richtete seine Konzentration jetzt auf ihn. Und dann erkannte er ihn.

Er hatte nicht erwartet, dass sie ihm so schnell auf die Spur kommen würden.

Er hatte sich für schlau gehalten.

Deano drehte sich um und rannte los, oder versuchte es jedenfalls. Der Schmerz lähmte sein linkes Bein, und sein Schädel schien zu brennen. Vor seinen Augen explodierten Lichter, grelle farbige Blitze, die ihm die Orientierung raubten. Doch er humpelte weiter, so schnell er konnte. Der Mann hinter ihm packte ihn bei den Haaren, zerrte ihn zu Boden und zog ihn dann auf den Lieferwagen zu. Deano trat wild um sich. Mit aller Macht versuchte er, wieder auf die Beine zu kommen und seine Haare aus dem Griff des Mannes zu befreien.

»Du verdammter Irrer, lass mich los!« Er zerrte an den Fingern des Mannes, bis sich ein kräftiger Arm im Würgegriff um seinen Hals legte. Deanos Augen fühlten sich an, als würden sie gleich herausspringen, und seine Zunge kam ihm mit einem Mal riesig vor. Seine Fersen wurden über den Boden geschleift, ohne irgendwo Halt zu finden. Er bekam keine Luft …

Er war jetzt beinahe schon im Transit. Er konnte das Öl bereits riechen, den blanken, vernieteten Boden sehen, doch nahm er außer dem Scharren von Füßen und dem Keuchen seines Atems auch das Brummen eines anderen Autos wahr, das sich ihnen näherte.

Wenn es vorbeikäme, würde der Fahrer sehen, was hier vor sich ging. Er würde ihm helfen. Deano brauchte bloß dreißig Sekunden.

»Nichtsnutziges kleines Arschloch …!«

Deano brachte ein Lächeln zustande, das seine vom Blut geröteten Zähne zeigte. Sein ganzes Leben lang hatte man ihn immer wieder nichtsnutzig genannt. Er hatte sich nie davon beirren lassen, und damit würde er auch jetzt nicht anfangen. Wieder versuchte er, sich frei zu strampeln.

Der andere Mann hatte schon bereitgestanden, um die Türen hinter ihnen zuzuschlagen. Doch jetzt griff er ein. Er hielt eine Brechstange in der Hand. Deano sah ihn ausholen wie einen Golfer beim Abschlag.

Der erste Schlag brach ihm den Unterarm, der zweite das Schlüsselbein. Der dritte schickte ihn in die Dunkelheit, wenn auch nur kurz. Im Lieferwagen kam er wieder zu sich. Es war dunkel. Scharfe metallische Gerüche brannten in seiner Nase. Der Boden unter ihm schwankte und ließ ihn gegen ein Bündel mit Werkzeugen rollen. Er übergab sich und verlor erneut das Bewusstsein.

2

Ostermontag, abends

BIST DU HIER?? :D

Die Nachricht war die vierte, die Cherry ihm geschickt hatte. Richard Vega stand jetzt seit zwanzig Minuten draußen vor dem Musikclub, konnte sich aber nicht dazu aufraffen, hineinzugehen und ihr Gesellschaft zu leisten, noch nicht. Er würde warten, bis er sie spielen hörte, und dann erst hinaufgehen.

Der kleine Laden lag im ersten Stock eines Gebäudes mit einer georgianischen Säulenreihe. Er hatte einen unebenen Holzboden, eine schwer zugängliche Bar und kleine, dunkle Nischen, die durch zusätzliche Wände zwischen den tragenden Balken entstanden waren. Die Akustik war fragwürdig, und es war grundsätzlich gerammelt voll und heiß. Er hatte nicht wirklich Platzangst, er mochte einfach keine drängelnden Menschenmassen.

Nein, hier draußen gefiel es ihm besser. Zwischen den Bögen konnte er mehr Beobachter als Teilnehmer sein. Er zog seine Lederjacke enger um die Schultern und nahm einen Zug an seiner Selbstgedrehten.

Es war das Osterwochenende im wohlhabenden Kurort Royal Tunbridge Wells. Die Linden an der Kurpromenade The Pantiles waren mit Lichterketten geschmückt und die Pubs und Restaurants mit ihren prächtigen Fassaden hell erleuchtet. Die Gerüche und die Gespräche schwappten hinaus auf die gepflasterte Straße.

Die Temperatur lag nur knapp über dem Gefrierpunkt, aber The Pantiles war trotzdem voller junger Menschen, die das Geld ihrer Eltern unter die Leute bringen und richtig Dampf ablassen wollten. Und sei es auch nur für eine Nacht.

Vegas Blicke folgten dem Schauspiel, wobei er die Dealer aus London zu ignorieren versuchte, die sich dreist unter die Menge mischten. Er war nicht im Dienst. Er würde nicht einschreiten. Schließlich hatte er Cherry versprochen, sich ihr Konzert anzuhören, und auch wenn sie es nicht zugeben würde, war ihm klar, dass sie sich ziemlich Sorgen machte, wie es beim Publikum ankommen würde. Wenn es ihm gelang, sie ein wenig zu beruhigen, war das die überteuerten Getränke und sein Unbehagen in der jugendlichen Menge schon wert.

Aus den Fenstern oben drangen die ersten Fetzen Musik, also zog Vega ein letztes Mal an seiner Zigarette und machte sich bereit, in die erzwungene Intimität des Grey Lady einzutauchen.

Er stieg gerade die schmale Treppe hoch, als er ein vertrautes Summen in seiner Brusttasche spürte. Eigentlich hatte er heute Abend nicht darauf reagieren wollen. Doch die Macht der Gewohnheit ließ ihn einen Blick auf die Nummer des Anrufers werfen, noch bevor er überhaupt realisiert hatte, dass er sein Handy aus der Tasche gezogen hatte.

MIT – Murder Investigation Team.

Nein. Nicht heute Abend. Er ließ es klingeln, bis der Anrufer zur Mailbox durchgestellt wurde. Trotzdem machte es ihn kribblig. Er war fast dankbar, dass der Anrufer es ein zweites Mal versuchte, noch ehe er den ersten Treppenabsatz erreicht hatte. Hinter ihm bildete sich bereits eine Schlange, sodass er unter gemurmelten Entschuldigungen wieder nach draußen trat. Er nahm den Anruf am schmiedeeisernen Geländer an, von dem man den Lower Walk überblicken konnte und wo es ein bisschen ruhiger war.

»DS Vega.«

»Abend, Rich. Hier ist Phil. Sorry, Kumpel. Ich weiß, dass du heute Abend nicht dran bist …«

»Was kann ich für dich tun?«

»DI Rosen hat einen verdächtigen Todesfall, gleich an der Romford Road. Sie bittet um das Vergnügen deiner Gesellschaft. Scheinbar bin ich ihr nicht gut genug. Frechheit, was?«

»Was soll ich sagen, Phil? Die Frau hat Geschmack. Davon mal abgesehen, hast du irgendeine Idee, warum sie …« In diesem Moment wurde Vega klar, warum seine Vorgesetzte ihn wollte statt des genauso fähigen DS Phil Llewellyn, der heute Bereitschaft hatte.

Gleich an der Romford Road …

»Sprichst du von Spine Wood, Phil?«

»Zufälligerweise ja, warum?«

Spine Wood, ein ungepflegtes Wäldchen, das an brachliegendes Weideland grenzte. Ein unscheinbarer Flecken der Grafschaft Kent, jedenfalls bis vor sechs Jahren, als er grausige Berühmtheit erlangt hatte. Vega kannte ihn nur zu gut.

Er verlagerte sein Gewicht und spürte, wie seine Füße in den glatten Schuhen rutschten, bis seine langsam kälter werdenden Zehen vorne anstießen.

»Hallo?«, hörte er Phil in seinem linken Ohr. »Bist du noch da, Rich?«

»Ja. Ja, ich mache mich gleich auf den Weg«, erklärte

Vega. »Phil, alter Junge, was weißt du über das Opfer? Männlich, weiblich …«

»Jung, weiß, männlich.«

Um Gottes willen. Ein *Déjà-vu* der schlimmeren Sorte.

»Okay«, sagte er. »Gib Rosen Bescheid, dass ich bald da bin.«

»Mach ich. Und danke.«

»Klar. Kein Problem.«

Vega schaute noch einmal zurück zu der schmalen Treppe, die zum Grey Lady führte. Die Musik war gut für Cherrys Genesung, sie gab ihr einen Fokus. Das behauptete jedenfalls ihr Therapeut in seiner Wollstrickjacke.

Er schluckte seine Schuldgefühle herunter und machte sich auf den Weg. Er hatte ganz in der Nähe geparkt, in der Hoffnung, Cherry gleich nach Hause locken zu können, fort von den Versuchungen der obligatorischen After-Show-Party.

Sie würde heute Abend für sich selbst sorgen müssen.

Und er würde es wiedergutmachen, ein anderes Mal.

Detective Inspector Daria Rosen streckte Vega die Hand entgegen, kaum dass er ausgestiegen war. Bei dem knappen Händeschütteln konnte er durch die Wollhandschuhe hindurch ihre feinen Knochen und die kalte Haut spüren.

Rosen war lebhaft und engagiert, dennoch hielt sie stets ein Lächeln bereit. Sie konnte gut mit Leuten umgehen, vor allem mit den jüngeren Detectives. In einem anderen Leben hätte Vega sie sich als Direktorin einer angesehenen Mädchenschule vorstellen können. In diesem Leben hatte sie sich für die Toten entschieden, nicht für die Kinder. Heute Abend befürchtete er aber, dass es zu einer Überschneidung kommen würde.

»Danke fürs Kommen, Richard. Ich weiß das wirklich zu schätzen.«

»Es ist schlimm, oder?«

»Überhaupt nicht. Der Tatort ist ziemlich frisch und weitgehend unbeeinträchtigt. Ich bin optimistisch.«

Das hatte er nicht gemeint, aber er machte sich nicht die Mühe, sie zu korrigieren.

Sie befanden sich an einer schmalen Straße. Keine Laternen und zu beiden Seiten Wald. Polizeiwagen mit leise pulsierenden Blaulichtern sperrten die Straße in beide Richtungen ab.

Vega steckte seine Hände unter die Achseln, um sie vor der beißenden Kälte zu schützen. Die Nachtluft brannte in seinen Lungen, schien Rosen jedoch nicht das Geringste auszumachen.

»Also, wo ist der Tatort?«

»Die Böschung runter und dann ungefähr eine halbe Meile«, sagte sie. »Man muss ein bisschen klettern. Wir nähern uns aus dieser Richtung, um auf der Route, die der Täter wahrscheinlich genommen hat, keine Spuren zu verwischen.«

Nach einem Blick auf seine Schuhe runzelte sie die Stirn. »Hast du nichts Praktischeres dabei?«

»Nein …« Erst jetzt bemerkte Vega, dass Rosen Hunter-Gummistiefel über die Beine ihrer Anzughose gezogen hatte.

»Dann gehst du besser vor«, sagte sie. »Ich will nicht, dass du auf mich fällst.«

Vega ging mit seiner Vorgesetzten unter die Bäume am Waldsaum. Ihr Abstieg wurde durch totes Unterholz und das beinahe vertikale Gefälle der Böschung erschwert, doch irgendwer hatte die Idee gehabt, ein Abschleppseil um einen jungen Baum zu binden, sodass sie die Rutschpartie einigermaßen würdevoll bewerkstelligten.

»Du sagst, der Tatort ist noch frisch«, bemerkte er, als Rosen, die ihm geschickt gefolgt war, ihn auf einem Stück flacherem Gelände einholte. »Was schätzen wir, wie lange er schon hier liegt?«

»Ich will mich nicht festlegen, bevor Dr. Fleischer ihn sich angesehen hat, aber sicher nicht lange.« Aufrecht marschierte sie an der dunklen Linie der Bäume entlang auf das weiße Zelt der Spurensicherung zu. »Es gibt noch keine sichtbaren Zeichen der Verwesung, aber bei dieser Kälte …«

Bodennebel waberte über das Gras, und Vega fluchte, als er in einen Kaninchenbau trat. Zu spät warf Rosen ihm eine Taschenlampe zu. Eine junge Mitarbeiterin der Spurensicherung begrüßte sie und reichte ihnen das unerlässliche Outfit: blaue Handschuhe, weiße Anzüge, Überzüge für die Schuhe und eine Gesichtsmaske. Rosen tauschte ein paar Höflichkeitsfloskeln mit der Frau aus, während Vega sich schweigend umzog. Per Unterschrift bestätigten sie ihre Anwesenheit am Tatort, dann hielt die junge Frau ihnen die Zeltklappe auf und ließ sie gebückt eintreten.

Vega hielt sich die Hand vor die Augen. Nach der Dunkelheit draußen blendete ihn die Helligkeit im Zelt, und es dauerte einen Moment, bis seine Augen sich angepasst hatten. Die Leiche war auf den ersten Blick nicht zu sehen, da sich mehrere Forensiker über sie beugten. Während sie die Fasern und Staubkörnchen einsammelten, die später die Basis für eine Verurteilung bilden konnten, unterhielten sie sich mit ehrfürchtig gesenkten Stimmen.

Der Polizeifotograf trat zurück, um Platz für Vega zu

machen, der sich nun einen ersten Eindruck verschaffen konnte.

Der Junge lag auf einer dunklen Schicht alten Laubs. Automatisch registrierte Vega die gekräuselten Farntriebe, die sich ihren Weg durch die gefrorenen Schichten hindurch suchten.

»Hallo«, sagte er leise, als er sich neben die Leiche hockte. »Was ist dir zugestoßen?«

Der Junge war schlank und trug eine Puffa-Jacke und tief sitzende Jeans, unter denen die Gummibänder seiner Shorts hervorschauten. *Sackartig*, hatte Cherry diese Hosen einmal genannt, mit denen die jungen Leute wie Rapper aussehen wollten.

»Seine Turnschuhe sind ausgetreten, sie müssten aber teuer gewesen sein.«

»Da muss ich dir vertrauen«, sagte Rosen. »Ich kann keinen Manolo von einem … anderen Schuh unterscheiden.«

»Wir haben Glück, dass die Füchse sich noch nicht an ihm zu schaffen gemacht haben.« Vega beugte sich weiter vor, um das ramponierte Gesicht des Jungen besser sehen zu können. Dabei wurde sein Blick automatisch von den glasigen, milchigen Augen angezogen. »Wahrscheinlich war er ein gut aussehender Junge. Auch wenn es jetzt schwer ist, ihn sich lebendig vorzustellen, stimmt's?«

»Das ist es immer.«

Sein Gesicht war bleich, mit Ausnahme der den Boden berührenden Wange: Dort, wo sich das Blut nach dem Tod gesammelt hatte, war sie braunrot marmoriert. Der Junge hatte zahlreiche Verletzungen. Mehrere Knochen waren eindeutig gebrochen und zeichneten sich in bizarren Winkeln unter seiner Haut ab. Doch zwischen den

Abschürfungen und einer hässlichen Strieme entdeckte der Detective auch helle Sommersprossen und eine Windpockennarbe gleich unterhalb des Haaransatzes.

Merkmale des Jungen selbst, nicht dessen, was ihm angetan worden war.

»Dreizehn, vierzehn Jahre vielleicht?«, schätzte Vega.

»So ungefähr, ja.«

»Und Todesursache war die Kopfwunde?«, fragte er und schob das kastanienbraune Haar des Jungen ein Stück zur Seite. Die Wunde war gleichmäßig rund und hatte die Größe einer Zwei-Pfund-Münze. Die Schädeldecke war nach innen gesplittert und hatte Gehirnmasse freigelegt, die zäh wie Knetgummi geworden war. Der Jackenkragen des Jungen war mit altem Blut verkrustet, doch an den Blättern, auf denen er lag, befanden sich keine Blutspuren. »Es sieht nicht so aus, als wäre er hier gestorben. Glaubst du, man hat ihn hier nur abgelegt?«

»Ich schätze schon«, sagte Rosen. »Aber ehe Dr. Fleischer ihn gesehen hat …«

»Ja, ich weiß.« Vega richtete sich langsam auf und verschränkte die Finger hinter dem Kopf. Aus Solidarität schien er langsam Kopfschmerzen zu bekommen. »Der arme kleine Kerl.«

»Also …«, drängte ihn Rosen. »Stimmst du mir zu?«

»Wobei?«, fragte Vega, der vorerst lieber den Dummen spielen wollte.

»Stimmst du mir zu, dass Ähnlichkeiten zwischen diesem Jungen hier und Tom Healy bestehen? Er wurde getötet wie Healy. Hingelegt wie Healy. Vielleicht ein paar hundert Meter von der Stelle, an der Healy damals gefunden wurde … Es gibt Übereinstimmungen, meinst du nicht?«

Noch einmal betrachtete Vega den unbekannten Jungen. Die Hände, die mit Kabelbindern hinter seinem Rücken gefesselt waren, und das Loch an der Schädelbasis, das wie eine Schusswunde aussah, das aber keine war, wie er wusste.

»Ich würde sagen…«, begann er. Dann zögerte er die Antwort noch ein wenig hinaus und erkundete mit der Zungenspitze die Vertiefung in einem seiner Backenzähne. »Ich würde sagen, dass der Modus Operandi beinahe identisch ist. Aber Tom wurde nicht geschlagen. Das hier…«

Er ließ die Luft aus seinen Wangen entweichen. »Das ist eine ganz neue Dimension der Gewalt. Es ist eine viel widerlichere Art zu töten.«

DI Rosen hatte unwillkürlich den Atem angehalten und ließ ihn jetzt wieder entweichen. Vega wusste nicht, ob er ihr die Antwort gegeben hatte, die sie hatte hören wollen.

»Erzähl mir mehr von Tom. Könnte es sich um dieselbe Mordwaffe handeln?«

»Möglich«, räumte Vega ein. Nach einem weiteren Blick in die halb geöffneten Augen des Jungen spürte er Mitleid aufwallen. »Weil die Kopfwunde so klar abgegrenzt war, glaubten wir ganz am Anfang, Tom wäre mit einer Pistole erschossen worden. Eine Zeitlang wurde über einen Mord im Stil einer Exekution spekuliert, was angesichts des Opfers keinen Sinn ergab – ein elfjähriger Junge aus einer normalen Familie ohne nennenswertes Vermögen oder kriminelle Verbindungen.«

»Aber es war keine Schusswunde, oder?«

»Nicht im eigentlichen Sinn. Sie wurde von einer aufgesetzten Bolzenschusspistole verursacht.«

»Das sind die Waffen, mit denen Schweine und Rinder betäubt werden, oder?«

»In erster Linie, ja«, sagte Vega. »Normalerweise zielen die Schlachter damit auf die Stelle am Hinterkopf, von der aus die komplette Motorik koordiniert wird, wobei sie versuchen, den Hirnstamm unbeschädigt zu lassen.«

»Also stirbt das Tier nicht, jedenfalls nicht gleich.«

»Genau. Es verblutet einfach.«

Rosen schlug auf ihre Oberschenkel und stand auf. »Na denn. Lassen wir die guten Leute hier ihre Arbeit machen. Bitten Sie Fleischer, mir so schnell wie möglich ein paar Zeilen zu schreiben«, sagte sie und berührte die jüngste Mitarbeiterin der Spurensicherung leicht an der Schulter. Die junge Frau nickte eifrig und bekam ein Lächeln von Rosen als Dankeschön.

Vega hatte bemerkt, dass Rosen oft so vorging. Sie vertraute jungen Kollegen Aufgaben an, um deren Selbstvertrauen zu stärken. Und in einer Nacht wie dieser konnte ein wenig Selbstvertrauen nicht schaden. Vega folgte seiner Vorgesetzten hinaus in die Dunkelheit.

»Du weißt sicher, dass ein Junge namens Shane Johnson für den Mord an Tom verurteilt wurde?«, fragte Vega und warf Rosen einen Blick zu. Sie legten ihre Schutzkleidung ab. Er faltete den papierähnlichen weißen Anzug präzise zusammen, während sie ihren einfach an Ort und Stelle liegen ließ.

»Ja«, sagte sie. »Er war noch ziemlich jung, oder?«

»Er war gerade erst zwölf geworden und bekam sechs Jahre, was die höchste Strafe war, die wir erwarten konnten. Toms Eltern waren zufrieden damit.«

»Und Shane wurde vor vierzehn Tagen aus der Jugendstrafanstalt in Rochester entlassen?«

»Genau. So viel zum Thema Zufall.«

»Bish hat mich sofort beim zuständigen Bewährungshelfer anrufen lassen, als wir von den Einzelheiten dieses Mordes hier erfahren haben«, sagte Rosen. »Shane muss als Teil seiner Bewährungsauflagen einen Sender tragen. Sie sind sicher, dass er sich seit seiner Entlassung nie mehr als eine Meile von seinem Wohnsitz entfernt hat.«

»Hmm. Dann wünsche ich seinen neuen Nachbarn viel Glück.«

»Vielleicht ist er rehabilitiert.«

»Ja, vielleicht.«

Es war nicht der komplizierteste Fall gewesen, in dem Vega je ermittelt hatte. Sie hatten Shane Johnson innerhalb der ersten Woche nach der Tat als möglichen Verdächtigen ins Auge gefasst und ihn binnen acht Wochen der Staatsanwaltschaft übergeben. Es war ein guter, solider Fall mit genügend forensischen Beweisen gewesen, um die Geschworenen zu überzeugen. Die hatten dann auch nur wenige Stunden für ihre Beratung gebraucht, ehe sie auf schuldig erkannt hatten. Der Gerechtigkeit war in jeder Hinsicht Genüge getan.

Trotzdem hatte Vega sich mit dem Ergebnis nie wirklich wohlgefühlt. Oder vielleicht lag es gar nicht am Ergebnis, sondern an der Geschichte hinter dem Fall, die ihm nie wirklich schlüssig erschienen war.

Jeder Mord war sinnlos. Das hatte er – hatten sie alle – schon nach kurzer Zeit in diesem Beruf begriffen. Und trotzdem hatte im Healy-Fall irgendetwas nie richtig gepasst. Bis heute hatten sie ein entscheidendes Detail nicht begriffen, das jedenfalls vermutete er. Doch mit solchen Vermutungen kam man nicht weit, man konnte sie nur vor sich hin schwären lassen und hoffen, dass sie sich nicht zu etwas Schlimmerem entwickelten.

Schweigend näherten sie sich wieder der Straße. Der Boden war gefroren und ließ ihre Schritte hohl klingen. Beim Ausatmen schienen frostige kleinen Wölkchen vor ihnen zu explodieren.

»Ich konnte die Akte bisher nicht komplett durcharbeiten. Wie hat das Team Shane damals überführt?«, fragte Rosen, als sie die Böschung erreicht hatten.

»Zuerst haben wir die Höfe und Schlachthäuser abgeklappert, um die Arbeiter zu befragen«, erklärte Vega. »Wir haben deren Namen mit Jungen aus Toms Bekanntenkreis abgeglichen und sind dadurch auf Sean Johnson gestoßen, den Vater von Shane Johnson. Tom war mit Shane in der gleichen Schulklasse. Der Vater hatte die Bolzenpistole von der Arbeit mit nach Hause gebracht, um in seiner Stammkneipe damit anzugeben, also ist unser Verdacht zunächst auf ihn gefallen. Wie sich herausgestellt hat, hatte er für die Tatzeit aber ein ziemlich solides Alibi – er war mit seinen Kumpels zum Feiern irgendwo auf Lanzarote oder in Magaluf. Und so haben wir Shane eingelocht.«

»Wir sollten durchgehen, was seinerzeit in der Presse veröffentlicht wurde«, sagte Rosen. »Um zu klären, welche Details öffentlich gemacht wurden. Anlässlich von Shanes Entlassung ist kürzlich noch einmal über den Fall berichtet worden.«

»Du glaubst, der Mord könnte auf das Konto eines Nachahmungstäters gehen?«

Sie zuckte die schmalen Schultern. »Es wäre ungewöhnlich, aber so etwas ist schon vorgekommen.«

Vega nickte. Er hatte die Daumen in seine Jackentaschen

gehakt. Rosen griff nach dem Abschleppseil und setzte einen Fuß auf die Böschung, bereit zum Aufstieg.

»Da ist noch etwas«, sagte Vega wider besseres Wissen. »Shane hat uns nie verraten, warum er es getan hat. Nach allem, was wir gehört haben, waren Tom und er Freunde. Natürlich haben sie sich hin und wieder mal geprügelt, aber ihre Lehrer beschrieben sie als unzertrennlich. Shanes Verteidiger versuchte damals, den Vorfall als aus dem Ruder gelaufenes Spiel hinzustellen, aber das hat mich nie überzeugt.«

»Wer war damals der Ermittlungsleiter?« Rosen ließ das Seil wieder los und wandte sich zu ihm um. »DCI Keogh, stimmt's?«

»Ja. Er arbeitet inzwischen in Manchester.«

»War er mit der Erklärung zufrieden? Dass Johnson die Kontrolle verloren hat und Toms Tod letztlich unbeabsichtigt war?«

»Ja, er war damit zufrieden.«

»Und Bish ebenfalls?«

»Ja.«

Rosen nickte und sagte weiter nichts dazu. Vega wusste, was das bedeutete: Sie gab Keogh recht, was er ihr nicht verübeln konnte. Rosen griff erneut nach dem Seil und begann mit dem Aufstieg. Vega folgte ihr und genoss den Anblick.

»Dein Pilates macht sich langsam bezahlt, was, Dar?«

»Benimm dich.«

Schließlich erreichten sie die Straße, auf der zu beiden Seiten weiterhin die Blaulichter blinkten. Rosen setzte sich seitlich in ihren Wagen und zerrte an den Gummistiefeln. Vega nahm eine Selbstgedrehte aus seiner Tabaksdose und registrierte im Augenwinkel, wie sie den schmalen, elegant geformten Fuß in einen ihrer schwarzen Lederpumps schob. Sie trug Strümpfe und musste unweigerlich frieren, doch man merkte ihr nichts davon an.

»Der Look gefällt mir übrigens«, sagte Rosen und deutete auf das fliederfarbene Paisley-Hemd, das er unter seinem normalen Anzug und der Lederjacke trug. »Ziemlich trendig.«

»Es ist furchtbar, und das weißt du genau.«

»Ein bisschen verspielter als dein üblicher Stil.«

»Hmm. Cherry hat es für mich gekauft. Ich hätte es unhöflich gefunden, es nicht wenigstens einmal zu tragen, ehe ich es in den Second-Hand-Laden einer Wohltätigkeitsorganisation bringe.«

»Geht es ihr gut?«, fragte Rosen. »Wie ist ihr Auftritt gelaufen?«

»Ich weiß nicht.«

»Oh, verdammt, wie gedankenlos. Tut mir leid.«

»Ah, nicht nötig. Sie ist ein gutes Mädchen und weiß, wie es läuft.« Vega richtete den Blick starr geradeaus. »Sie vermisst dich.«

Rosen versuchte, sich mit den Fingern durch die Haare zu fahren, doch ihre zerzauste Frisur, mehr Krauskopf als Lockenpracht, wollte sich nicht bändigen lassen.

»Woran arbeitest du im Augenblick, Richard?«

»An einer Serie von Sexualstraftaten in der Gegend des West Kent College.«

»Irgendetwas Ernsthaftes?«

»Es sind Sexualstraftaten, Dar, das ist immer ernst.«

»Trotzdem hätte ich dich mindestens für die ersten paar Wochen gern in meinem Team«, sagte sie. »Gib deinen Fall weiter ans Priority Crime Team.«

»Ja, Ma'am«, sagte Vega und salutierte halbherzig. Sie

musterte ihn mit einem Ausdruck, der ihm vertraut war: als wäre er ein herumstreunender Hund, von dem sie nicht wusste, ob er beißen würde oder nicht.

Inzwischen hätte sie wissen sollen, dass er bloß bellte.

Vega stieß langsam den Rauch aus, der nach unten sank und sich im aufsteigenden Nebel verlor. »Bis jetzt hat niemand etwas zur Identität des Jungen gesagt. Haben wir eine Vorstellung davon, wer er ist?«

Rosen kniff die Lippen zusammen. Wieder berührte sie ihr Haar.

»Du weißt, wer er ist, stimmt's? Sag schon, Dar. Wenn ich meinen Fall abgebe, um dein Team zu verstärken, dann musst du mich auch miteinbeziehen.«

»Auf den ersten Blick ähnelt er einem Jungen, der gerade als vermisst gemeldet wurde«, räumte sie nach längerem Zögern ein. »Mehr möchte ich ungern sagen.«

»Wie heißt er?«

»Stowe. Deano Stowe.«

Vega nickte. »Gut.«

»Wir sprechen beim Briefing weiter darüber.« Sie drehte sich um und ging zu ihrem Wagen. »Wir treffen uns im Dowding House, Richard.«

»Ja. Bis bald.«

»Und zieh dir was Dezenteres an.«

»Gern«, erwiderte er lachend. Dann drückte er die Zigarette aus und warf den Stummel in den Aschenbecher seines Wagens.

Lassen Sie am Tatort nichts außer Fußabdrücken zurück und so weiter …

3

Ostermontag, später Abend

Vega fuhr nach Hause, ersetzte das Paisley-Hemd durch ein blassblaues mit Doppelmanschette und wählte dazu eine marineblaue Krawatte. Vor dem Aufbruch zum Konzert hatte er sich nicht rasiert, was er jetzt nachholte. Zum Schluss legte er ein wenig Aftershave auf.

Die Uhr an seiner Mikrowelle zeigte kurz vor Mitternacht an. Er nahm eine Dose mit einem Energydrink aus dem Kühlschrank und leerte sie in einem Zug. Dann schrieb er Cherry eine Nachricht und kehrte schnell zu seinem Wagen zurück. Auf den Asphaltstufen hinauf zum Parkplatz geriet er mit seinen glatten Sohlen ins Rutschen.

Im Großraumbüro des Major Incident Teams im Dowding House saßen die Kollegen dicht an dicht. Er suchte sich ein freies Fleckchen ganz hinten im Raum. In diesen ersten Stunden nach der Entdeckung der Leiche wirkten alle ein wenig angespannter und energiegeladener als gewöhnlich. Mit einem Projektor wurden Fotos auf eine Leinwand geworfen, und Vega spürte die Erschütterung hinter den grimmigen Mienen der Kollegen. Auf einer Katasterkarte markierte eine blutrote Stecknadel den Fundort der Leiche.

Mit einem Nicken begrüßte Vega DCS Bishop, seinen Chef, den er nur selten zu Gesicht bekam und der jetzt in gebeugter Haltung neben Rosen saß. Bishop verbrachte sein Leben praktisch ausschließlich im Büro. Vega nannte ihn für sich »Das Ewige Licht«, weil er nie ausging.

»Ich will nicht lange drum herumreden«, erklärte DI Rosen gerade. »Wir haben keine einfachen Ermittlungen vor uns. Sie werden uns eine große emotionale Distanz abverlangen, was uns allen zu diesem frühen Zeitpunkt sicherlich schwerfällt, vor allem angesichts des Alters unseres Opfers und der Gewalt, mit der er zu Tode gekommen ist.«

Vega war jetzt seit fünfzehn Jahren in dem Beruf. In dieser Zeit hatte er eine harte Schale bekommen, aber er war nicht abgestumpft. Ein abgestumpfter Bulle nützte niemandem. Bei ihm bildeten sich wie bei einer verhärteten Gummidichtung Risse, durch die das, was eigentlich zurückgehalten werden sollte, hindurchdrang: Wut oder – schlimmer noch – Apathie. Nein, er war nicht abgestumpft, aber robust.

Die Jüngeren fühlten alles unmittelbar und intensiv, was man den rangniedrigeren Teammitgliedern gleich ansah: das Bein von DC Zaid Khan zuckte, während DC Carmichaels ungleichmäßiger, an Schamhaar erinnernder Bart die plötzliche Blässe seiner Haut nicht verbergen konnte. Nur DC Ellie Finch wirkte relativ ungerührt, aber sie war auch ein wenig älter und hatte entsprechend mehr Erfahrung, darunter sieben Jahre an vorderster Front.

»Nehmen Sie sich einen Moment Zeit«, sagte Rosen leise. »Atmen Sie durch. Und dann schieben Sie Ihre Gefühle beiseite und konzentrieren sich auf das weitere Vorgehen. Arbeiten Sie akribisch. Trösten Sie sich mit der Banalität des Jobs – vertrauen Sie mir, es hilft.«

Einige Minuten lang herrschte Stille. Nur das Scharren der Sohlen auf dem grauen Teppichboden der Behörde und ein gelegentliches Räuspern waren zu hören.

»Wir haben eine Vermutung, wer dieser Junge sein könnte«, nahm Rosen den Faden wieder auf. »Ein Junge, dessen Beschreibung auf das Opfer passt, wurde gestern am späten Abend als vermisst gemeldet. Bisher ist das unsere vielversprechendste Spur, aber ehe wir mit der Mutter gesprochen und die Identität bestätigt haben – oder auch nicht –, machen wir weiter wie bisher und bleiben für alle Möglichkeiten offen.«

»Wie sind die näheren Umstände?«, fragte Vega. »Was das Verschwinden dieses Jungen angeht, meine ich.«

»Zum jetzigen Zeitpunkt haben wir es mutmaßlich mit einer Entführung zu tun«, sagte Rosen. »Die Eltern sind frisch getrennt, und der Junge besuchte entsprechend den Sorgerechtsvereinbarungen den Vater. Der sollte ihn am Sonntagnachmittag nach Hause zur Mutter bringen. Als er heute am frühen Morgen noch nicht aufgetaucht war, rief uns die Mutter an.«

»Wann hat sie den Jungen beim Vater abgeliefert?«

»Gar nicht. Sie hat ihren Sohn am Samstag um 13 Uhr am Sportzentrum von Tunbridge Wells abgesetzt, wo er mit seinen Freunden schwimmen gehen wollte. Der Vater sollte ihn später dort abholen. Wir werten die Aufnahmen der Überwachungskameras aus, um das zu überprüfen.« Rosen schaute in die Gesichter ihres Teams. »Ist bis hierher alles klar? Sie alle wissen, was Sie in den nächsten Stunden zu tun haben?«

Als die Beamten begriffen, dass die Besprechung zu Ende ging, begann ein allgemeines Stühlerücken, und alle setzten sich in Bewegung. Rosen holte Vega an der Tür ein.

»Bei der Mutter sind bereits Streifenpolizisten. Ich werde jetzt mit ihr sprechen und hätte dich gern dabei, falls schlimme Nachrichten zu überbringen sind.«

»Klar«, sagte er, und sie machten sich auf den Weg zum Parkplatz. »Du hast bei der Besprechung nichts von Tom erwähnt.«

»Nein, noch nicht. Ich will die Dinge nicht komplizierter machen.«

»Das verstehe ich. Ist wahrscheinlich vernünftig.« Er folgte Rosen zu ihrem Wagen. Zwischen ihnen hing jetzt Schweigen. Ein unbehagliches Schweigen.

Miss Jodie Groves wohnte in einer Dreizimmerwohnung in Montacute Gardens, einer im Süden der Stadt gelegenen Siedlung mit viel Grün. Mit seinen großen Erkerfenstern und den auffälligen Ecksteinen schien das Haus aus der viktorianischen Zeit zu stammen, war aber – wie viele andere Häuser der Stadt – in den 1980er-Jahren in Wohnungen aufgeteilt worden. Rosen parkte in der Schottereinfahrt neben dem bereits dort abgestellten Streifenwagen. Ein einsamer Laternenmast sorgte vor dem Haus für spärliche Beleuchtung.

»Welche Wohnung war es gleich wieder?«, fragte Vega und durchbrach das unbehagliche Schweigen, das seit der Abfahrt vom Dowding House geherrscht hatte.

»Vier.«

Vega stieg aus, suchte die entsprechende Klingel und wartete. Drinnen war ein Summer zu hören, und eine Flurlampe wurde eingeschaltet. Ein uniformierter Beamter ließ sie ins Haus und ging ihnen auf der breiten, geschwungenen Treppe voraus.

Die Wohnung ganz oben lag zwischen den Dachschrägen. Sie war nicht besonders geräumig und zum größten Teil mit unausgepackten Kisten vollgestellt, an denen vielleicht ein Dutzend große Leinwände lehnten. Die Bilder unterschieden sich in Stil und Technik, waren aber allesamt ausgezeichnet. Eine sorgfältig zusammengestellte Sammlung. Vega spürte, dass seine Aufmerksamkeit spontan mehr von den Bildern als von der Frau gefangen wurde.

Jodie hockte am Rand eines breiten Chesterfield-Sofas, dessen Ecken dort, wo man es durch die schmale Wohnungstür geschoben hatte, deutlich angestoßen waren. Sämtliche Möbel waren zu groß für diese Wohnung. Sie hatten woanders hingepasst und wirkten nach ihrem Umzug fehl am Platz.

Der uniformierte Sergeant und sein Constable hielten jeweils eine Tasse Tee in den Händen, die sie beim Eintreffen der Detectives sofort auf der nächstgelegenen freien Fläche abstellten. Die Beteiligung der Kriminalpolizei hob den Fall auf eine andere Ebene, was auch Jodie zu begreifen schien.

Sie hatte auf ihren Füßen gesessen, streckte nun aber die Beine aus, erhob sich und reichte den Detectives die Hand. Sie trug kein Make-up und hatte eindeutig in ihrem T-Shirt geschlafen. Sie war groß und für die Jahreszeit ungewöhnlich braun. In den Haaren hatte sie Strähnchen. Die Begrüßungen gingen schnell über die Bühne.

Rosen ergriff die Initiative. »Wir müssen uns über Ihren Sohn unterhalten, Miss Groves.«

»Sagen Sie bitte Jodie«, erwiderte sie. Ihre Stimme überraschte Vega. Sie sah aus wie jemand, der aus einem reichen Haus stammte, was auch ihre schmale Designer-Uhr und der ansehnliche einzelne Diamant, der um ihren Hals hing, zu bestätigen schienen. Ihr Akzent jedoch wies in eine andere Richtung.

»Wollen Sie Tee? Ich hab 'ne Kanne gemacht. Was soll man sonst machen, stimmt's?« Dabei lachte sie nervös.

»Nein, danke. Bitte, Jodie, setzen Sie sich.«

»Ich bleib lieber stehen.« Sie schlug die vermutlich im Fitnessstudio trainierten Arme um ihren Körper, als wolle sie sich selbst Trost spenden. »Also, finden Sie meinen beschissenen Ex, ja? Ich kapier nicht, warum er mir das antut. Ich würde ihm die Jungs nie wegnehmen. Das könnte ich nicht, selbst wenn ich es wollte.«

»Dann stehen die Söhne ihrem Vater also nahe?«, fragte Rosen.

Jodie nickte nachdrücklich. »Oh ja, sehr. Deano ist ein echtes Muttersöhnchen, wo er doch das Baby im Haus ist. Aber trotzdem verehrt er seinen Dad.«

»Es tut mir leid, aber einige Fragen, die wir stellen werden, sind ziemlich persönlich, Jodie. Wenn wir Ihnen helfen sollen, müssen Sie uns wahrheitsgemäß antworten. Verstehen Sie das?«

Jodie setzte sich wieder. »Dann los. Spucken Sie's schon aus.«

Rosen setzte sich zu ihr aufs Sofa. »Ist Ihr Ex jemals übergriffig geworden? Gegenüber Ihnen oder Ihren Kindern?«

»Niemals.«

»Sie klingen sehr sicher.«

»Das bin ich auch. Sam ist ziemlich selbstzerstörerisch, verstehen Sie?« Jodie betastete ihren nackten Ringfinger, als hinge sie in Gedanken glücklicheren Zeiten nach. »Aber anderen würde er nie etwas antun.«

»Wie heißt er mit vollem Namen, Jodie?«

»Samuel James Stowe.«

»Sam Stowe? Der ist Ihr Ex?«, mischte Vega sich ein. Bisher hatten sie Jodies Mädchennamen benutzt, Groves, sodass er keine Verbindung hergestellt hatte. Rosen betrachtete ihn fragend, und Jodie rieb sich nervös die Hände. »Wie heißt Ihr ältester Sohn?«

»Reese.«

»Reese Stowe«, sagte Vega mehr zu sich selbst als zu irgendjemandem sonst.

Rosen konzentrierte sich weiter auf Jodie. »Soweit ich weiß, hatte Ihr Mann in letzter Zeit einige Schwierigkeiten, beruflich.«

Jodie stieß ein bellendes Lachen aus. »Das ist eine hübsche Formulierung dafür, dass sein Leben ins Klo gespült wurde.«

»Hat man Sie bedroht?«

Plötzlich hielt Jodie die Hände ruhig. »Was wollen Sie damit sagen?«

»Ich will gar nichts sagen, Jodie. Im Moment versuchen wir noch, uns ein Bild zu machen.«

»Die Wettbewerbsbehörde hat gegen Sam ermittelt. Sie haben ihn vor Gericht gezerrt, und er hat das Urteil mit Fassung getragen: Geldstrafe und zwei Jahre auf Bewährung. Das war's. Er ging pleite, Ende der Geschichte«, sagte Jodie grimmig. »Wir sind nicht die verdammten Corleones.«

»Natürlich, Miss Groves.« Rosen nickte. »Das sind bloß Routinefragen.«

Vega schaute sich im Zimmer um: die unausgepackten Kisten, der kleine Küchenbereich und der mit Alufolie abgedeckte Teller hinter der Backofentür, auf dem das Abendessen wartete. Von gestern Abend, vermutete er, als Jodie noch mit der Rückkehr ihres Sohnes gerechnet hatte. Falls sie irgendwie in seinen Tod verwickelt war, musste sie über eine enorme Fähigkeit verfügen, falsche Spuren zu legen. Die Uhr am Ofen zeigte an, dass es ein

Uhr vorbei war. Mittlerweile war Dienstag, und ihr Sohn konnte schon drei Tage tot sein.

»Würden Sie uns ein Foto Ihrer beiden Söhne zeigen?«, fragte er. Jodie warf den Streifenbeamten einen Blick zu.

»Ich hab denen schon eins gegeben.«

Der Sergeant reichte Rosen ein gerahmtes Foto. Vega registrierte, wie sich ihre Brauen ein winziges Stück hoben. Sie gab ihm das Bild weiter, und Vega schaute in das Gesicht des toten Jungen. Er grinste mit vorgerecktem Kinn, und die grauen Augen blinzelten in die Sonne, die seine zahlreichen Sommersprossen dunkler hatte werden lassen. »Ein echter Frechdachs, wie es aussieht«, sagte er und gab Rosen das Bild zurück. »Aber ich hatte um ein Bild von beiden gebeten. Von ihm und seinem Bruder.«

»Ich gehe eins suchen.«

Rosen wartete, bis Jodie das Zimmer verlassen hatte. Dann sagte sie mit sanfter Stimme: »Sie hat keine Ahnung von Deanos Tod. Sie glaubt wirklich, dass er bei seinem Dad ist.«

Rosen ließ sich gegen die Rückenlehne des Sofas fallen und legte den Rahmen mit der Bildseite nach unten neben sich. Sie schloss die Augen und runzelte die Stirn. Vega fragte sich, ob sie einen ihrer üblichen Migräneanfälle bekommen würde. In seiner Tasche suchte er nach dem Co-Codamol, das er genau für solche Fälle stets bei sich trug. In seinem Auto hatte er außerdem einen Vorrat ihrer sämtlichen sonstigen Medikamente versteckt. Für den Fall, dass sie etwas davon brauchte. Dass sie ihn brauchte.

»Warum drängst du sie wegen des älteren Sohnes, Richard?«

»Das sag ich dir gleich. Was Sam angeht, hast du jedenfalls deine Hausaufgaben gemacht.«

»Jeder hat doch von Sam gehört. Es ging um Preisabsprachen, oder? Weswegen er bestraft wurde?«

»Ja«, bestätigte Vega. »Er hat mit anderen Baufirmen die Preise abgesprochen und damit gegen das Wettbewerbsrecht verstoßen. Die Gemeinde hat das eine Menge Geld gekostet. Aber diese Art von Kartellbildung ist reine Wirtschaftskriminalität und führt normalerweise nicht dazu, dass einem der Sohn …«

Sie verstummten, weil Jodie in diesem Moment ins Zimmer trat und Vega ein Album mit Familienfotos reichte. Er blätterte zu den älteren Aufnahmen zurück und fand, wonach er suchte.

Er stieß die Zunge in die Wölbung in seinem hinteren Backenzahn, wie er es oft tat, wenn er nachdachte.

»Wissen Sie was, Jodie? Ich denke, ich nehme doch eine Tasse Tee.« Rosen lächelte Jodie an, die unsicher nickte und sich in den Küchenbereich begab. Rosen wartete, bis das Wasser laut aufkochte, dann winkte sie Vega näher zu sich. »Was ist? Was ist los?«

»Dieser Junge«, sagte Vega und deutete auf das Gesicht eines Jungen mit langen, ungelenk wirkenden Gliedmaßen, der neben dem achtjährigen Deano stand und den Eindruck eines echten Stubenhockers machte. »Das ist Reese Stowe.«

»Ja. Und?«

»Vor sechs Jahren habe ich ihn im Zusammenhang mit dem Mord an Tom Healy vernommen.«

»Was ist passiert?« Jodie stand im Durchgang zur Küchenzeile und hielt einen Teelöffel in der Hand. Sie zitterte jetzt. »Wenn Sie was wissen, dann rücken Sie damit raus!«

Vega warf Rosen einen Blick zu und wartete auf ein Zeichen von ihr, doch Rosen starrte ins Leere und wirkte völlig erschöpft. Der Himmel wusste, seit wann sie auf den Beinen war. Vega räusperte sich und stand auf.

»Vor wenigen Stunden haben wir einen Jungen gefunden, der verstorben ist«, sagte er. »Die ersten Anzeichen deuten darauf hin, dass er ermordet wurde. Es tut mir leid, Miss Groves, aber wir glauben, dass es sich um Ihren Sohn handelt.«

Als seine Worte zu ihr durchdrangen, ließ Jodie den Löffel fallen.

»Sie glauben, dass es Sam war, oder?«, fragte sie atemlos. »Das glauben Sie, oder? Oh Gott, Sie glauben, es war Sam!«

»Wir wissen nicht, wer Deano getötet hat, aber wir werden es herausfinden.«

Jodie gab ein tiefes, urtümliches Stöhnen von sich und fiel vornüber, als wäre jegliche Kraft mit einem Mal aus ihr gewichen. Als Vega sie auffing, klammerte sie sich an ihn wie ein Kind.

»Ich begreife nicht, was Sie da sagen«, keuchte sie schließlich. »Ich begreife es nicht!«

»Ihr Verlust tut uns sehr leid«, murmelte Rosen. »Ein Team speziell ausgebildeter Beamter wird in Kürze hier sein, um Ihnen durch die nächsten Stunden zu helfen.«

»Die nächsten Stunden?« Jodies aufgerissene, feuchte Augen fixierten Rosen. »Es wird sicher nicht besser nach ein paar Stunden!«

»Natürlich nicht. Ich wollte nicht…« Rosen verstummte. Sie zog ihr Handy aus der Tasche und schien den Nachrichteneingang zu überprüfen. »Es tut mir schrecklich leid, Jodie, ich werde woanders gebraucht.

Bitte verlassen Sie sich darauf, dass wir herausfinden, was genau Ihrem Sohn zugestoßen ist.«

Während Jodie ihn immer noch festhielt, sah Vega Rosen zur Tür eilen. Er schüttelte den Kopf, und die entschuldigende Miene, die sie für einen Augenblick aufsetzte, verriet ihm, dass sie nicht dringend woanders gebraucht wurde.

Sie hatte sich schlicht einen Vorwand geschaffen.

Die Gesellschaft der Trauernden war viel schwerer zu ertragen als die der Opfer.

»Die Kontaktbeamten für die Angehörigen werden bald hier sein.« Rosens Versprechen galt mehr ihm als Jodie. »Es tut mir leid.«

»Wenn du gehen musst, dann geh«, sagte Vega und half Jodie zurück aufs Sofa. Er deutete auf die beiden uniformierten Beamten, die immer noch schweigend dabeistanden. »Ich finde schon eine Mitfahrgelegenheit.«

Rosen nickte kurz und verschwand.

»Jodie, wann haben Sie zuletzt mit Sam gesprochen? Nachdem Sie Deano beim Sportzentrum abgesetzt haben, hatten Sie doch noch Kontakt mit ihm, oder?«

Jodie zitterte und hielt den Blick starr geradeaus gerichtet. »Jedes Mal, wenn wir telefoniert haben, haben wir uns gestritten. Also haben wir SMS geschrieben.«

»Ich würde sie gern lesen. Ist das für Sie in Ordnung?«

Jodie stand wieder auf und durchquerte das Zimmer wie in Trance. Sie holte ihr Handy, das sie in der Küchenzeile zum Aufladen eingesteckt hatte. Vega scrollte durch die letzte Korrespondenz des Paares.

»Dann hat Sam seine letzte Nachricht also am Samstagmorgen geschickt? Und am Sonntagabend sollte er Deano bei Ihnen absetzen?«

»Ich hab ihm immer neue SMS geschickt«, erklärte Jodie abwesend. »Ich hab immer wieder versucht anzurufen. Aber sein Telefon war ausgeschaltet. Das sieht Sam überhaupt nicht ähnlich.«

»Ich werde Ihr Handy mitnehmen müssen. Ist das in Ordnung, Jodie?«

Sie schaute ihn mit glasigen Augen an, nickte aber. Er steckte das Gerät in die Tasche. Nach einem tiefen, zögerlichen Atemzug fragte sie: »Hat mein Deano gelitten?«

»Das wissen wir noch nicht«, log Vega. »Ich bezweifle es.«

»Wo hat man ihn gefunden?«

»In einem Waldstück.«

»Er hat den Wald geliebt«, flüsterte Jodie. »Er wollte immer draußen sein. Manchmal konnte er ein ziemlich wildes Kind sein. Er hat sich irgendwo ein Lager gebaut und dort übernachtet, wenn man ihn gelassen hat.«

»Jodie, wo ist Reese?«

Kurz betrachtete sie ihn, dann ging ihr Blick wieder ins Leere. »Ich weiß es nicht.«

»Wohnt er nicht bei Ihnen?«

»Nein. Reese ist … Reese hatte Probleme.«

»Welche Art Probleme?«

»Ich bin … Ich weiß es nicht genau. Irgendwas mit seinem Dad. Sie haben zusammengehalten wie Pech und Schwefel. Zu mir haben sie keinen Mucks gesagt.« Sie beugte sich vor und fuhr sich durchs Haar. »Reese ist vor ein paar Wochen ausgezogen. Ich wollte das nicht. Ich wollte ihn überreden hierzubleiben.«

»Haben Sie eine Nummer, unter der wir ihn erreichen können?«

»Nein. Nicht mehr. Sein Handy funktioniert nicht

mehr.« Sanft rieb sie sich mit den Fingerknöcheln über die Wangen, als wollte sie sich selbst trösten. »Ich muss es ihm sagen, stimmt's? Dass sein Bruder tot ist. Sie haben sich so nahe gestanden. Sie waren wie beste Freunde, immer schon.«

»Ich könnte es Reese sagen, falls das leichter für Sie ist«, bot Vega an. »Natürlich sieht es so aus, als müssten wir ihn erst finden. Haben Sie wirklich überhaupt keine Idee, wo er sich aufhalten könnte?«

»Nein.« Wieder begann Jodie zu weinen. Vega legte den Arm um sie und blieb schweigend neben ihr sitzen, bis es an der Tür läutete und die Kontaktbeamten ihn ablösten.

Der Streifenwagen setzte Vega am Dowding House ab. Im Büro des Major Incident Teams war jeder einzelne Schreibtisch besetzt und ständig läuteten die Telefone. DI Rosen befand sich im hinteren Teil des Raums an einem Schreibtisch, der nicht der ihre war und telefonierte mit ihrem Handy. Als sie Vega auf sich zukommen sah, beendete sie das Gespräch hastig.

»Wie hat Jodie es verkraftet?«

»Sie war verstört.« Vega verlagerte sein Gewicht und spürte die Verspannungen in seinen Schultern. »Können wir reden? Ungestört?«

Rosen zögerte einen Moment, ehe sie sich erhob. Dann führte sie ihn hinaus in den Eingangsbereich mit seinem fadenscheinigen blauen Teppich und den hohen Decken, deren ursprüngliche Stuckverzierungen längst abgebröckelt waren.

»Ist das ungestört genug?«

Vega schüttelte den Kopf und schaute zu DS Phil Llewellyn hinüber, der vor einem Automaten stand und sich einen Snack aussuchte. Vega führte Rosen durch das zweite, engere Treppenhaus hinunter in den Keller.

Die Verhörräume hatten keine Fenster und rochen nach Feuchtigkeit und Ziegelstaub. Die Steinwände waren grau gestrichen und der unebene Boden nachlässig auf dem jahrhundertealten Fundament verlegt. In dem Raum, den sie betraten, hockte eine Kamera wie eine Spinne in einer Ecke und erfasste den Tisch und die vier Stühle, die dort standen.

Beide Detectives blieben stehen. Sie musterten sich gegenseitig und warteten, dass der jeweils andere das Gespräch eröffnete.

»Willst du mir sagen, was eben los war?«, fragte Vega schließlich. Seine Stimme wurde durch die Akustik des Raums verstärkt, was Absicht war. Dieser Raum ließ Menschen zusammenschrumpfen, selbst Berufsverbrecher. Ein paar Minuten hier reichten den meisten – dann begannen sie zu reden.

»Es tut mir leid, ich konnte nicht bleiben, nachdem wir die Nachricht überbracht hatten«, erklärte Rosen mit vorgerecktem Kinn und einem Blick, der allem Möglichen galt, nur nicht ihm. »Zu diesem frühen Zeitpunkt kann ich es mir nicht leisten, zu viel Zeit mit der Mutter zu verbringen.«

»Und das ist alles?«

»Was sollte sonst sein?«

»Zwing mich nicht, es laut auszusprechen«, sagte Vega sanft. »Schieb mir nicht die Rolle des Bösewichts zu.«

Es klopfte an der Tür. Rosen öffnete sie, bevor er sie davon abhalten konnte. Er verlagerte sein Gewicht, um etwas Distanz zwischen ihnen zu schaffen, und richtete umständlich seine Krawatte.

DC Khan stand vor der Tür, die Hände in den Taschen seiner engen Anzughose. »Tut mir leid, aber Dr. Fleischer hat angerufen. Sie will, dass die Leiche aus dem Wald geholt wird, bevor das Wetter umschlägt. Sie bittet Sie, Madam, dabei zu sein. Um die Sache zu beschleunigen, glaube ich.«

»Natürlich. Danke, Zaid«, sagte Rosen mit einem angedeuteten Nicken. »Sagen Sie ihr, ich bin bald da.«

»Klar.«

Khan verschwand, und Vega wartete einen Augenblick, ehe er sich wieder Rosen zuwandte. Er streckte die Hand aus, um ihren Arm zu berühren, überlegte es sich im letzten Moment aber anders. »Hör zu … Ich will einfach wissen, ob mit dir alles in Ordnung ist, Dar. Sag mir, dass es so ist, und ich lasse dich in Ruhe.«

Sie ließ sich Zeit, antwortete dann aber umso schärfer: »Mir geht's gut.«

»Prima. Das ist alles, was ich wissen wollte.«

Sie trat aus dem Verhörzimmer und hielt ihm die Tür auf. »Kommst du?«

4

Dienstag, früher Morgen

Sie verließen die Stadt auf einer Nebenstrecke. Während der zehnminütigen Fahrt über schmale Landstraßen mussten sie nur hin und wieder einem frühen Taxi ausweichen. Schließlich trafen sie direkt nach dem Leichenwagen ein. Ein Constable spannte gerade quer über den Weg ein Absperrband, und Vega parkte den Wagen gleich neben dem schwarzen Fahrzeug, dessen grausige Funktion von Uneingeweihten leicht übersehen wurde.

Es war jetzt kurz vor drei Uhr morgens, und Vega spürte es. Die nächtliche Kälte legte sich von außen auf die Fenster und ließ die Detectives noch eine Weile in ihren Sitzen verharren, wo sie auf ihre Becher mit pulvrigem Tankstellenkaffee bliesen. Unterwegs hatte Rosen mehrmals telefoniert, doch jetzt lag eine Stille zwischen ihnen, die Vega glaubte füllen zu müssen.

»Kalt draußen«, murmelte er und merkte selbst, wie überflüssig diese Bemerkung war. Rosen schaute ihn an und dachte wahrscheinlich dasselbe, lächelte aber.

»Letzte Nacht waren es fünf Grad minus. Simon und ich benutzen immer noch die Heizdecke.«

»Angeblich kommt die Kaltluft aus Sibirien.«

»Das hab ich auch gehört. Wie auch immer, bieten wir der Kälte die Stirn!« Schwungvoll öffnete Rosen die Beifahrertür, und Vega folgte ihrem Beispiel. Er schaute zum Himmel, der bis vor Kurzem noch klar gewesen war, an dem die von den Kollegen aufgestellten Scheinwerfer inzwischen aber die Unterseiten tiefhängender gelblicher Wolken erfassten.

Er war überzeugt, dass es noch vor dem Wochenende schneien würde.

Während Rosen die beiden Assistenten des Coroners per Handschlag begrüßte, stand Vega herum wie das fünfte Rad am Wagen. Schnell und wortlos entluden die beiden Männer die Rollbahre aus dem Heck ihres Transporters. Doch das mechanische Scheppern ihrer Räder hallte auf beinahe unanständige Weise über die ansonsten totenstille Straße, die jetzt wie ein geheiligter Ort wirkte.

Vega winkte die Kollegen zu einer Lücke in der Hecke, dorthin, wo das Seil befestigt war. Das Unterholz war hier von den vielen Füßen fast plattgetrampelt. Der Abstieg die Böschung hinunter war nicht mehr so riskant wie noch vor wenigen Stunden.

Wortlos zogen sie über das einsame Stück Weideland bis zu dem leuchtend weißen Zelt. Draußen erwartete sie Dr. Evelyn Fleischer, Pathologin im Dienste des Innenministeriums. Sie trug ihr aschblondes Haar schulterlang, dazu eine Brille mit derart klobigem Rahmen, dass ihrem Gesicht, als sie die Brille absetzte, um sie an ihrem Ärmel zu putzen, geradezu etwas Wichtiges zu fehlen schien.

»Sie sind hier – großartig«, sagte sie. »Hallo, Richard.«

»Evelyn.«

Dr. Fleischer hatte die Angewohnheit, anderen zu dicht auf die Pelle zu rücken. Vega hatte den Verdacht, dass ihr in all den Jahren, in denen sie Tote seziert hatte, die Fähigkeit abhandengekommen war, in den Lebenden etwas anderes zu sehen als Nachschub für ihren grauenhaften Obduktionstisch. Auch jetzt spürte er Fleischers durch die Brille vergrößerte Augen rastlos über seinen Körper gleiten. Er malte sich aus, welche Notizen sie sich im Geist machte: zu hoher Cholesterinspiegel, Vitaminmangel, erhöhter Blutdruck... Seit er das Kochen aufgegeben hatte und sich seine Mahlzeiten über eine App auf seinem Handy bestellte, war seine früher olivfarbene Haut heller und fleckiger geworden.

Er redete sich ein, dass er aus Zeitmangel nicht mehr kochte, doch das war eine Lüge. Es lag an ihm selbst. Seit einigen Monaten hatte ihn eine Lustlosigkeit im Griff, aus deren Klauen er sich nicht befreien konnte.

Vega räusperte sich. »Also. Unser Opfer? Irgendwelche Überraschungen?«

»Überraschungen? Ja, ich denke schon. Dem Jungen wurden ein paar schreckliche Dinge angetan.« Dr. Fleischer seufzte. »Das Endresultat ist genauso tragisch, aber ich wage die Behauptung, dass sein Tod mehr in die Länge gezogen wurde als der von Healy.«

»Wir setzen die beiden nicht in Verbindung zueinander«, erwiderte Rosen. »Wir stellen nur die Ähnlichkeiten fest.«

Dr. Fleischer runzelte die Stirn. Einen Moment lang schien es, als wolle sie diesen Punkt kritisch hinterfragen, doch dann schüttelte sie entschuldigend den Kopf. »Natürlich.«

Die Mitarbeiter des Coroners betraten gerade das Zelt, und Vega erhaschte einen kurzen Blick auf den Jungen, der mit verdrehten Gliedmaßen zwischen den Blättern lag. Seine Augen waren halb geöffnet und starrten zu Vega herüber. Er spürte ein frostiges Prickeln auf der

Kopfhaut, steckte die Hände unter die Arme und wandte sich ab.

»Sollen wir?«, fragte Fleischer und schob Rosen ins Zelt. Vega schaute nicht hin, als die Frauen eintraten, hörte aber, wie sie die Stimmen senkten und ihre Wortwahl der traurigen Umgebung anpassten.

Kurz darauf wurde die Bahre nach draußen gerollt. Der glänzende schwarze Sack, der obenauf lag, sah genauso leer aus wie zuvor, als sie die Böschung hinabgestiegen waren.

Rosen und Vega standen nebeneinander und sahen zu, wie die Bahre über eine Seilwinde ins blaue Licht der Scheinwerfer jenseits des schwarzen Unterholzes gehoben wurde. Sie standen so nahe beieinander, dass er Rosens Zähne klappern hörte. Zum ersten Mal seit der Ankunft in diesem erbärmlichen Waldstück hatte er das Gefühl, dass seine Anwesenheit irgendeinem unausgesprochenen Zweck diente.

»Hör zu, Richard. Ich weiß, dass diese Theorie vielen nicht gefallen wird, aber glaubst du, dass bei den Healy-Ermittlungen irgendetwas übersehen wurde?«

»Möglich ist es, aber wir waren gründlich. Es war ein ziemlich belastender Fall.«

»Das bezweifle ich nicht.«

Vega biss sich auf die Innenseite der Wange und suchte nach einer passenden Erwiderung. »Was ich sagen will, ist Folgendes: Was man diesem neuen Jungen, Deano, vor seiner Exekution angetan hat – genau das war es nämlich, eine verdammte Exekution –, kommt mir wie das Werk von zwei Tätern vor. Ich glaube nicht, dass derjenige, der ihn bearbeitet hat, auch den tödlichen Schlag ausgeführt hat.«

»Da würde ich dir zustimmen«, erklärte Rosen seufzend. »Noch eine Komplikation. Gut, ich brauche dich am Vormittag ausgeruht, Richard. Fahr nach Hause.«

»Wenn du sicher bist …«

»Das bin ich.«

Vega nahm das Abschleppseil in die Hand, um sich nach oben zur Straße zu ziehen.

»Ich glaube, Fleischer mag dich«, sagte Rosen, und dieser Kommentar kam derart unerwartet, dass Vega das Seil wieder losließ und sich zu ihr umwandte. Sie grinste.

»Sei nicht albern …«

»Nein, wirklich. Ich glaube, sie ist ein bisschen verknallt in dich.«

Vega stöhnte. »Na, besten Dank, Dar. Jetzt werde ich mich jedes Mal scheißbefangen fühlen, wenn …«

»… sich eure Blicke über einer Leiche begegnen?«

»Hör auf damit«, sagte er, konnte ein Lächeln aber nicht unterdrücken. Rosen berührte leicht sein Handgelenk, und dieser kurze Kontakt sandte eine Welle der Wärme seinen ganzen Arm hinauf. »Dann geh jetzt. Schlaf ein paar Stunden.«

»Ja, okay. Ich sehe dich dann am Vormittag.«

»Und Evelyn siehst du am Nachmittag.«

»Wirklich, hör auf damit!«

Er wohnte in einer Doppelhaushälfte mit drei Schlafzimmern, die er vor fünf Jahren gekauft hatte. Das Viertel bestand überwiegend aus Sozialbauten und Wohnungen, die ehemals im Gemeindebesitz gewesen waren. Deswegen galt es unfairerweise als Sammelpunkt für den sozialen Bodensatz der Stadt.

Die Vorbesitzer des Hauses hatten dreißig Jahre dort

gelebt, was Vega als gutes Zeichen aufgefasst hatte. Der Ehemann war nach langer Krankheit gestorben, und seine Frau war ihm bald darauf gefolgt – mithilfe eines wahren Medikamentenlagers unter der Matratze ihres Ehebetts, wo sie außerdem ihren Schmuck und seine Orden aufbewahrt hatte.

Manchmal unterhielt sich Vega mit den beiden. Sie waren freundliche Geister.

Er hatte nicht viel am Haus verändert seit seinem Einzug. Nur im Flur hatte er einen Laminatfußboden verlegt, und das Gewächshaus hatte er instand gesetzt. Er liebte es, seine Tomaten selbst zu ziehen – so viele Kochrezepte seiner Mutter kamen nicht ohne sie aus.

Den grellen 80er-Jahre-Teppichboden im Wohnzimmer mochte er, also war der liegen geblieben. Allerdings hatte er das Dach neu gedeckt und sich in einem Sommer an einer Terrasse im Garten versucht, die inzwischen bereits wieder abzusinken begann.

Das kleinste Zimmer sollte als Arbeitszimmer dienen, ein anderes als Gästezimmer. Hier hatte er Cherry einquartiert, als sie erstmals hier übernachtet hatte. Als aus ein paar Nächten dann sechs Monate geworden waren, hatte sie angefangen, das Zimmer mit Postern zu schmücken.

Jetzt, vier Jahre später, waren die Fugen im Badezimmer mit Eyeliner verschmiert, und sämtliche Abflüsse waren voller Haare. Doch Vega störte es immer noch nicht. Auch wenn sie nicht gerade die sauberste Mitbewohnerin war und keine Miete zahlte, passte ihm das Arrangement.

Es kam ihm so vor, als hätte er eine in Whisky gebadete Katze im Haus, die kam und ging, wie es ihr passte. Sie brachte Leben ins Haus. Außerdem gab sie ihm das

Gefühl, etwas Gutes zu tun. Und daran hinderten ihn sein Job und die verdammte Polizeistation manchmal. Ihm gefiel die Vaterrolle, die er nach und nach übernommen hatte, und indem er für Cherry sorgte, sorgte er auch für sich selbst. So hielt er den Junggesellen-Lebensstil mit seinen Fallstricken in Schach. Meistens.

Vega wusste, dass er nicht schlafen würde, also legte er eine Platte auf: Sandy Denny, eine feine Geschichtenerzählerin. Ihre Stimme half ihm immer, wenn es darum ging, Verbindungen im Kopf zu knüpfen. Trotz der offiziellen Linie, Toms Tod nicht mit dem von Deano zu verknüpfen, hielt er es weiterhin für eine gute Idee zu klären, welche Details damals an die Öffentlichkeit gelangt und welche zurückgehalten worden waren.

Er setzte sich auf sein Sofa aus blaugrünem Samt – inzwischen war es ein wenig fadenscheinig, doch er mochte die Farbe zu sehr, um es zu ersetzen –, legte den warmen Laptop auf seine Oberschenkel und suchte auf neuen Seiten und in längst beendeten Threads in Foren nach jeder noch so kleinen Erwähnung von Tom.

Der Wecker seines Handys ließ ihn hochschrecken. Die graue Morgendämmerung suchte sich langsam ihren Weg durch den Spalt zwischen den Vorhängen. Irgendwann musste er eingenickt sein, sodass er vielleicht eine Stunde Schlaf gefunden hatte. Dafür war sein Nacken jetzt steif.

Mit verschlafenem Blick stieg er die Treppe hinauf, um zu duschen. Er spülte sich die vergangene Nacht ab, stellte sich vor den Spiegel und inspizierte die Topografie seines nackten Körpers. Wenn er den Bauch anspannte, ließen sich die Muskeln dort noch erahnen, doch seine Hüften waren runder. Außerdem lag eine Rolle weichen

Fleischs über dem dunklen Dreieck seines Schamhaars und dem langen, schlaffen Glied.

Er musste auf seine Ernährung achten, das war offensichtlich. Zumindest über etwas die Kontrolle zurückgewinnen.

Über irgendetwas.

5

Dienstagmorgen

Das Dowding House lag an einer Abzweigung der langen, baumbestandenen Mount Pleasant Street, die steil hinunter durchs Stadtzentrum führte. Es handelte sich um ein imposantes Gebäude im georgianischen Stil, das ursprünglich der Wohnsitz einer Familie gewesen, aber schon vor langer Zeit in Büros umgewandelt worden war.

Vor zehn Jahren hatte die Stadtverwaltung das Gebäude dem damaligen Eigentümer abgekauft und dem Criminal Investigation Department überlassen, um dadurch mehr Platz in der Polizeischule von Tonbridge zu schaffen. Das Major Incident Team und das Priority Crime Team waren getrennt voneinander im ersten und im zweiten Stock untergebracht. Im Erdgeschoss arbeiteten die zivilen Beschäftigten, und im Keller gab es zwei Verhörräume und ein paar unbeheizte Toiletten.

Zu den wichtigsten Vorzügen des Dowding House zählte die Nähe zum Fernverkehrs-Bahnhof, denn die meisten aktiven Kriminellen kamen aus London nach Tunbridge Wells, um hier ihre Drogen zu verkaufen oder die Luxusläden auszurauben. Im Sommer zuvor hatte ein einheimischer Vater dreier Kinder sich geweigert, seinen Dealer zu bezahlen, der Anstoß daran genommen und dem Mann beim Verlassen des Zuges Stichverletzungen im Bein und in der Leistengegend beigebracht hatte. Das

Opfer war knappe zweihundert Meter vom Dowding House entfernt gestorben.

Einige im Team, vor allem Rosen, hatten die Sache als persönlichen Angriff aufgefasst, doch Vega war eher pragmatisch veranlagt: Angesichts des Verkehrsaufkommens in Kent war ein Tatort, den man zu Fuß erreichen konnte, nicht zu verachten.

Hinter dem Haus lag ein schmales Stück Land, das früher einmal als Garten gedient haben musste, das man inzwischen aber asphaltiert hatte und als Parkplatz nutzte. Um das Grundstück herum standen noch einige Bäume, die in wenigen Wochen ihr gelblich-grünes Frühjahrskleid tragen würden. Noch waren sie kahl, und die bitterkalte Nacht war in einen ebenso kalten Morgen übergegangen.

Vega blies sich in die Hände und näherte sich im Laufschritt dem Hintereingang des Gebäudes. Dort stand ein zitternder, junger Mann und zog an seiner Zigarette.

»Alles klar, Zaid?«

Der Detective Constable nickte. Er war ein arroganter kleiner Arsch, doch da sie beide eine schmutzige Angewohnheit teilten, ließ sich ein Mindestmaß an Konversation nicht vermeiden.

DC Zaid Khan war noch keine dreißig und kleidete sich wie ein Kerl aus der Stadt: protzige Uhren, Anzüge, die eine Nummer zu klein wirkten, gebleichte Zähne und verspiegelte Sonnenbrillen. Kurz rasierter Schädel und sorgfältig gestutzte Brauen. Zu gut aussehend, um ihm vertrauen zu können. Khan war ihr neuester Rekrut. Sechs Monate war er jetzt beim Team, ohne jemals etwas über sich oder seine Lebensumstände herausgelassen zu haben. Vega wusste nichts über ihn, abgesehen von seiner

Vorliebe für Mentholzigaretten und zu viele Kaugummis. Ihn umgab eine frische Minzewolke, die Vega irritierte, ohne dass er gewusst hätte, warum. Sie beide waren zu spät dran, sie sollten längst im Gebäude sein. Aber Vega war nicht in der Stimmung, ein gutes Vorbild abzugeben. Er nutzte den Windschatten des jungen Mannes, um sein Feuerzeug abzuschirmen.

»Frizz hat Schiss«, sagte Khan. »Ich und Carmichael glauben, sie ist überfordert.«

»Ich bin sicher, dass sie Ihre Sorge zu schätzen wüsste. Und nennen Sie sie nicht Frizz.«

Schweigend rauchten sie zu Ende. Khan schnippte seine Kippe vor die Füße seines Sergeants und drehte sich zur Tür.

»He!«

Khan schaute zurück und Vega deutete zuerst auf den heruntergeworfenen Zigarettenstummel und dann auf den Metallaschenbecher, der an der Außenwand des Reviers angebracht war. »Wofür glauben Sie ist das Ding da? Zur Zierde? Werfen Sie die Kippe da rein.«

»Ja, Sir. Sofort, Sir«, sagte Khan mit einer ehrerbietigen Verbeugung. Dann bückte er sich theatralisch und warf den Stummel in den Aschenbecher. »Sind Sie zufrieden, Sir?«

Vega schüttelte den Kopf und ging als Erster hinein.

Die Tür zum Besprechungsraum des Major Incident Teams quietschte anklagend, als sie versuchten, sich in den brechend vollen Raum zu quetschen. Vega wurde der Weg von der kleinen, vierschrötigen Gestalt von DCS Harry Bishop blockiert.

»Morgen, Rich.« Bishop lächelte und zeigte seine vom Koffein verfärbten Zähne. »Können wir kurz reden?«

»Natürlich, Sir«, sagte Vega und schaute an ihm vorbei

zu Rosen, die mitten in ihrer Ansprache war. »Nach dem Briefing?«

»Jetzt.«

»Jawohl, Sir.«

Mit einem wachsenden unguten Gefühl folgte Vega DCS Bishop über den Flur. Er hasste Bishops Büro. Das lag weniger am penetranten Körpergeruch oder den verstaubten Plastikpflanzen, sondern vielmehr an den Fotos von Bishops Familie.

Die Bilder waren eine einzige Litanei des Verlustes. Wie jeder Bulle, der unter Bishop arbeitete, wusste auch Vega, dass dieser seine Familie hasste. Und umgekehrt sie ihn. Die lächelnden Gesichter seiner Frau und des kleinen Sohnes, der inzwischen in seinen Dreißigern war, wirkten wie Trophäen der Beute, die er hatte erlegen müssen, um auf seinen jetzigen Posten zu gelangen.

»Also hat Rosen heute Nacht *Sie* angerufen. Nicht Phil«, sagte Bishop und quetschte sich hinter seinen Schreibtisch. Da er es nicht wie eine Frage klingen ließ, sah Vega sich auch nicht zu einer Antwort genötigt. Bishop stieß mit einem Finger in seine Richtung. »Weil Sie wegen des Healy-Falls von Anfang an einen Stock im Arsch hatten, stimmt's?« Keine Vorrede, keine Nettigkeiten, einfach auf direktem Weg an die Gurgel. Vega wusste, dass Bishop früher geboxt hatte. Auch ohne ihn je im Ring gesehen zu haben, wusste er, welche Art Kämpfer er gewesen war.

»Über ihre Gründe weiß ich nichts, Sir. Da fragen Sie sie besser selbst.«

»Falls sie vorhat, dieses Pulverfass von einem Fall wieder zu öffnen, dann sagen Sie es mir jetzt. Sofort.«

»Ich glaube nicht, dass sie so etwas vorhat, aber wir stehen ja noch ganz am Anfang.«

»Also hat sie Healy nicht erwähnt?«

»Sie fragte, ob ich Ähnlichkeiten sähe«, räumte Vega ein. »Ich wies auf die Übereinstimmungen hin, aber auch auf die Unterschiede.«

»Ich habe mich mit Shanes Bewährungshelfer unterhalten.«

»Das hat Rosen mir gesagt.«

»Er kann es nicht getan haben.«

»Offensichtlich.«

»Also lassen Sie die Sache fallen, verdammt.«

»Wir haben sie überhaupt nicht in die Hand genommen, Bish«, versicherte ihm Vega. »Ehrlich.«

»Gut.« Bishop nahm die Brille von seiner gebrochenen Nase und rieb mit den Fingerknöcheln seine Augen. Er wirkte verunsicherter, als Vega ihn je erlebt hatte. Im Team schieden sich die Geister an Bishop, doch Vega mochte ihn, hatte ihn immer gemocht. Seine Reaktion machte ihm Sorgen.

»Geht's Ihnen gut, Harry?«

»Alles eitel Sonnenschein, mein Junge«, knurrte Bishop. »Also los. Jetzt machen Sie sich vom Acker.«

Vega verließ den Raum.

Das Briefing war gerade zu Ende. Vega schnappte sich DC Khan, der eben aus dem Raum kam.

»Haben Sie Lust, mit mir nach Deanos liebem, altem Dad zu suchen? Er scheint mir bisher der Einzige zu sein, der überhaupt als Verdächtiger in Frage kommt.«

»Klar.« Khan folgte Vega mit federndem Schritt wie ein eifriges Hündchen. »Wo fangen wir an?«

»Oh, keine Ahnung«, sagte Vega, öffnete die feuerfesten Türen und stieg die mit losen Teppichstücken belegten Stufen hinunter. »Versuchen wir es doch an seiner letzten bekannten Adresse. Vielleicht macht er es uns ja leicht.«

Vor dem Haus der Familie Stowe, einem frei stehenden Sechs-Zimmer-Haus im ländlich geprägten Dorf Hildenborough nahe der Stadt Sevenoaks, stand ein »Verkauft«-Schild. Das Haus war ein Neubau aus rotem Backstein, teilweise mit Schindeln verkleidet. Es lag hinter einer Mauer, deren verschlossenes Tor mit protzigen goldenen Spitzen verziert war.

Vega parkte auf dem Grasstreifen am Straßenrand und kletterte über die Mauer. Khan sprang hinter ihm auf den Boden und wischte sich sofort den Staub von seinem absurd glänzenden Topman-Anzug.

»Tussi«, kicherte Vega. »Dann lassen Sie uns mal schauen, ob jemand zu Hause ist.«

Danach sah es jedenfalls nicht aus. Ein kurzer Blick durch die Fenster zeigte, dass sich in den Zimmern nur noch Kartons und einige wenige mit Tüchern abgedeckte Möbelstücke befanden.

»Sieht aus, als hätten wir ihn verpasst«, stellte Khan fest. »Haben die uniformierten Kollegen nicht schon versucht, ihn aufzustöbern?«

»Doch, und die kamen zu dem gleichen Schluss wie Sie«, sagte Vega, trat ein paar Schritte zurück auf den wuchernden Rasen und schaute hoch zu den Fenstern im ersten Stock.

»Dieser Sam Stowe, ist das derselbe, der kürzlich pleitegegangen ist? Der Bauunternehmer?«

»Er war kein einfacher Bauunternehmer. Er hat seine Firma aus dem Nichts gegründet und am Ende ungefähr zweihundert Leute beschäftigt. Ein Gauner, wie er im Buche steht, aber seine Vorfahren waren echtes Gesocks, was soll man da anderes erwarten?« Vega ging zur Rückseite des Hauses und blieb vor einem unter einer Plane verborgenen Auto stehen. Er hob die Abdeckung an einer Ecke an, warf einen Blick darunter und zog sie dann komplett ab. Zum Vorschein kam ein drei Jahre alter weißer Range Rover. »Was glauben Sie, was dieses Modell neu kostet?«

»Fünfzig Riesen, locker. Vielleicht auch achtzig.«

»Hmm.« Vega versetzte dem Wagen einen kräftigen Tritt. Das Gellen der Alarmanlage zerriss die Stille und scheuchte einen Schwarm Krähen aus der Eiche auf, die ihre Äste über das Haus spannte.

Khan hielt sich die Ohren zu. »Was wollten Sie damit bezwecken?«

Vega deutete auf ein Fenster im ersten Stock, dessen geschlossene Vorhänge sich jetzt bewegten. Für einen ganz kurzen Moment tauchte ein hageres, unrasiertes Gesicht hinter der Scheibe auf.

»Das war nicht Sam Stowe. Viel zu jung.«

»Nein«, sagte Vega. »Ich würde wetten, dass es der herumstreunende Reese ist, den wir gesehen haben. Laufen Sie nach vorne!«, blaffte Vega Khan an und gestikulierte wild zur Seite des Hauses. »Und wenn er rauskommt, schnappen Sie ihn!«

»Und was haben Sie vor?«, fragte Khan, als Vega die Hintertür eingehender betrachtete.

»Ins Haus gehen, wenn möglich.«

»Ohne Durchsuchungsbeschluss?«

»Recht auf Zutritt, Abschnitt 17 des Police and Criminal Evidence Act. Lesen Sie nach, verdammt.«

Khan rannte zur Vorderseite des Hauses, während Vega mit seinem ganzen Gewicht gegen die Küchentür drückte – vergeblich: PVC und Doppelverglasung. Das Haus war eine Festung.

Was dann geschah, machte seine Überlegungen überflüssig: Er hörte das leise Geräusch eines sich öffnenden Fensters an der Seite des Hauses und lief los. Gerade rechtzeitig, um eine schlaksige Gestalt herausklettern zu sehen, deren Gesicht unter einer Kapuze verborgen war. Vega hielt seinen Dienstausweis hoch und trat näher. »Reese! Schaff deinen Arsch hier rüber! Wir müssen mit dir reden.«

Der junge Mann drehte sich zu ihm um. Der kurze Moment reichte aus, um zu bestätigen, was Vega vermutet hatte: Es war derselbe Junge, dessen Foto er vor wenigen Stunden in Jodie Groves' Wohnzimmer betrachtet hatte.

Natürlich hatte er sich verändert. Beinahe sieben Jahre waren vergangen. Der Kiefer war nicht mehr ganz so schmal wie früher, die Wangen wirkten eingesunken. Reese hatte inzwischen Bartstoppeln, dunkle Augenringe und die runden Schultern von jemandem, der zu viel Zeit über einer Spielekonsole verbrachte. Aber laufen konnte er verdammt schnell.

Der Junge flitzte davon wie ein Hase, und Vega setzte ihm nach. Dabei rief er nach Khan. Reese zog es offenbar nicht zur Straße vor dem Haus. Stattdessen rannte er durch den vernachlässigten Garten, sprang über ungepflegte Blumenbeete und versteckte Hindernisse. Der herabgefallene und vom Gras überwucherte Ring eines Basketballkorbs brachte Khan ins Stolpern und ließ ihn zu Boden gehen. Vega hörte ihn fluchen: »Verdammte Grasflecken!«

Vega hörte das Blut in seinen Ohren rauschen, als er versuchte, mit dem viel jüngeren Mann Schritt zu halten.

Er fragte sich, ob Reese sich nach all den Jahren noch daran erinnerte, wie sie sich in Verhörraum 2 gegenübergesessen hatten. Reeses Vater, Sam Stowe, hatte als erwachsene Begleitperson an den Gesprächen teilgenommen. Der Junge selbst hatte sein Kinn nach vorn gereckt, als wäre er ein Mann. Gleichzeitig hatte er sich aber an eine Pokémon-Figur in seiner verschwitzten Faust geklammert.

Vega wusste sogar noch, welches T-Shirt der Junge getragen hatte. Und ganz deutlich erinnerte er sich an den Faustschlag, den Sam ihm verpasst hatte, als die Fragen zu aufdringlich geworden waren. Eine Woche hatte das blaue Auge zum Abschwellen gebraucht. Vegas Instinkt hatte ihm damals gesagt, dass der Sohn gern geredet hätte, der Vater aber genau das verhindern wollte.

»REESE!«

Khan hatte sich wieder aufgerappelt und war kurz davor, Vega einzuholen. Vega hörte die Schritte des DC hinter sich auf dem gefrorenen Boden. Und er registrierte die kurzen Atemzüge, die viel kontrollierter waren als seine eigenen. Inzwischen war Reese dabei, seinen Vorsprung zu vergrößern.

Am anderen Ende des Gartens lag ein Weiher, dessen Oberfläche im Dämmerlicht des Morgens glänzte wie Granit, über dem Wasser und dem Schilf am Ufer hing Nebel. Reese lief am Rand des Weihers entlang und passierte einen kurzen Bootsanleger und eine Hütte. Hinter dem Weiher zeichnete sich ein dichter Laubwald ab, in dem der Teenager offenbar Deckung suchen wollte.

Sie würden ihn nicht einholen, ehe er den Waldrand erreichte. Vega gab auf und ließ sich schwer auf den Rasen fallen. Er hatte das Gefühl, als läge ein Gürtel um seinen

Brustkorb, der immer straffer gezogen wurde. Seine Sicht war verschwommen, und das Hämmern in seinen Ohren dröhnte wie ein schwerer Bass.

»Wir haben ihn verloren«, stöhnte Khan, der neben ihm stehenblieb und die Hände im Nacken verschränkte. Er war außer Atem, aber längst nicht so erledigt wie Vega. Jugendlicher Scheißkerl! »Alles in Ordnung, Sir?«

Vega konnte nicht antworten. Er lag für einen Moment ausgestreckt auf dem Boden und reckte zur Antwort nur den Daumen. Khan sollte sehen, dass er keinen Herzinfarkt erleiden würde, auch wenn sich gerade alles so anfühlte.

»Sie haben ein ordentliches Tempo«, zeigte Khan sich von seiner menschenfreundlichen Seite. Dann packte er die Hand seines Vorgesetzten und zog ihn hoch. »Wir haben uns gut geschlagen.«

»Er ist … aus Angst so schnell gelaufen«, stieß Vega keuchend hervor. »Angst ist … eine verdammt gute Motivation.«

»Und wahrscheinlich raucht er keine zwanzig am Tag.«

»Zehn«, korrigierte ihn Vega, immer noch vornübergebeugt. »Zwanzig kann ich mir nicht leisten.«

»Wem sagen Sie das. Verdammte Tabaksteuer, was?« Khan schaute hinüber zu dem Wald, der Reese verschluckt hatte, und strich sich mit der Handfläche über den glatt rasierten Schädel. »Ich schätze, wir müssen eine Fahndung rausgeben.«

»Ja. Wir lassen ihn suchen. Mehr können wir jetzt nicht tun.«

Khan hob einen Stein auf und warf ihn frustriert in den Weiher. Plötzlich legte er den Unterarm über Mund und Nase. »Mann, das Wasser stinkt vielleicht.«

Vega richtete sich auf und blickte über den Weiher. Das Wasser plätscherte sanft ans Ufer. Es war dunkel, aber nicht schmutzig. »Nein, ich glaube nicht, dass es das Wasser ist … Nicht bei diesen Temperaturen.«

Er schaute zu der Hütte, die ungefähr zweihundert Meter von ihnen entfernt stand. Der Wind wehte genau aus dieser Richtung zu ihnen herüber. Mit Khan im Gefolge trat Vega langsam näher heran. Der Gestank wurde heftiger. Er war unangenehm und süßlich. Ein vertrauter Geruch, an den er sich trotzdem nie gewöhnt hatte.

Fenster hatte die Hütte keine. Er versuchte es an der Tür. Es gab einen Riegel mit Vorhängeschloss, doch das Schloss war geöffnet. Vega schaute über die Schulter zu Khan. »Wie viele Leichen haben Sie schon gesehen, mein Junge?«

»Ein paar. Genug«, sagte Khan. Seine Haltung versteifte sich, und er kreuzte die Arme fest vor der Brust. »Alles klar, Sir. Machen Sie schon, öffnen Sie die Tür.«

Vega hakte das Vorhängeschloss aus und öffnete die Tür. Ein Summen, als hätte er eine Neonröhre eingeschaltet, ertönte, dann überfielen ihn die schwarzen Fliegen. Kurz steckte er den Kopf durch die Tür, gerade lange genug, um seine Vermutung bestätigt zu sehen.

»Ist eine drin?«, fragte Khan hinter ihm. »Eine Leiche?«

»Ja, ich fürchte schon.« Vega zog die Tür ganz auf und trat zurück, um den schlimmsten Gestank hinauszulassen. »Ich vermute, er ist schon eine ganze Weile hier.«

»Das hab ich mir bei dem Gestank auch gedacht.« Khan riskierte einen Blick an Vega vorbei, den Ärmel fest auf den Mund gepresst. »Glauben Sie, er ist es? Der Vater?«

»Ich weiß es nicht.« Vega war klar, dass er nicht über die Schwelle treten durfte. Der Fundort musste gesichert werden. Doch die Neugier zwang ihn dazu hineinzuschauen, und irgendwann machte er doch einen Schritt über die Schwelle.

Die Hütte war unwesentlich größer als ein durchschnittlicher Gartenschuppen. Alles war ordentlich aufgeräumt: Ruten und Angelzubehör hingen an Haken an den Wänden; in einer Ecke standen ein kleiner Aktenschrank und ein Tapeziertisch mit einer tragbaren Kochplatte, einem Wasserkocher und einem angestoßenen Becher, der noch halb mit Tee oder Kaffee gefüllt war.

Auf dem Tisch waren verschiedene Papiere ausgebreitet. Ausweisdokumente, wie Vega bei näherem Hinsehen feststellte. Allerdings kein Abschiedsbrief.

Er schaute noch einmal genauer hin, wobei er sich bemühte, mit den Füßen an Ort und Stelle zu bleiben und es bei dem einen Schritt in die Hütte zu belassen. Ja, er kannte den Mann auf dem Passfoto. Samuel James Stowe.

Ein gut aussehender Kerl zu Lebzeiten, wie Vega sich erinnerte. Er war nicht groß gewesen, aber ein solches Energiebündel, dass man auf die Körpergröße nicht weiter achtete. Ein charismatischer Typ: Selbst nachdem Stowe ihn geschlagen hatte, hatte Vega es nicht über sich gebracht, den Kerl nicht zu mögen.

Als er Sam vor etwa einem Monat in den Lokalnachrichten gesehen hatte, hatte Vega ihn nicht wiedererkannt. Damals hatte Sam sich gegen Betrugsvorwürfe zur Wehr gesetzt und mit ruhelosen Gesten seine Ausreden vorgebracht. Seine einstmals ansteckende Energie war erloschen, sein Glanz verblasst.

Das passte zu der Szene, die er jetzt vor Augen hatte, nahm Vega an. Der Mann saß ihm gegenüber, im Sessel zusammengesunken, ein Gewehr zwischen den Knien.

Er hörte, wie Khan hinter ihm telefonisch Meldung machte. Bald würden Dr. Fleischer und die Spurensicherung hier auftauchen. Männer und Frauen, die intelligenter waren als er. Vega wollte sich ein eigenes Bild des Geschehenen machen, ehe sie mit ihren wissenschaftlichen Methoden anrückten. Er trat noch einen Schritt näher.

Das karierte Flanellhemd, die Jeans und die teuren Timberland-Boots des Mannes waren von den Flüssigkeiten durchweicht und verfärbt, die sein Körper ausgeschieden hatte. Trotzdem glaubte Vega die Art Outfit zu erkennen, die Sam normalerweise trug.

Die untere Hälfte seines Gesichts war noch intakt, und sein Kiefer hing locker herunter. Das war ein erstes Anzeichen dafür, dass etwas an diesem Bild nicht passte. Bei Selbstmorden mit Schusswaffen, vor allem solch großen und schwer zu bedienenden wie einem Gewehr, hatte man es meist mit einer aufwärts verlaufenden Schussbahn zu tun. Das Geschoss trat durch den Mund oder unterhalb des Kinns ein und am Hinterkopf oder durch die Schädeldecke wieder aus.

Der Schuss, durch den dieser Mann hier gestorben war, hatte seine Kopfhaut und den oberen Teil des Schädels fortgerissen, sogar noch das linke Auge. Der Schädelinhalt hatte hinter ihm auf der Bretterwand schwarze Spritzer hinterlassen. Hatte jemand aus kurzer Entfernung auf ihn geschossen?

»Sieht wie Selbstmord aus«, sagte Vega leise. »Ich glaube nicht, dass es einer war, aber es sieht danach aus. Warum? Wer hat Ihnen das angetan, Sam? Sie sind doch Sam, oder?«

Keine Antwort. Natürlich.

Vega hob ein imaginäres Gewehr und spielte die Bewegungsabläufe durch. Er vermutete, dass jemand, der nur ein bisschen kleiner war als er selbst, den tödlichen Schuss abgegeben hatte. Er beugte sich weit genug vor, um die violetten Hände betrachten zu können, deren Finger durch den Zerfallsprozess angeschwollen und leicht gebeugt waren. Keine Abwehrverletzungen. Auch kein schwefliger Geruch nach Ruß, obwohl es natürlich schwer war, bei dem Verwesungsgeruch noch etwas anderes wahrzunehmen.

Vegas Magen begann zu rebellieren. Er nahm einen Kaugummi aus der Tasche und begann heftig darauf herumzukauen, um mit dem Pfefferminzgeschmack seinen Würgereflex zu unterdrücken. Schließlich trat er hinaus und gesellte sich zu Khan.

»Entweder es ist Sam Stowe, oder irgendwer hat großen Aufwand betrieben, um es so aussehen zu lassen.«

Khan zitterte plötzlich und drehte sich zum Wasser um. »Stowe hatte einen Waffenschein. Frizz wollte, dass ich seinen Namen durch den Polizeicomputer laufen lasse.«

»Hmm.«

»Also, Deano ist vermutlich seit Samstag tot, stimmt's?«, fragte Khan. »Dieser Mann hier, wer immer er ist, lebt jedenfalls schon deutlich länger nicht mehr.«

»Stimmt. Sam hat letzte Woche mehrere SMS an seine getrennt lebende Frau geschickt. Das bedeutet, dass er einen unglaublich guten Empfang haben muss oder dass jemand sein Handy geklaut hat. Und nennen Sie sie nicht Frizz.«

»Dann glauben Sie, dass sich jemand für Sam ausgegeben hat?«

Vega zuckte die Achseln. »Falls jemand Sam umgebracht und den Anschein erweckt hätte, dass er noch lebte, könnte er auf diese Weise an Deano herangekommen sein. Jodie hatte mit ›Sam‹ vereinbart, dass er den Jungen abholt. Sie könnte ihn unabsichtlich direkt in die Arme des Mörders getrieben haben. Oder der Mörder.«

»Vielleicht war dann Deano das eigentliche Ziel?«

»Jedenfalls sollten wir die Möglichkeit im Auge behalten …« Vega schaute hinüber zu den Bäumen, in denen die vom Aasgeruch angelockten, krächzenden Krähen hockten.

»Er hat uns hierhergeführt«, sagte Vega. »Reese. Als er vom Haus weggelaufen ist, wollte er, dass wir ihm in diese Richtung folgen. Er hat gewusst, was in der Hütte ist.«

Bis zum Eintreffen der Forensiker dauerte es noch eine Stunde, doch schließlich hörten sie die Motoren und das schmatzende Geräusch der Reifen auf dem feuchten Gras zwischen dem Haus und der Angelhütte.

Hinter den Kastenwagen tauchte ein blutroter Jaguar auf. Vega lockerte seinen vor Kälte steifen Körper und ging dem Wagen entgegen. DCS Bishop schwang sich aus dem Fahrersitz und erweckte wie immer den Eindruck, als wolle er im nächsten Moment in den Ring steigen. Sein Gesicht war gerötet, aber ruhig und konzentriert; man hätte ihn für entspannt halten können, wäre da nicht die Furche zwischen seinen blonden Augenbrauen gewesen.

»Sir«, begrüßte Vega ihn mit ausgestreckter Hand. Bishop nahm die Hand, ignorierte Khan aber völlig.

»Was für eine beschissene Sauerei, stimmt's?«, brummte er. »Er ist es, oder? Der Vater?«

»Alle Anzeichen deuten darauf hin, aber solange …«

»Ich frage Sie nach Ihrer Meinung, Rich. Sie sind doch noch in der Lage, eine Meinung zu äußern, oder?«

»Ich glaube schon, Sir.«

Bishop rückte die Brille auf seinem ramponierten Nasenrücken zurecht. »Was für eine beschissene Sauerei«, wiederholte er. »Also gut. Ich verhänge eine Urlaubssperre und mache Druck, damit wir Verstärkung vom Priority Crime Team bekommen. Ich wollte, dass wir den Fall allein durchziehen, aber wir haben nicht genug Leute für wahrscheinlich zwei Mordfälle in zwei Tagen.«

»Mit Sam sind wir außerdem einen Verdächtigen los«, sagte Vega. Bishop warf ihm einen Blick zu, der zu sagen schien, dass er daran nicht erinnert werden musste.

»Wie hat er sich geschlagen?«, wollte Bishop wissen und deutete mit dem Daumen auf Khan.

Vega musterte den Detective Constable von oben bis unten. »Gut hat er sich geschlagen.«

»Schön. Dann verpisst euch alle beide. Bringt alles zu Papier und seht zu, dass ihr etwas zum Essen bekommt. Wenn eure Mägen das zulassen.« Bishop stolzierte auf die Hütte zu, und Vega wandte sich wieder zu Khan. Er wirkte niedergeschlagen. Vega klopfte dem jungen Mann auf die Schulter und drückte sie fest.

»Alles in Ordnung?«

»Nicht wirklich. Diese Grasflecken kriege ich nie aus den Klamotten.«

Vega warf den Kopf zurück und stieß ein vor Erschöpfung beinahe hysterisches Lachen aus, das bis zu den Forensikern hinüberschallte. Schnell senkte er den Kopf und schob Khan zurück in Richtung des Hauses.

»Kommen Sie, Zed. Besorgen wir uns was zu futtern, solange man uns noch lässt. Ich zahle.«

6

Dienstagabend

Vega arbeitete bis 18 Uhr, dann holte ihn der Schlafmangel ein. Er fror und konnte keinen klaren Gedanken mehr fassen. Also meldete er sich ab und fuhr nach Hause. Ein vertrautes Gefühl der Frustration überfiel ihn, wenn er daran dachte, wie wenig sie in diesen ersten kritischen Stunden herausgefunden hatten.

Deano, tot. Sam, tot. Warum und durch wessen Hand, konnte er absolut nicht sagen. Deanos Leiche war bereits ein Thema in den lokalen Radionachrichten, die er auf der Heimfahrt hörte. Die Nachricht von Sams Tod war noch nicht durchgesickert.

Und immer noch konnte Vega den Gedanken an die Ähnlichkeiten zwischen dem Mord an Deano und dem an Tom Healy nicht abschütteln. Es war unheimlich. Hinter diesen Ähnlichkeiten steckte eine Absicht, sie konnten kein Zufall sein. Aber wo war der Zusammenhang? Als er auf dem Asphaltstück vor seinem Haus parkte, war es dunkel. Einmal mehr nahm er sich vor, die Birne in seiner Außenbeleuchtung zu wechseln. Die Stufen hinunter zur Haustür waren bei den frostigen Temperaturen ohnehin schon heimtückisch. Er fischte die Hausschlüssel aus seiner Jacke und trat in den unbeleuchteten Windfang.

»Himmel …!«

Kaum war er über die Schwelle getreten, schon stolperte er über etwas. Wie ein gefällter Baum ging er zu Boden, wobei er hilfesuchend eine Hand ausstreckte. Doch er bekam nichts zu fassen außer dem Garderobenständer, den er mit sich herunterriss.

Stöhnend fand er sich unter einem Stapel von Jacken und Schals wieder. Am liebsten wäre er einfach dort liegen geblieben. Dann hörte er tapsende Schritte auf der Treppe, und das Flurlicht wurde eingeschaltet. »Alles in Ordnung, Padre?«

»Sieht es so aus?«

Cherry hob den Garderobenständer von ihm herunter und streckte die Hand aus. Vega stieß sie fort und sah nach, was ihn ins Straucheln gebracht hatte. Ein schäbiges Paar hellblauer Doc Martens stand mitten auf der Fußmatte. Er funkelte Cherry an, die vergeblich versuchte, hinter ihrer Hand ein Lächeln zu verbergen.

»Tut mir leid.«

»Klar, das sieht man dir an.« Er humpelte Richtung Küche, und sie folgte ihm.

»Aber gestern Abend hab ich für dich gekocht.«

»War das dein erster Anschlag auf mein Leben?«

»Gemeinheit! Mein Essen ist gesünder als dieses fragwürdige Take-away-Zeug, von dem du dich in letzter Zeit ernährst.« Cherry nahm eine Milchtüte aus dem Kühlschrank, setzte sich auf die Arbeitsfläche und trank gierig direkt aus dem Karton. Vega war zu müde, um etwas zu sagen.

Mit ihren schnellen, eckigen Bewegungen erinnerte sie ihn an einen kleinen Vogel. Cherry trug ihr Haar lang und wechselte alle paar Wochen die Farbe – letzten Monat war es lila gewesen, im Augenblick schneeweiß. Es wirkte dünn und trocken, was nicht nur von dem Bleichmittel kam, sondern auch von ihrem Lebensstil.

Cherry war nicht nur schlank, wie man es bei einer aktiven jungen Frau erwartet, sondern erschreckend dünn. Ihre blauen Augen wirkten groß und hohl, die Gesichtsknochen zu ausgeprägt, und die Schlüsselbeine stachen scharf unter ihrer Haut hervor.

Sie wirkte wie ein zerbrechliches Knochengerüst, das von einer Hülle verschlungener Blüten-Tätowierungen zusammengehalten wurde, die sich im Augenblick unter einem sackartigen Snoopy-Pullover verbargen. Vega hatte ihre Tattoos bezahlt und darauf bestanden, dass sie im Sevenoaks-Studio gestochen wurden, wo der Tätowierer begabt und – wichtiger noch – die hygienischen Verhältnisse einwandfrei waren. Früher einmal war sie mit Blasen auf einem entzündeten Farbfleck nach Hause gekommen, den ihr Freund Oscar ihr mit einer Ausrüstung beigebracht hatte, die er »im Internet gekauft« hatte. Verdammter Schwachkopf. Cherry war fröhlich, immer, und das auf ansteckende Weise. Sie strahlte ihn an und klickte mit dem Zungenpiercing gegen ihre gelben Zähne, wie sie es beim Nachdenken oft tat. Sie betrachtete ihn und legte dabei den Kopf zur Seite, wieder so eine vogelartige Bewegung.

»Soll ich es warm machen?«, fragte sie. »Dein Abendessen?«

Vega saß am Tisch und rieb sich mit den Handknöcheln über die Augen. »In Ordnung.«

Cherry sprang von der Arbeitsplatte, goss ihm ein Glas Milch ein, heizte den Ofen an und nahm eine abgedeckte Platte aus dem Kühlschrank. Brathähnchen, Kartoffeln, Pastinaken, Möhren und Erbsen. Zwei enorm große Yorkshire-Puddings, sogar Soße. Sie hatte sich richtig Mühe gegeben, stellte Vega fest und bedauerte es, so kurz angebunden gewesen zu sein.

»Wofür das alles?«

»Ich hab Daria gesehen, in den Nachrichten. Ich dachte mir, dass du an dem Fall arbeitest«, sagte Cherry und schob die Platte in den Ofen. »Da dachte ich, du brauchst ein bisschen Seelennahrung …«

»Danke, Cher!«

»Schon gut.« Sie setzte sich ihm gegenüber und musterte ihn weiterhin aufmerksam. Er lehnte sich zurück und schloss die Augen.

»Langer Tag, hmm?«, fragte sie.

»Der erste von vielen, vermute ich. Warst du heute bei deinem Termin mit Simon?«

»Ja …« Sie wickelte eine Strähne ihres dünnen Haars um einen Finger und betrachtete alles Mögliche, nur nicht ihn. Mühsam öffnete Vega die Augen und beugte sich ein Stück vor.

»Cherry …«

»Okay, ich hab ihn verpasst.« Sie seufzte. »Aber nur, weil wir Probe hatten! Ich rufe ihn an und mache einen neuen Termin. Versprochen.«

»Hmm.«

»Ehrlich, ich schwöre es.«

»Dann mach es auch. Ich bin weiß Gott kein Fan von Simon, aber er hilft dir. Und wenn er dir nicht hilft, musst du es mir sagen, damit wir jemand anderen finden.«

»Er ist schon okay. Ich mag Si. Man kann gut mit ihm reden. Besser als mit dir jedenfalls. Vielleicht ist es das, was Daria an ihm schätzt.«

»Oh, wie nett«, grummelte Vega. »Danke, Cherry, gut zu wissen.«

»Ich geb mir Mühe.« Zum ersten Mal verschwand Cherrys Lächeln für einen Moment. Sie zupfte an einem

Loch in ihrem abgetragenen Pullover. »Liv sagt, sie hätte dich gesehen, draußen vor dem Grey. Ich dachte, du hättest den Auftritt verpasst.«

»Nein, das würde ich doch nie«, log Vega und fühlte sich gleichzeitig dankbar und schuldig, weil Liv ihm dieses Alibi geliefert hatte. »Der Laden war nur gerammelt voll, sodass ich nicht bis zu dir durchgekommen bin.«

Die Lügen kamen ihm problemlos über die Lippen. Was nicht bedeutete, dass er sich damit wohlfühlte. Vega rieb sich übers Kinn, dessen frische Bartstoppeln sich wie Sandpapier anfühlten. »Du warst übrigens gut.«

»Echt?« Cherrys Miene hellte sich wieder auf. »Meinst du wirklich?«

»Natürlich. Du weißt, was du tust. Und du hast eine wunderschöne Stimme.« Vega beugte sich vor und legte den Kopf auf die Unterarme. Dann schloss er die Augen, nur für einen kleinen Moment. Cherry streckte die Hand quer über den Tisch und zerzauste seine pechschwarzen Haare. Seine Arme dämpften sein unwillkürliches Aufstöhnen. Mehrere Minuten saßen sie schweigend zusammen, bis sie aufstand, um das Essen aus dem Ofen zu holen.

»Bon appétit«, sagte sie und stellte den Teller schwungvoll vor ihn hin. »… Padre?«

Sein pfeifender Atem war die einzige Antwort. Er schlief tief und fest. Auf Zehenspitzen schlich Cherry ins Wohnzimmer, nahm den Überwurf vom Ledersessel, legte ihn Vega um die Schultern und ließ die Jalousie in der Küche herunter.

»Nacht, Nacht«, flüsterte sie, küsste ihn auf den Schädel und nahm die Mischung aus seinem natürlichen Geruch und dem leichten Duft seines Shampoos wahr. »Träum schön!«

Um drei Uhr morgens erwachte Vega in der Küche. Er brauchte einen Augenblick, ehe er sich erinnerte, wo er war. Der Überwurf war ihm von den Schultern gerutscht, sodass er nun am ganzen Körper fror. Erst nach und nach wurde ihm bewusst, dass das Summen, das er hörte, vom Kühlschrank stammte, nicht von den Fliegen in der Hütte. Das grüne Schimmern war die LED-Uhr am Ofen. Er machte sein Abendessen abermals warm und aß es mechanisch. Das Gemüse war ein bisschen matschig, aber es war wirklich keine üble Mahlzeit. Er spülte den Teller kurz ab und stellte ihn in die Spülmaschine.

Also ins Bett, und vielleicht sogar traumlos schlafen.

Vega blieb kurz vor Cherrys Tür stehen, öffnete sie einen Spalt und spähte hinein. Sie war ein nachtaktives Wesen. Für sie war es nichts Ungewöhnliches, um diese Uhrzeit noch auf zu sein und in die Tastatur des Laptops zu hämmern, den Daria ihr vermacht hatte. Er wollte sich gern dafür bedanken, dass sie gekocht hatte.

Cherrys schmales Schlafsofa war leer: Die Decke lag unordentlich auf dem Boden, und das Laken bedeckte nur die halbe Matratze. Vorsichtig ging er quer durch den Raum, wich dabei den auf dem Boden verstreuten Kleidungsstücken aus und machte das Bett für sie, das Laken so ordentlich eingeschlagen wie im Krankenhaus.

Vega hatte sich immer um ein ordentliches Zuhause bemüht, was Cherry bisweilen als persönlichen Angriff zu betrachten schien. Das Schlafzimmer war ihr Reich, hatte er ihr erklärt. Sie konnte darin tun, was sie wollte, aber das würde ihn nicht davon abhalten, auf ein Minimum an Ordnung und Sauberkeit zu achten.

Und noch in einem anderen Punkt hatte er sich angewöhnt, in ihre Privatsphäre einzudringen. Es geschah ausschließlich aus Fürsorge, sagte er sich. Manchmal waren kleine Grenzüberschreitungen erlaubt, wenn gute Absichten dahintersteckten. Er wollte sie nicht verurteilen, er sorgte sich nur.

Die Matratze hing durch und ächzte unter Vegas Gewicht, als er sich darauf kniete und das Schlafzimmerfenster gerade weit genug öffnete, um seinen Unterarm hinausschieben zu können. Die Nacht draußen war bitterkalt, und es kam ihm vor, als würde er den Arm in eisiges Wasser tauchen.

Seine Finger suchten die Dachrinne ab, die Blätter und Moosklumpen. Schließlich ertasteten sie die harten Kanten der Swan-Tabaksdose. Er holte sie ins Zimmer. In seinen Ohren rauschte die Stille des nächtlichen Hauses und beinahe erwartete er, dass Cherry jeden Moment neben ihm auftauchen würde. Was sie nicht tat, weil sie unterwegs war. Er konnte nur raten, wo.

Die Dose befand sich in einem Brotbeutel mit Zip-Verschluss. Er schob die Fingernägel unter den Deckel und schob ihn hoch. Von drinnen strömte ihm ein Geruch wie der von Essig entgegen. Die Dose enthielt eine Pinzette, die zerbrochene Röhre eines Kugelschreibers, ein paar Stücke Alufolie und einen kleinen Klumpen einer teerartigen Substanz in der Farbe von Cola.

Als er den Klumpen das letzte Mal überprüft hatte, war er ein wenig größer als sein Daumennagel gewesen. Inzwischen war er ungefähr auf die halbe Größe geschrumpft. Er legte das Heroin zurück, schloss die Dose wieder und legte sie an ihren Platz in der Regenrinne.

Vega zog seinen Schlafanzug an und versuchte, beim Kontakt mit dem Flanellstoff nicht an Sam Stowes durchtränktes Hemd zu denken. Rund eine Stunde lang lag er noch wach, starrte auf die wirbelnden Muster der Deckenplatten und versuchte einzuschlafen. Dann hörte er das Gartentor sehr leise quietschen.

Cherry kam nach Hause, wo immer sie gewesen sein mochte. Wenige Minuten später hörte er sie auf der Treppe. Hörte, wie sie ihre Schlafzimmertür zuzog.

Vega schloss die Augen.

Es kam ihm nur wie eine Minute vor, dann ließ ihn der Wecker hochfahren. In der Nacht hatte er vergessen, ihn abzuschalten. Über ein oder zwei Stunden zusätzlichen Schlaf hätte er sich zwar nicht beklagt, aber nun, da er schon einmal wach war, musste er auch aufstehen.

Er duschte und suchte sich ohne groß nachzudenken seine Kleidung für den Tag heraus. Seine Garderobe glänzte nicht durch Vielfalt: dunkle Anzüge und einfarbige Hemden, zu denen er die jeweils passenden Krawatten gleich um den Kleiderbügel gewickelt hatte. Vor zehn Uhr musste er nicht bei der Arbeit erscheinen, sodass er die nächsten Stunden ziellos und gemächlich angehen konnte.

Er schaute nach Cherry. Sie schlief, ihr Atem ging tief und regelmäßig, das weißblonde Haar umrahmte ihr Gesicht. Er spielte mit der Idee, sie mit einem Frühstück zu wecken, wusste aber, dass sie es nicht anrühren würde. Das Mädchen lebte von Luft und Haribo.

Immer noch gähnend und mit verklebten Augen trottete Vega die Treppe hinunter und setzte sich, um einen Blick auf die morgendliche Post zu werfen. Nichts Interessantes. Speisekarten von Take-out-Restaurants, ein neues Exemplar des Telefonbuchs (benutzte das heutzutage überhaupt noch jemand?) und das lokale Gratismagazin, das ihm freundlicherweise all die Aktivitäten ans Herz legte, an denen er teilnehmen könnte.

Er brühte sich einen Kaffee mit gemahlenen Bohnen, die er vor einigen Wochen gekauft hatte. Er schmeckte fade, ein wenig abgestanden. Zu Hause trank er selten Kaffee, da er ihn in bedenklichen Mengen während der Arbeit konsumierte. Das Crack des Bullen.

Vega machte sich Toast, zerquetschte darauf eine halbe Avocado und aß ihn mürrisch am Küchenfenster, von dem er auf seinen viel zu hohen Rasen schaute. Er versuchte sich einzureden, dass er auf diese Weise einen Zufluchtsort für Bienen schuf, doch in Wahrheit hatten ihn selbst die Bienen boykottiert. Er sollte endlich mähen, doch der Rasen war mit der Scheiße des riesigen orangefarbenen Katers von nebenan übersät, der mehr Zeit in seinem als im Nachbarsgarten zu verbringen schien.

Vielleicht würde er sich an diesem Wochenende daranmachen …

Als er den Toast verdrückt und den Kaffee hinuntergestürzt hatte, wusste Vega nicht, was er mit sich anfangen sollte.

Seine Unruhe trieb ihn in seinen Wagen und schließlich noch einmal nach Hildenborough. Noch einmal zum Einfamilienhaus der Stowes.

7

Mittwoch, früher Morgen

Reese erwachte keuchend. Er hatte vom Strand von Berrow und von dem Sommer geträumt, an dem er hinaus ins Watt gegangen war. Bis zu den Schultern war er im feuchten Schlick versunken, aber Dad war gekommen, hatte ihn herausgezogen und ihn festgehalten – später, als der Schock einsetzte. Dad war ein kleiner Mann gewesen, aber stark. Große Hände, rau von der Arbeit und geschickt.

Seine eigenen Hände waren weich. Dad hatte versucht, ihn für die körperlichen Tätigkeiten bei seinem Job zu begeistern, aber es hatte nie gepasst. Reese war gut im Umgang mit Fahrzeugen, hatte schon als Dreizehnjähriger fahren können, aber das war so ungefähr alles. Er war groß und zäh wie seine Mum, hatte aber nie gern mit den Händen gearbeitet und konnte mit dem frotzelnden Ton der Männer nichts anfangen.

Auch die Männer, mit denen Reese jetzt zusammen war, verstand er nicht. Sie redeten nicht, sie lachten nicht. Es gab nicht dieses Geplänkel wie zwischen den Arbeitern seines Vaters. Sie waren auf eine aggressive Weise schweigsam.

In dem Maß, in dem die Erinnerungen an den Traum schwanden, nahm der Raum um ihn herum klare Formen an. Er hörte das wütende Dröhnen eines Ventilators: Auf einem Bett lag ein Laptop, der gerade zu überhitzen drohte. Er hörte grunzende Laute und das feuchte Klatschen einer öligen Hand, was ihm verriet, dass sein Zimmergenosse wieder masturbierte. Reese drehte sich zur Wand, damit er nicht zuschauen musste. Er vertiefte sich in das regelmäßige Blumenmuster der Tapete. Sie beulte sich in der feuchten Luft aus. Als er mit der Fingerspitze auf eine der Blasen drückte, blieb in der Mitte eine kleine Vertiefung zurück.

Die Morgendämmerung hatte noch nicht eingesetzt. Der Himmel draußen war dunkel, was sich in der nächsten halben Stunde auch nicht ändern würde. Erst dann würde sich das erste schwefelgelbe Licht zeigen. Beide Seiten der einfachen Fensterscheibe waren mit Reif bedeckt, der sich auch um den Rand des Waschbeckens im Bad herumzog.

Sie hatten eine lange Reise vor sich; eine, an die er sich langsam gewöhnte. Von Hull über Zeebrugge nach Rotterdam. In der Schublade seines Nachttischs lagen ein gefälschter Pass und ein Führerschein, laut denen er sechs Jahre älter war als in Wirklichkeit. Kidd hatte ihm die Papiere besorgt, die zwar Fotos von Reese enthielten, aber auf einen anderen Namen lauteten. Der Laptop wurde zugeklappt, und das Sirren verstummte. Mit einem dumpfen Geräusch wurde das Gerät auf den dünnen Teppichboden gestellt, dann zupfte sein Zimmergenosse raschelnd Papiertaschentücher aus einer Schachtel. Als Reese sich wieder auf den Rücken drehte, wurde ihm etwas über den Kopf geworfen.

»Steh auf. Er muss jeden Moment hier sein.«

Reese zog sich das T-Shirt vom Gesicht und setzte sich stöhnend auf. Als er den Reißverschluss des Schlafsacks öffnete, drang eiskalte Luft ein. Er trug zwei Paar Socken, in die er die Beine seiner Jogginghose gestopft hatte, zitterte aber trotzdem wie ein Junkie. Schließlich zog er Jeans, Unterhemd, ein T-Shirt und ein graues Kapuzenoberteil an, das nur wenig Körpergeruch verströmte.

»Komm schon, Reesey! Beweg deinen dürren Arsch!« Sein Zimmergenosse schob ihn zur Schlafzimmertür. Er hieß Levi und war ein fetter blonder Niederländer mit schweren Augenlidern, über den Reese kaum etwas wusste, abgesehen von seiner Vorliebe für schwarze Frauen vom Amazonas und amerikanische Sitcoms.

Sie schlurften eine schmale Treppe hinunter und betraten einen Flur, der vollgestellt war mit überquellenden Mülltüten. Das Drei-Zimmer-Reihenhaus lag im Dunkeln: Der Briefkasten war mit Isolierband abgeklebt und die vorderen Fenster mit Zeitungen. In diesem Haus hatten sie zu sechst den letzten Monat verbracht: je zwei in den Schlafzimmern und zwei im Wohnzimmer.

Sie würden hier bald verschwinden, und warum auch nicht. Die Wände schienen bereits die Gerüche der Bewohner auszudünsten: abgestandener Zigarettenqualm, fettiges Essen und feuchte Stiefel. Die Toilette war verstopft gewesen, und die anderen hatten Reese auserkoren gehabt, um sie zu reparieren – genauer gesagt: Sie hatten ihn ins Bad geschleppt und die Tür verschlossen, bis er es erledigt hatte. Trotzdem roch es im ersten Stock immer noch nach ungeklärtem Abwasser.

Die anderen vier saßen in der Küche um einen Klapptisch herum und warfen abwechselnd Speck in die Pfanne. Unter der Decke hing weißer Qualm, und heiße Fettspritzer trafen jeden, der sich dem Herd näherte, was aber niemanden sonderlich zu stören schien.

Durch den heißen Herd und die dicht beieinandersitzenden Männer war es in diesem Raum wenigstens warm.

Reese saß Schulter an Schulter mit Levi, der sich die letzten Speckstreifen schnappte. Reese war es egal, er hatte keinen Hunger, wie so oft in diesen Tagen.

Niemand sprach, sie aßen einfach, phlegmatisch und freudlos. Jemand hatte einen kleinen Fernseher auf die Arbeitsplatte gequetscht, und die Moderatorin mit ihrer künstlichen Mahagonibräune gab sich alle Mühe, so zu wirken, als wäre ihr das Buch, das ihr Gast gerade präsentierte, scheißegal.

Das Durchschnittsalter in der Küche lag bei mindestens vierzig, wobei Reese es um zehn Jahre drückte. Das waren alles reife Männer, die lange Gefängnisstrafen abgesessen hatten, über eine Liste von Kontakten verfügten und das Bedürfnis verspürten, ein bisschen von dem zu kompensieren, was sie während ihrer Zeit im Knast verloren hatten. Familien, Freundschaften, Chancen hatten sich in Luft aufgelöst. Dafür stand ihnen eine Entschädigung zu, vom Staat, vom Universum.

Reese war nicht ganz klar, wie er zu einem von ihnen geworden war.

Im Raum herrschte Anspannung, wie jedes Mal, wenn ein Besuch von Kidd anstand. Heute Morgen konnte das Reese nichts anhaben, dafür war er innerlich viel zu abwesend. Er lehnte sich zurück gegen die schmutzigen Schränke und starrte auf den Bildschirm. Der Autor hatte seine Sendezeit offenbar überschritten, denn die Moderatorin unterbrach ihn mitten im Satz, um ihm zu danken und ihn mit einem Applaus zu verabschieden.

Die Nachrichten begannen, und als Deanos Foto gezeigt wurde, war das so surreal, dass Reese es im ersten Moment als Symptom seiner Schläfrigkeit abtun wollte. Doch er war es wirklich. Sein kleiner Bruder.

»Hey, können wir das lauter machen?«, fragte er in die Küche, in der es mit den Kau-, Beiß- und Schmatzgeräuschen trotz der fehlenden Unterhaltung plötzlich furchtbar laut war. Reese suchte nach der Fernbedienung, konnte sie aber nicht finden.

»Können wir das lauter machen? Wie ändere ich die Lautstärke?« Als man ihn ignorierte, ging er zu dem uralten Fernseher und fand einen Knopf an der Rückseite. Er drückte ihn mehrmals, und der Ton wurde lauter.

Er lauschte den Worten des Nachrichtensprechers, brauchte aber einen Moment, um sie zu verarbeiten.

»Bei der Kinderleiche, die am Sonntag in einem Waldstück in Kent gefunden wurde, handelt es sich um den Schüler Dean Stowe aus Kent, Sohn des in einen Skandal verwickelten Bauunternehmers Sam Stowe. Die Polizei von Kent bestätigte heute Morgen, dass Dean ermordet wurde. Die näheren Umstände des Verbrechens werden noch untersucht, in den sozialen Medien häufen sich die Trauerbekundungen für den beliebten Jungen …«

Reese kämpfte mit dem Schlüssel der Küchentür, dann gelang es ihm endlich, sie aufzustoßen und hinaus auf die Terrasse in die Eiseskälte zu treten. Sein Magen rebellierte, und er würgte über einem Blumenkübel voller Zigarettenstummel und Taubnesseln. Für einen kurzen Moment schien ihn die Galle, die er herauswürgte, mit dem Kübel zu verbinden. Er hieß *Dean-oh*, nicht *Dean*. Niemand nannte ihn Dean. Und wenn sie sich in diesem Punkt schon irrten, konnte auch die Meldung über seinen Tod ein Fehler sein. Vielleicht ging es um einen anderen Jungen. Für einen kurzen Moment machte Reese sich klar, dass er dabei war, den Verlust einer anderen Familie an den Hals zu wünschen, doch das war ihm jetzt egal.

Deano. Sein rotzfrecher, scharfzüngiger kleiner Bruder. Unvorstellbar, dass er nicht mehr da sein sollte. Er war der Einzige von ihnen, der nichts gewusst hatte. Er war der einzig Unschuldige in dem ganzen Haufen. Es gab keinen Grund, warum er tot sein sollte. Er war bloß ein Kind.

In diesem Moment machte es klick. Deshalb war der große Zivilbulle am Haus aufgetaucht. Er hatte vermutet, es hätte etwas mit Dad zu tun – seinem armen Dad, der schon so lange allein und tot dagesessen hatte.

Reese ließ sich auf seinen knochigen Hintern fallen und registrierte vage die Feuchtigkeit, die durch seine Jeans kroch. Er spuckte den letzten Rest Galle aus, wischte sich mit dem Handgelenk über den Mund und starrte hinüber auf die Reihe winziger Backsteinhäuser an der betriebsamen Straße. Die kleinen, einfach verglasten Fenster waren zu dieser frühen Stunde noch dunkel.

Bald würden die ersten Lichter angehen. Der Himmel nahm bereits einen helleren Grauton an. Heute Abend wurde Reese in Rotterdam erwartet.

Er konnte nicht fahren, nicht jetzt. Wie würde Mum zurechtkommen? Er musste sie anrufen, musste Deano anrufen, nur zur Sicherheit. Deano würde ans Telefon gehen. Alles andere war einfach undenkbar.

»Was machst du?«

In der Küchentür erkannte Reese die Silhouette von Calvin Kidd. Seine Füße standen schulterbreit auseinander, und seine Arme waren verschränkt. Er stand da wie ein Polizist. Nicht zum ersten Mal fragte sich Reese, ob er früher Bulle gewesen war.

»Mein Bruder ist tot.« Reese verschränkte die Hände im Nacken und steckte den Kopf zwischen die Knie.

Es auszusprechen, machte die Sache real, er spürte den Schmerz körperlich. »Jemand hat ihn umgebracht …«

Reese kniff die Augen zusammen. Dann fühlte er etwas Warmes an seiner Seite und einen kräftigen Arm, der sich schwer um seine Schulter legte. Kidd saß neben ihm auf den durchnässten Platten.

»Wart ihr das?«, krächzte Reese. Kidds Griff wurde fester. Reese hob den Kopf und schaute dem Mann in die Augen, deren Farbe an Gletschereis erinnerte und die mindestens so kalt wirkten. »Habt ihr ihn umgebracht, Cal? Verdammt, habt ihr ihn umgebracht?«

»Nein. Wir nicht.« Seine Stimme klang ruhig. Auf der anderen Seite konnte Calvin Kidd mit der Selbstverständlichkeit lügen, mit der andere Männer atmeten. Er roch nach Aftershave, aber eher chemisch, als dass es duftete. »Du bist für den Rotterdam-Laster eingeplant.«

»Ja. Was ist damit?«

»Wir finden jemand anderen.« Kidd stand auf und wischte seine Hände an der dunklen Jeans ab. »Geh wieder ins Bett.«

Reese hob den Kopf. Seine Augen waren gerötet und misstrauisch. »Aber …«

»Wir finden raus, was mit deinem Bruder passiert ist.«

»Die Polizei …«

»Die verdammte Polizei ist nutzlos. Denen traue ich nicht mal zu, ihre eigenen Arschlöcher zu finden. Wir klären das. Geh wieder ins Bett.« Kidd hielt ihm die Tür auf. Das erste schwache Tageslicht fiel auf die silbernen Strähnen in seinem rotbraunen Bart. »Mach schon.«

Langsam kam Reese auf die Beine. Er schob sich an Kidd vorbei, der ihm mit seiner riesigen Hand noch einmal auf die Schulter klopfte. Reese hörte das Einrasten des Riegels, als Kidd die Tür zweimal abschloss, den Schlüssel herauszog und ihn in die Tasche steckte.

Levi betrachtete ihn herausfordernd, doch Kidd warf ihm einen warnenden Blick zu.

»Kein Wort«, drohte er dem Niederländer. »Kein verdammtes Wort.«

8

Mittwochmorgen

Vor dem großen frei stehenden Haus der Stowes stand immer noch das »Verkauft«-Schild. Die Torflügel mit den goldenen Spitzen waren heute Morgen weit geöffnet, und auf dem Kies der Zufahrt standen die Polizeiwagen dicht an dicht. Vega fragte sich, ob die Kaufinteressenten das Haus nun tatsächlich noch wollten. Wahrscheinlich nicht; zumindest würden sie den Preis noch ein Stück drücken können. Häuser, die in Verbindung mit Leichen gebracht wurden, waren keine Verkaufsschlager.

Ein Uniformierter stand vor der Haustür. Vega trug sich in die Liste ein und trat in den Flur. Drinnen war es weitgehend still. Der größte Teil des Teams hielt sich vermutlich immer noch bei der Angelhütte auf, auch wenn das Haus offenbar durchsucht worden war. Man hatte die wenigen verbliebenen Möbel verrückt, Schubladen geöffnet, ihren Inhalt durchwühlt und auf dem Boden liegen lassen. Vega hockte sich hin und stocherte in einem Haufen Krimskrams herum: Fußball-Anstecknadeln und abgerissene Tickets, Kleingeld, Schrauben, eine Sammlung kaputter Handy-Ladegeräte. Eine Reihe alter Passfotos von Sam, auf denen er meist ernst in die Kamera schaute. Nur auf dem letzten streckte er die Zunge heraus, auf seiner Schulter lag eine kleine Hand.

»Morgen.«

Vega hob den Blick und sah Tony Carmichael, den

Jüngsten im Team. Er war blond und trug immer noch ein wenig Babyspeck mit sich herum, vor allem an seinen konstant roten Wangen. Wie ein verlegener Sechstklässler verwendete er zu viel Haargel und trug T-Shirts unter seinen Blazern.

»Alles klar, Tony? Sind Sie schon lange hier?«

»Ja«, entgegnete er mit einer Spur Erschöpfung in der Stimme. »Seit acht.«

»Irgendwas Interessantes gefunden?«

»Nichts Großartiges.«

»Keinen Abschiedsbrief?«

»Nein, keinen Abschiedsbrief. Ich dachte, wir gehen davon aus, dass es kein Selbstmord war?«

»Bis wir Genaueres von Dr. Fleischer hören, steht überhaupt nichts fest. Bleiben Sie für alles offen, Tony.« Draußen war es bewölkt. Vega stand vor den Wohnzimmerfenstern, von denen man auf die Mauer schaute, die das Grundstück vor Blicken von der Straße abschirmte. Vor die Mauer waren Buchen gepflanzt worden, um den Sichtschutz ein bisschen attraktiver zu gestalten. Die Pflanzen waren noch ziemlich klein und litten unter dem Frost. Das ganze Haus wirkte irgendwie noch neu und unbewohnt, als wäre die Farbe gerade erst getrocknet.

Die Lebensumstände der Stowes hatten sich rapide verschlechtert.

»Was sagt Ihnen Ihr Gefühl?«

»Was?«

»Ihr Gefühl. Ihre Eindrücke«, hakte Vega nach. »Wir haben einen netten Jungen, der misshandelt, ermordet und zurückgelassen wird. Genauso wie sechs Jahre zuvor ein anderer toter Junge. Der Vater unseres Opfers, ein Mann, dem sein Leben gerade um die Ohren fliegt, hat sich ein oder zwei Wochen vor dem Tod des Sohnes entweder das Leben genommen, oder er wurde ebenfalls ermordet... Dazu müssen Ihnen doch irgendwelche Gedanken kommen?«

»Wir haben uns mit Mr. Stowes Finanzen beschäftigt. Nachdem die Wettbewerbsbehörde mit ihm fertig war, steckte er bis zum Hals in Schulden. Das Haus allerdings war nicht belastet, sodass ein Verkauf ihn vom schlimmsten Druck befreit hätte. Ich weiß es nicht – vielleicht schämte er sich.«

»Haben Sie irgendwelche Rezepte gefunden? Medikamente? Irgendwelche Substanzen oder etwas, das darauf hindeutete, dass er depressiv war und Hilfe suchte? Oder sich auf eigene Faust mit Medikamenten behandelt hat?«

»Eigentlich nicht.«

Vega nickte. Er drehte sich um und betrachtete den Hausflur, die Treppen. »Wo sind die Zimmer der Jungen? Können Sie sie mir zeigen?«

»Warum?«

»Ich möchte sie mir ansehen, Constable. Und ich gehe davon aus, dass Sie nichts dagegen haben...«

»Ähm, klar. Hier lang.«

Deano hatte den größten Teil seiner Besitztümer schon ausgeräumt. Man sah gleich, dass er hier nicht gewohnt hatte, jedenfalls nicht in dem Sinn, wie er es vor der Trennung seiner Eltern getan hatte. Es gab nur wenige Gegenstände, die man persönlich hätte nennen können. Nur das Praktische war hiergeblieben: Kleidung zum Wechseln, ein Schreibtisch mit leeren Schubladen und ein paar Konsolen ohne Spiele, die man darauf hätte spielen können.

Ein paar Flecken von Klebemasse an der Wand zeigten, wo die Lieblingsposter des Jungen abgehängt worden waren. Nur zwei waren noch übrig: eins vom Motocross, das andere vom Fußballclub West Ham United.

»Wollen wir wetten, dass dies die Interessen waren, die er mit seinem Vater geteilt hat?«, sagte Vega und tippte auf das von der Sonne gebleichte Papier. »Motocross und Fußball. Er hat sie hängen gelassen, weil sie für die Gemeinsamkeiten mit seinem Vater standen. Er hat seine Loyalität zu ihm betont, auch wenn er ein Muttersöhnchen war, wie Jodie anscheinend glaubt.«

Vega registrierte, dass Carmichael kaum merklich die Augen rollte. »Was, sind Sie anderer Meinung?«

»Nein«, sagte Carmichael schnell. Er griff sich in die geckenhafte Frisur und strich die Haare zurück. »Nein, ich glaube nur nicht, dass wir in diesem Zimmer noch mehr erfahren können. Ich habe es schon durchsucht.«

»Sie glauben, ich will Sie kontrollieren.«

»Das habe ich nicht gesagt …«

»Na ja, vielleicht tue ich das auch. Wir können es uns in diesem Fall nicht leisten, auch nur die kleinste Kleinigkeit zu versauen, Tony. Das bedeutet, dass wir alles überprüfen und nochmals überprüfen. Überkorrektheit ist unsere Parole des Tages. Drücke ich mich klar aus?«

»Kristallklar.«

Vega schaute sich einen Moment um und ließ den Raum auf sich wirken. Deanos Zimmer lag an der Vorderseite des Hauses, mit Blick auf die Straße. »Gut. Wo ist das Zimmer von Reese?«

Carmichael ging ihm voran bis zum Ende eines mit dickem Teppich ausgelegten Flurs. Vom Zimmer des älteren Bruders hatte man einen Blick über den Garten. Da das Gelände leicht abfiel, erstreckte sich die Aussicht bis zum Rand des Weihers. Über die kahlen Bäume hinweg sah man die Angelhütte und die weiß gekleideten Figuren, die dort geschäftig ihrer Arbeit nachgingen.

Das Zimmer war noch gnadenloser leer geräumt als das von Deano. Ob Reese selbst oder ein Elternteil dafür verantwortlich war, vermochte Vega nicht zu sagen. Nur eine Matratze war hiergeblieben, an deren Fußende ein zusammengeknüllter Schlafsack wie eine leere Haut lag. Ein Essenskarton auf dem Boden war mit Zigarettenkippen gefüllt, und auf dem cremefarbenen Teppichboden lag Asche verstreut.

»Haben die Kriminaltechniker hiervon eine Probe genommen?«, fragte Vega und deutete auf die Stummel.

»Ja, ich glaube schon.«

»Sorgen Sie dafür, dass alle eingesammelt werden. Hier könnten sich mehrere Raucher aufgehalten haben.«

Vega ging durch das Zimmer und tastete die Fensterbank ab, die sich nicht bewegen ließ. Dann hob er die Matratze an. Nichts. Er schüttelte den Schlafsack aus und fand nur eine einzelne Socke. Carmichael zappelte inzwischen nervös an der Zimmertür herum und schaute auf sein Handy, vermutlich um die Uhrzeit zu checken.

»Ich will Sie nicht aufhalten«, murmelte Vega und öffnete eine Tür, hinter der er den Kleiderschrank vermutete. Tatsächlich führte sie in ein Bad, und als er das Licht anknipste, sprang eine Lüftung an. Der Raum war klein und komplett gefliest. Das Handtuch war feucht, und der Wäschekorb verströmte einen moschusartigen Geruch. Vega überprüfte ein Schränkchen und fand dort nur Paracetamol, Zahnseide und eine verschreibungspflichtige Steroid-Creme.

Er hob den Deckel des Spülkastens an, ohne dort etwas zu entdecken. Er wollte den Deckel gerade wieder schließen, als er an dessen Unterseite einen Streifen Klebeband entdeckte. Vega zog ein Paar Latexhandschuhe aus seiner Innentasche und streifte sie über. Mit dem Daumennagel kratzte er an dem Band. Inzwischen hatte auch Carmichael das Bad betreten und blickte angestrengt an Vegas Schulter vorbei. »Was haben Sie gefunden?«

»Eine SIM-Karte«, sagte Vega und zeigte ihm die Innenseite des Klebebandes. »Verstehen Sie jetzt, was ich mit diesem Prüfen-und-nochmals-prüfen-Spruch meine?«

DC Carmichael wurde blass und strich sich erneut durchs Haar. »Eine tolle Entdeckung.«

Vega richtete sich auf und musterte Carmichael. »Sie haben das Bad doch durchsucht, oder?«

»Natürlich«, sagte Carmichael, doch Vega ließ ihn nicht aus den Augen. »Das habe ich!«

»Dummes Gelaber ist mein Berufsrisiko. Ich komme damit klar, wenn ich es von irgendwelchen Gaunern serviert bekomme. Aber nicht von Leuten aus meinem eigenen verdammten Team!« Carmichael zuckte zusammen, woraufhin Vega seine Stimme senkte. »Sagen Sie mir eins: Wollten Sie immer schon Bulle werden, Tony?«

»Mein Dad ist der Police and Crime Commissioner von Hertfordshire«, murmelte er. »Und meine Schwestern sind alle bei der Truppe.«

»Also wurden Sie mehr oder weniger in den Job gedrängt. Ist es das, was Sie mir sagen wollen?«

»So ziemlich. Ich bin ausgebildeter Tontechniker. Ich wollte DJ werden.«

»DJ …« Vega spürte eine Welle des Zorns. Er atmete langsam ein und versuchte, die Wut zu unterdrücken, doch mit jedem Schlag seines Herzens schien sie mächtiger zu werden.

Er legte Carmichael eine Hand auf die Schulter und schob ihn aus dem kleinen Raum zurück ins Schlafzimmer und dort zum Fenster. Als sie es erreicht hatten, packte er Carmichaels Haare und stieß seine Stirn kräftig gegen die Doppelverglasung.

Carmichael schrie auf und versuchte, Vegas unnachgiebige Finger zu lösen. Vega schob seinen Kopf dicht ans Ohr des sich wehrenden Constables und sprach leise. Das Adrenalin rauschte in seinen Ohren.

»Schauen Sie, *Tony*, ich glaube, dass Sie etwas Entscheidendes nicht begriffen haben: Wenn Sie diesen Job halbherzig machen, werden dadurch am Ende ziemlich reale Schäden entstehen. Menschliche Schäden. Begreifen Sie das?«

»Lassen Sie mich los!«

Vega schlug seinen Kopf nochmals gegen das Fenster. »Erst wenn ich sicher bin, dass Sie mich verstanden haben. Glauben Sie etwa, wir erreichen Verurteilungen durch Zauberei? Nein … Es geht nur mit verdammter Hartnäckigkeit und Konzentration aufs Detail. Und im Moment habe ich den Eindruck, dass Sie weder zum einen noch zum anderen in der Lage sind. Sie haben also die Wahl: Werden Sie erwachsen oder verschwinden Sie aus meinem Team! Mir ist absolut egal, wer Ihr Vater ist.«

Vega ließ den Detective Constable los und trat einen Schritt zurück. In diesem Moment holte Carmichael zu einem Faustschlag aus. Er verfehlte sein Ziel, und Vega lächelte. »Versuchen Sie es noch mal. Los, mein Junge. Legen Sie Ihr ganzes Gewicht rein.«

»Alles in Ordnung hier drin?«, fragte ein Mitarbeiter der Spurensicherung an der Zimmertür. »Ich habe einen Knall gehört.«

»Da war eine riesengroße Taube«, sagte Vega. »Der blöde Vogel ist direkt gegen die Scheibe geflogen. Aber schauen Sie mal, was Carmichael hier entdeckt hat. Haben Sie einen Beutel dafür?«

Der Kriminaltechniker betrachtete die SIM-Karte in seiner Hand und machte sich auf die Suche nach einem antistatischen Beutel. Vega musterte Carmichael, dessen Wangen gerötet waren und zu dem roten Fleck auf seiner Stirn passten. Sein Haar war zerzaust, und er atmete schwer.

»Tun sie mir bloß keinen Gefallen, *Sir.*«

»Auf die Idee würde ich gar nicht kommen, DC Carmichael«, sagte Vega und zog seine Handschuhe aus. »Ich will mir nur den Papierkrieg ersparen, der wegen dieser Karte anfallen wird. Ich bin noch nicht mal im Dienst, also suchen Sie weiter und achten Sie darauf, dass die Kriminaltechniker ebenfalls Ihren Job machen. Klar?«

»Ja, Sir.«

»Gut.« Vega hielt den Augenkontakt mit Carmichael ein paar Sekunden länger aufrecht als nötig. Dann ging er zu seinem Wagen. Bis zum Dienstbeginn hatte er noch eine Stunde totzuschlagen. Er würde sie mit Jodie verbringen.

9

Mittwochmorgen

An diesem Morgen fuhr eine kleine Kinder-Dampflok von der nahe gelegenen Spa-Valley-Eisenbahn zur Eridge Station. Vega hatte seinen Wagen vor der niedrigen, struppigen Hecke geparkt, die Jodies Haus umgab. Er blieb eine Weile hinter dem Lenkrad sitzen und sah den Eltern zu, die den Einlass zu dem abgetrennten Bereich betraten. Die kleinen Kinder an ihren Händen hüpften aufgeregt schnatternd neben ihnen her.

Er fragte sich, ob Cherry an so etwas Spaß haben würde. Für die Dampflok war sie zu alt, aber es gab hier schließlich andere Events, eine Vintage-Teaparty oder Ähnliches. So etwas würde ihr gefallen. Vielleicht würde er sich darum kümmern, wenn das Wetter besser wurde. Es wäre ein schöner Plan für einen Frühlingsnachmittag. Und er konnte weiß Gott etwas gebrauchen, auf das er sich freute.

Vega betrachtete sich im Spiegel, rückte seine Krawatte zurecht, strich seinen Anzug glatt, setzte eine seriöse Miene auf und stieg aus dem bequemen Wagen.

Er wartete vor dem Eingang, hörte das Klingeln drinnen und schließlich das Summen, mit dem sich die Tür öffnete. Vega trat ein und stieg die Treppe hinauf. Die Wohnungstür wurde von einem Farbeimer offen gehalten, und Jodie saß auf dem abgewetzten Sofa.

»Wenn Sie wieder schlechte Nachrichten bringen, muss ich Sie freundlich bitten, sich zu verpissen.«

Vega schloss die schwere Brandschutztür hinter sich und nahm in dem Sessel ihr gegenüber Platz. »Ich nehme an, Sie wurden darüber informiert, was wir hinter Ihrem Haus gefunden haben?«

»Ich hab diese Deppen von Kontaktbeamten vor einer Stunde rausgeworfen. Der Nächste, der mir eine verdammte Tasse Tee anbietet ...« Jodie strich sich die Haare zu einem Pferdeschwanz zurück und ließ sie wieder über ihre Schultern fallen. Dann schwang sie die Beine vom Sofa und trat ans Fenster. Die Hände auf die schmalen Hüften gestützt, widmete sie sich dem weiten Ausblick über den südlichen Teil der Stadt, die Gemeindewiesen mit den aggressiv am Teich entlang patrouillierenden Gänsen, den im Nebel liegenden Waldrand und die flachen grauen Flächen der Bau- und Supermärkte.

»Ich fühle mich wie zugedröhnt«, flüsterte sie. »Als hätte man mir ein Betäubungsmittel gegeben, aber da ist diese Wunde, von der ich weiß, dass sie bald schmerzen wird, nur im Moment ist alles ... taub.« Sie drehte sich zu ihm um, und Vega war klar, was sie als Nächstes fragen würde.

»Hätte ich irgendwas tun können? Hätte *irgendjemand* etwas tun können, um zu verhindern, was geschehen ist? Mit meinem Deano? Mit Sam?«

»Ich könnte jetzt leicht Nein sagen«, antwortete er langsam. »Aber vielleicht hätte irgendetwas geholfen. Nur können wir das jetzt noch nicht wissen, erst wenn klar ist, was genau passiert ist. Und warum. Dann können wir über Verantwortung reden. Bis dahin sollten Sie Ihre Schuldgefühle ignorieren. Diese Gefühle sind völlig natürlich, wenn man jemanden geliebt hat. Und trotzdem zerstörerisch. Sie können Ihnen die letzte Freude rauben, wenn Sie es zulassen.«

Sie nickte. »Das verstehe ich. Danke.«

»Jodie, ich muss mit Ihnen über Reese sprechen.«

Jodie wandte sich wieder zum Fenster und konzentrierte sich auf den Tag dort draußen. »Ich dachte mir schon, dass Sie deswegen hier sind.«

»Er war in Ihrem alten Haus. Er hat uns praktisch zu Sam geführt. Wussten Sie, dass er sich dort aufhielt?«

»Reese stand Sam immer näher als mir. Nein, ich wusste nicht, dass er dort war, aber es schockiert mich auch nicht.«

»Bei meinem letzten Besuch sagten Sie, Reese hätte Probleme. Sie haben es nicht weiter ausgeführt, und ich habe nicht nachgehakt.«

»Und das tun Sie jetzt? Nachhaken?«

»Warum wohnte er nicht hier bei Ihnen, Jodie?«, fragte Vega. »Er ist lieber in dem leeren Haus geblieben als bei Ihnen? Warum?«

»Er hat gesagt, er brauche Platz. Er hatte schon immer seine Stimmungswechsel.«

»Es steckt mehr dahinter als das, Jodie. Ich weiß es, Sie wissen es. Lassen Sie uns nicht um den heißen Brei herumreden, okay?«

Jodie drehte sich wieder um und musterte ihn misstrauisch. »Ich weiß nicht, worauf Sie hinauswollen, aber ich hab das Gefühl, es wird mir nicht gefallen.«

»Sam hatte mehr auf dem Kerbholz als das, weswegen ihn die Wettbewerbsbehörde drangekriegt hat. Mehr als diese Absprachen bei Ausschreibungen. Und Reese ist ein Papakind, das sagten Sie eben selbst. Was ich wissen muss, Jodie, ist Folgendes: Wie sehr ähnelt er Sam?«

Jodie steckte die Daumen in den Hosenbund ihres Pyjamas und schaute wieder hinaus. »Sam war mein bester Freund. Schon seit wir als kleine Kinder zusammen in einer beschissenen Sozialsiedlung in Jarvis Brooks aufgewachsen sind, in der es in zwei von vier Wochen keinen Strom gegeben hat und wir uns umeinander gekümmert haben, weil es sonst kein Schwein getan hat.«

»Das verstehe ich. Ich bin nicht hier, um über Sam zu urteilen. Oder über Sie, wo wir schon dabei sind.«

»Oh, klar, natürlich nicht. Ich weiß, wie ihr Bullen tickt. Ich weiß, was ihr denkt. Wenn mein Deano bloß getötet wurde, weil sein Dad ein Krimineller war, könnt ihr einen Haken daran machen, stimmt's? Unser Fehler. Es musste ja so kommen.«

»Halten Sie den Mund.«

Sie drehte sich um und wirkte für einen Moment leicht schockiert, ehe sich ihre Miene wieder verschloss. »Wie bitte?«

»Was mit Deano geschehen ist, hat uns fix und fertig gemacht. Uns alle. Die meisten im Team sind Väter oder Mütter.«

»Ihr seid Bullen.«

»Wir sind Menschen, Jodie. Es geht nicht darum, Sam an den Pranger zu stellen. Und Deano schon gar nicht. Wir werden die Ermittlungen so sorgfältig wie möglich führen. Klar?«

Jodie wirkte immer noch aufgebracht. »Wenn Sie es sagen.«

»Das Einzige, was uns einschränkt, ist die Frage, wie viel Sie uns erzählen wollen. Deshalb bin ich hier.« Vega breitete die Arme aus. »Um Ihnen zuzuhören.«

Jodie durchquerte das Zimmer und setzte sich wieder aufs Sofa. Schweigend taxierte sie ihn, dann schien sie einen Entschluss zu fassen. »Also dann. Bringen wir es hinter uns.«

Endlich. Vega zog Notizbuch und Stift aus dem Jackett. »Ist Reese in Sams Geschäfte eingeweiht? Und ich meine den Teil, der nicht bei den jährlichen Buchprüfungen auftaucht.«

»Nein«, erwiderte Jodie unsicher. Wieder strich sie durch ihr glattes blondes Haar. »Sam wollte die Jungs so weit wie möglich da raushalten.«

»Wo raushalten?«

»Ich weiß es nicht. Ich wollte es nicht wissen.«

»Und wenn er keine Wahl mehr hatte? Was dann?«

»Wie meinen Sie das?«

»Sagen Sie es mir, Jodie. Wie lief es für Sie in diesem letzten Jahr, nach der Pleite? Sam hatte eine Menge Geldgeber, die nicht in den Büchern auftauchen.«

»Das haben Sie gesagt, nicht ich.«

»Dann erklären Sie es mir, Jodie, denn so leid es mir tut, ich glaube einfach nicht, dass es Pech oder Schicksal war, dass Ihr Mann und Ihr Sohn beide innerhalb kurzer Zeit ums Leben gekommen sind. Und dass Ihr älterer Sohn einfach von der Bildfläche verschwunden ist. Und dass es Ihnen nichts auszumachen scheint!« Vega warf die Hände in die Luft und ließ sie dann wieder in den Schoß fallen. »Sie müssen anfangen, mir zu helfen, denn die ganze Sache könnte am Ende ziemlich schlecht für Sie aussehen, was in meinen Augen nicht fair wäre. Sie wirken auf mich wie eine gute Mutter.«

Jodie war wieder still. Vega wartete, dass sie etwas sagen würde. Als nichts passierte, tippte er mit dem Stift gegen seine Zähne. »Sam war schon mindestens zehn Tage tot, als Deano ermordet wurde. Sie haben Sam per SMS gebeten, Deano abzuholen. Es sind ziemlich viele Nachrichten hin- und hergegangen.«

»Ja …? Und?«

»Vielleicht wussten Sie ja, dass Ihre Nachrichten Sam nicht erreichen konnten.«

»Sie Bastard!« Jodie war aufgesprungen und stand jetzt drohend vor ihm. Sie war eine hochgewachsene Frau. Vega blieb sitzen und hielt ihrem Blick stand. »Sie Bastard!«

»Sie sagten, Sie hätten nicht gewusst, dass Sam tot war. Aber falls doch …«

»Ich habe es nicht gewusst!«

»Hatte Reese Erfahrung mit Feuerwaffen?«

»Feuerwaffen?« Jodie trat einen Schritt zurück. »Pistolen?«

»Sam wurde erschossen, Jodie. Ich glaube nicht, dass Sie zugelassen hätten, dass irgendein Fremder Deano abholt, aber ihr ältester Sohn ist nicht irgendein Fremder, oder? Sie haben ihm vertraut. Vielleicht hätten Sie das nicht tun sollen.«

Die Informationen trafen Jodie wie ein Schlag ins Gesicht. Entweder war ihre Reaktion echt, oder sie war eine verdammt überzeugende Schauspielerin, eine Möglichkeit, die Vega nicht ausschließen durfte.

»Wollen Sie damit sagen, Sie glauben, dass Reese seinem Dad etwas angetan hätte?«, flüsterte sie. »Seinem Bruder? Nein! NEIN!«

»In Sams Hütte befanden sich mehrere Gewehre. Ich frage Sie nochmal: Hatte Reese Erfahrung mit Feuerwaffen?«

»Er … er ist manchmal mit seinem Dad zum Tontaubenschießen gegangen, aber das ist alles«, sagte Jodie leise. »Er hat noch nicht mal auf Kaninchen geschossen. Er ist ein lieber Junge. Verstehen Sie?«

Und trotzdem konnte er mit Gewehren umgehen. Rein technisch gesehen wäre er in der Lage gewesen, Sam zu erschießen. Über das Motiv konnte Vega nur spekulieren. Er seufzte.

»Also gut. Nehmen wir an, Reese ist an der ganzen Sache unschuldig, was ich für plausibel halte… Warum helfen Sie mir nicht, es zu beweisen?«

Jodie kaute auf einem künstlichen Fingernagel und fluchte, als er abbrach. Sie schnippte ihn fort. Dann sagte sie: »Es gibt Schlimmeres, als im Knast zu sitzen. Viel Schlimmeres.«

Vega betrachtete sie einen Moment und fragte dann mit ruhiger Stimme: »Warum ist Reese nicht bei Ihnen, Jodie? Sein Bruder ist tot. Sein Vater ist tot. Es kommt ständig in den verdammten Nachrichten. Warum ist er nicht nach Hause gekommen?«

»Ich weiß es nicht.«

»Wo könnte er sich aufhalten? Wer sind seine Freunde?«

»Freunde…« Sie lachte spöttisch auf. »Reese hatte keine Freunde. Er ist kaum aus dem Haus gegangen. Früher hatte er seine Videospiele, aber wir… Wir haben der Sache ein Ende gemacht, also saß er einfach in seinem Zimmer, hat sich zugedröhnt und Comics gelesen oder *Graphic Novels*, wie wir sie in seiner Gegenwart nennen mussten.«

»War er in irgendeiner Ausbildung?«

»Bis vor einem Jahr hat er die Judd School besucht. Sechste Klasse. Dann hat er die Schule abgebrochen und eine Zeit lang in einer Bar gearbeitet. Aber das ist nicht gut gelaufen.«

»Warum?«

»Wegen der Arbeitszeiten«, fuhr Jodie auf. »Hören

Sie, Sie verschwenden hier Ihre Zeit. Reese ist ein guter Junge. Er ist vor Ihnen weggelaufen, weil er Angst hatte und wahrscheinlich high war, das ist alles. Es steckt kein großes Geheimnis dahinter, klar?«

»Ich werde den Namen der Bar brauchen, in der er gearbeitet hat.«

»Warum? Das ist fast ein Jahr her!« Jodie ließ sich wieder aufs Sofa fallen und rieb sich die Augen. »Ich bin jetzt müde, ich will, dass Sie gehen.«

»Wollen Sie keine Antworten, Jodie? Wollen Sie nicht wissen, warum Deano gestorben ist?«

»Nein. Nicht wenn das bedeutet, dass ich meinen Jungen verliere. Er ist jetzt alles, was ich noch habe. Muss ich noch deutlicher werden?«

»Werden Sie bedroht? Wird Reese bedroht? Wir können Sie beschützen, Jodie. Sie beide.«

»Nein! Ich sage nichts mehr, und wenn Sie jetzt nicht gehen, wenn Sie nicht auf der Stelle verschwinden, dann rufe ich Ihr eiskaltes Miststück von Chefin an und erzähle ihr, Sie hätten mich begrapscht.«

Sie bluffte. Und Vega wusste es. Er rührte sich nicht. Jedenfalls zunächst nicht. Er dachte darüber nach, ob er Jodie noch weiter drängen sollte oder nicht. Er würde ans Ziel kommen. Er stand kurz davor. Wenn er sie noch ein bisschen mehr bearbeitete … Aber sie trauerte, und Vega brachte es nicht übers Herz.

Schließlich kritzelte er zwei Telefonnummern in sein Notizbuch, riss die Seite heraus, faltete sie ordentlich und schob sie unter Jodies Teetasse. »Das eine ist meine Nummer zu Hause, das andere ist mein privates Handy. Sie können anrufen, wann immer Ihnen nach reden zumute ist. Okay? Es könnte sein, dass ein Mädchen an den

Apparat geht. Falls das so ist, und Sie wollen lieber mit ihr sprechen: Sie ist eine tolle Zuhörerin.«

»Ist sie Ihre Tochter?«, fragte Jodie und kratzte sich an der Brust. Vega zögerte.

»Irgendwie schon.«

»Passen Sie auf sie auf.«

»Das werde ich.«

Jodie atmete tief ein und ließ die Luft langsam wieder entweichen. Sie schloss die Augen und berührte die Stirn mit einer Hand, so als fühlte sie aufkommende Kopfschmerzen oder als triebe ein innerer Konflikt sie um. »Hören sie, DS Vega …«

»Sie können mich Richard nennen …«

Sie öffnete die Augen und schenkte ihm ein trauriges Lächeln. »Richard … Da ist eine Sache …«

Die Türklingel summte, und Jodie verkrampfte sich. Sie trat ans Fenster und schaute hinunter zum Parkplatz. Vega trat zu ihr. Ein neues Fahrzeug stand dort, ein silberner Mercedes CLK, den Jodie eindeutig kannte. Sie stellte den Eimer wieder in die Wohnungstür und drückte die Haustür auf. Dann schaute sie Vega mit einem unsicheren Zug um den Mund herum an. »Hören Sie … Sie machen sich jetzt besser vom Acker.«

Jemand kam die Treppe herauf und betrat die Wohnung. Ein schlanker Mann in einem Designeranzug, höchstens fünf oder sechs Jahre älter als Jodies ältester Sohn. Man konnte ihn attraktiv nennen, vermutete Vega, wenn man auf diesen Typ Mann stand. Sorgfältig gepflegte Bartstoppeln und Haarwachs. Vom ersten Moment an musterte er Vega misstrauisch.

»Wer ist das, Jodie?«

Vega zeigte ihm seinen Dienstausweis. »Und Sie sind …?«

»Das ist Jason, ein Freund der Familie, und mein Anwalt«, sagte Jodie und nahm wieder auf dem Sofa Platz. »Jase, das ist Richard. Er wird herausfinden, wer unseren Deano getötet hat.«

»Belästigt er dich, Jodie?«, fragte Jason, ohne sie anzuschauen. Stattdessen hielt er penetrant Augenkontakt mit Vega. »Darf er überhaupt allein hierherkommen?«

»Er ist in Ordnung, Jase. Nicht ganz so ein Arsch wie die anderen.«

»Meinst du wirklich?«

Vega schwieg weiterhin und versuchte, ein Gefühl für die Dynamik zwischen den beiden zu bekommen. Irgendetwas fühlte sich nicht richtig an.

»Jodie sagte, Sie wollten gehen«, erklärte Jason schließlich. »Lassen Sie sich von mir nicht aufhalten.«

»Hmm.« Vega ging zur Tür und drehte sich auf der Schwelle noch einmal nach Jodie um. »Passen Sie auf sich auf, Jodie. Und wenn Sie mich brauchen, rufen Sie an. Jederzeit.«

»Ja. Okay.« Sie folgte ihm zur Tür und schob den Farbeimer beiseite. Die Tür fiel hinter ihm ins Schloss. Einen Moment lang wartete Vega im Hausflur und lauschte.

Er hörte nichts.

Auf dem Weg zurück zum Dowding House erhielt er einen Anruf von Rosen.

»Dr. Fleischer wird Deanos Obduktion heute Nachmittag durchführen«, sagte sie. »Ich sollte eigentlich teilnehmen, um die vorläufigen Ergebnisse noch vor dem offiziellen Bericht zu erfahren, aber ACC Mitra hat eine Besprechung der bisherigen Ergebnisse angesetzt, also muss ich zum Hauptquartier in Maidstone.«

»Ich kann für dich teilnehmen«, sagte Vega. »Kein Problem.«

»Prima. Ich bin dir sehr dankbar.«

Rosen klang nicht wie sie selbst, irgendetwas an ihrem Tonfall irritierte ihn. Vega wollte nachhaken, doch sie hatte das Gespräch schon beendet. Er seufzte und suchte nach einer Stelle, an der er wenden konnte.

10

Mittwochvormittag

Das durchschnittliche Gewicht eines männlichen menschlichen Herzens liegt offenbar zwischen 300 und 350 Gramm. Ein weibliches Herz ist leichter, zwischen 230 und 330 Gramm. Diese Zahlen jedenfalls entnahm Vega einer Tabelle mit den durchschnittlichen Gewichten von Organen, die an der neu verputzten und frisch gestrichenen Wand des Obduktionssaals im funkelnagelneuen Tunbridge Wells Hospital hing. Hier fanden neuerdings die Obduktionen statt.

Verglichen mit Dr. Fleischers früheren Räumlichkeiten fühlte man sich hier im Weltraumzeitalter, doch am Geruch hatte sich nichts geändert. Er unterschied sich kaum von dem eines Swimmingpools: Bleichmittel und Chlor und saubere nackte Haut. Vega fuhr mit den Fingern über die senkrechten Ränder eines runden Waschbeckens aus rostfreiem Edelstahl mit einem breiten, klaffenden Abfluss und einem auffälligen Wasserbehälter inklusive Spülung darüber. Er wollte nicht genauer darüber nachdenken, welche Flüssigkeiten hier hinuntergespült wurden und warum dafür eine derartige Hochleistungsapparatur erforderlich war.

»Da bleiben keine Wünsche offen, was?«, bemerkte er und drehte sich zu Dr. Fleischer um. Was er sogleich bedauerte, als er den Y-Schnitt auf Deanos schmächtigem, kleinem Rumpf entdeckte. Die Wunde war inzwischen geklammert, wirkte auf ihn aber immer noch abstoßend. »Gefällt Ihnen Ihre neue Hütte?«

»Allerdings, sehr«, entgegnete Dr. Fleischer. Ihre zarte Stimme klang gedämpft, bis sie die über Mund und Nase gezogene Maske abnahm und in einen Mülleimer warf. Ihr aschblondes Haar hatte sie zu einem Pferdeschwanz gebunden, und zum ersten Mal bemerkte Vega den silbernen Ring, der sich um den oberen Teil ihres Ohres wand.

»Viel bequemer für die Angehörigen«, fuhr Dr. Fleischer fort. »Ich fand es immer schon unpraktisch, meine Leichen den ganzen Weg bis Greenwich zu transportieren. Obwohl der Vorstellung natürlich eine gewisse Poesie innewohnt: an den Ursprung der Zeit zurückkehren, wenn – metaphorisch gesprochen – die eigene Uhr zu schlagen aufgehört hat.«

»Sie brauchen ein Hobby, Evelyn. Und zwar eins, das ohne Leichen auskommt.«

»Oh? Und was würden Sie vorschlagen?«

»Ich weiß nicht. Craft-Biere?«

»Ist das eines Ihrer Hobbys?«

»Ich bevorzuge einen guten Burgunder. Also, zu welchen Schlüssen sind Sie und Ihr Team gekommen? Irgendwelche Offenbarungen, mit denen wir Normalsterblichen etwas anfangen können?«

»Ein paar vielleicht.« Dr. Fleischer lächelte. »Sie hatten übrigens recht, es wurde tatsächlich eine Bolzenpistole benutzt, und diese Verletzung war letztlich tödlich.«

Evelyn zog das Laken etwas höher über Deanos Brustkasten. Ihre Augen wirkten sanft und feucht und wurden durch die Brillengläser vergrößert.

»Ich habe Sie und Ihr Team oft bedauert, Richard, wegen der Rolle, die Sie spielen müssen.«

Vega hatte sich auf Deanos Hand konzentriert. Sie lag neben seinem Rumpf auf dem giftgrünen Papierlaken, das ihn bedeckte. Die graublauen Finger waren sanft gekrümmt, als forderten sie ihn dazu auf, sie festzuhalten. Er konnte sehen, dass der Junge seine Fingernägel bis zum Nagelbett abgekaut hatte, und entdeckte die Schürfwunde, die sich an seinem rechten Arm hinaufzog. Dreck von der Straße, hatte er auf den ersten Blick vermutet. Es würde im Bericht stehen.

»Welche Rolle meinen Sie?«

»Nun ja, eine intimere jedenfalls als ich«, sagte Dr. Fleischer und räumte ihre Instrumente beiseite.

»Sie messen die Körpertemperatur Ihrer Gäste, Evelyn. Intimer kann es doch wohl kaum werden.«

»Ja, ich kümmere mich um den Körper«, räumte Dr. Fleischer ein. »Aber Sie sich um die einundzwanzig Gramm.«

»Einundzwanzig Gramm?« Vega schaute noch einmal auf die Liste an der Wand mit den Durchschnittsgewichten der Organe: Herzbeutel, rechter Lungenflügel, linker Lungenflügel, Leber, Bauchspeicheldrüse, Schilddrüse …

»Das Gewicht der Seele«, sagte Dr. Fleischer und drehte sich ein wenig überrascht zu ihm um.

»Haben Sie noch nie davon gehört? Ich dachte, mit Ihrer Vorgeschichte …« Sie schüttelte den Kopf. »Es ist eine Theorie, ausgehend von einem Phänomen, das beim Eintritt des Todes beobachtet wurde. In dem Augenblick, in dem das Leben endet, verlieren wir alle ein wenig Gewicht – die Luft in unseren Lungen, Körperflüssigkeiten und so weiter. Aber es bleibt ein unerklärlicher Teil des Gewichtsverlustes bei jedem einzelnen Individuum, und der beträgt grundsätzlich einundzwanzig Gramm beziehungsweise eine Dreiviertel Unze, und *das*… Das, sagt man, ist das Gewicht unserer Seele.«

Dr. Fleischer deutete mit einer übergroßen gezahnten Schere auf ihn. »Damit beschäftigen Sie sich. Seine Interessen, seine Hoffnungen, sein Potenzial. Und das stelle ich mir wesentlich schlimmer vor.«

Vega schluckte hart. Was wusste er über Deano? Nicht genug, noch nicht. Nicht einmal warum er hatte sterben müssen, geschweige denn durch wessen Hand. »Na los, Sie haben gesagt, Sie hätten etwas entdeckt, was ist es?«

Dr. Fleischer zog vorsichtig das Laken von Deanos Füßen weg und nahm einen davon in ihre Hand. »Schauen Sie her«, forderte sie ihn auf. Dabei betrachtete sie aber nicht die Fußsohle des Jungen, sondern musterte Vega ununterbrochen mit einem intensiven Blick.

Vega, den plötzlich das Gefühl beschlich, getestet zu werden, verlagerte sein Gewicht und verschränkte die Arme vor der Brust, bereit, ihre Herausforderung anzunehmen.

»Dort ist eine lokale Schwellung zu erkennen. Die Haut ist emulgiert und blasig.«

Vega trat näher heran. »Ich sehe nichts.«

»Es ist sehr unauffällig«, stimmte Dr. Fleischer ihm zu. »Wirklich gut ist es nur auf einer histologischen Ebene zu erkennen.«

»Histologisch?«

»Ich meine auf einer mikroskopischen Ebene«, erklärte die Pathologin geduldig. »Unter dem Elektronenmikroskop erscheinen die Zellkerne deformiert; sie enthalten verklumptes Chromatin, und das Keratin ist gelblich verfärbt und ebenfalls verklumpt.«

»Was bedeutet…«

»Dass es in den Zellen zu Zerstörungen gekommen ist, die mit dem bloßen Auge nicht zu erkennen waren. Außerdem sollten Sie wissen, dass ich im Abstrich Spuren von Salz gefunden habe. Salzwasser.«

»Mir gefällt nicht, in welche Richtung sich das alles entwickelt.« Vega betrachtete Deanos kleine bleiche Füße noch näher und strengte seine Augen an, um zu sehen, was die kurzsichtige Dr. Fleischer irgendwie entdeckt hatte. »Sagen Sie mir, dass es nicht das ist, was ich glaube.«

»Woher sollte ich wissen, was Sie glauben?« Dr. Fleischer lächelte und reichte ihre gesamten Notizen dem Detective. »Ich würde die Behauptung wagen, dass das Opfer vor seinem Tod bewusst starkem elektrischem Strom ausgesetzt wurde, und zwar für kurze Zeit und lokal begrenzt.«

»Und mit lokal begrenzt meinen Sie seine Fußsohlen?«

»Ja.«

»Wenn Sie von einer kurzen Zeit sprechen, worüber reden wir dann?«

»Ich würde von einer Zeitspanne unter zehn Sekunden ausgehen«, erklärte Dr. Fleischer. »Lange genug, um eine Menge Schmerz zu verursachen, aber kurz genug, um keine große thermische Energie entstehen zu lassen, was das Fehlen signifikanter Verbrennungen erklären würde.«

»Dann reden wir also von Folter. Wir suchen jemanden, der foltert und dabei möglichst keine Spuren hinterlassen will. Also von jemandem, der Erfahrung besitzt.«

»Das glaube ich, ja.«

»Sie glauben es?« Vega schaute ihr in die Augen. »Ich brauche mehr als Ihren Glauben, Evelyn. Ich brauche Fakten.«

»Das Gehirn des Opfers zeigt Hinweise auf kleinste

Blutungen im Bereich des dritten und vierten Hirnventrikels. Das ist symptomatisch für einen enormen Anstieg des Blutdrucks, der durch eine elektrothermische Koagulationsnekrose ausgelöst worden sein könnte. Und das passt zu dem Szenario, das ich entworfen habe, dass nämlich das Opfer einer beträchtlichen Stromstärke ausgesetzt wurde. Das sind die Fakten. Das ist mein Metier.« Dr. Fleischer hob ihre knochigen Schultern. Ihre Augen blickten mitfühlend, doch ihre Miene war ernst. »Ich spekuliere nicht. Das ist Ihr Aufgabenbereich.«

Vega schaute nach oben in ein kaleidoskopisches Bild seiner selbst: Der Autopsiesaal war voller polierter, reflektierender Oberflächen, und er schien aus jedem erdenklichen Winkel auf sich selbst herabzuschauen. Trotz dieser scheinbaren Omnipotenz fühlte er sich klein und unzulänglich.

»Einundzwanzig Gramm, hm?«, sagte er seufzend.

»Ihr Aufgabenbereich«, wiederholte Dr. Fleischer mit einem versöhnlichen Lächeln. Dann zog sie das Laken über Deanos Kopf.

Einmal mehr saß Vega über das Lenkrad gebeugt, massierte seine Schläfen und versuchte, seinem Gehirn eine Idee zu entlocken, einen kleinen Geistesblitz.

Deano musste transportiert worden sein, egal ob er freiwillig mitgekommen war oder nicht. An irgendeinem Punkt musste ein Fahrzeug im Spiel gewesen sein, doch es hatte am nächstgelegenen Parkplatz zu viele Reifenspuren gegeben, um jede einzeln aufnehmen und identifizieren zu lassen, zumal sie sich kreuz und quer überlagerten.

Wer versetzte einem Fünfzehnjährigen absichtlich Stromstöße? Aus welchem Grund sollte man so etwas tun?

Diese Fragen waren zu abstrakt. Er konzentrierte sich auf das Praktische.

Wo konnte es geschehen sein?

Irgendwo dort draußen gab es einen zweiten Tatort, an dem sich die an Deano verübten Grausamkeiten abgespielt hatten. Hätte er, Vega, solche Taten begangen, dann hätte er versucht, diesen Ort so vollständig und unwiderruflich zu zerstören wie möglich.

Er bezahlte sein Ticket und verließ den Parkplatz des Krankenhauses. Zurück zum Dowding House, um ein paar Recherchen durchzuführen.

11

Mittwochnachmittag

Der Sandstein zwängte Reese von beiden Seiten ein. Er steckte in einem Spalt zwischen zwei kalten Felsen. Über seinem Kopf hingen verdrehte, ineinander verflochtene Wurzeln, zwischen denen sich die Strahlen einer blassen Märzsonne ihren Weg suchten. Anfangs hatte er gefroren, doch über diesen Punkt war er mittlerweile hinweg, und zum ersten Mal seit langer Zeit spürte er ein zerbrechliches Gefühl von Sicherheit.

Seitlich von ihm wuchs feuchtes, samtiges Moos, am Boden hatte sich ein Polster aus toten Blättern gesammelt. Mit den Fingern zeichnete er die Furchen nach, die der Regen im Laufe der Jahrhunderte in den Stein gegraben hatte. Er gestattete es sich, einen Moment fasziniert zu sein von der Erosion, der Ungeheuerlichkeit der Zeit und der Bedeutungslosigkeit seines eigenen Lebens. Oder Deanos Lebens.

Scheiße, alles erinnerte ihn wieder an Tom.

Reese lehnte den Kopf gegen den Stein und wartete darauf, dass das Ketamin seine Wirkung tat. Nach und nach ging seine ruhelose, ängstliche Energie in eine langsame Woge der Trägheit über; seine Gedanken wurden zu einem Wirbel aus Licht und Rauschen.

Erosion. Er sah das Wort vor seinen Augen, während er mit der Hand über die körnige Oberfläche des Felsens fuhr. Er musste an Pagham denken. An ihren letzten Familienurlaub. Überall hatten Schilder gestanden, die vor einer aggressiven Strömung warnten, welche an dem Hafen und dem Strand aufschlug.

»Ins Auto. Kommt schon, schnell. Springt rein. Nein, lass das hier, Deano, wir brauchen es nicht.«

»Das sagst du. Ich bin fast fertig mit meinem Glumanda!«

»Lass es ihn mitnehmen, Sam. Er wird sich im Scheiß-Bognor sonst zu Tode langweilen.«

»Auf keinen Fall! Das wird der Hammer, Jodie. Du wirst schon sehen.« Dad setzte sein breitestes Grinsen auf, bei dem man praktisch jeden einzelnen Zahn von ihm sah, während sich die Haut rund um seine Augen in Falten legte und auf seinen Wangen Grübchen erschienen. Diesem Lächeln konnte Mum nie widerstehen. Von seinem Platz auf der Treppe aus hatte Reese gesehen, wie sie sich ein wenig entspannte.

»Scheiß-Bognor«, wiederholte sie. »Das wird ein Riesenkontrast zur Villa, oder etwa nicht?«

»Es klingt toll«, hatte Deano erklärt, ohne von seinem Gameboy aufzublicken. »Wir schlafen in einem *Wohnwagen*!«

»Das ist die richtige Einstellung!« Sam fuhr seinem jüngsten Sohn durch die Haare. Und wandte sich dann zu dem schlaksigen, mürrischen Wesen auf der Treppe um, dessen Gesicht im Schatten einer Kapuze lag. »Komm schon, Reese.«

Reese versuchte, die Erinnerung so zu verändern, dass er Dad in diesem Moment anlächelte. Aber das hatte er nicht getan, oder?

Die Bewegungen fielen ihm jetzt schwerer. Seine Muskeln wurden schlaff. Er spürte den salzigen Geschmack des Rotzes auf seiner Lippe, schaffte es aber nicht, seine Bewegungen zu koordinieren, um ihn abzuwischen.

Mum blickte ihn an, erkennbar genauso genervt wie er. Sie rollte mit den Augen und deutete mit dem Kopf zur Tür ihres tollen neuen Hauses. Er stöhnte, schnappte sich seinen Rucksack, folgte seiner Familie und ging auf den weißen, unter einer Plane verborgenen Range Rover zu.

»Nicht der Range Rover«, rief Sam. »Wir nehmen ein anderes Auto.« Er öffnete die Garage. Dort stand ein alter Mondeo, kastanienbraun mit einer grünen Tür. Vermutlich war er älter als Deano. Reese hatte ihn ungläubig angestarrt. Jodies Miene war düster.

»Cool«, sagte Deano, wieder ohne von seinem Spiel aufzuschauen, und stieg als Erster ein. »Beifahrer!«

Reese hatte sich mit Mum nach hinten gesetzt. Das Velours roch unangenehm feucht. Deano hatte nicht bemerkt, wie Dad unterwegs immer wieder in den Rückspiegel geschaut hatte, als wollte er sichergehen, dass ihnen niemand folgte. Reese schon. Und auch Mum. Sie hatte während der ganzen Fahrt Kette geraucht, ihr Blick war glasig und die Lippen trocken. Deano plapperte die ganze Zeit über sein Pokémon-Spiel, und Reese steckte die Ohrstöpsel ein, um seinen Bruder mit Musik zu übertönen: Placebo, Infra-Red.

Es war das Jahr des Flugzeugunglücks in Shoreham. Als sie sich dem Campingplatz näherten, waren alle Straßen ringsum gesperrt, und an jeder Kreuzung, die sie passierten, flackerten Blaulichter. Im ersten Moment war Dad in Panik geraten, bis dann die Nachrichten im Radio kamen: Sie waren nicht hinter ihm her, etwas viel Schlimmeres war geschehen. Eine schreckliche Tragödie. Mit noch ungeklärter Schuldfrage.

Eigentlich kein großer Unterschied zu ihrer eigenen Situation.

Pagham Beach bestand aus einem flachen Streifen Kieselstrand zwischen Bungalows und dem wenig bemerkenswerten braunen Meer. Gleich am Strand lag die Pinball Alley, eine Häuserzeile mit billigen Souvenirläden und pseudo-amerikanischem Ambiente. Vor einer Spielhalle stand ein überlebensgroßer Elvis aus Fiberglas.

Deano hatte die Spielhalle geliebt. Er hatte es sich zum Ziel gesetzt, sämtliche Plüschtiere aus den Greifarm-Spielen zu fischen, während Dad sich an den Spielautomaten vergnügte. Mum schlief die meiste Zeit. Reese zog gerade an einem Joint und musterte den Elvis von oben bis unten, als er Calvin Kidd zum ersten Mal begegnete.

»Alles klar?«

»Ja.« Reese schwieg, während der Mann seinen langen dünnen Körper begutachtete. »Und selbst?«

»Hast du Feuer?«

»Klar.«

Mit wiegendem Gang kam der Mann näher. Seine Bewegungen verströmten Kraft und Energie. Schon in diesen ersten Sekunden war Reese beeindruckt; er konnte sich erinnern, dass er sich vage bedroht gefühlt hatte, als der Mann sich vorbeugte und seine Lippen um den Filter der Zigarette schloss, bis die Flamme seines Feuerzeugs das Papier berührte.

»Cal.« Dad war aufgetaucht und streckte dem Mann seine Hand entgegen, die dieser ergriff. Dad wirkte gleichermaßen erleichtert und ängstlich. »Danke, dass du gekommen bist. Guten Flug gehabt?«

»Ja. Aber diese winzigen Flieger schaukeln über dem Atlantik schon ein bisschen, oder?«

»Tut mir leid, Kumpel. Ich hätte dich gern abgeholt, aber das Risiko kann ich nicht eingehen.«

»Kein Problem, Sammy.« Der Mann, den Dad Cal nannte, taxierte Reese nach wie vor von oben bis unten. »Ich hab gehört, du hast dir ein bisschen Ärger eingehandelt?«

»Lass uns im Pub reden. Das ist mein Junge, Reese. Du erinnerst dich sicher.«

»Hör auf … Ich hätte ihn nicht wiedererkannt.«

»Er ist ein bisschen gewachsen, seit du ihn das letzte Mal gesehen hast.« Kichernd drückte Sam die Schulter seines Sohnes, der längst einen Kopf größer war als er selbst. »Er kommt nach Jodie.«

»Ja, das sehe ich.«

»Reese, pass auf deinen Bruder auf«, sagte Sam und setzte sich in Bewegung. Cal blieb einen Moment zurück, die blauen Augen immer noch auf Reese gerichtet, dann folgte er Sam mit großen Schritten.

»Reesey …« Er konnte Cals Stimme nach all der Zeit immer noch hören. Die Halluzinationen mussten stärker geworden sein. »Reesey!«

Jemand schüttelte ihn. Nicht mehr in Pagham. Sondern in den Wellington Rocks, in der Nähe der Gemeindewiesen von Tunbridge Wells. Total zugedröhnt. Da war Cal, gleich vor ihm, wieder diese eisigen Augen.

»Was hast du genommen? Himmel noch mal, schau dir an, in welchem Zustand du bist, Pickelgesicht …«

Reese schloss die Augen und versuchte, in die Farbwirbel und Bilder des Urlaubs vor einem Jahr einzutauchen. Damals war es noch möglich gewesen, die Dinge rückgängig zu machen und andere Entscheidungen zu treffen, bessere Entscheidungen.

Plötzlich kam er torkelnd auf die Beine. Cal hatte den Arm um ihn gelegt und stützte ihn. Reese versuchte zu sprechen, brachte aber nur ein Lallen zustande. »Wie 'st du mich g'funden?«

»Ich finde dich immer, Pickelgesicht. Abgesehen davon ist das hier unser Platz, oder?«

Reese lächelte unkoordiniert, während Cal ihn mehr oder weniger zum Auto trug, das er auf der Straße, die quer durch die Gemeindewiesen verlief, abgestellt hatte. Die Bäume zu beiden Seiten der Straße erschienen Reese bedrohlich. Wie Wachtposten, die wussten, was er getan hatte; die von all den Toten wussten, deren Blut an seinen Fingern klebte.

Er ließ sich in den Sitz des Astras fallen, und Kidd schnallte ihn an wie ein Kind. Sein Kopf lehnte träge an der beschlagenen Scheibe. Irgendwann in der Zeit, die er zwischen den Felsen verbracht hatte, hatte es zu regnen begonnen, sodass Reese bis auf die Knochen durchnässt war und zitterte. Kidd legte eine nach Zigarettenqualm stinkende Picknickdecke um ihn, die ihn allerdings kaum wärmte. Immerhin strömte nun warme Luft aus den verstaubten Düsen im Armaturenbrett.

»Ich hab die Scheiße satt«, stöhnte Reese und klapperte dabei mit den Zähnen. »Es ist verdammt noch mal nicht fair. Ich hab sie nicht abgezockt. Ich war nicht derjenige, der sie bestohlen hat.«

»Weiß ich doch, Reesey.« Kidd bot ihm einen Schluck von etwas Bitterem aus seinem Flachmann an. Reese nippte kurz und reichte die Flasche zurück. Er rieb sich die Augen und spürte, wie geschwollen sie waren, spürte die Tränensäcke und stellte sich vor, wie angeschlagen er aussah. Er hatte sich seit Wochen nicht rasiert.

»Wann ist es endlich vorbei, Cal?«

»Schon bald. Wir machen noch ein paar Touren, dann kannst du sie ausbezahlen.«

»Ich will das nicht mehr«, flüsterte Reese, legte den Kopf zur Seite und richtete seine großen, geröteten Augen flehentlich auf den Mann neben sich. Er nahm Cals Hand und drückte sie fest. »Ich will nicht. Ich kann nicht. Verdammt, ich kriege es nicht hin.«

»Es wird nicht wieder passieren«, versprach Cal und tätschelte ihm die Finger, so ungeschickt wie immer, wenn es darum ging, Zuneigung auszudrücken. »Nicht wenn du diesmal einen klaren Kopf behältst.«

»Das kannst du nicht wissen.«

»Ist es dir lieber, wenn ich dich ihnen ausliefere?«

»Nein …«

»Dann sei ein großer Junge und reiß dich zusammen. Und lass die Finger von diesem Dreck …« Cal durchsuchte die klatschnasse Jeans des Jungen. Er fand eine kleine Tüte mit weißem Pulver, drehte die Fensterscheibe runter und warf das Ketamin hinaus. »Bleib in der realen Welt. Hättest du dich daran gehalten, dann wären diese armen Schweine vielleicht noch am Leben und würden jetzt nicht zu Gulasch verkochen.«

Cal hatte recht, das war das Schlimmste daran. Das Auto rumpelte weiter, die Scheibenwischer quietschten und knackten bei jeder Bewegung. Reese gab sich noch eine Weile dem Selbstmitleid hin.

Auf irgendeine Art hatten Dad und Deano Glück gehabt. Für sie war es jetzt vorbei. Und an ihrem Tod war er nicht wirklich schuld.

Nicht ganz jedenfalls.

12

Mittwochnachmittag

DI Daria Rosen hatte die letzten zwanzig Minuten im Stau zugebracht. Weiter vorn hatte sich ein Unfall ereignet, und sie hatte kurz erwogen auszusteigen und zu helfen. Da sie allerdings reichlich Streifenwagen mit Blaulicht überholt hatten, ging sie davon aus, dass die Sache in guten Händen war.

Das Meeting mit ihren Vorgesetzten sollte in zwanzig Minuten beginnen, und sie würde sich wahrscheinlich verspäten, was ihr allerdings weniger ausmachte als sonst. Sie hatte ja ihre Musik und einen Thermobecher mit Tee.

Sie blickte auf das Gras und den Farn am Rand der A 228, die von den Abgasen geschwärzt waren. Ein ödes Stück Straße, das sich hier schnurgerade durch die Landschaft zog. Mitten auf dem Feld, an dessen Rand sie nun mehr oder weniger parkte, stand eine einsame Eiche. Der uralte Baum war eine Art Sehenswürdigkeit; Vega hatte sie einmal darauf aufmerksam gemacht und ihr die verhärtete Stelle an der Rinde gezeigt, wo der Hurrikan von 1987 einen Ast abgerissen hatte.

Es war einer dieser Momente, die ihr viel bedeuteten und an die sie dachte, wenn sie ihn vermisste. Sie war später noch einmal zu dem Baum zurückgekehrt, ohne wirklich zu wissen warum, außer dass seine Geschichte zu den Dingen gehörte, die er mit ihr geteilt hatte und die ihr Trost spendeten. Sie hatte mit der Handfläche über die vom Sturm hinterlassene Narbe gestrichen und sich vorgestellt, er wäre bei ihr.

In der Nacht des Hurrikans war ihr Vater geschäftlich in Hongkong gewesen, und ihre Mutter hatte wegen ihrer Medikamente durchgeschlafen. Daria hatte das Wüten der Elemente zusammen mit ihrer Schwester erlebt. Eng umschlungen hatten sie am Fenster gesessen. Während der Wind draußen die Kletterrosen von den Spalieren gerissen hatte, hatten sich ihre Zehen tief in den Teppich gegraben.

Sie waren überzeugt gewesen, dass bis zum Morgengrauen alles verwüstet sein würde; dass der heulende Wind das Haus Stein für Stein zerlegen würde; dass sie selbst in die Luft gehoben und auf die Terrasse des Nachbarn geschmettert würden.

Natürlich hatten sie überlebt. Nur der Verlust einiger Dachziegel und der Linde im Garten waren zu beklagen gewesen. Daria erinnerte sich noch, dass ihr der Anblick irgendwie unanständig erschienen war: die ans Tageslicht gezerrten verschlungenen Wurzeln, von denen dunkle Erde in den zurückgebliebenen Krater fiel. Ihr Vater hatte den Baum zerkleinern lassen und sie hatten einen neuen gepflanzt, der aber nie anwuchs, sodass ihre Mutter diesen Teil des Gartens später gepflastert und mit einem Springbrunnen ausgestattet hatte. Ein Alabastermädchen mit kessen Brüsten und einer Vase auf der wohlgeformten Schulter wässerte von nun an unentwegt die Kiesel ringsum.

Daria hasste den Brunnen und trauerte bis heute um die Linde.

Zehn Jahre später hatten Darias Symptome eingesetzt; Symptome derselben Krankheit, die ihre Mutter schließlich auf den Schienen der Londoner U-Bahn hatte enden lassen. Bloß eine von vielen Selbstmördern: Ihre Überreste wurden in einem Putzschrank aufbewahrt, bis der Leichenwagen eintraf. Damals hatte Daria sich geschworen, niemals dem Beispiel ihrer Mutter zu folgen.

Das Auto vor ihr fuhr an, und Daria folgte ihm. Ihr Blick fiel wieder nach draußen auf die silbernen Birken und die dunklen Kiefern dahinter. Sie selbst war ein Stadtkind, geboren und aufgewachsen in einem Sieben-Zimmer-Haus in Hackney, doch Vega hätte genau gewusst, wie das Waldstück hier hieß. Es gab hunderte solcher Wäldchen in dieser Gegend, und alle hatten sonderbare Namen. Wie Spine Wood, wo Deano gefunden worden war und vor Jahren auch Tom.

Sie bemerkte, dass die Narzissen austrieben und dass es ein paar Grad wärmer war als am Tag zuvor. Es war jetzt Ende März. Der Frühling näherte sich in kleinen Schritten.

In diesem Moment spürte Daria zum allerersten Mal ein sanftes Flattern in ihrem Becken. Sie hatte sich online informiert; inzwischen hatte der Fötus Wimpern. Die Linien an seinen Fingerspitzen hatten sich gebildet, was bedeutete, dass er nun seine einzigartigen Fingerabdrücke besaß. Und greifen konnte.

Was ihn immer noch nicht zu einer Person machte. Bisher stellte er nur eine Möglichkeit dar.

Rosen fuhr an den beiden zerknautschten Autos vorbei, die sie aufgehalten hatten, und beschleunigte sanft, um zu den Fahrzeugen vor ihr aufzuschließen.

Das Hauptquartier der Polizei von Kent in Maidstone lag hinter einer niedrigen Mauer aus roten Backsteinen. Ringsum wuchsen Tannen mit ihren rauen Stämmen. Rosen meldete sich an, nahm von dem Beamten am Empfang ungeduldig ihren Sicherheitspass entgegen und eilte, drei Stufen auf einmal nehmend, die Treppe hinauf.

»Es tut mir leid, der Verkehr war entsetzlich.« Sie nahm an einem langen Glastisch Platz und öffnete ihre Laptoptasche. Dann warf sie einen Blick auf den Mann mit den silbergrauen Haaren, der ihr gegenübersaß: Assistant Chief Commissioner Onil Mitra.

Mitra galt als zurückhaltend und nachdenklich. Er sprach selten, und wenn er es tat, waren seine Worte ebenso gemessen wie entschieden. Im Augenblick sagte er nichts, grüßte Rosen auch nicht, lächelte aber geduldig.

Neben ihm und der Sekretärin, die das Protokoll führen würde, saß DCS Bishop, der höchstwahrscheinlich wieder überpünktlich erschienen war. Sie hatte ihn schon oft im Verdacht gehabt, sein Blaulicht einzusetzen, um schneller ans Ziel zu kommen. Für einen Moment gestattete sie sich die Fantasie, dass er die Karambolage verursacht haben könnte, von der sie aufgehalten worden war. Sie lächelte unwillkürlich, bekam ihre Mimik aber schnell wieder unter Kontrolle.

»Sollen wir anfangen?«, schlug Mitra vor. Er riss ein Zuckerpäckchen auf und schüttete den Inhalt in seine Tasse. »DI Rosen, ich habe gehört, dass Sam Stowe nicht so gestorben ist, wie es auf den ersten Blick den Anschein hatte.«

»Nein, tatsächlich nicht«, sagte sie und blätterte ihre Notizen durch. »Die Detectives, die den Toten entdeckt haben – DS Vega und DC Khan – waren ursprünglich der Ansicht, dass Mr. Stowe ermordet worden war und dass der oder die Täter das Verbrechen als Selbstmord tarnen wollten. Inzwischen ist Dr. Fleischer zu der Schlussfolgerung gelangt, dass Mr. Stowe schon eine ganze Weile tot war, ehe auf ihn geschossen wurde.«

ACC Mitra, ein Mann mit fünfunddreißig Jahren Berufserfahrung, wirkte ehrlich überrascht. Auch für Rosen und das Team war die Nachricht schockierend gewesen. Nachdenklich legte Mitra die Finger an die Lippen.

»Und das ist bei der Obduktion herausgekommen?«

»Dr. Fleischer hat die Leiche noch nicht obduziert. Der Termin ist für morgen früh angesetzt. Aber sie konnte uns bereits am Tatort versichern, dass Mr. Stowe schon tot war, als der Schuss abgefeuert wurde.«

»Nun gut, fahren Sie fort.«

»Es wurde zwar kein Abschiedsbrief gefunden, aber die in der Angelhütte entdeckten Papiere liefern uns Grund zu der Vermutung, dass Mr. Stowe seinem Leben bewusst ein Ende gesetzt hat. Die Ergebnisse der toxikologischen Untersuchung stehen noch aus, aber irgendjemand hat Mr. Stowes Kreditkarte benutzt, um online eine große Menge von Benzodiazepinen zu bestellen, und zwar eine Woche vor seinem Tod.«

»Und haben Sie schon irgendeine Idee, warum jemand auf einen Toten schießen sollte?«, fragte Mitra mit gerunzelter Stirn.

»Bisher nicht, Sir. Das Team befasst sich gerade mit den Details seiner Lebensversicherung: Möglicherweise könnte sie nicht zur Auszahlung kommen, falls er früher bereits unter depressiven Schüben gelitten und diese dem Versicherer verschwiegen hat. Daran arbeiten wir aber noch.«

»Falls das der Fall wäre, müssten wir den Begünstigten suchen. Also … ein Familienmitglied?«

»Das müssen wir jedenfalls in Betracht ziehen, ja.«

Mitra kratzte sich an der großen, runden Nase, während er die Informationen verarbeitete. Rosen betrachtete derweil die schnell vorbeiziehenden Wolken im Fenster hinter ihrem Vorgesetzten. Sie würde im Regen zurück zum Dowding House fahren; sie konnte ihn in der aus der Klimaanlage strömenden Luft bereits riechen.

»Gut«, sagte Mitra schließlich. »Und sein Sohn, Dean? Gehen Sie von einer Verbindung zwischen den beiden Todesfällen aus?«

»Nein, sie werden parallel untersucht.« Bishop hatte das Wort ergriffen. Rosen versuchte sich zu konzentrieren, merkte aber, wie ihr Blick unscharf wurde.

Es kam ihr vor, als würde das Zimmer sich zur Seite neigen. Sie lehnte sich auf ihrem ungemütlich geraden Stuhl zurück und wünschte sich Armlehnen, auf die sie sich hätte stützen können. Stattdessen legte sie die Hände flach auf den Tisch. Ihre Körperwärme ließ die kühle Glasplatte beschlagen, sodass sich um ihre Hände und Fingerspitzen herum geisterhafte Doppelgänger bildeten.

Konzentrier dich …

»In den Tagen nach seinem Tod benutzte jemand Mr. Stowes Mobiltelefon und gab sich in Textnachrichten an dessen getrennt lebende Frau Jodie als Stowe aus. Möglicherweise schickte der Mörder diese Nachrichten, um Mr. Stowes Todeszeitpunkt zu verschleiern«, sagte Bishop gerade, als sie sich innerlich wieder einklinkte. »Eine andere Möglichkeit wäre, dass der Mörder es auf Deano abgesehen hatte und die Nachrichten nur dazu dienten, an ihn heranzukommen.«

»Halten Sie das für wahrscheinlich?«, fragte Mitra.

Bishops Stummelfinger trommelten auf den Tisch.

»Ehe wir wissen, warum der Junge ermordet wurde, bin ich bereit, alles für wahrscheinlich zu halten.«

»Was ist mit der Mutter? Ich habe gehört, sie hätte sich geweigert, aufs Revier zu kommen. Behindert sie die Ermittlungen?«

»So könnte man es ausdrücken. Vega scheint dieses Verhalten einfach auf ihre Trauer zurückzuführen, aber er hat eben ein weiches Herz.«

»Hat sie an irgendeiner Stelle gelogen, als es um den zeitlichen Ablauf ging? Können wir ihr glauben, dass sie vom Tod ihres Mannes nichts wusste?«

»Wie Bishop schon sagt, hat überwiegend DS Vega mit ihr gesprochen«, mischte Daria sich wieder ein. »Ich vertraue auf seine Instinkte, und er scheint sie für glaubwürdig zu halten.«

Mitra dachte einen Moment lang nach, trank einen Schluck Tee und stellte die Tasse vorsichtig wieder ab. »Und der Junge, Dean? Was haben Sie über den Jungen in Erfahrung bringen können?«

»Dean-*oh*«, begann Rosen und betonte die letzte Silbe, die beide Männer weggelassen hatten, »hat sich in der Schule nicht besonders ins Zeug gelegt. Seine Lehrer erklären, er habe ihnen seine Aufmerksamkeit nur selten über einen längeren Zeitraum geschenkt. Außerdem habe er den Unterricht gestört. Er hatte Ritalin verschrieben bekommen, doch die Lehrer vermuteten, er habe es nicht eingenommen. Gerüchten zufolge hat er die Medikamente an Mitschüler verkauft.«

»Er wurde von seiner letzten Schule verwiesen. Dean …« Bishop registrierte Rosens Blick und hob entschuldigend die Hand. »*Deano* hat die Aufnahmeprüfung für die weiterführende Schule nicht bestanden und konnte nicht auf das Gymnasium gehen, das sein Bruder besuchte. Die Eltern schickten ihn auf eine private Schule, aber dort kam es zu einem Vorfall mit dem Auto eines Lehrers.«

Mitra wirkte interessiert. »Was für eine Art von Vorfall?«

»Es war mit dem Lehrer zu einem Streit über eine Hausarbeit gekommen. Deano behauptete, er hätte sie abgeliefert und der Lehrer hätte sie verloren. Daraufhin ›borgte‹ Deano sich dessen Lexus und nahm eine Freundin mit, Alice Lovell.« Rosen konnte den Anflug eines Lächelns nicht unterdrücken. »Er brachte den Wagen zwar zurück, doch der musste … gründlich gereinigt werden. Man verzichtete zwar auf eine Strafanzeige, forderte Deano aber zum Verlassen der Schule auf.«

Mitra tippte mit dem Kugelschreiber an seine Zähne. »Konnten Sie schon den zeitlichen Ablauf seines Verschwindens rekonstruieren?«

»Wir sind dabei. Er wurde zuletzt vor dem Sportzentrum von Tunbridge Wells gesehen, am späten Nachmittag des Samstags. Er wartete dort an der Mauer. Sein Vater sollte ihn abholen. Wie wir inzwischen wissen, war das nicht möglich. Eine Überwachungskamera zeigt, wie Deano einen Anruf auf seinem Handy macht und dann auf seinem Fahrrad verschwindet.«

»Seinem Fahrrad?«

»Einem BMX-Rad«, sagte Bishop. »Offenbar nahm er es überall hin mit. Er hat auf YouTube einige Videos von sich selbst eingestellt.«

»Er war wirklich ziemlich gut.« Rosen lächelte.

»Wissen wir, wen er angerufen hat?«

»Die Telefongesellschaft hat es uns noch nicht mitteilen können«, erklärte Bishop. »Die Nummer, die Deano angerufen hat, gehört zu einem Prepaid-Handy. Auf seinem Gerät waren keine Kontaktdaten für diese Nummer gespeichert; er muss sie also auswendig gekannt haben. Zuvor hatte er bereits viermal dort angerufen und jedes Mal einige Minuten mit dem anderen Teilnehmer gesprochen. Diesmal wurde der Anruf an die Mailbox weitergeleitet. Die Signale von Deanos eigenem Handy enden zehn Minuten später. Wir vermuten, dass zu diesem Zeitpunkt entweder ein traumatisches Ereignis stattgefunden hat oder dass man ihm das Telefon abgenommen hat.«

Rosen ergänzte: »Wir werden die Filmaufnahmen, die ihn beim Verlassen des Sportzentrums zeigen, an die Öffentlichkeit bringen. Wir hoffen sehr, dass wir damit möglichen Zeugen auf die Sprünge helfen.«

»Sehr gut«, sagte Mitra. »Bekommen Sie genug Unterstützung vom Priority Crime Team?«

Bishop nickte. »Ja, man hilft uns sehr.«

Rosen spürte, dass die Sitzung auf ihr natürliches Ende zusteuerte, und zögerte, ehe sie noch einmal das Wort ergriff. »Eine Sache noch«, sagte sie, während Bishop bereits seine Tasse leerte und mit dem Zusammenpacken begann. Er schaute sie an und blickte dann auf die Uhr. Mitra schien es weniger eilig zu haben und betrachtete sie neugierig.

»Ja, DI Rosen? Worum geht es?«

»Ihnen ist sicher bewusst …«, begann Rosen langsam, »dass es Übereinstimmungen zwischen Deanos Tod und dem von Tom Healy gibt?«

»Ja, allerdings.« Mitra verschränkte die Finger. »So viele Übereinstimmungen, dass wir davon ausgehen, dass eine Absicht dahintersteht, aber dass die Verbrechen selbst nicht notwendigerweise zusammenhängen. Es sei denn, es gibt Beweise dafür, dass bei den damaligen Ermittlungen etwas übersehen wurde.«

»Genau darum geht es. DS Vega gehörte damals zum Team. Er sagt, er habe Deanos Bruder Reese im Zusammenhang mit dem Mord an Tom vernommen.«

»Das Team hat damals an die hundert Jungen zwischen zwölf und achtzehn vernommen«, knurrte Bishop. »Ich habe das Team geleitet, DI Rosen. Ich erinnere mich an jeden Einzelnen von ihnen.«

»Ja, Sir, das ist mir bewusst. Aber Reese flüchtete von dem Grundstück, auf dem wir seinen toten Vater gefunden haben. Außerdem vermuten wir, dass er die SIM-Karte im Spülkasten der Toilette in seinem Badezimmer versteckt hat. Ich würde sagen, wir sollten ein solches Verhalten als verdächtig einstufen.«

»Es gibt tausend andere Erklärungen«, grummelte Bishop. »DS Vega ist ein fähiger Ermittler, aber ich schätze, dass er diesmal auf dem falschen Dampfer ist. Damals wurde keinerlei Verbindung zwischen Reese Stowe und Shane Johnson festgestellt, dem Jungen, der ganz eindeutig Toms Mörder ist. Die beiden hatten einen völlig anderen Hintergrund.«

Bishop beugte sich hinüber zu ACC Mitra. »Was den Healy-Fall angeht, hatte Vega immer schon fixe Ideen.«

»Was war denn der Anlass gewesen, Reese zu vernehmen?«, fragte Rosen ruhig.

»Seine Mutter hatte die Playstation von Reese an Tom Healys Mutter verkauft. Nachher haben die Jungen online gechattet, irgendwie. Mehr hatten sie nicht miteinander zu tun. Das hat DS Vega damals recherchiert.« Bishop reckte das Kinn vor und musterte Rosen für einen Moment. »Darf ich Ihnen einen Rat geben, meine Liebe? Machen Sie Richs Probleme nicht zu ihren eigenen.«

Rosen zeigte ihm unter dem Tisch den Mittelfinger, und Bishop zwinkerte ihr zu. Falls Mitra etwas davon bemerkt hatte, sah er diplomatisch darüber hinweg.

»Für den Augenblick bin ich zufrieden und denke, dass wir den Healy-Fall nicht neu aufrollen müssen«, erklärte Mitra schließlich. »Trotzdem sollten wir uns angesichts der Verbindung zwischen Reese und beiden Opfern sowie seinem Verhalten am zweiten Tatort darauf konzentrieren, ihn möglichst schnell zu finden. Ist das alles?«

Er schaute zwischen den beiden hin und her. Bishop widmete sich wieder dem Zusammenpacken seiner Unterlagen, was Antwort genug war.

Rosen lag noch ein Punkt auf dem Herzen: Carmichaels Beschwerde über Vega. Auf jeden Fall musste sie diese an DCS Bishop weiterleiten, doch schien es ihr nicht nötig, dies in Gegenwart von ACC Mitra zu tun. So jedenfalls rechtfertigte sie sich vor sich selbst für ihr Schweigen.

Sie folgte Bishop hinaus und betrachtete nachtragend die kahle Stelle an seinem Hinterkopf. Die Kommentare, die er in Mitras Büro abgegeben hatte, hatten sie verletzt. Nicht zuletzt deshalb, weil er scheinbar wusste, dass sie mit Vega im Bett gewesen war. Vermutlich hatte sich sein »Rat« darauf bezogen.

»*Meine Liebe?*«, sagte sie laut. »Also wirklich, Harry.«

»Wäre es Ihnen lieber gewesen, ich hätte Sie *Kumpel* genannt?« Bishop blieb stehen und drehte sich zu ihr um. »Oder darf ich nicht informell mit Ihnen sprechen? Ich dachte, Ihnen läge viel an einem entspannten Ton im Team?«

Er grinste. Rosen wollte sich an ihm vorbei zur Treppe drängen, doch er hielt sie am Arm fest. »Hören Sie zu, Rosen, ich möchte nicht, dass Sie den Eindruck gewinnen, ich nähme das nicht ernst. Die Ähnlichkeiten zwischen Tom und Deano.«

»Das glaube ich auch gar nicht, Sir.« Rosen seufzte und ließ die Schultern ein wenig sinken. »Sie haben recht, in diesem Punkt Vorsicht walten zu lassen.«

»Ich halte es einfach für wahrscheinlicher, dass irgendein einsamer Irrer versucht hat, ein allgemein bekanntes Verbrechen nachzuahmen. Ein Trittbrettfahrer halt. Das Phänomen ist Ihnen sicher ein Begriff?«

»Und ob. Es war Teil meiner Dissertation in Exeter.« Rosen gab sich Mühe, sich auf die geplatzten Adern auf Bishops Trinkernase zu konzentrieren, denn das Gebäude schien abermals zu schwanken. Sie umklammerte das Geländer, während sie gemeinsam die Treppe hinunterstiegen. »Ted Bundy hatte einen Gehilfen, nicht wahr?«

»Das ist sogar bei den meisten berühmten Mördern so. Ja. Ich denke, wir sollten uns zunächst darauf konzentrieren, was wir über das Umfeld erfahren können. Herausfinden, wer ein ungesundes Interesse an dem alten Fall gezeigt hat.«

»Alle möglichen Ermittlungsansätze. Wir kümmern uns darum.«

»Gut. Dann bis später im Dowding House.«

»Okay, Harry. Danke.«

Der Regen ließ noch auf sich warten, bis sie Tunbridge Wells erreicht hatte. Dort allerdings goss es wie aus Kübeln. Rosen blieb in ihrem Wagen sitzen, bis PJ Harvey aufhörte, Billy anzuflehen, er möge nach Hause kommen und seinen einzigen Sohn kennenlernen. Zitternd endete der Song und der nächste begann: *I think I'm a mother…*

Rosen stellte ihre Anlage ab, zog sich die Jacke über den Kopf und eilte zur Treppe. DC Khan stand in der Nische am Hintereingang und versuchte, sich eine Zigarette anzuzünden.

»Was ist mit Carmichael los?«, fragte er und musterte sie mit seinem Bambi-Blick.

Rosen schüttelte den Kopf, nicht in der Lage, ihm ins Gesicht zu schauen. Sie stellte sich unter und zog den nassen Mantel aus. »Ich weiß nicht. Warum fragen Sie?«

»Er hat den ganzen Tag schon eine Scheißlaune«, sagte Khan. Er hielt die Zigarette immer noch zwischen den Lippen und mühte sich mit seinem Feuerzeug ab. »Ich hab mich nur gefragt, ob Sie ihm einen Anschiss verpasst haben oder sowas.«

»Sie kriegen das Ding nie an, Zaid, kommen Sie einfach rein«, blaffte Rosen ihn an. Sie selbst hätte alles für eine Zigarette gegeben. Inzwischen war es vier Uhr. Sie hätte längst zu ihrem Krankenhaustermin erscheinen sollen und spürte ihre Angst und Unruhe. »Wo ist Carmichael jetzt?«

»Auf der Suche nach einem potenziellen Zeugen.«

»Und Vega?«

»Oben im Büro«, sagte Khan. Er gestand sich seine Niederlage ein, warf die feuchte Zigarette weg und trat ins Haus. »Oh, wollen Sie wissen, welche Nummer Deano gewählt hat, draußen vor dem Sportzentrum?«

»Klar.«

»Die SIM-Karte. Das Ding, das Carmichael im Haus der Stowes gefunden hat. Das war die Nummer, die Deano gewählt hat. Irgendwann später muss der Besitzer des Telefons die Karte rausgenommen und versteckt haben. Wir haben den Teilabdruck eines Fingers darauf gefunden und sind ziemlich sicher, dass er vom älteren Bruder stammt, Reese. Deano hat ihm eine Nachricht auf der Mailbox hinterlassen.«

»Wirklich? Worum ging es?«

»Deano hat sich entschuldigt«, berichtete Khan und schob die Finger in die aberwitzig engen Taschen seiner Anzughose. »Es klingt, als hätte er etwas getan, über das Reese nicht besonders erfreut war und das ihn möglicherweise in Schwierigkeiten gebracht hatte. Leider kein Hinweis darauf, worum genau es ging. Ich habe eine Abschrift angefertigt und eine Kopie auf Ihren Schreibtisch gelegt, falls Sie es im genauen Wortlaut lesen wollen.«

»Tolle Arbeit, Zaid. Haben wir sonst noch irgendwas auf der SIM-Karte gefunden?«

»Ein paar Nummern, von denen die meisten nicht mehr gültig sind. Wir versuchen, noch mehr zu finden. Falls wir das Gerät in die Finger bekommen, in dem die Karte steckte, finden wir vielleicht noch Informationen im internen Speicher. Den vergessen die Leute beim Löschen grundsätzlich.«

»Nicht schlecht«, sagte Rosen und eilte die Treppe hinauf zu den Räumen des Major Incident Crime Teams.

Vega saß an seinem Schreibtisch. Er wirkte nachdenklich und konzentrierte sich auf seinen Bildschirm. Rosen nutzte die Gelegenheit, ihn einen Moment zu betrachten, ohne selbst bemerkt zu werden. Er hatte eine gebogene Nase, ein kräftiges Kinn und hohe Wangenknochen, auf denen sich dunkle Schatten abzeichneten. Er achtete auf sich. Und obwohl er sich zuletzt ein wenig hatte gehen lassen, war er in ihren Augen immer noch ein äußerst gut aussehender Mann. Er machte immer noch Eindruck auf sie. Einen gefährlich starken Eindruck bei dem prekären Zustand ihrer Ehe. Oder ihrer Psyche.

Sie trat neben ihn und räusperte sich. Er schaute auf. In seinen klaren grauen Augen, die – je nachdem, aus welchem Winkel man sie betrachtete – violett wirken konnten, entdeckte sie einen Anflug von Unmut, der ihr einen Stich versetzte.

»Sind das die Aufnahmen der Überwachungskamera von Deano?«

»Ja. Ich überprüfe sie gerade noch mal.« Auf den körnigen Bildern war zu sehen, wie Deano vor dem Sportzentrum unruhig auf und ab ging und das Telefon ans Ohr presste, wobei er hin und wieder hinter dem Stamm einer Silbertanne verschwand. Nach kurzer Zeit bestieg er sein Fahrrad und radelte los, hinaus aus dem Blickfeld der Kamera. »Wir haben die Sprachnachricht, die er hinterlassen hat. Sie war für Reese gedacht.«

»Zaid hat mich gerade auf den neuesten Stand gebracht. Was meinst du, wollten sie sich treffen? Hat Deano dort auf ihn gewartet, nachdem sein Vater ihn nicht abgeholt hatte?«

»Ich weiß nicht. Eigentlich war Deano mit Freunden verabredet, doch keiner von ihnen ist aufgetaucht. Nachdem Sams Betrügereien aufgeflogen waren, haben es die meisten Eltern nicht gern gesehen, wenn ihre Kinder sich mit den Stowes abgaben.«

»Tolle Freunde.«

»Oh, sie alle haben nur Nettes über ihn zu sagen«, bemerkte Vega trocken. »Alle haben es geschafft, irgendwelche sentimentalen, falsch geschriebenen Abschiedsposts auf seiner verdammten Facebook-Seite zu hinterlassen.«

Er rieb sich die Schläfen, erkennbar müde und genervt. »Sorry, wolltest du etwas Bestimmtes?«

»Ich muss mir deine Sicht zu diesem Carmichael-Debakel anhören.«

»Jetzt ist es schon ein Debakel, hm?« Vega lachte in sich hinein. »Ich weiß nicht, was ich dir erzählen soll, Dar. Ich mag den Typen einfach nicht. Er hat eine schlechte Einstellung.«

»Inwiefern?«

»Wo soll ich da anfangen? Er hat keinen Drive. Er hat kein Auge fürs Detail. Er kann nicht selbstständig arbeiten. Er ergreift nie die Initiative. Man muss ihn zu jeder Kleinigkeit antreiben, und bei einem Fall wie diesem haben wir dazu keine Zeit. Wir müssen unseren Leuten zutrauen, den Job ordentlich zu erledigen. Und ihm traue ich es nicht zu, ganz einfach.«

»Er hat die SIM-Karte gefunden. Das ist immerhin etwas. Sogar die Spurensicherung hatte sie übersehen.«

Vega verzog den Mund und schaltete seinen Monitor aus. »Klar.«

»Es sei denn, du erzählst mir eine andere Version der Geschichte?«

Vega griff nach seinem Mantel, und Rosen trat einen Schritt zur Seite. »Wenn du mir nichts in die Hand gibst, kann ich nichts zu deiner Verteidigung vorbringen, Richard.«

»Darum bitte ich dich doch gar nicht, oder?« Vega stand auf und näherte sich mit großen Schritten der Tür.

»Wohin willst du?«

»Eine potenzielle Spur überprüfen«, sagte er, ohne sich umzudrehen. »Ist das für Sie in Ordnung, Ma'am?«

Rosen seufzte. Sie setzte sich auf Vegas noch warmen

Stuhl, während dieser sich an Khan vorbei aus der Abteilung schob.

Abwehrend hob Khan die Hände und setzte sich grummelnd an seinen Schreibtisch. »Was ist heute bloß mit allen los? Man könnte glauben, jemand wäre gestorben.«

13

Mittwoch, später Nachmittag

Wäre nicht die am Straßenrand wartende Beamtin gewesen, so hätte Vega die überwucherte Abzweigung wahrscheinlich übersehen. Die Verkehrspolizistin winkte ihm zu und wies ihm den Weg in den tief ausgefahrenen Feldweg. Auf einem sumpfigen Grasstreifen parkte Vega hinter dem Streifenwagen und stieg aus, um die Frau zu begrüßen.

»DS Vega?«

»Schuldig im Sinne der Anklage. Sie müssen PC Tyrrell sein.«

»Ja, Sir.« Daisy Tyrrell – jung, aber von einer Aura vorzeitiger Strenge umgeben – bedeutete Vega, er solle vorangehen, den schmalen Weg hinauf, der um diese Jahreszeit von kahlen Bäumen gesäumt war. Kaum hatte er zwei Schritte gemacht, da versank sein Fuß in einer tiefen, von Blättern getarnten Pfütze. Er fluchte, als das eiskalte Wasser auf der Stelle durch seinen Schuh drang und seine Socke durchnässte. Scheiße! Er schüttelte den Schuh aus, was nur wenig half.

»Können Sie mir einen Überblick geben, Tyrrell?«

»Ich war als Erste vor Ort, kurz nach 21 Uhr am Samstagabend. Wenig später traf die Feuerwehr ein.« Sie beschleunigte ihre Schritte, um sich dem weit ausholenden, dynamischen Gang des Detectives anzupassen. »Der Anruf kam aus dem Pflegeheim an der Ecke, Sie sind eben daran vorbeigefahren. Man hat einen Krankenpfleger losgeschickt, der sich die Sache angeschaut und uns dann verständigt hat. Warum glauben Sie, dass eine Verbindung zu Ihrem Mordfall besteht?«

»Darf ich ehrlich sein? Es ist ein Strohhalm, an den ich mich klammere. Vielleicht besteht da null Zusammenhang mit unserem Mord, aber den Versuch ist es wert.«

Vor ihnen auf der Wiese tauchten die Überreste eines Transporters auf. Sie erinnerten an die verschmorte Außenhülle eines Insekts.

»Irgendwelche Informationen über das Fahrzeug?«

»Der Wagen wurde letzten Dienstag als gestohlen gemeldet. Zuletzt hatte er auf dem Betriebshof eines Bauunternehmers in Edenbridge gestanden. Die Kollegen haben das Gelände abgesucht, das Kennzeichen zur Fahndung herausgegeben und dem Besitzer das Aktenzeichen genannt.«

»Vor Samstagabend wurde der Wagen nirgendwo gesichtet?«

»Nein, Sir. Wir konnten das Wrack über die Fahrgestellnummer identifizieren.«

Vega umkreiste den Transporter. Die ursprüngliche Farbe war dem Feuer zum Opfer gefallen, das Metall darunter versengt. Die Temperatur musste extrem hoch gewesen sein. Die Reifen waren geschmolzen und hatten sich von den Felgen gelöst. Kreisförmig um das Fahrzeug herum waren nur Asche und verbrannte Erde zu erkennen.

Als Vega sich näherte, schien sich der Geruch des Brandbeschleunigers penetrant auf seine Nasenschleimhäute zu legen. Und obwohl das letzte Rauchwölkchen längst zum Himmel aufgestiegen sein musste, begannen seine Augen zu brennen.

Er trat ans Heck des Wagens. Die Türen waren verschlossen, doch die Fensterscheiben hatten der Hitze nicht standgehalten. Vega streckte die Hand aus.

»Haben Sie eine Taschenlampe?«

»Natürlich.« PC Tyrrell reichte sie ihm, und Vega richtete den schwachen Strahl ins stockdunkle Innere. Er machte eine Entdeckung, die ihn auf einen Schlag wachrüttelte. Er hoffte und fürchtete gleichermaßen, dass es sich bei dem beschädigten Gegenstand, den er mehr als Schatten denn als klaren Umriss wahrnahm, um das handelte, für das er es hielt.

»Ich muss diese Türen öffnen.« Er zerrte am Rahmen, um festzustellen, ob er nachgab. Der Wagen schaukelte auf den Felgen hin und her. »Würden Sie mir kurz helfen?«

Tyrrell wirkte nicht allzu angetan von der Idee. »Sollten wir nicht auf die Spurensicherung warten, wenn Sie einen Zusammenhang vermuten?«

»Genau das ist es ja: Vielleicht besteht ein Zusammenhang, vielleicht auch nicht. Das will ich klären. Also, helfen Sie mir.« Vega versuchte es mit größerer Anstrengung erneut, und Tyrrell kam offenbar zu dem Schluss, dass sein höherer Rang ihr im Zweifel als Rechtfertigung dienen konnte, denn sie griff nun nach der anderen Tür.

Einen Moment später quietschten die Angeln und eine Aschewolke kam ihnen entgegen, dann gaben die Türen nach. Vega leuchtete noch einmal in den Innenraum, ehe er vorsichtig die Ladefläche betrat. Er näherte sich dem Gegenstand an der gegenüberliegenden Wand, von dem das Feuer scheinbar nur einen fragilen Rest übrig gelassen hatte, der schon einem bohrenden Blick kaum standhalten würde.

Es war das, was er erwartet hatte. Ein Fahrrad, möglicherweise ein BMX, gerade noch als solches erkennbar.

»Haben Sie gefunden, was Sie sich gewünscht haben?«, fragte Tyrrell von draußen.

»Von *gewünscht* würde ich nicht unbedingt sprechen.« Vega hockte sich hin und spürte, dass der ausgebrannte Boden bald unter ihm nachgeben würde. Er untersuchte einen rechteckigen Metallklumpen, den er für einen tragbaren Benzingenerator hielt, auch wenn vielleicht, ganz wie bei einem Rorschachtest, ausschließlich seine Vorstellungskraft ihm diese Form verlieh. Langsam zog Vega sich aus dem Transporter zurück und stellte sich zu Tyrrell. »Am besten rufen Sie jetzt die Spurensicherung. Mehr können wir im Moment nicht tun.«

»Also gibt es tatsächlich eine Verbindung?«, fragte sie. »Zu Ihrem Mordfall?«

»Ich weiß es nicht. Aber wenn ich einen Tipp abgeben müsste …« Vega warf noch einen Blick auf das Fahrrad. »Ja, ich würde darauf wetten.«

Die Spurensicherung ließ auf sich warten. Eine Stunde später stand Vega immer noch ungeduldig auf dem gefrorenen Feld. Inzwischen war es kurz vor fünf, und die Dämmerung setzte ein.

Er sehnte sich danach, sich in den warmen Innenraum seines Wagens zurückzuziehen, doch PC Tyrrell stand dermaßen stoisch in der Kälte, scheinbar völlig unbeeindruckt von den frostigen Windstößen, dass sich das wie eine Niederlage angefühlt hätte. Stattdessen zog er seine Fahrerhandschuhe über und trat von einem Fuß auf den anderen. Er bemerkte, dass Tyrrell auf seine Hände schaute.

»Was ist?«

»Nichts, Sir.« Ein leichtes Lächeln umspielte ihren Mund. »Hübsche Handschuhe.«

Vega steckte die Hände verlegen in die Tasche.

Er war geblieben, um zu sehen, was bei der Untersuchung herauskam. Er musste Gewissheit über die Verbindung zu Deano haben. Das immerhin war er dem Jungen schuldig.

Schließlich hörte er, wie sich auf dem matschigen Feldweg mehrere Fahrzeuge näherten, und ging ihnen ein Stück entgegen, um sie einzuweisen.

Eine ganze Weile später trat einer der Beamten auf Vega zu, der mit seiner dritten Selbstgedrehten binnen einer halben Stunde beschäftigt war. Vega blickte auf, ließ den Stummel mit einem Anflug von schlechtem Gewissen auf die zerfurchte Erde fallen und trat ihn aus.

Schweigend hörte er sich die vorläufigen Erkenntnisse an, die der Unbekannte in Schutzkleidung ihm in hölzernem Ton präsentierte.

Er hatte recht gehabt. Was sie auf der Ladefläche des Transporters gefunden hatten, war tatsächlich ein tragbarer Generator gewesen. Er passte zu einem möglichen Folterszenario.

Und bei dem anderen Gegenstand handelte es sich um ein Fahrrad, ein BMX. Unter UV-Licht war dessen in sorgfältiger Schrift auf dem Rahmen notierter Sicherheitscode lesbar geworden.

Es war Deanos Handschrift. Deanos Fahrrad. Er hatte den Code für den Fall eines Diebstahls notiert. Sicher hatte er ein gestohlenes Rad für das Schlimmste gehalten, was ihm passieren konnte.

Vega bedankte sich bei den Kollegen und ging zurück

zu seinem Auto. Mit einem vagen Gefühl von Übelkeit blieb er noch eine Weile sitzen. Als das Gefühl sich gelegt hatte, holte er aus dem Kofferraum ein Handtuch, zog den Schuh und die nasse Socke aus und rieb sich den Fuß trocken. An der Wagentür wrang er das schmutzige Wasser aus der Socke, steckte den nackten Fuß wieder in seinen kalten Schuh und fuhr nach Hause, um sich umzuziehen.

Erst als er im Stau halten musste und nach dem Schaltknüppel greifen wollte, fiel ihm auf, dass er zitterte.

14

Mittwochabend

Vega steckte den Schlüssel ins Schloss. Sein Fuß war eiskalt und sein nackter Knöchel ungeschützt. Er wollte sich schnell umziehen und dann an seinen Schreibtisch zurückkehren, um alles zu protokollieren, was er auf dem Feld in Erfahrung gebracht hatte.

Am Rande seines Bewusstseins schien sich eine Theorie zu entwickeln. Doch der Versuch, ihr klare Konturen zu verleihen, fühlte sich an, als wolle er eine Handvoll Wasser festhalten.

»Padre! Du kommst ja früh nach Hause.«

Cherry sprang die letzten drei Stufen hinunter und landete neben ihm im Hausflur. Freudestrahlend blickte sie ihn an, und genau das konnte er im Augenblick nicht gebrauchen.

»Ich bleibe nicht lange, Cher«, sagte er, legte seinen Schlüsselbund ab und bückte sich, um seine Schnürsenkel zu öffnen. »Ich komme nur, um mich umzuziehen.«

»Aber ich liebe dich doch so, wie du bist!« Sie lachte über ihren eigenen Witz und folgte ihm nach oben. »Hey, was ist los?«

»Wir haben eine Spur.«

»Bei Dean?«

»Deano. Er wollte Deano genannt werden.«

»Tut mir leid. Deano. Was hast du rausgekriegt?«

»Dass das arme Schwein gefoltert wurde«, erklärte

Vega düster. Er trat in sein Schlafzimmer, setzte sich aufs Bett, zog seine zweite Socke aus und grub die Zehen tief in den pflaumenblauen Teppich. »Wir haben einen Wagen entdeckt, gestohlen, wahrscheinlich der Tatort. Sein Fahrrad lag drin. Er …«

Cherry kam ins Zimmer und legte die Arme um ihn. Eine schlichte Geste, doch Vega hatte das Bedürfnis, sie gleich wieder abzuschütteln.

Ihm stand kein Mitleid zu. Schließlich war er nicht derjenige, der trauerte. Er hatte kein Recht darauf. Doch Cherry hielt ihn weiter fest. Nach und nach entspannte er sich in ihren Armen, öffnete seine Faust und legte seine große Hand auf ihre. Sie schwiegen beide. Im dunkler werdenden Garten zwitscherten aufgeregt die Vögel.

Vega räusperte sich. Cherry ließ ihn los und trat ein paar Schritte zurück.

»Es ist ähnlich wie bei Tom«, sagte sie. »Stimmt's?«

»Ähnlich wie bei Tom«, räumte Vega ein. Er zog ein frisches Paar Socken aus der Mahagonikommode, die seiner Mutter gehört hatte, und rollte sie über seine langen, dünnen Füße. »Aber Deano ist nicht Tom. Und auch der Mörder ist nicht derselbe. Bish ist sich da ganz sicher.«

»Was ist mit dem Motiv?«

»Das ist es ja. Ich weiß bis heute nicht, warum Shane Johnson Tom damals getötet hat. Verdammt noch mal, sie waren erst zwölf.«

»Sind die moralischen Werte in diesem Alter nicht noch in der Entwicklung?«, fragte Cherry und klickte mit dem Zungenpiercing gegen ihre Zähne. »Ich könnte mir vorstellen, dass man mit zwölf andere Prioritäten hat. Kleine Tragödien kommen einem vor wie das Ende der Welt. Wenn du erwachsen bist, hast du gelernt, mit Scheiße klarzukommen. Du hast mehr *Lebenskompetenz*.« Mit den Fingern machte sie Anführungszeichen um diesen Begriff, den sonst er ihr gegenüber verwendete.

»Und wenn ich etwas übersehen hab?«, sagte Vega mehr zu sich selbst als zu ihr. »Beim ersten Mal, bei Tom. Wenn ich da etwas übersehen hab? Vielleicht ist Deano genau deshalb …«

»Schsch«, versuchte Cherry ihn zu beruhigen. »Du warst Teil eines Teams, Padre. Sag nicht immer nur *Ich*.«

»Hmm.« Vega dachte an Carmichael und seine mangelnde Eignung, an die verdammten grundlegenden Fähigkeiten, die ihm abgingen. Er spürte, dass er die Fäuste wieder geballt hatte und streckte bewusst die Finger aus. »Aber wir sind nur so stark wie das schwächste Glied in unserer Kette.«

»Wen hast du als Deanos Mörder im Auge?«

Vega stand auf und betrachtete sein Gesicht im trüben Spiegel über der Kommode. Seine Haut war glatt und straff, von ein paar Falten um die Augen herum abgesehen; seine Haare und die buschigen Brauen waren immer noch tiefschwarz. Er wirkte jünger, als er war, das lag angeblich an den guten Genen. Aber manchmal beunruhigte es ihn auch.

Es kam ihm vor, als fehlte ihm ein für die Entwicklung unverzichtbarer Bestandteil: als wäre er in einem naiven Zustand stecken geblieben.

Was würde er nicht für ein bisschen Weisheit geben …

»Da ist Reese«, sagte er schließlich. »Eine Zeitlang hatte ich ihn als Toms Mörder in Verdacht, aber die Spur ist im Sand verlaufen. Wir wussten, dass die beiden Jungen über ein Onlinespiel kommunizierten, stundenlang. Wir nahmen Kontakt zu dem Spieleentwickler auf, weil wir hofften, an die Chat-Protokolle zu gelangen. Da sie aber ausschließlich im Rahmen des Spiels gechattet haben, gab es keine Protokolle. Und ich vermute, dass Reese das genau wusste.«

»Erzähl mir von Reese«, forderte Cherry ihn auf und setzte sich auf die Bettkante. Ihre ausgefransten Ärmel fielen über ihre Fingerspitzen. Sie musterte ihn aufmerksam und kaute auf einem Ärmel herum.

»Er ist Deanos älterer Bruder«, begann Vega. »Voriges Jahr hat er die Judd noch während des letzten Schuljahrs verlassen. Das behauptet jedenfalls seine Mutter, Jodie. Er ist klug und begabt, wirkt aber jünger, als er ist.«

»Wie meinst du das?«

»Er ist … weltfremd, vor allem für jemanden mit seiner Intelligenz. Scheinbar brachten Menschen ihn aus dem Konzept, so als funktionierten sie einfach nicht so, wie sie es seiner Meinung nach tun sollten.«

»Das klingt, als wäre er verhätschelt worden«, sagte Cherry. »Solchen Leuten bin ich schon häufiger begegnet. Meistens kommen sie aus feineren Familien und blicken irgendwie nicht durch.«

»Vielleicht ist es das, vielleicht wurde er bloß zu sehr verhätschelt. Ich weiß es nicht. Ich habe nie ein klares Gefühl für ihn entwickelt – ob er der verlorene kleine Junge war, den er nach außen darstellte, oder ob er eine dunkle Seite in sich hatte.«

»Hat er viel gesagt?«, fragte Cherry und legte den Kopf schief. »Als du ihn befragt hast?«

»Nein. Er war minderjährig, und sein Dad ließ ihn nicht reden. Er hatte etwas dagegen.«

»Tsss.«

»Sam Stowe war ein Gauner. Er hatte eine Menge Gründe, sich bei der Polizei unwohl zu fühlen. Die Verschwiegenheit der Stowes muss nicht unbedingt etwas mit Tom zu tun gehabt haben.«

»Was glaubst du? Hätte Reese gern geredet?«

»Ich glaube schon.« Vega fuhr sich mit den Fingern durch die Locken. »Jetzt ist Reese allerdings wie vom Erdboden verschluckt. Der Zeitpunkt wirkt reichlich verdächtig, da sowohl sein Bruder als auch sein Vater tot aufgefunden wurden.«

»Vielleicht ist Reese das dritte Opfer …«

»Daran hab ich natürlich auch schon gedacht. So oder so, wir müssen den Kerl finden.«

»Überlass das mir«, sagte Cherry und vollführte eine ausholende Geste mit ihrem Ärmel. »Ich schaue mal, was ich herausfinde.«

Vega lachte. Er tupfte sich einen Tropfen Aftershave an die Stelle, wo Kiefer und Hals ineinander übergingen: die köstliche Stelle unterhalb des Ohrs, auf die Daria so gern ihre Lippen gedrückt hatte. »Also gut, Veronica Mars. Ich muss wieder los.«

»Musst du wirklich noch zur Arbeit?«, fragte Cherry mit leiser Stimme. »Es ist fast sechs, und du kommst mir ziemlich fertig vor. Warum lässt du es nicht für heute gut sein? Wir könnten uns Blade Runner anschauen. Du kannst die *I've-seen-things*-Stelle mitsprechen – ich unterbreche dich auch nicht!«

Vega blieb noch einen Augenblick an seinem Schlafzimmerfenster stehen. Aus dem Augenwinkel hatte er eine Bewegung wahrgenommen, die einen Adrenalinstoß durch seinen Körper gejagt hatte.

Es war ein Fuchs. Ein Tier mit schimmerndem Fell, das durch das hohe Gras stolzierte. Es schaute nicht auf, aber Vega spürte, dass es seine Anwesenheit bemerkt hatte.

Inzwischen war es vollständig dunkel, doch die Sicherheitsbeleuchtung der Nachbarn wurde von den Scheiben des Gewächshauses reflektiert.

»Es ist taghell da draußen«, grummelte Vega. »Was glaubst du, wie viel Watt diese Lampen haben? Man kommt sich vor wie in einem verdammten Kriegsgefangenenlager.«

»Padre? Hast du mir zugehört?«

»Cherry, bei mir wird es heute Abend spät. Hol dir was beim Chinesen und heb die Reste für mich auf. Kung Pao mit Schweinefleisch wäre prima.« Er lief die Treppe hinunter.

Cherry folgte ihm. »Die anderen kommen auch mal ohne dich klar. Wenn es etwas Neues gibt, werden sie schon anrufen.«

»Hier, ich lege dir Geld neben das Telefon.« Vega zog einen Zwanziger aus dem Portemonnaie und schob ihn zusammengefaltet auf das Tischchen. Dann griff er nach seinen Schlüsseln. »Ich meine es ernst, Cherry. Sorg dafür, dass du etwas isst.«

»Okay, dann bis später …«

Die Haustür fiel ins Schloss. Sie trat ans Fenster und sah durch die Gardine hindurch, wie er die Stufen zu dem Asphaltstreifen hochstieg, auf dem sein Wagen stand.

Fast zehn Minuten lang saß er im Auto, dann erst konnte sie hören, wie der Motor ansprang.

15

Mittwochabend

Vega ignorierte die läutenden Telefone in der Einsatzzentrale des Major Incident Teams und das Hin und Her seiner Kollegen, die von einer zur nächsten Aufgabe hetzten.

Er nahm an seinem Schreibtisch Platz und schaute sich noch einmal Deanos Videos an. Der Junge schien der Schwerkraft zu trotzen, wenn er seinen Körper mitten in der Luft verdrehte, das Rad unter sich um 360 Grad herumwirbelte und geschickt wieder auf die Pedale kam. Er sauste die Halfpipe hinunter und landete schließlich mit einem breiten Grinsen in die Kamera, wobei man seinen abgebrochenen Schneidezahn sah. Unwillkürlich musste auch Vega lächeln.

Er hatte das Video stumm gestellt, sodass er nicht hörte, was Deano mit kokett niedergeschlagenem Blick und aus der Stirn geworfenen Haaren mit seinem filmenden Freund besprach. Vega schaute nach dem Datum. Das Video war eine Woche vor seinem Tod hochgeladen worden.

Sieben Tage, bevor irgendjemand den Jungen so übel in die Mangel genommen hatte, dass er sich das Schlüsselbein, das Handgelenk und die Schädelbasis gebrochen hatte. Und was war danach gekommen? Elektrischer Strom.

Khan tauchte neben Vegas Schreibtisch auf und hielt ihm einen Ordner unter die Nase. Vega schob ihn beiseite, und Khan gähnte laut und vernehmlich hinter seinem vorgehaltenen Unterarm, was sich als ansteckend erwies. Als das Video zu Ende war, drehte sich Vega zu dem Constable um. »Was ist? Was wollen Sie?«

Vega hörte nicht, was Khan ihm antwortete. Seine Aufmerksamkeit wurde von dem Mann in Anspruch genommen, der gerade das Büro betreten hatte, einen Moment lang verloren wirkte und ihn dann, sobald er ihn entdeckt hatte, mit einem munteren Winken begrüßte.

Er trug eine kurze Radfahrerhose, die sich wie eine zweite Haut an ihn schmiegte, und einen schmalen Rennfahrerhelm. Er war spindeldürr, hatte eine Brille, und die Venen an seinen Beinen traten deutlich hervor. Sein ernsthaft wirkendes Gesicht machte es einem schwer, eine Abneigung gegen ihn zu empfinden, egal wer er war oder wofür er stand.

»Hallo, Richard! Zaid«, begrüßte er sie lächelnd und näherte sich mit langen, federnden Schritten. Dann legte er Vega beide Hände auf die Schultern und knetete sie mit seinen kräftigen Daumen. »Ist meine bessere Hälfte in der Nähe?«

»Hi, Simon. Sie ist in ihrem Büro«, sagte Khan und schenkte dem Mann ein nichtssagendes Lächeln.

»Nennt sie es immer noch so?«, fragte Simon kichernd und schaute auf die mit blauem Filz überzogenen Pinnwände. »Du meine Güte! Aber wer weiß? Wenn sie Chief Inspector wird, bekommt sie vielleicht richtige Wände.«

»Daria will befördert werden?«, fragte Vega, ehe er sich bremsen konnte.

»Oh, ja. Sie ist fest entschlossen. Na ja, ihr wisst das doch sicher.«

»Klar. Richard redet die ganze Zeit von ihrer Entschlossenheit«, sagte Khan mit einem Zwinkern. »Sie legt sich wirklich ins Zeug, stimmt's, Rich?«

Vega spürte ein Brennen in seinem Nacken und wandte sich wieder dem Bildschirm zu, während Simon unverdrossen seine Schultern massierte. Vega hatte die Neigung des Therapeuten, andere Menschen anzufassen, immer mit Widerwillen erfüllt; vor allem begriff er nicht, dass der Mann ausgerechnet ihn berühren wollte.

»Simon?« Daria war hinter ihren Pinnwänden aufgetaucht und trat auf ihren Ehemann zu, wobei ihr Blick zwischen ihm und Vega hin- und herwanderte. »Was machst du hier?«

»Hallo, Liebling.« Er lächelte, ließ Vegas Schultern los und begrüßte sie mit einem Kuss. Vega betrachtete mit einer masochistischen Faszination, wie sich ihre Lippen berührten. Er registrierte exakt, wie lange es dauerte, bis sie sich wieder voneinander lösten – mehrere Sekunden. Die Intimität, mit der sich das Paar begegnete, verursachte ihm Schmerzen im Brustkorb.

»Ich dachte, es wird wieder ein langer Tag bei dir«, sagte Simon. »Da kam mir die Idee, du könntest ein bisschen Zucker gebrauchen.«

»Hast du gebacken?«

»Ja.« Simon stellte eine Tupperdose auf Vegas Schreibtisch. Rosen hob den Deckel, und warmes Haselnussaroma strömte darunter hervor.

»Brownies, wunderbar, danke, Si.«

»Ich wollte dir eine Freude machen«, erklärte Simon zwinkernd. »Also, wie kommt ihr voran?«

»Wie du weißt, darf ich dir das nicht sagen.«

»Ja, ja, natürlich. Reden ist Silber und so weiter«, sagte er und wippte mit dem Kopf wie ein aufgeregter Vogel.

»Allzu spät wird es nicht«, versprach sie. »Ich mache nur noch ein paar Notizen, damit ich morgen vorbereitet bin.«

»Lass dir so lange Zeit wie nötig. Aber weck mich, wenn du nach Hause kommst, okay?«

»Das mache ich. Fährst du mit dem Fahrrad nach Hause?«, fragte Daria, legte ihm eine Hand ins Kreuz und brachte ihn zur Tür. »Hast du dein Licht dabei? Und deine Warnweste?«

»Natürlich!«

Als das Paar den Raum verließ, prustete Khan los und krümmte sich atemlos vor Lachen. »Meine Güte! Wie schräg war das denn?«

»Keine Ahnung, was Sie meinen«, brummte Vega, wandte sich wieder seinem Bildschirm zu und klickte ziellos drauflos.

»Kommen Sie schon, Bruder. Wir wissen alle Bescheid«, sagte Khan und nahm sich einen der Brownies. Als er weitersprach, regnete es Krümel. »Die Weihnachtsfeier? Ihr beiden wart nicht besonders subtil.«

»Es heißt *Sir*, nicht Bruder. Klar? Wir haben hier eine Rangordnung, also halten Sie sich daran.«

»Sagt sie das?«

Ruckartig sprang Vega auf und stieß seinen Stuhl nach hinten. Khan war klug genug, an seinen eigenen Platz zurückzueilen. Vega setzte sich wieder hin und schloss die Augen. Hinter den geschlossenen Lidern sah er immer noch das Leuchten des Bildschirms vor sich.

Normalerweise stellte die Arbeit für ihn einen Zufluchtsort dar. Und einen solchen brauchte er im Moment dringend. Doch die Situation mit Daria machte es ihm unmöglich, sich zu konzentrieren.

Einer von ihnen sollte gehen. Das wurde ihm in diesem Moment klar. Vielleicht hatte sie das ja bereits vor, wenn sie sich um eine Beförderung bemühte. Falls nicht, könnte er sich vielleicht versetzen lassen.

Vielleicht würde Carmichaels Beschwerde sowieso für seine Entlassung sorgen – wer konnte das wissen?

Er spürte eine Hand auf seiner Schulter, drehte sich um und sah Daria. Unwillkürlich wurde sein Puls schneller.

»Ich habe Jodie angerufen. Sie hat sich einverstanden erklärt, bei dem Aufruf dabei zu sein. Wir haben für morgen früh alles vorbereitet.«

»Das ist gut.«

»Ich dachte, wenn sie Reese persönlich bittet, sich zu melden …«

»Wenn du das für klug hältst.«

»Du nicht?«

Vega zuckte die Achseln. »Einen Versuch ist es wert. Falls Reese überhaupt auf jemanden hört, dann auf seine Mum.«

»Das glaube ich auch.« Daria blieb noch einen Moment neben ihm stehen und wartete auf etwas, das er ihr nicht geben konnte. Schließlich zog sie sich zurück. Vega starrte auf den Monitor, bis seine Augen schmerzten.

16

Mittwochabend

Die Peroxiddämpfe brannten Reese in den Augen. Beim Schlucken konnte er sie auch schmecken. Selbst wenn ihn die Vorstellung nicht weiter beunruhigte, fragte er sich, ob die Chemikalien ihm Schaden zufügten. Das Bad war nicht besonders gut durchlüftet, da Kidd ihnen verboten hatte, irgendwelche Fenster im Haus zu öffnen. Schließlich sollte niemand entdecken, dass das zuvor leer stehende Gebäude jetzt bewohnt war.

Wenigstens überlagerte das Peroxid den durchdringenden Gestank nach Scheiße. Levi hatte sich zweifelhaftes Hähnchenfleisch andrehen lassen, was sie alle hatten ausbaden müssen.

Reese hielt den Atem an und reckte den Kopf unter die Dusche. Der stotternde Wasserstrahl war eisig, und die Kälte ging ihm durch Mark und Bein. Mit den Fingerspitzen rubbelte er sich den Rest der zartvioletten Farbe aus den Haaren. Die Hände waren nun mit einer cremigen Paste überzogen, die langsam fest wurde. Er drehte das Wasser ab und trocknete sich die Haare.

»Lass mich mal sehen.«

Kidd stand dicht hinter ihm, während er sich noch über den Rand der Badewanne beugte. Reese schmiss das Handtuch auf den Boden, schreckte damit einen Silberfisch auf und schaute in den Spiegel. Die Veränderung war drastisch und irritierend.

Kidd trat noch näher. Seine Brust drückte sich jetzt gegen Reeses Rücken, sein heißer Atem berührte die picklige Haut. Reese hielt still, während Kidd mit den Fingern durch sein gefärbtes Haar fuhr, das jetzt nicht mehr kastanienbraun, sondern gelblichorange war und auch seine Haut gelblich wirken ließ.

»Gefällt mir nicht«, sagte Kidd.

Reese starrte den Fremden im Spiegel an, reckte das Kinn vor und begutachtete die Veränderung. »Ich will nur nicht, dass er mich erkennt.«

»Wer?«

»Der große Zivilbulle. DS Vega.«

Kidd lehnte sich gegen die Tür und verschränkte seine drahtigen Arme. »Macht er dir Sorgen, Pickelgesicht?«

Reese starrte ausdruckslos vor sich hin. »Die werden mit mir reden wollen. Vielleicht sollte ich einfach nach Hause gehen. Ein paar Fragen beantworten und dafür sorgen, dass sie mich nicht mehr verdächtigen.«

»Sei kein Schwachkopf«, fuhr Kidd ihn an. »Du sagst ihnen gar nichts. Hör mir zu, Reesey, die verhaften dich. Mit denen kannst du nicht vernünftig reden.«

»Du klingst wie Dad.«

»Gut. Er war ein kluger Mann.«

»Klar. Einen Haufen Gangster abzuzocken und sich dann umzubringen, war echt genial.«

»Reesey, hör zu.« Kidd drehte ihn zu sich um und nahm Reeses Gesicht in seine schwieligen Hände. »Wenn die rausfinden, was du gemacht hast, wanderst du richtig lange in den Bau. Du kommst als alter Mann mit ausgeleiertem Arschloch wieder raus.«

Reese schniefte, und in seiner Kehle rasselte der Schleim. Er löste sich von Kidd und presste sich das

Handtuch vors Gesicht. »Verdammte Farbe, Mann. Die ist giftig.«

Reese dachte an Tom, den ersten Jungen, den man in Spine Wood gefunden hatte. Er dachte an all das, was er getan hatte und von dem die Polizei nichts wusste; von dem auch die Richter nichts wussten, die Shane ins Gefängnis geschickt hatten.

Reese dachte an DS Vega, an den er sich von seiner Vernehmung vor sechs Jahren noch ganz deutlich erinnerte. Sie hatten über Tom gesprochen. Es hatte keine Protokolle ihrer Chats während des Spiels gegeben, also hatte der Bulle spekuliert. Manche seiner Vermutungen waren derart nah an der Realität gewesen, dass es ihm fast gespenstisch vorgekommen war.

Dad war wütend geworden. Reese erinnerte sich an das dumpfe Knacken in dem Augenblick, als Sams Faust auf die Nase des Bullen gekracht war; an den Geruch der Papiertaschentücher, mit denen DS Vega den Blutfluss gestoppt hatte; an die hellen roten Flecken auf dem grauen Resopaltisch.

Der zwölfjährige Reese hatte sich kraftlos gefühlt und war blass geworden. Und Vega hatte ihn angelächelt, als hätte er soeben ein Geständnis abgelegt.

Der neunzehnjährige Reese hatte einen robusteren Magen. Vor seinem inneren Auge zog eine Reihe von Gesichtern vorbei, manche waren zu erkennen, andere nicht.

Alle tot.

Wie Tom.

Wie Deano.

»Er hat mich auf dem Kieker, Cal«, beharrte Reese. »Dieser DS Vega. Du hast nicht gesehen, wie er mich angeschaut hat. Beim Haus. Er weiß Bescheid, Cal. Verdammt, er weiß Bescheid.«

Kidd seufzte und küsste die Rundung seiner nackten Schulter.

»Schon gut, Pickelgesicht. Ich bringe das in Ordnung. Ich kümmere mich um ihn.«

Reese schloss die Augen. Lächelte. »Das weiß ich …«

Ja, er würde sich um ihn kümmern. Was war schon dabei?

17

Mittwochabend

Kidd legte die Hand über sein lauwarmes Glas Guinness. Sie waren im Wetherspoons, das einmal die Oper von Tunbridge Wells beherbergt hatte. Das Gebäude war immer noch stattlich, aber heruntergekommen. Stickig. Jason Sellers nannte es trotzdem immer noch Opera House, als würde es dadurch ein Stück vornehmer. Egal wie man es nannte, die alten Säufer, die seit acht Uhr morgens hier saßen und billiges Bier in sich hineinkippten, gehörten zum Inventar.

Kidd hob den Arm von der Tischplatte, wobei seine rotbraunen Härchen festklebten und an seiner Haut zupften. Er stieß einen angewiderten Laut aus und lehnte sich mit verschränkten Armen und gespreizten Beinen zurück. Würde er gern in Dreckslöchern wie diesem trinken, wäre er besser gleich in Dumfries geblieben.

Ihm gegenüber am Tisch saß ein sonnengebräunter Gott in einem zu engen Polo-Shirt von Ralph Lauren – Nige Abrahams, der Typ Mann, der sich für hart hielt, weil er dreimal pro Woche mit einem Personal Trainer sein Übungsprogramm durchzog und auf seinem Grundstück Wachpersonal beschäftigte. Kidd würde es locker mit ihm aufnehmen, bei einem ehrlichen Kampf.

Rechts von Abrahams saß dessen Geschäftspartner Piotr Novak. Ein schmaler Strich in der Landschaft mit blonden Haaren, toten grauen Augen und einem verschwommenen Tattoo, das aus dem gestärkten Hemdkragen hervorschaute. Unangenehmer als Abrahams, schätzte Kidd, aber der Ruhigere der beiden. Novak schrieb ständig etwas in eine Moleskin-Kladde, in die Kidd nur zu gern einen Blick geworfen hätte; doch der Mann machte seine Notizen auf Polnisch.

Links von Kidd saß Jason Sellers, ein schleimiger Kriecher mit einem Haarschnitt für zweihundert Pfund.

Über ihrem Tisch hing ein schwerer Kronleuchter. Kidd würde es nichts ausmachen, wenn das ganze verdammte Ding auf sie vier herunterkrachen würde. Die Welt wäre anschließend ein besserer Ort; Kidd war alt genug, um das zu begreifen.

»Wieder kein Reese?«, fragte Abrahams lächelnd. Als er sein Pint anhob, schwoll der von Steroiden aufgepumpte Bizeps unter seinem Hemd. »Ich glaube langsam, dass er mich nicht mag.«

Kidd sagte nichts und beschränkte sich aufs Starren.

»Reese weiß Ihre Geduld zu schätzen«, erklärte Jason. »Ich bin sicher, dass er sich alle Mühe gibt, seine Schulden abzuarbeiten.«

»Reese trauert um seinen verdammten Vater«, knurrte Kidd. »Sie erinnern sich noch an Sammy, oder? Ihr Partner, den Sie ins Grab getrieben haben?«

Jason räusperte sich. »Sam hat eine bedauerliche Wahl getroffen, was aber nichts mit Mr. Abrahams zu tun hatte.«

»Schon irgendwelche Polypen da unten entdeckt, Jase?«

»Was soll das jetzt heißen?«

»Steig aus seinem Arsch.« Kidd deutete mit dem Finger auf Nige Abrahams. »Du solltest nicht vergessen, wer dich bezahlt.«

Jasons Gesicht lief rot an, und mit einem Mal wirkte er so alt, wie er wirklich war.

»Jase wird auch von mir bezahlt«, erklärte Abrahams mit einem süffisanten Grinsen. »Sie können ihn nicht für sich allein beanspruchen, Calvin.«

Kidds Miene wurde noch düsterer. Er war von Jason enttäuscht und konnte es nicht verbergen. »Sammy war wie ein Vater zu dir, Jase. Ist das dein Dank? Loyalität – das ist für euch alle bloß eine Ware, stimmt's? Klar stimmt's. Nun, für mich hat das Wort eine Bedeutung. Und auch Reesey bedeutet es etwas. Sie bekommen Ihr Geld. Machen Sie sich keine Sorgen.«

»Genau das tun wir aber: Wir machen uns Sorgen«, sagte Piotr Novak leise und tippte mit dem Kugelschreiber in sein Notizbuch. »Denn der Rückstand der Stowes beträgt immer noch dreihunderttausend Pfund.«

»Wir machen zwanzigtausend pro Kopf, dreißig Leute pro Tour. Das sind hübsche Zahlen.«

»Abzüglich Betriebskosten.«

»Unkosten fallen immer an. Das wisst ihr Anzugtypen genau.«

»Und Ausschuss«, fügte Novak hinzu. »Wie bei der letzten Tour. Das ist inakzeptabel. Es vergrößert das Risiko.«

»Reesey hat's versaut. Ich hab mich drum gekümmert. Ende der Geschichte.«

»Was Calvin sagen will, ist, dass er den Schaden begrenzt hat. Die Profite sind davon unberührt geblieben.«

All diese sauberen Begriffe, um schmutzige Geschäfte zu beschreiben, als würden sie dadurch irgendwie desinfiziert. Kidd nannte die Dinge lieber bei ihrem verdammten Namen. Er trank das halbe Guinness in einem Zug und betrachtete die roten Plüschstühle in den Nischen und Balkonen über ihnen, die vom früheren Leben des Gebäudes übrig geblieben waren. Obwohl er ansonsten keinen Hang zu Fantastereien verspürte, versuchte er sich auszumalen, was Sammy davon halten würde, wenn er dort oben säße und dieses erbärmliche Schauspiel mitansehen müsste.

»Es gab auch andere Risiken«, stellte Novak nüchtern fest. »Sollen wir auch über die sprechen?«

»Die Zeitungen sind voll mit dem Gesicht von Sammys Sohn«, brummte Abrahams, wobei sich das Licht in seinem goldenen Schneidezahn spiegelte. »Ich musste ihn mir heute Morgen beim Cornflakesessen anschauen. Glauben Sie vielleicht, wir können solche Publicity gebrauchen? Was zum Teufel läuft hier ab?«

»Mit Deano hab ich nichts zu tun«, sagte Kidd und spürte, wie sein Herz zu hämmern begann. »Ich hab den kleinen Scheißer nicht umgebracht. Wenn ich's getan hätte, wäre er nicht gefunden worden. Da war ein Amateur am Werk.«

»Jodie hat mit diesem Bastard geredet«, sagte Abrahams und knallte ein Foto auf den Tisch. Kidd legte die Hand darauf, zog es zu sich herüber und schaute es an, ehe er es weiter zu Jason schob.

»Sie haben gesagt, Reese hätte auf der letzten Tour Mist gebaut …« Abrahams beugte sich über den Tisch, der unter dem Gewicht seines muskulösen Körpers knarrte. »Hat er mit Deano vielleicht auch Mist gebaut?«

Kidd zögerte die Antwort hinaus, indem er noch einen Schluck Guinness trank. Schließlich erklärte er: »Nein. Das war nicht Reese.«

Es gelang ihm nicht, sie davon zu überzeugen. Oder sich selbst davon zu überzeugen.

»Nach der nächsten Tour …«, sagte Novak langsam. »Vielleicht wäre es besser, wenn Reese dort bleibt, auf dem Kontinent.«

»Das ist nicht gut. Jodie braucht ihn hier. Sie muss wissen, wo er ist. Sie macht auch so schon genug Theater.«

»Seine Mutter kann ihn problemlos besuchen.« Novak dehnte jedes einzelne Wort. »Wenn er im Grab liegt. Oder im Knast sitzt.«

Kidd leerte sein Glas und ließ es auf die Tischplatte krachen. »Wir sind hier fertig.«

Als Kidd sich erhob, packte Abrahams ihn am Arm. Er zog ihn ein Stück zu sich herüber, wobei Kidds Ellbogen den Tisch streifte. Abrahams beugte sich vor und sprach zischend in sein Ohr. Sein Atem stank nach Red Bull und Molke.

»Ich sage es Ihnen, wenn wir fertig sind, Calvin.«

Instinktiv griff Kidd an die Gesäßtasche, in der sein Butterflymesser steckte. Jason hatte sich erhoben. Auch drei große Männer an einem Nachbartisch standen auf, ohne Zweifel Abrahams' Schläger.

Es war ein ruhiger Mittwochabend, eine Stunde, bevor der Laden schließen würde. Das Opera House war beinahe leer. An den Türen standen keine Rausschmeißer. Kidd hätte Abrahams den Hals durchschneiden und binnen einer Minute von hier verschwunden sein können. Abrahams' Aufpasser waren bezahlte Schläger ohne echte Erfahrung. Sie würden in Panik geraten und ihrem Boss zu Hilfe eilen, wenn das Blut aus dessen Arterie auf Jasons Engelsgesicht und den schmierigen Scheißpolacken spritzte.

Kidd atmete langsam ein. Und wieder aus. Er löste die Finger nicht von seinem Messer, ließ es aber in seiner Tasche. Abrahams' Tod wäre keine Lösung. Noch nicht.

»Ihr heiliger Sammy hat mir in die Taschen gegriffen«, fauchte Abrahams. »Er hat mich bestohlen. Und sich umgebracht, als ich ihn zur Rede gestellt habe. Er war ein Dieb und ein Feigling, und sein Sohn ist genauso ein wertloses Stück Scheiße. Schaffen Sie mein Geld ran. Sie sorgen dafür, dass die Schulden bezahlt werden, sonst zahlen Reese und seine Schlampe von Mutter dafür und jeder, mit dem diese Familie auch nur Tennis gespielt hat. Haben wir uns verstanden?«

Kidd schüttelte ihn ab. Er nickte beinahe unmerklich. Abrahams deutete mit dem Finger auf ihn. »Keinen Scheiß mehr, Calvin. Ist das klar?«

Kidd ging zur Tür und ließ Jason zurück. Sollte der sich ruhig noch ein wenig einschleimen. An der Treppe draußen zündete er sich eine Zigarette an, in einem Bereich, der mit einem samtenen Seil abgetrennt war, als wären die Raucher des Lokals Berühmtheiten, nicht simple Sklaven der Tabaksteuer und ihrer schlechten Gewohnheiten.

Kidd behielt den Rauch in der Lunge, bis sie schmerzte. Dann ließ er den Kopf nach hinten fallen und atmete in den Nachthimmel aus. Es war bitterkalt, doch er trug nur ein T-Shirt. Das hielt seine Sinne wach.

»Das lief ja prima«, murrte Jason, der jetzt neben ihm auftauchte. »Du musst dich in den Griff bekommen, Calvin. Du drehst langsam durch.«

Kidd sagte nichts. Er hielt den Kopf immer noch in den Nacken gelegt, hatte die Augen geschlossen und atmete den Zigarettenrauch aus.

»Mit Deano bist du zu weit gegangen.«

»Ich war das nicht. Ich hab ihn am Leben gelassen.«

»Levi?«

»Levi hat ihn verprügelt. Aber er hat den Kerl nicht umgebracht.«

»Vielleicht ist er noch mal zurückgekehrt.«

»Levi trifft keine eigenen Entscheidungen. Das weißt du. Er kann sich kaum allein den Arsch abwischen.«

»Dir ist aber klar, wer dann noch übrig bleibt?«

»Reese war es nicht.«

»Weißt du das, oder hoffst du das?«

Kidd brummte. Jason schüttelte den Kopf. Er verstaute das Foto, das Novak ihnen gezeigt hatte, in Kidds Jeanstasche und klopfte ihm auf die Schulter. »Pass auf dich auf, Calvin.«

»Ja. Mach dir keine Sorgen um mich.« Kidd sah Jason nach, wie er mit schwingendem Kaschmirmantel die Straße hinunterging und noch einmal die Hand hob. Dann bog er rechts in die Newton Road ab, wo er wahrscheinlich seinen protzigen Mercedes abgestellt hatte.

Kidd zog das Foto aus der Tasche und betrachtete es noch einmal. Es war der große Zivilbulle, der Jodie mehrmals besucht und Reese dazu gebracht hatte, sich die Haare zu färben.

Abgesehen von den hellen Augen sah der Polizist aus wie ein Südländer. Auf seinen Lippen lag ein dämliches Grinsen. Ein arroganter Scheißkerl. Aber Jodie wäre niemals so blöd, ihm irgendetwas zu verraten.

Oder doch?

Kidd knüllte das Foto in seiner Faust zusammen und ließ es durch einen Gitterrost fallen. Dann ging er los, weg von der Kuppel des Opera House.

Deano würde sie alle noch fertigmachen.

Selbst tot machte der vorlaute kleine Sack nichts als Ärger.

18

Donnerstag, früher Morgen

Vega blieb lange im Revier, schrieb seinen Bericht und ging die Ermittlungsakte durch, um zu sehen, womit die anderen Teammitglieder sich beschäftigt hatten. Dann brachte er seine Notizen auf den aktuellen Stand und machte gegen ein Uhr morgens Schluss. Das Licht in Bishops Büro brannte noch, doch er war klug genug, den Mann nicht zu stören. Vega schaltete seinen Computer aus und verließ leise das Gebäude.

Als er nach Hause kam, lag das Haus im Dunkeln. Auf der Fußmatte standen keine blauen Stiefel, die ihn ins Stolpern bringen konnten, und im Flur hing kein chemischer Geruch.

»... Cherry?«

Keine Antwort. Die Zwanzig-Pfund-Note war von dem Beistelltisch verschwunden, doch weit und breit war keine Spur von chinesischem Essen zu entdecken.

Nachdem er die Wolldecke säuberlich über das kühle Leder gebreitet hatte, ließ er sich in seinen Sessel fallen und schloss die Augen. Die Stille ringsum, nur vom Ticken der Uhr und dem Knacken der Bodendielen unterbrochen, umfing ihn. Er spürte, wie er wegdriftete und wie ihn die Erschöpfung hinab in die dunklen Tiefen des Unbewussten zog.

Nein. Er wollte nicht schlafen. Er schüttelte sich. Es war ein beschissener Tag gewesen, da wollte er wenigstens von diesen letzten verbleibenden Stunden noch etwas haben. Er schickte Cherry eine SMS:

ICH KOCHE. KOMM NACH HAUSE.

Es war lange her, seit Vega zuletzt eingekauft hatte, doch immerhin entdeckte er eine Chorizo und Hühnerbrüste, deren Haltbarkeitsdatum noch nicht überschritten war. Die Kartoffeln keimten bereits ein wenig, würden aber in Würfel geschnitten und leicht angeschwitzt noch schmecken, genau wie die Zwiebeln. An den Tomatenstauden auf der Fensterbank hingen tatsächlich noch einige Früchte. Mit ein wenig Knoblauch und Olivenöl würden sie für eine einfache Soße reichen.

Die Ärmel aufgerollt und seine gestreifte Schürze umgebunden, machte sich Vega an die Zubereitung des Essens. In regelmäßigen Abständen schaute er auf sein Handy, obwohl er wusste, dass es laut gestellt war.

Noch immer keine Antwort.

Während die rustikale Mixtur unter dem sanft klappernden Deckel vor sich hin köchelte und der Wasserdampf sich an den Fensterscheiben absetzte, öffnete Vega am Tisch den Laptop und las seine Mails.

Unter seiner Polizeiadresse waren eine Menge Nachrichten eingegangen, die er meist in CC erhalten hatte. In seinem privaten Account befanden sich ausschließlich Spam-Mails und Sonderangebote.

»Verpiss dich, Amazon. Wenn du glaubst, dass du mich kennst …«

Er dachte an Daria, die vor ihm nach Hause gegangen war, zu ihrem obsessiv sportlichen Simon. Als würde es seinem Gehirn nicht reichen, ihn bloß mit Schlaflosigkeit und Selbstzweifeln zu quälen, stellte Vega sich das Paar nun auch noch im Bett vor. Das rhythmische Pumpen von Simons flachem Arsch, auf und ab, als ginge es um eine neue Übung beim Kardio-Sport. Kontrolliertes Atmen, Aufwärmen und Abkühlen.

Stand Daria vielleicht auf diese Art Sex?

Als er mit ihr zusammen gewesen war, hatten sie wie wild gevögelt, im ständigen Bewusstsein der Zeit, die sie nicht hatten. Vielleicht hätte er es ruhiger angehen lassen sollen, doch Darias Terminplan hatte stets über allem gestanden. Immer hatte sie das Steuer in der Hand behalten; er war der Beifahrer gewesen, froh, an ihrer Seite zu sein.

Vielleicht hätte er sich stärker durchsetzen sollen.

Vielleicht sollte er Daria einfach vergessen und sich mehr Gedanken um Cherry machen. Er sorgte sich um sie. Sie war schon immer viel unterwegs gewesen, in letzter Zeit hatte es allerdings noch zugenommen.

Als das Klappern des Deckels lauter wurde, kippte er mit dem Stuhl zurück, um die Herdplatte abzustellen. Die Vorteile einer kleinen Küche: So vieles ließ sich im Sitzen erledigen. Er wählte Cherrys Nummer und war nicht überrascht, als es durchklingelte, bis sich die Mailbox meldete.

»Ich hab genug für sechs Leute gekocht«, brummte er. »Zwing mich nicht, es allein zu essen. Mach, dass du nach Hause kommst.«

Er legte auf und deckte den Tisch. Er wollte nur eine Portion essen; der Rest würde sich noch eine Weile halten. Die Nachtstunden zogen sich hin, und auch für die Flasche Merlot, die er eigentlich mit Cherry hatte teilen wollen, brauchte er eine ganze Weile. Irgendwann war die Pfanne leer, und sein Bauch spannte sich unter dem Gürtel.

Schuldgefühle wegen Cherry und ihres Lebensstils, Darias schmerzende Abwesenheit, die Frustration über Deanos Tod – solange er das warme, tröstende Essen in sich hineinschaufelte, spürte er alles andere nicht ganz so heftig.

Lautes Klopfen an der Haustür. Jemand hielt die Klingel pausenlos gedrückt. Vega erwachte ruckartig. Er riss die verklebten Augen auf und schaute auf sein Handy. Es begann gerade zu dämmern, und für seinen Wecker war es noch zu früh.

Wer zum Teufel war das?

Cherry.

Cherry war irgendetwas passiert.

Er strampelte sich von den Laken frei, die ihn in seiner warmen Höhle zurückhalten wollten, und stolperte die Treppe hinunter. Durch das Milchglas der Haustür hindurch sah er die fluoreszierenden Streifen einer Uniform.

Nein. Nein, nein, nein.

Er öffnete die Tür und stand DC Khan gegenüber, der allerdings keine Uniform trug, sondern marineblaue Shorts mit reflektierenden Streifen und ein schwarzes Hemdchen, das seine durchtrainierten Arme zur Geltung brachte. Vega starrte ihn übernächtigt an.

»Was zum Teufel …«, begann er langsam, jedes einzelne Wort betonend. »Was haben Sie vor?«

»Ich erkläre mich selbst zu Ihrem Personal Trainer, Bruder.« Als Vega den Mund öffnete, brachte sein Untergebener ihn mit erhobenem Finger zum Schweigen. »Ah-ah. Wir haben zwei Stunden bis Dienstbeginn. Also erzählen Sie mir nichts von Hierarchien und holen Sie Ihre Laufschuhe. Wir werden eine Runde joggen.«

Wäre Vega richtig wach gewesen, so wäre ihm vermutlich eine brillante, herablassende Entgegnung eingefallen. Doch es war früher Morgen, er hatte noch keinen Kaffee getrunken, und seine Schlagfertigkeit ließ ihn im Stich. Geschlagen wandte er sich um und verschwand, gefolgt von Zaid, wieder im Haus.

»Dekorieren Sie häufig neu?«, fragte Zaid nach einem Blick auf das altmodische Haus mit den fröhlich gemusterten Tapeten und dem blaugrünen Samtsofa. »Oder warten Sie einfach, bis die 80er wieder in Mode kommen?«

»Irgendwann muss es so weit sein.«

Zaid lachte und ging weiter in die Küche, während Vega die Treppe hinaufstieg, um sich anzuziehen. Zaid rümpfte die Nase beim Anblick der leeren Weinflasche neben dem einzelnen Glas und dem Stapel schmutziger Pfannen. Er ließ Wasser einlaufen, gab einen Spritzer Spülmittel dazu und stellte alles zum Einweichen ins Spülbecken.

In diesem Moment erschien Vega in einem T-Shirt und knapp geschnittenen grünen Shorts in der Tür. Khan stieß einen Pfiff aus. »Hübsche Beine, Sir.«

»Hören Sie auf! Wohin soll's gehen?«

»Ich hab eine Strecke im Kopf.«

Sie joggten die Sherwood Road hinauf, vorbei an gemeindeeigenen 60er-Jahre-Häusern mit gepflegten Gärten und Mietskasernen, vor denen weiße Lieferwagen auf den Grünstreifen parkten. Vega hielt den Kopf gesenkt.

Sie bogen auf die Ferndale Close ab, eine lange, gewundene Straße mit steil aufragendem Wald auf der linken und hinter Laubwerk verborgenen Bungalows auf der rechten Seite. Im weiteren Verlauf kamen sie an identischen Puppenhäusern mit Säulenimitaten und weißen Fensterläden vorbei. Vegas Lungen fühlten sich bereits an, als wären sie mit Kies gefüllt. Er bevorzugte Gewichtstemmen und Übungen für die Bauch- und Rückenmuskulatur, kein Ausdauertraining.

Jetzt nach rechts, in ein Labyrinth aus Mietshäusern mit Topfpflanzen und Fahrrädern auf den Balkonen. Hier war es dunkler, da die hohen Gebäude die aufgehende Frühlingssonne verdeckten. Auf der Straße glitzerten tückische gefrorene Stellen.

Abwärts, abwärts, einer Reihe von Baumwipfeln entgegen. Sie näherten sich dem Grosvenor Park, einem Flickenteppich aus gepflegten Spielwiesen und Waldstücken. Vega spürte eine Enge in der Brust, und seine schweren Schritte wurden langsamer.

»Gleich da«, sagte Khan, der seine Gedanken erriet. »Sie schlagen sich gut.«

»*Bestens*«, rief Vega keuchend. »Ich schlage mich *bestens.*«

»Das ist die richtige Einstellung!«

Vega war zu sehr außer Atem für eine weitere Entgegnung.

Sie rutschten mit einem Knirschen über gefrorenes Gras. Vega wischte sich den Schweiß aus den Augen und nahm erstmals bewusst seine Umgebung wahr. Er kam nicht oft hierher, da er weder einen Hund noch Kinder hatte, doch es war schön hier. Und morgens um sieben so gut wie menschenleer, abgesehen von einer älteren Frau, die für ihren braunen Labrador einen Ball warf, und einem Mann im Anzug, der mit roboterartig schnellen Schritten in Richtung High Brooms Station eilte.

Sie bogen auf einen Weg, der sich abermals ein Stück hügelaufwärts wand. Dabei bemerkte Vega in einiger Entfernung vor ihnen eine Konstruktion, die er zunächst für ein Klettergerüst auf einem Spielplatz hielt.

Als sie näherkamen, sah er, dass es sich um einen Skatepark handelte. Dutzende Blumensträuße waren an die Geländer am oberen Rand der Halfpipe gebunden und lehnten an den mit Graffiti verzierten Seiten. Inzwischen waren viele der Blumen braun und schlaff und ihre Zellophanhüllen mit kondensierten Wassertropfen gesprenkelt. Zwischen den Blütenblättern lagen auch persönlichere Erinnerungsstücke wie Teddybären und Ellbogenschoner.

Vega hielt inne und trat näher heran. Sein Brustkorb hob und senkte sich im Versuch, die brennende Lunge mit Luft zu füllen. »Ist das …?«

»Ja, eine Art Gedenkstätte für Deano«, sagte Khan, der sich bückte und mit dem Feuerzeug eine erloschene Kerze anzündete. »Hier hat er gern mit seinem BMX geübt.«

»Wussten Sie von dieser Stelle?«

»Ja. Ich bin ein paarmal hier gewesen. Die Kids wollten nicht mit mir reden, aber einer meinte, ich sähe aus wie Zayn Malik, also war es nicht ganz umsonst.«

»Wer zum Teufel ist das?«

Khan lachte leise. »Niemand, den Sie kennen. Schauen Sie sich die Briefe an. Viele sind ehrlicher als das, was auf Deanos Social-Media-Accounts gepostet wurde. Vermutlich wissen seine Kumpels, dass ihre Eltern lesen, was sie dort hinterlassen.«

»Ist Ihnen irgendeiner besonders aufgefallen, Zed?«

»Lesen Sie den hier«, sagte Khan und zeigte ihm einen

Strauß Narzissen, die weniger verwelkt wirkten als die meisten anderen Blumen.

Deano, es tut mir leid, dass ich nicht da war. Ich wünschte, ich wäre da gewesen. Ich hätte da sein sollen. Verzeih mir. Ich liebe dich für immer und ewig, Alice xxx

»Ich dachte, das könnte vielleicht von Alice Lovell stammen.« Vega hörte Khans Stimme hinter sich. »Das Mädchen, das Deano auf eine Spritztour im Auto seines Lehrers mitgenommen hatte. Es klingt, als wäre da etwas Ernsthaftes zwischen ihnen gewesen.«

»Das ist es mit fünfzehn immer. Da geht es um alles oder nichts«, erklärte Vega und steckte das Blatt in die Tasche seiner Shorts.

»Ich frage mich, was sie damit meint, dass sie hätte da sein sollen. Glauben Sie, diese Zeilen rechtfertigen eine kleine Plauderei?«

»Hmm. Sie ist unter siebzehn, also müssen wir uns mit der Schule und ihren Eltern abstimmen. Wollen Sie eine Befragung organisieren, Zed? Sie haben hier gut Eigeninitiative gezeigt.«

Khans Ohren färbten sich leicht rot. »Ja, klar, ich kümmere mich darum.«

Vega setzte sich auf die Halfpipe, um sich eine Zigarette zu drehen. Dabei betrachtete er den jüngeren Kollegen mit einem Anflug von Neugier. »Sie sind ein heller Bursche, Zed. Was wollen Sie hier, ausgerechnet im verdammten Royal Tunbridge Wells? Warum sind Sie nicht bei der Met? Beamte, die aus Minderheiten stammen, nehmen sie dort mit Kusshand. In zehn, fünfzehn Jahren könnten Sie Commander in einem Stadtbezirk sein.«

»Dasselbe könnte ich Sie fragen, Bruder.« Zaid grinste und ließ seine gebleichten Zähne aufblitzen. »Londons lateinamerikanische Gemeinde ist in den letzten Jahren auf das Vierfache angewachsen, und die Leute werden komplett ausgebeutet.«

Vega musterte ihn belustigt, und Zaid zuckte die Achseln. »Ja, ich lese den Guardian, was für ein Skandal. Aber ernsthaft, Sie sind hier völlig unterfordert.«

»Schleimen Sie nicht rum.«

»Das tue ich nicht. Wirklich nicht.« Zaid betrachtete die sanft geschwungene Landschaft des Parks und zog die kräftigen Schultern zurück. »Tunbridge Wells ist interessanter als London, nehme ich an. Wenn ich bei der Met wäre, wäre ich auf die Rolle als Ansprechpartner für die asiatischen Gemeinden festgelegt. Und daran würde sich in den nächsten dreißig Jahren nichts ändern. Hier hat man von allem ein bisschen.«

Vega hörte zu, zog an seiner Selbstgedrehten und versuchte, langsam wieder zu Atem zu kommen. »Die Leute verstehen Tunny Wells oft falsch«, stimmte er Khan zu. »Die Touristen sehen die georgianischen Gebäude, die malerischen kleinen Cafés und unsere Geschäfte, die nicht zu irgendwelchen Ketten gehören. Weiter reicht ihr Blick nicht. Wir sind ein perfektes Stück Mittelengland – einverstanden. Aber das, was darunter liegt, wird leicht übersehen. Es gibt hier riesige Gegensätze, eine Menge Wohlstand, der den Habenichtsen Tag für Tag unter die Nase gerieben wird. Die ganze Stadt stinkt nach gesellschaftlichem Ehrgeiz. Aber es ist kein guter Ort, wenn man arm ist.«

»Meine Familie hatte, wenn man eine Generation zurückschaut, überhaupt nichts«, sagte Khan. »Kein großes

Haus, keinen Lexus in der Auffahrt. Wir haben uns hochgearbeitet. Und zusammengerissen. Wir haben es auf ehrliche Weise geschafft, und das ging langsam und war manchmal demütigend. Ich verstehe, warum Leute auf die Idee kommen, kriminelle Abkürzungen zu nehmen. Ich kann es total nachvollziehen.«

Vega nahm einen weiteren Zug und genoss den Rauch in seinen strapazierten Lungen. Khan ließ ihn nicht aus den Augen, was ihm Unbehagen verursachte.

»Was? Was ist los?«

»Nichts.« Khan zuckte die Achseln. »Ich dachte bloß.«

»Jetzt spannen Sie mich nicht auf die Folter.«

»Na ja, Frizz bleibt bei Simon. Oder?«

Vega ließ den Rauch über seine Zunge rollen, ehe er ihn in die kalte Morgenluft entließ. »So sieht es wohl aus.«

»Sagen Sie ruhig, ich soll mein Maul halten, aber … Was läuft da ab?«

»Zed?«

»Ja.«

»Maul halten.«

Khan lachte in sich hinein. Er setzte sich neben Vega auf die Halfpipe und reichte ihm seine Wasserflasche.

Vega trank einen großen Schluck und fuhr sich anschließend mit der Zunge über die feuchten Lippen. »Sie sind voneinander abhängig. Er sorgt dafür, dass sie nicht klar denken kann, und ein Teil von ihr weiß das. Sie ist nur nicht in der Lage, etwas daran zu ändern.«

»Warum nicht?«

»Wenn ich das rauskriege, fühle ich mich endlich als halbwegs anständiger Detective«, erklärte Vega seufzend. »Und davon mal abgesehen, ganz egal, was ich für Daria empfinde … Simon hat wirklich die nötige Geduld mit ihr. Ich wünschte, das könnte ich auch von mir behaupten, aber um ehrlich zu sein …? Ich hab selbst genug um die Ohren.« Er dachte an Cherry. Dachte an Deano. Junge Menschen, für die er noch etwas Nützliches tun konnte, auch wenn das in Deanos Fall nur noch bedeutete, Antworten zu finden.

Vega fuhr sich durch die verschwitzten Haare und kam schwankend auf die Beine. »Kommen Sie. Kehren wir um, bevor ich mich endgültig nicht mehr bewegen kann.«

Vor Vegas Haus bremste Khan ruckartig ab. Sein Sergeant lief in beträchtlichem Abstand hinter ihm. »Haben Sie etwas bestellt, Sir?«

»Was? Nein. Warum?« Endlich holte Vega ihn ein, neugierig, was Khans Aufmerksamkeit geweckt hatte. Vor seiner Haustür kauerte eine kleine blonde Gestalt mit blauen Doc Martens.

»Cherry?«

»Ich wusste nicht, dass Sie eine Tochter haben, Sir.«

»Habe ich auch nicht«, erwiderte Vega, hockte sich neben sie und schüttelte ihren kalten Körper. Sie regte sich, murmelte etwas, hob das Gesicht und strahlte ihn an.

»Hi, Padre.«

»Krass, Sir.«

»Es ist nicht so, wie Sie denken«, fuhr Vega ihn an. »Cherry, ist alles in Ordnung?«

»Hab die Schlüssel verloren … Sei nicht böse …«

»Ich bin nicht böse. Komm, du musst ins Warme.«

»Alles in Ordnung mit ihr?«, fragte Khan, während Vega die junge Frau mühelos auf die Füße hob.

»Ja, ihr fehlt nichts. Na los, verziehen Sie sich.«

»Ganz sicher?«, fragte Khan und stützte Cherry, während Vega versuchte, die Hausschlüssel aus der Tasche seiner Shorts zu fischen. Das Mädchen schien nicht in der Lage, alleine zu stehen, und ihre Haut war leichenblass.

»Ich hab doch gesagt, dass ihr nichts fehlt! Also los, gehen Sie arbeiten. Organisieren Sie die Befragung von Alice Lovell. Ich komme so bald wie möglich zum Dowding House.«

»Na gut ...« Khan wandte sich um und ging widerstrebend, aber mit großen Schritten zu seinem Auto, das er ein Stück weiter an der Straße abgestellt hatte. Als er sich dort noch einmal umdrehte, sah er, wie Vega die Tür öffnete und das Mädchen nach drinnen trug. Er schüttelte den Kopf und setzte sich auf den Fahrersitz.

Cherry ging es nicht gut, aber er hatte sie schon in schlimmerem Zustand vorgefunden. Er stellte die Dusche auf die richtige Temperatur ein und half ihr aus ihren Stiefeln, trieb sie an sich auszuziehen und wandte den Blick ab, als sie unter das prasselnde heiße Wasser trat. Während sie sich wusch, saß er auf dem Toilettensitz und betrachtete das knallige Muschelmuster auf den altmodischen Badezimmerfliesen. Er zog ein warmes Handtuch aus dem Wäscheschrank und wickelte sie darin ein, ehe er sie in ihr Zimmer führte und ihr in den weichen, mit Sternchen gemusterten Schlafanzug half.

Mit verdrehten und halb geschlossenen Augen setzte sie sich zwischen seinen Beinen auf den Fußboden und ließ sich von ihm sanft die Haare bürsten. Noch während er die letzten Verfilzungen auskämmte, sackte ihr Kopf immer wieder weg, und kaum hatte er sie aufs Sofa gehoben, war sie bereits eingeschlafen. Er stützte sie mit mehreren Kissen, damit sie nicht auf den Rücken rollte und aspirierte.

Wie ein Vater, der sein neugeborenes erstes Kind betrachtet, sah Vega zu, wie ihr schmaler Oberkörper sich hob und senkte, bis sie in einen gleichmäßigen Rhythmus verfiel. Erst dann zog er sich, bereits zwanzig Minuten zu spät, hastig für die Arbeit um, wobei er die Dusche ausließ und stattdessen mehr Deo benutzte.

Er war noch mit dem Kragenknopf seines Hemdes beschäftigt, als er das Büro betrat, wo Khan mit auf dem Schreibtisch liegenden Beinen telefonierte. Vega schob Khans Beine hinunter und hörte zu. Anscheinend folgte Khan seinen Anweisungen und verhandelte gerade mit Deanos Privatschule. Vega wartete, bis er aufgelegt hatte.

»Wissen Sie, wie Sie vorgehen müssen, Zed?«

»Ich denke schon.«

»Als Erstes notieren Sie genau Ihre Zielsetzung, klar? Wenn Sie einfach dem P.E.A.C.E.-Schema folgen, sind Sie auf der sicheren Seite.«

Vega zog eine violette Seidenkrawatte aus der Jackentasche und legte sie sich um den Hals. Während er sie mit schnellen, geübten Bewegungen band, bemerkte er, dass DC Carmichael zu ihnen herüberschaute.

»Sehen Sie das?«, fragte Vega. »Was Zed hier macht, ist richtige Polizeiarbeit. Versuchen Sie es bei Gelegenheit selbst mal. Vielleicht finden Sie Spaß daran.«

»Versuchen Sie es bei Gelegenheit mal mit Duschen«, murmelte Carmichael und schlich sich hinaus.

»Rich.«

Vega drehte sich um und entdeckte Bishop im Türrahmen. Sofort versteifte er sich ein wenig.

»Eine Minute?«

Khan schenkte ihm einen mitfühlenden Blick, und Vega folgte Bishop den Gang entlang zu dessen Büro.

»Setzen Sie sich.« Bishop deutete vage auf den Stuhl vor seinem Schreibtisch, und Vega nahm Platz. Bishop blieb stehen, was bedeutete, dass sie sich jetzt ungefähr auf Augenhöhe befanden. »Sie sind zu spät.«

»Ja, Sir, es tut mir leid. Es wird nicht wieder vorkommen.«

»Zu Hause alles in Ordnung?«

»Prima, Sir. Ich hab gestern lange gearbeitet.«

»Ich weiß. Ich auch. Und trotzdem war ich um acht hier.«

Vega biss die Zähne zusammen. Er hatte sich einmal entschuldigt, das musste reichen. Bishop trommelte mit den Fingern auf seine Schreibtischplatte, doch Vega schwieg eisern. Schließlich ergriff Bishop wieder das Wort.

»Sie haben vor, Alice Lovell zu befragen?«

»Das ist der Plan.«

»Gut. Wie macht sich Khan?«

»Er ist in Ordnung. Wirklich geeignet.«

»Gut.«

Inzwischen grenzte die Unterhaltung an Smalltalk. Und Bishop machte niemals Smalltalk. Vegas Unbehagen wuchs. Er bemerkte die lockigen blonden Härchen auf Bishops Handrücken und in seinen Nasenlöchern. Irgendwie erinnerte er Vega an Gemüse, das zu lange im Schrank gelegen hatte und nun zu keimen begann.

»Hören Sie, Rich … Vielleicht war ich ein bisschen streitlustig, was die Parallelen zwischen Tom und Deano betrifft. Ich wollte die Ermittlungen nicht in diese Richtung drängen, aber vielleicht hat mein Verhalten genau das Gegenteil bewirkt.«

»Sir?«

»Wir müssen für alles offen bleiben«, sagte Bishop. »Vielleicht habe ich das nicht beherzigt. So oder so, bei Shane Johnsons Bewährungsteam bin ich auf eisernes Schweigen gestoßen. Sie wollen Shanes neue Identität schützen, und ich weiß auch warum: Es muss ein verdammtes Vermögen gekostet haben, sie aufzubauen. Also soll sie nicht aufs Spiel gesetzt werden.«

»Klar.«

»Ich werde so lange Krach schlagen, bis ich eine Antwort bekomme. Und zwar nach Möglichkeit binnen vierundzwanzig Stunden. Okay?«

Jetzt erst bemerkte Vega, dass er die ganze Zeit über den Atem angehalten hatte. »Ja, Sir. Vielen Dank.«

»Schon gut. Machen Sie mit Deanos Schule weiter, und halten Sie mich über sämtliche neuen Entwicklungen auf dem Laufenden.«

»Geht klar, Bish.«

»Also los. Raus mit Ihnen.«

Vega erhob sich. Er wollte sich nicht länger als nötig in dem feuchten und streng riechenden Büro aufhalten. Draußen auf dem Flur erwartete ihn Khan mit einem Papierstapel in der Hand. Er schob einen Kaugummi im Mund hin und her. »Alles in Ordnung, Sir?«

»Bestens. Ist alles vorbereitet?«

»Ja, wir können uns in der Schule mit ihr unterhalten. Ich habe die Eltern informiert. Eine Lehrerin wird als erwachsene Begleitperson dabeisitzen.«

»Prima. Dann los«, sagte Vega. Schnell sprühte er sich mit einem Deo aus seiner Schreibtischschublade nochmals ein. »Es ist besser, Sie fahren. Meine Beine kommen mir vor wie gekochte Spaghetti.«

»Ah, aber morgen werden sie sich wunderbar anfühlen.«

»Dann komme ich und knöpfe Sie mir vor«, brummte Vega und folgte ihm hinaus.

19

Donnerstagvormittag

RUF MICH AN, WENN DU WACH BIST. MACHE MIR SORGEN. X

Vega überprüfte die Nachricht noch einmal. Er löschte die letzten drei Worte und den Kuss und schickte die Nachricht an Cherry.

Sie standen vor Deanos alter Schule, der Beechwood Sacred Heart, einem imposanten viktorianischen Gebäude inmitten fünfundvierzig Morgen gepflegter Außenanlagen. Ionische Säulen, schmiedeeiserne Verzierungen, bleigedeckte Veranden mit wuchernden Glyzinien… Vega nahm an, dass jemand, der diese Art überladene Architektur mochte, es schön finden musste. Die Schule bot alles, was die aufstrebenden Eltern der Stadt sich erhoffen konnten, vor allem das Versprechen einer sicheren Zukunft für ihre Kinder. Nicht dass es Deano etwas genützt hätte…

Bei aller Pracht wirkte die Schule nicht abweisend. Sie strahlte eine gewisse Behaglichkeit aus, und die Schüler, denen sie unterwegs begegneten, wirkten ausnahmslos höflich und fröhlich. Auch Vega hatte eine Privatschule besucht, dabei aber ganz andere Erfahrungen gemacht als die verhätschelten Kinder hier; in den 80er-Jahren war er der einzige Schüler mit einer dunkleren Haut und dunklen Haaren an einer privilegierten Einrichtung in East Sussex gewesen. In Kombination mit seinem Katholizismus hatte ihn das zur Zielscheibe für Mitschüler wie Personal gemacht.

Vega fand es seltsam, wie die Anwesenheit in einem Klassenzimmer ihn innerlich in die eigene Schulzeit zurückversetzte. Verstohlen schaute er zu Khan hinüber und fragte sich, ob es ihm ähnlich ging. Die Art und Weise, wie der junge Constable die normalerweise lockeren Schultern in seinem eng sitzenden Anzug anspannte, schien darauf hinzudeuten.

Sie saßen in einem Raum, den ihnen der Direktor reserviert hatte. Parkettboden, bordeauxrote Wände und bodentiefe Schiebefenster mit Blick auf das Grün ringsum.

Alice saß ihnen gegenüber. Vega hatte vermutet, dass Deano sich für ein freches blondes Mädchen wie seine Mutter interessiert hatte, doch Alice war schlank, hatte rotbraune Haare und ausdrucksstarke braune Augen. Ein Hauch von Zerbrechlichkeit umgab sie. Rechts neben ihr saß eine elegant gekleidete Lehrerin, und hin und wieder suchte das Mädchen mit kurzen Blicken die Bestätigung der Frau. Zwischen ihnen stand ein hölzerner Tisch mit einer Wasserkaraffe und vier Gläsern, in denen sich das Licht brach.

»Deano scheint ein netter Junge gewesen zu sein«, sagte Vega zur Einleitung. Er versuchte, seine sonore Stimme so sanft wie möglich klingen zu lassen, da sie in dem spärlich möblierten Raum kräftig widerhallte. »Vorlaut, ja, aber er hatte sicher ein gutes Herz.«

»Das hatte er wirklich. Genau.« Alice flüsterte, doch der Raum ließ ihre Stimme lauter wirken. »Nicht viele Leute waren dieser Ansicht, vor allem nach …«

Sie verstummte und schob ihren Faltenrock weiter an ihren dünnen Beinen hinunter.

»Vor allem nachdem diese Dinge über Sam ans Tageslicht gekommen sind«, beendete Vega ihren Satz. »Es ist nicht fair, Kinder für die Fehler ihrer Eltern verantwortlich zu machen, aber so denken die Leute. So etwas sehe ich ständig.«

Alice hob den Blick. »Wirklich?«

Vega nickte.

Khan räusperte sich. »Du warst, ähm … Du warst mit Deano zusammen, als er den Wagen genommen hat, stimmt's, Alice?«

Schnell senkte sie wieder den Blick, und die Haare fielen ihr ins Gesicht.

»DC Khan will damit nicht andeuten, dass du irgendwas falsch gemacht hättest, Alice, meine Liebe«, sagte Vega sanft. »Wir glauben nur, dass du ihn auf eine besondere Art gekannt hast. Wir hoffen, du kannst uns ein wenig einen Eindruck davon vermitteln, wie Deano war.«

»Als Mensch, meinen Sie?«

»Ja. Wir sind seinetwegen hier. Wir sind auf seiner Seite. Okay?«

Beinahe unmerklich zuckte sie die Schultern. Vega bedeutete Khan mit einem Blick, es noch einmal zu versuchen. Er hatte bemerkt, dass das Selbstbewusstsein seines Kollegen einen Dämpfer erlitten hatte. Khan rutschte auf seinem Stuhl hin und her, ehe er einen neuen Anlauf nahm.

»Wir haben gehört, dass der Lehrer, dem das Auto gehörte, möglicherweise etwas getan hatte, um Deano zu provozieren. Würdest du mir da zustimmen, Alice?«

Wieder schaute sie ihre Lehrerin an, die ihr aufmunternd zulächelte.

»Ja«, antwortete sie dann leise. »Mr. Durant hat Deanos Kursarbeit verloren. Er hat behauptet, Deano hätte sie überhaupt nicht abgegeben, aber das stimmt nicht, ich war selbst dabei. Er hatte richtig hart daran gearbeitet. Es war eine seiner besten Arbeiten.«

»Was glaubst du, warum sich der Lehrer so verhalten hat?«

»Er mochte Deano nicht.«

»Warum? Was meinst du?«

»Ich denke, Deano war manchmal ein bisschen schwierig im Unterricht?« Alice zuckte die Achseln. »Er hat oft freche Antworten gegeben. Es ist ihm schwergefallen still zu sitzen. Manchmal hat er, ähm … mit Sachen geworfen, auf seine Freunde und so. Ab und zu hat er halt irgendwelche Streiche gespielt, besonders in Mr. Durants Unterricht. Das war Englisch. Deano hatte in Englisch richtig zu kämpfen, da hat er sich dann besonders danebenbenommen.«

»Wie ist das abgelaufen?«

»Na ja, als Mr. Durant sich zum Beispiel vor der Klasse über Deanos Grammatik lustig gemacht hat, wollte Deano ihn zur Rache in Verlegenheit bringen.«

»Und hat er das gemacht? Ihn in Verlegenheit gebracht?«

»Ja. Er hat ein Bild von Mr. Durant auf die Website der Schule gestellt. Mr. Durant war für Rocky Horror zurechtgemacht. Er hat Netzstrümpfe getragen.« Alice lächelte jetzt, schaute aber immer noch hinunter auf ihre knochigen Knie. »Keine Ahnung, woher Deano das Bild hatte, aber irgendwie hat er es geschafft, es auf die Seite des Elternbeirats zu stellen.«

»Dann hatte er in IT offenbar keine Probleme, oder?« Vega lachte leise.

»Na ja, wahrscheinlich hat sein Bruder das für ihn erledigt«, sagte Alice. »Der ist ein echter Computerfreak.«

»Sein Bruder? Reese?«

Alice nickte.

»Und dann hat Deano sich das Auto von Mr. Durant genommen?«

»Ja.« Alice seufzte. »Aber er hat es zurückgebracht.«

»Und Mr. Durant hat seine Entschuldigung angenommen«, warf die Lehrerin ein. »Matthew – Mr. Durant – war sehr großzügig in dieser Angelegenheit.«

»Wäre es wohl möglich, dass wir uns mit Mr. Durant unterhalten?«, fragte Vega.

Die Lehrerin schüttelte den Kopf. »Er hat uns verlassen, kurz nachdem Deano nahegelegt worden war, über einen Abgang von der Schule nachzudenken. Ich glaube, Matthew unterrichtet inzwischen in Südfrankreich.«

Vega und Khan wechselten einen Blick. Dann tippte Vega mit dem Kugelschreiber auf sein Notizbuch und konzentrierte sich wieder auf Alice.

»Wie war Deanos innere Verfassung in den Wochen vor seinem Tod? Würdest du sagen, er war glücklich?«

»Nein«, flüsterte Alice. Ihre Augen füllten sich mit Tränen, und obwohl sie verstohlen blinzelte, tropften sie auf ihre Hände. Ihre Stimme klang jetzt bedrückt, und Vega musste sich anstrengen, um sie zu verstehen. »Er war mies drauf. Ziemlich elend. Seine Eltern trennten sich gerade. Das hat Deano wirklich hart getroffen. Ich glaube, er hatte nicht damit gerechnet.«

»Sam und Jodie hatten sich vorher ziemlich nahegestanden, oder?«, spekulierte Khan. Angewidert verzog Alice das Gesicht. Vega beugte sich ein Stück zu ihr vor.

»Du bist kein Fan von Jodie, hm?«

»Sie war ein Flittchen«, erklärte Alice grimmig und erntete mit ihrer Ausdrucksweise einen überraschten Blick der Lehrerin. »Das war sie. Sie fickte ihren Anwalt.«

Ihren Anwalt, Jason Sellers. Vega erinnerte sich an die kurze Begegnung in Jodies Wohnung: der dünne kleine Mann im Anzug mit dem gestylten blonden Haar und dem gepflegten Stoppelbart. Jason hatte sich ihm gegenüber unnötig aggressiv und als Jodies Beschützer aufgespielt; jetzt wusste er, warum.

»Bis du sicher? Ihren Anwalt, Jason?«

Alice nickte. »Deano hat die beiden gesehen. Er war am Boden zerstört. Er hat mich auf der Stelle angerufen, aber ich konnte nicht rangehen, weil ich zu Hause war. Meine Eltern wollten mich nicht mehr mit Deano reden lassen, nachdem die Sachen über seinen Dad herausgekommen waren.«

»Über Sam? Seine Geschäfte, meinst du?«

Alice nickte. »Mein Dad arbeitet für die Gemeinde. Er hat Mr. Stowe für mehrere Aufträge empfohlen. Als dann alles ans Licht gekommen ist, hat mein Dad Schwierigkeiten bekommen. Beinahe wäre er entlassen worden. Ich konnte Deanos Anruf also nicht annehmen, aber er hat mir eine Nachricht hinterlassen. Er war fix und fertig. Komplett aus dem Häuschen.«

»Wann war das?«, fragte Vega und zog ein Papiertaschentuch aus dem Päckchen in seiner Jackentasche. Alice tupfte sich die Augen ab.

»Ein paar Wochen vor ...« Jetzt begann sie zu weinen. Schwere Tränen fielen auf ihren marineblauen Blazer mit dem auffälligen Beechwood-Emblem. Die drei Erwachsenen schwiegen. Vega nahm ihre Hand und drückte sie. Alice schloss ihre kalten weißen Finger um seine, und ihre glänzenden Nägel gruben sich in seine Handfläche. Die Lehrerin warf ihm einen missbilligenden Blick zu, auf den er mit einer gleichmütigen Miene reagierte.

»Möchtest du etwas Wasser?«, fragte Khan und griff nach der Karaffe.

»Mir geht's gut«, versicherte sie ihm. »Entschuldigung.«

Vega malte sich aus, wie Deano die früher glückliche Ehe von Sam und Jodie als Selbstverständlichkeit betrachtet hatte. Eine Konstante, die den Veränderungen der jüngsten Zeit getrotzt hatte. Am Boden zerstört hatte Deano sich zunächst an Alice gewandt, die seinen Anruf allerdings nicht annehmen konnte. Mit wem würde er stattdessen gesprochen haben?

»Alice, wie gut kanntest du Reese?«

»Einigermaßen, würde ich sagen. Manchmal hat Deano ihn überredet, uns irgendwohin zu fahren. Sie waren echt verschieden, die beiden, schienen sich aber immer sehr nahezustehen.«

»Wie fandest du Reese?«

»Er machte einen netten Eindruck. Ein bisschen still vielleicht? Wie gesagt, völlig anders als Deano.«

»Aber sie kamen miteinander aus?«

»Ja, echt. Ich meine, Deano hat Reese manchmal ein bisschen aufgezogen, aber das war einfach sein spezieller Humor, nichts Bösartiges. Manchmal hat er ihn beschimpft.«

»Beschimpft?«

»Ja, dann hat er ihn als *große Tunte* oder *Schwuchtel* oder sowas bezeichnet«, sagte Alice. »Nur dass er es nicht böse gemeint hat. Reese schien es nichts auszumachen. Er lächelte dann. Ich meine, schließlich stimmte es.«

»Was stimmte?«

»Na ja, er ist schwul.« Alice zuckte die Achseln.

»Die nächste Frage klingt vielleicht etwas zu sehr nach einem Fernsehkrimi«, fuhr Vega fort. »Aber fällt dir jemand ein, der Deano möglicherweise wehtun wollte? Irgendjemand?«

Alice schüttelte den Kopf. »Er war süß. Klar hatte er manchmal eine große Klappe, aber er war … einfach süß.« Wieder begann sie zu weinen. Sie war fünfzehn Jahre alt, im ersten Überschwang der Liebe, und dann musste sie solch einen Schlag verkraften. Vega konnte mit ihr mitfühlen.

»Ich denke, das reicht für heute«, sagte ihre Lehrerin mit sanfter Stimme. Vega stimmte ihr zu. Er und Khan erhoben sich, sprachen Alice ihr Beileid aus und suchten sich ihren Weg aus dem labyrinthischen Gebäude.

»Hübsch hier, wenn man es sich leisten kann«, bemerkte Vega. »Wo sind Sie zur Schule gegangen, Zed?«

»Sevenoaks Prep«, sagte er. »Da war es wirklich gut. Das Personal war cool. Klar gab es die üblichen Schikanen, aber nichts wirklich Ernsthaftes. Später hab ich in St Andrews Geografie und Internationale Politik studiert.«

»Himmel. Und dann sind Sie in diesem Job gelandet?«

»Meiner Meinung nach ist es der beste Job, den es gibt. Wenn ich ehrlich sein soll, ging es mir damals vor allem um den Zutritt zum Golfplatz von St Andrews.« Khan grinste. »Meine Eltern waren nicht glücklich, als ich nicht den erstklassigen Abschluss gemacht habe, der mir prophezeit worden war. Aber an einem Desmond ist schließlich auch nichts auszusetzen, oder?«

»Einem Desmond?«

»Ja, einem 2:2. Desmond Tutu?!«

»Ah. Und das bloß, weil Sie sich auf einem Golfplatz rumgetrieben haben?«

»Spielen Sie?«

»Mein Gott, nein. Also sind Sie gut?«

»Handicap sieben, Kumpel. Ich bin eine Legende.« Sie erreichten Khans rote Giulietta – die hässlichste Kombilimousine, die Vega je gesehen hatte; doch da er wusste, wie stolz sein Constable auf das Auto war, hielt er lieber den Mund. Beide drehten sich noch einmal zur Schule um.

»Was meinen Sie? Mit diesem Anwalt müssen wir uns doch einmal unterhalten«, schlug Khan vor, »oder?«

»Und ob wir das müssen.« Der Anblick der Schule ließ Vega unweigerlich an die Hoffnungen denken, die die Stowes für ihre Söhne gehegt hatten. Daran, wie tief sie gefallen waren. Was Deano – sicher kein Heiliger, aber allem Anschein nach ein sympathischer Junge – alles verpassen würde.

Irgendjemand trug dafür die Verantwortung, doch Vega wusste noch nicht, wer.

Er steckte die Zunge in die Höhlung seines Backenzahns. »Ich schätze, es wird Zeit, dass wir DI Rosen über diese Ermittlungsergebnisse ins Bild setzen.«

20

Donnerstagnachmittag

Vega hatte Rosen vom Auto aus wegen der Befragung von Jason Sellers angerufen und vorgeschlagen, ihn in einer informellen Umgebung zu treffen, wo er sich nicht so schnell in der Defensive fühlen und sich verschließen würde. Anwälten Informationen zu entlocken, war schon in den günstigsten Fällen nervenaufreibend; umsonst gaben sie grundsätzlich nichts preis.

Sie hatten sich auf ein Caffè Nero gleich um die Ecke von Jasons Kanzlei verständigt. Vega und Rosen trafen vor der verabredeten Zeit ein und entschieden sich für einen Tisch in der hintersten Ecke. Vega räumte ein Tablett mit benutztem Geschirr ab und erntete dafür ein Lächeln der hübschen Barista, als sie seinen Café Latte und Rosens Tee auf die Theke stellte.

»*Grazie*«, sagte Vega lächelnd und schlenderte zum Tisch zurück. Seine Schuhe rutschten ein wenig auf dem mit einem Karomuster aus schwarzen und weißen Fliesen belegten Boden. Rosen schüttelte den Kopf. »Schürzenjäger.«

»Ich bin bloß höflich…« Vega sah zu, wie Rosen in eine Papiertüte griff und sich einen gelblichen kleinen Klumpen in den Mund steckte. »Was zum Teufel isst du da?«

»Ingwer«, erwiderte Rosen und verzog das Gesicht.

»Wieder eine von Simons Gesundheitsinitiativen?«

»So ungefähr.«

»Hmm. Ingwer soll gegen Übelkeit helfen.«

»Tatsächlich?«, sagte Rosen. »Das wusste ich gar nicht.«

Während sie auf Sellers warteten, spürte Vega die körperliche Nähe zu ihr. Hier nahm er die weniger offensichtlichen Details ihrer äußeren Erscheinung wahr, die ihm im lauten Durcheinander der Einsatzzentrale entgangen waren.

Sie wirkte erschöpft. Ihre Lippen waren rissig, und unterhalb ihrer Augenbrauen zeigten sich vereinzelte Härchen, die sie normalerweise ausgezupft hätte. Auf ihrer Stirn waren trockene Hautschuppen zu erkennen, die er am liebsten mit dem Daumen fortgewischt hätte.

Stattdessen legte Vega die Hände um seinen Latte und genoss die Wärme des Glases. Er sorgte sich um sie, aber das stand ihm nicht zu. Das hatte sie mehr als deutlich gemacht. Sollte Simon sich darum kümmern.

»Khan war enttäuscht, dass er nicht mitkommen durfte«, sinnierte er. »Er macht wirklich einen guten Job.«

»Lob vom großen Cäsar«, sagte Rosen und knabberte an ihrem Biscotto.

»Ich lobe den, der es verdient hat.«

»Selten.« Wieder schaute sie auf die Uhr, und Vega spürte eine Welle der Zuneigung. Er liebte es, dass sie immer noch eine Armbanduhr trug, statt sich ausschließlich auf ihr Smartphone zu verlassen. Es war ihm egal, dass die Uhr ein Geschenk von Simon zu ihrem fünften Hochzeitstag gewesen war. Das hatte er zufällig aufgeschnappt, als sie es Fiona, der Pressesprecherin, erzählt hatte. Er hatte die Information mit all den anderen Details ihres Lebens abgespeichert, die er eifersüchtig hortete.

Pfeifend atmete Rosen durch den Mund ein, ehe sie die

Luft durch die Nase wieder ausstieß. »Ich muss mit dir über Tony Carmichael reden.«

»Schieß los.«

»Ich versetze ihn in Phils Team. Ich denke, dass Phils Führungsstil …«

»… oder der Mangel daran …«

Rosen schob die Lippen vor, und Vega senkte den Kopf in einer wortlosen Geste der Entschuldigung. Sie wartete einen Moment, ehe sie fortfuhr.

»Ich denke, dass Phils Führungsstil besser geeignet ist für Tony. Ich schiebe euren Zusammenstoß auf eure völlig entgegengesetzten Persönlichkeiten und belasse es dabei.«

»Das halte ich für ein kluges Vorgehen. Wen bekomme ich dafür im Austausch?«

»Ellie Finch. Ich denke, du wirst gut mit ihr zurechtkommen.«

»Ja, sie ist gut. Ich mag sie.«

»Prima.«

Sie hatten die Tür im Blick, und Vega sah Jason das Café betreten. Er beobachtete, wie Jason sich die spitzen Schuhe abtrat und sich im Raum umblickte. Dann winkte er ihn herüber.

»So treffen wir uns wieder, DS Vega«, sagte Jason und streckte ihm die Hand entgegen. Sie war weich und feminin, die makellosen Nägel kurz und manikürt.

»Hmm. Dies ist meine Kollegin, Detective Inspector Daria Rosen.«

»Hallo.« Sie schüttelten sich die Hände und nahmen Platz, Jason mit lässig übereinandergeschlagenen Beinen. Entspannt, souverän. Gut. Er schaute zwischen Vegas Kaffee und Rosens Kräutertee hin und her.

»Möchten Sie gern etwas trinken?«

»Ein Cappuccino wäre nett.«

Rosen schaute zu Vega hinüber, der einen Moment lang stur auf seinem Platz verharrte, ehe er sich umständlich wieder erhob.

»Bitte«, sagte er affektiert. »Wenn Sie erlauben?«

»Danke!«

Vega blieb einen Moment hinter Jason stehen und streckte die Hände aus, als wolle er ihn erdrosseln. Endlich erschien die Andeutung eines Lächelns um Darias Mund. Jason drehte sich um, und Vega legte ihm die Hände auf die Schultern, drückte sie leicht und fragte: »Sorry, wollten Sie Zucker?«

»Nein, danke.«

»Cappuccino, kein Zucker. Schon unterwegs, Sir.«

Als Vega mit der flachen Tasse schaumigen Kaffees zurückkehrte – die sich in seiner großen Hand wie ein Kinderspielzeug anfühlte –, erklärte Jason gerade, warum dieses Treffen reine Zeitverschwendung war.

»Ich habe schon mit einem Ihrer Leute gesprochen«, sagte er. »Einem Waliser, mit Locken?«

»DS Llewellyn. Ja, das ist mir bekannt«, erwiderte Rosen.

»Warum muss ich dann jetzt noch einmal mit Ihnen reden?«

»Wir überprüfen lediglich einige Fakten«, sagte Rosen, griff nach ihrem ledergebundenen Notizbuch und blätterte darin herum.

»Und das hätten wir nicht telefonisch erledigen können? Oder per E-Mail?«

»Fürs Protokoll«, erklärte Rosen mit genervtem Schulterzucken. »Bitte tun Sie mir den Gefallen.«

Jason seufzte und fuhr sich mit zwei Fingern durch die dunkelblonden Haare. Er sagte weiter nichts, sondern wartete ab, wobei sein Bein ungeduldig zuckte. Als Vega seinen Stuhl ein wenig näher heranzog, musterte ihn Jason, als sei ihm zum ersten Mal die Körpergröße des Polizisten bewusst geworden. Er zog die Beine an und richtete sich auf seinem Stuhl ein wenig auf.

Rosen trank kurz von ihrem Tee, las weiter in ihren Notizen und ließ sich Zeit. Vega schlürfte seinen Latte und leckte sich den Schaum von den Lippen. Jason begann unruhig zu zappeln. Schließlich brach er das Schweigen.

»Dieser Llewellyn hat mich nach Sams geschäftlichen Kontakten gefragt. Dazu konnte ich ihm allerdings nicht viel sagen.«

»Hmm.« Rosen nippte noch einmal an ihrem Tee, ehe sie die Tasse vorsichtig wieder absetzte. »Das habe ich gehört.«

»Wenn Sie mir die Feststellung erlauben«, sagte Vega und beugte sich ein Stück zu Jason hinüber. »Sie klingen nicht wie ein Anwalt.«

»Wie bitte?«

»Ihre Sprechweise wirkt überhaupt nicht affektiert.«

»Das liegt daran, dass ich – im Gegensatz zu neunzig Prozent meiner Kollegen – nicht aus einer Anwaltsfamilie stamme«, erklärte Jason mit einer gewissen Schärfe in der Stimme.

»Womit hat Ihr Dad denn seinen Lebensunterhalt verdient?«

»Mein Dad war Gerüstbauer«, erklärte Jason mit vorgerecktem Kinn. »Er hat ordentlich verdient.«

»Hat er gelegentlich auch mit Sam zusammengearbeitet?«

Jason zögerte seine Antwort hinaus, indem er demonstrativ die Manschettenknöpfe löste und die Ärmel hochrollte. Was genau er damit zum Ausdruck bringen wollte, erschloss sich Vega nicht. Es wirkte beinahe wie ein subtiler Einschüchterungsversuch. Vega sah den Ausschnitt eines groben Tattoos, eine Art Stammessymbol – die impulsive Wahl eines jungen Mannes, der keinen Gedanken an eine tiefere Bedeutung verschwendet.

»Ja, mein alter Herr hat häufig für Sam gearbeitet, in den alten Zeiten«, sagte er schließlich. »Was ich dem ersten Polizisten schon gesagt habe.«

»Aber Sie strebten höher hinaus?«

»So würde ich es nicht formulieren. Ich wollte nur imstande sein, für meine Familie zu sorgen; sie werden langsam älter, meine Mum und mein Dad.«

»Nobel.«

»Ganz natürlich, würde ich sagen. So sollte es jedenfalls sein, meinen Sie nicht? Sie kümmern sich um uns, wenn wir klein sind, und wenn wir erwachsen werden, sind wir dran.«

»Auf der Website Ihrer Kanzlei heißt es …« Rosen schaute konzentriert auf ihr Notizbuch und ließ sich alle Zeit bei der Suche nach der korrekten Seite, obwohl Vega wusste, dass sie im Zweifelsfall alles auswendig hätte zitieren können. » … dass Sie kostenlose Rechtsberatung anbieten. Dass Sie ein *Anwalt der Heimatlosen* sind.«

»Genau.« Jason lächelte selbstgefällig. Er wirkte zufrieden, dass sie das Thema aufgebracht hatte. »Wie ich schon sagte, ich finde es wichtig, etwas zurückzugeben.«

»Und wie genau sieht diese Arbeit aus?«

»Das würden Sie nicht verstehen.«

»Versuchen Sie es!«

»In juristischer Sprache? Ich biete kostenlose Beratung für Migranten und Menschen, denen die Abschiebung droht. Ich vertrete sie. Ich bin Ansprechpartner für sie und ihre Familien … Bloß verstehe ich nicht, was das mit Ihren Ermittlungen zu tun hat.«

»Wir versuchen nur, uns ein Bild von Ihnen zu machen.«

»Es ist Ihre Zeit, Gnädigste.«

»Wie kommt es, dass Sie Jodies Anwalt geworden sind?«, fragte Rosen. »Angesichts der Verbindung zwischen Ihrem Vater und Mr. Stowe hätte ich vermutet, dass Sie im Zweifelsfall eher Sams Interessen vertreten hätten, um sicherzustellen, dass sein Vermögen erhalten bleibt.«

»Sam hat mich ihr empfohlen.«

»Oh?« Rosen versuchte an Vegas Miene abzulesen, ob auch er dies merkwürdig fand. »Würden Sie so etwas nicht als ungewöhnlich bezeichnen? Dass eine Frau sich von Ihrem Mann den Anwalt empfehlen lässt, der ihr bei der Scheidung zur Seite steht?«

»Ja, vermutlich war das ein bisschen merkwürdig, aber es ergab schon Sinn. Man könnte das Verhältnis von Sam und Jodie als einvernehmlich bezeichnen. Bis zum Ende. Natürlich haben sie sich gestritten, klar – schließlich haben sie sich getrennt –, aber sie waren sich einig in dem, was sie wollten.«

»Nämlich …«

»Das Beste für ihre Kinder. Na ja, wohl eher für Deano, denn Reese hatte sich zu diesem Zeitpunkt schon verpisst. Verstehen Sie, Sam traute mir zu, mich um Jodie zu kümmern.«

»Und wenn Sie sagen, *sich um sie kümmern …*«, sagte Vega. »Schloss das auch Sex mit ein, oder war das nur ein zusätzlicher Bonus, den Ihre Kanzlei zu liefern bereit war?«

Jason sagte nichts.

Vega rutschte auf seinem ungepolsterten Holzstuhl hin und her. »Ungemütlich, stimmt's? Oder kommt das nur mir so vor?«

»Wer hat Ihnen das erzählt?«, fragte Jason ruhig.

»Ein Zeuge«, antwortete Rosen.

»Jodie?«

Beide Detectives schwiegen.

»War es Jodie? Hat sie Ihnen das erzählt?«

Rosen schrieb etwas in ihr Notizbuch. Mit einem Ruck wollte Jason ihr das Buch entreißen, doch Vega reagierte schneller. Er packte Jasons Handgelenk und hielt es fest. »Da müssen Sie schon schneller sein, mein Junge.«

Jason zerrte seine Hand aus der Umklammerung des Detectives und schaute zwischen beiden hin und her, so als wollte er abschätzen, welche Bedrohung sie für ihn darstellten.

»Ihr alter Herr war nicht irgendein Gerüstbauer«, sagte Vega, wobei er noch näher an den Mann heranrückte. Jasons süßliches Aftershave stieg ihm in die Nase. »Er war Sam Stowes Geschäftspartner. Sam kaufte ihm früh seine Anteile ab und machte danach sein Vermögen.«

»Mein Dad ist ein ehrlicher Mann.«

»Wollen Sie damit andeuten, dass Sam nicht ehrlich war?«

»Sie brauchen meine Andeutungen nicht. Jeder weiß Bescheid. Er war ein guter Kumpel, klar, aber auch ein richtiger Ganove.«

»Mit dem Sie aber auf freundschaftlichem Fuß standen. Bis Sie anfingen, seine Frau zu bumsen.«

»Es war ihm egal! Zwischen ihnen war Schluss. Aus. Sam hatte entschieden, was er tun würde.«

»Und zwar was?«, fragte Rosen. »Wozu hatte Sam sich entschieden?«

Jason verschränkte die Arme in einer Geste des Rückzugs. Dieser Moment war unausweichlich gewesen, seit sie beschlossen hatten, ihn zum Gespräch zu bitten.

»Wir wissen, dass Deano von Ihnen und seiner Mutter wusste«, sagte Rosen langsam. »Wir wissen, dass er Sie zusammen erwischt hat. Aber hier geht es nicht um Familienrecht, Jason. Wir führen eine Mordermittlung. Begreifen Sie den Unterschied?«

»Natürlich!«

»Wirklich?«, provozierte ihn Vega. »Geheimnistuerei hilft nicht weiter. Sie ist keine Option. Wir brauchen Transparenz, Jase. Wir müssen alles wissen, was Sie wissen, damit wir uns durch die ganze Scheiße wühlen und entscheiden können, was für uns wichtig ist. Damit wir herausbekommen, was mit Jodies Sohn geschehen ist.«

»Ich weiß überhaupt nichts darüber, was mit Deano passiert ist«, knurrte Jason. Er schaute auf, um zu sehen, ob sie ihm glaubten. »Ich schwöre es.«

»Wussten Sie, dass Deano Sie beide beobachtet hat?«, fragte Rosen.

»Ja, natürlich. Wir haben ihn gesehen, er stand in der Tür, es war scheißpeinlich.« Jason stützte die Ellbogen auf den Tisch und ruinierte seine Frisur, indem er sich mit beiden Händen durch die Haare fuhr. »Jodie hat versucht, mit ihm zu reden, aber Deano wollte nichts hören. Er stieg auf sein Fahrrad, und das war's. Am nächsten Tag hab ich sie angerufen und gefragt, ob alles in Ordnung sei. Sie hat gesagt, Deano wolle nicht darüber sprechen und blocke sie bei jedem Versuch ab. Sie – wir konnten nicht … Danach war es vorbei, verstehen Sie?«

»Haben Sie danach noch einmal mit Deano gesprochen, vor seinem Tod?«

»Nein.« Jason wirkte unsicher. »Nicht richtig.«

»Erklären Sie das genauer. Bitte.«

»Ich bekam einen Anruf von ihm, auf meinem Handy, meinem privaten Handy. Er muss die Nummer irgendwo bei seiner Mutter gefunden haben.«

»Wann?«

»Ich weiß es nicht. Vielleicht am Samstag?«

»An welchem Samstag?«

»An dem Wochenende … bevor es passiert ist.«

»Warum hat er angerufen?«

»Ich weiß nicht. Er blieb vage, wirkte panisch. Er wollte zu irgendeiner Sache meinen Rat. Es klang, als hätte sein Bruder sich auf einen Job eingelassen, an dem irgendetwas nicht stimmte. Er wollte wissen, ob ich ihm helfen konnte. Ich sagte nein. Ich bin Familienrechtler, kein Arbeitsrechtler.«

»Ein Job? Was für ein Job?«

»Ich weiß es nicht, ich habe nicht gefragt. Schauen Sie …« Jason beugte sich wieder vor und legte die Hände flach auf den Tisch, als wolle er demonstrieren, dass er offen und ehrlich zu ihnen war. Und dass sie dafür dankbar sein müssten. Seine Arroganz begann Vega zu nerven. »Reese ist jemand, der seine Klugheit aus Büchern hat. Sobald es um Leute geht, verhält er sich wie ein Trottel. Wahrscheinlich ist er irgendwie gestört. Wie auch immer, er begreift nicht, wie die reale Welt funktioniert. Falls jemand ihn ausgenutzt hat … Na ja, es würde mich nicht wundern. Ich hatte nicht den Eindruck, dass es bei Deanos Anruf um etwas Wichtiges ging.«

Vega stieß ein bellendes Lachen aus, woraufhin Jason die Augen zusammenkniff. »Was ist los?«

»Deano ruft *Sie* an. Den Mann, den er gerade mit seiner Mutter im Bett erwischt hat, aber Sie glaubten nicht, es ginge um *etwas Wichtiges*? Ich könnte mir vorstellen, dass Sie der letzte Mensch auf Gottes schöner Erde waren, mit dem der Junge hatte reden wollen. Oder den er gern um Hilfe gebeten hätte. Die Tatsache, dass er sich doch dazu durchgerungen hat, impliziert zumindest, dass *er* die Sache für wichtig hielt.« Vega schüttelte den Kopf, immer noch lachend. »Mit Ihnen hat Jodie sich einen echten Hauptgewinn angelacht, was?«

Jason erwiderte nichts und griff stattdessen zu seinem bislang unberührten Kaffee.

»Inzwischen ist seit Deanos Tod fast eine Woche vergangen. Und Sie kommen die ganze Zeit über nicht auf die Idee, seinen Anruf zu erwähnen? Nicht einmal Jodie gegenüber?«

Jason schwieg beharrlich. War es Bedauern, was Vega da sah, oder etwas anderes? Jason hob die Tasse zum Mund und blies ein Loch in den Schaum, ehe er einen kleinen Schluck trank. Rosen beugte sich über den Tisch und zwang Jason zum Blickkontakt. »Ihre Beziehung zu Jodie ist uns egal. Wir haben kein Interesse daran, Ihrer Karriere zu schaden.«

»Danke.«

Rosen trommelte mit den Fingern auf die lackierte Tischplatte. »Aber bitte verstehen Sie mich richtig: Sie und Ihr Wohlbefinden interessieren uns einen Scheißdreck. Glauben Sie keine Sekunde lang, dass wir zögern würden, Ihr Leben auf jede erdenkliche Weise zu ruinieren, falls sich herausstellt, dass Sie uns etwas vorenthalten, Jason. Und damit meine ich: *irgendetwas*.«

Jason grinste spöttisch, doch als Rosen den Blick nicht abwandte, stöhnte er schließlich: »Was wollen Sie wissen?«

»Wo waren Sie am Samstag, dem 27.?«

»Bei meinen Eltern.«

»Kein gutes Alibi.«

»Aber die Wahrheit.« Jason schaute zwischen Rosen und Vega hin und her, die ihn gleichermaßen ernst und mit undurchdringlichen Mienen musterten. »Ehrlich.«

»Wir werden Ihre Zeugenaussage noch einmal aufnehmen müssen«, sagte Rosen und erhob sich. »Sie müssen uns begleiten.«

Als alle aufgestanden waren, kippte Vega den letzten milchigen Schluck seines Kaffees hinunter und überlegte, ob er noch einen für unterwegs bestellen sollte. Normalerweise mied er Café-Ketten, aber der Kaffee hier schmeckte gut und war extrastark, ganz wie er ihn mochte.

Er machte die Barista auf sich aufmerksam, und wieder lächelte sie. Vega drückte die Schultern durch und schob das Kinn vor. Dann schaute er demonstrativ zur Uhr und drehte ihr dabei seine vorteilhaftere Seite zu. Plötzlich machte sich Rosen auf den Weg zur Treppe, die zu den Toiletten führte.

»Bin gleich wieder da.«

»Gut …« Vega setzte sich wieder hin. Obwohl er es genau wusste, fragte er Jason: »Wo liegt Ihre Kanzlei?«

»Gleich hinter der Uhr. Mount Ephraim Road.«

»Was soll da draußen passieren, haben Sie eine Ahnung?« Vega starrte hinaus in den Regen. Vom Café hatte man einen Blick auf den Five Ways Square und die Millennium Clock, die wie der Traum eines Kunststudenten im ersten Semester aussah, der eben Dalí entdeckt hatte. Ringsum standen Bauzäune und ein Bagger mit langem, graziös gebogenem Greifarm, wie ein Tänzer, der auf den Einsatz der Musik wartete.

»Ich weiß nicht genau«, sagte Jason mit gestrafften Schultern. Er wandte dem Detective den Rücken zu. »Angeblich soll etwas gebaut werden, das die Obdachlosen davon abhält, hier zu schlafen.«

»Wie nett.«

Einmal mehr stellte Vega fest, dass Tunbridge Wells sich seinen schutzloseren Einwohnern gegenüber nicht von der freundlichsten Seite zeigte. Wegen der Proteste betuchterer Nachbarn war bereits die Suppenküche geschlossen worden. Jedes Mal, wenn an öffentlichen Orten Razzien gegen die Obdachlosen stattfanden, wurden diese in ihre Unterkünfte und Verstecke zurückgetrieben, wo der Drogenmissbrauch anstieg.

In den kommenden Monaten würde es zu einer Flut von Drogentoten kommen, darauf würde er wetten. Der Gedanke machte ihn traurig. Er würde in St James vorbeischauen, nahm er sich vor. Mit Reverend Jim sprechen. Vielleicht, nur vielleicht, könnten sie die Folgen ein wenig lindern.

Als er Rosens Absätze auf der Treppe hörte, drehte Vega sich um. Sofort bemerkte er, dass ihre Gesichtsfarbe sich verändert hatte; sie war um den Mund herum blass, ihre Lippen wirkten schmal und angespannt. Sie steckte die Hand in die Tasche ihrer Steppjacke und reichte Jason ihre Karte.

»Sie müssen zum Dowding House. Die Adresse steht

auf der Rückseite. Fragen Sie nach DC Khan und erzählen Sie ihm genau das, was Sie uns gesagt haben.«

Jason nahm die Karte mit kaltem Bick entgegen. »Sie vertrauen mir also, dass ich allein hingehe?«

»Gibt es einen Grund, warum ich das nicht glauben sollte?«

Jason hielt ihrem Blick stand, erklärte dann aber seufzend: »Als hätte ich nichts Besseres zu tun.« Schließlich verschwand er grummelnd aus dem Café.

»Nicht mal seinen Kaffee hat er ausgetrunken«, bemerkte Vega. »Wie unhöflich.«

»Richard …« Rosens Unterlippe zitterte, und alle Härte war aus ihrem Gesicht gewichen. Vega sprang auf.

»Was ist los, Dar?«

»Ich blute.«

Verwirrt betrachtete er sie von oben bis unten. »Wo?«

»Ich bin schwanger und blute.«

Die weiteren Implikationen ihrer Worte drangen nicht zu ihm durch, nur die unmittelbare Sorge. Vorsichtig führte er sie wieder zu ihrem Stuhl. »Warte hier. Ich hole mein Auto.«

Er wollte sich umdrehen, doch ihre knochigen Finger ließen ihn plötzlich nicht mehr los. Er schaute auf sie hinunter und bemerkte, wie klein sie wirkte, wie ängstlich. Er nahm ihre kalte Hand zwischen seine und ging in die Knie, sodass sie auf Augenhöhe waren. Langsam und mit sanfter Stimme erklärte er: »Ich brauche höchstens fünf Minuten. Versprochen.«

Sie nickte, beugte sich vor und presste ihre kalten Lippen an seine Wange. Vega stand auf und verschwand eilig, ohne die Abschiedsworte und das flirtende Lächeln der Barista zu bemerken.

»Alle schimpfen immer darüber, wie es im Krankenhaus riecht, stimmt's?«, sagte Vega. Rosen lehnte an seiner Seite, den Arm untergehakt und ihre Hand auf seiner. »Ich kann das nicht nachvollziehen. Es riecht überhaupt nicht besonders.«

»Ich glaube, die Leute meinen die Abwesenheit von Gerüchen«, erwiderte Rosen. »Die ganzen Reinigungsmittel nehmen alles fort, was dem Ort irgendeinen Charakter oder gewohnten Zusammenhang verleihen könnte. Man kann nichts einordnen. Das ist beängstigend.«

»Mir machen Krankenhäuser nichts aus. Als ich jünger war, war ich lange Zeit im Krankenhaus.«

»Tatsächlich?«

»Über ein Jahr«, erklärte er nickend. »Nach dem, was mit meinen Eltern passiert war... Okay, ich hab nicht die ganze Zeit im Krankenhaus verbracht, sondern einen großen Teil davon in einer Einrichtung mit anderen Gestörten.«

»Und dort hat man dich rausgelassen?«, fragte Rosen und versuchte sich an einem Lächeln.

»Wahrscheinlich hat in der Verwaltung jemand einen Fehler gemacht«, sagte Vega kichernd. »Keine Ahnung. Die Leute waren jedenfalls freundlich. Erst nachdem ich von dort weg war, fingen meine Probleme richtig an. Aber irgendwie scheine ich Institutionen immer gemocht zu haben. Erst dort, dann die Geistlichkeit, jetzt die Polizei.«

Sie waren auf der Station für Frühgeburten und saßen in gemütlichen Sesseln. In einer Ecke des Raums befanden sich Spielzeuge und farbenfrohe Bücher. Zwei kleine Kinder schoben ratternd Spielzeugautos hin und her und suchten die Teile für eine Sortierbox zusammen. Ihre Mutter, deren Bauch bereits ansehnlich prall war, las in einer Zeitschrift, auf deren Titelblatt eine frisch wirkende Blondine ein robustes rosafarbenes Baby hochhob, das erkennbar nicht ihr eigenes war. Auch wenn es nicht anders ging, erschien es ihm Daria gegenüber grausam, sie hierherzubringen, in diese Live-Show mit allem, was sie möglicherweise verloren hatte.

»Mrs. Rosen?« Die kräftige Frau an der Rezeption schaute in ihre Richtung. Vega und Rosen erhoben sich, wobei sie die Hände voneinander lösten. »Es tut mir leid, dass Sie warten mussten; wir haben nur ein paar kleine Probleme, Ihre Unterlagen zu finden. Wer ist Ihre Hebamme?«

»Es gibt keine Unterlagen. Und ich habe keine Hebamme.«

»Oh.« Immerhin hielt sie ihr keinen Vortrag, auch wenn sie aussah, als hätte sie Lust dazu. »Es kann nicht mehr lange dauern. Möchten Sie etwas trinken?«

»Nein, danke.«

»Und ihr Ehemann?«

»Da müssten Sie ihn fragen«, brummte Vega.

Die Frau lächelte unverdrossen. Offenbar war sie abgehärtet. Als sie hinter einer Tür verschwand, setzten Vega und Rosen sich wieder hin. Er spürte ihre forschenden Blicke auf sich gerichtet, wusste aber nicht, wonach sie suchte.

»Es tut mir leid«, flüsterte sie. »Alles.«

»Nicht nötig.«

»Aber es ist so.«

»Lass uns nicht diskutieren. Nicht hier. Nicht unter diesen Umständen.«

Der Junge auf der anderen Seite des Zimmers versetzte seinem Auto einen besonders heftigen Stoß. Daraufhin surrte es quer über den Kunststoffboden und stieß gegen Vegas Schuh. Er blickte finster, und der Junge riss die Augen weit auf.

Vega schob das Auto zurück, doch reichte der Schwung nur für die halbe Strecke. Statt sein Spielzeug zurückzuholen, nahm der Junge ein anderes Auto und ahmte hingebungsvoll das Brummen des Motors und das Quietschen der Bremsen nach, bis nicht nur sein Kinn, sondern auch der Kragen seines winzigen T-Shirts von seiner Spucke feucht waren.

»Mrs. Rosen?«

Wieder standen sie beide auf. Rosen ließ Vega los und verschränkte die Arme.

»Sie sind jetzt an der Reihe.«

Man führte sie in ein kleines Zimmer. Eine mit blauem Papier bedeckte Liege stand für die unschlüssig wirkende Rosen bereit, daneben ein Sichtschutz und ein Rollwagen voller Instrumente, die wie Folterwerkzeuge wirkten. Auf einem Schwenkarm an der Wand war ein Monitor montiert.

Vega blieb hartnäckig an der Tür stehen, bis die Krankenschwester, Technikerin, Hebamme – oder was immer sie war – ihn lächelnd zur Seite schob und die Tür schloss. Er war sich nicht sicher, ob Daria ihn dabeihaben wollte, aber da sie nichts Gegenteiliges gesagt hatte, schob er die Hände in die Taschen seiner Lederjacke und beschloss hierzubleiben.

Es war heiß im Raum und stickig, doch er wollte die Jacke nicht ausziehen. Aus irgendeinem Grund wäre ihm das vorgekommen, als stelle er seine eigene Bequemlichkeit über Darias Bedürfnisse. Er fühlte sich fehl am Platz und vermutete, dass es ihr genauso ging.

Wie Daria es zuvor formuliert hatte, fehlte jeglicher gewohnte Zusammenhang. Und das machte ihnen Angst.

»Dann haben Sie also eine Blutung gehabt?«, fragte die Frau in einem Ton, wie ihn nur Ärzte und Pflegepersonal beherrschen – gleichzeitig freundlich und entschlossen.

»Ja.«

»Wie stark? Eher tröpfelnd oder ein stärkerer Fluss, wie bei der Periode?«

»Letzteres«, sagte Rosen und schaute zu Vega hinüber, der den Blick auf die genoppten Deckenplatten richtete und vorübergehende Taubheit vorschützte.

»Irgendwelche Krämpfe?«

»Ja.«

»Fühlen Sie sich weiterhin schwanger? Ist Ihnen übel oder sind Ihre Brüste empfindlich?«

»Ja, heute Morgen war mir übel. Mir war häufig übel.«

»Es fühlt sich vielleicht nicht so an, aber das ist ein gutes Zeichen. Haben Sie Bewegungen gespürt?«

»Nicht viele. Heute nicht.«

»In der wievielten Woche sind Sie? Wissen Sie das?«

»In der sechzehnten? Oder in der neunzehnten? Ich bin mir nicht sicher; meine Periode war nie besonders regelmäßig.«

Vega begann zu rechnen. Er musste sich entweder von der Liste der Verdächtigen streichen oder seine Schuld bestätigt sehen. Im Moment hätte er allerdings nicht sagen können, ob er schuldig sein wollte oder nicht.

»Okay, Daria. Zuerst werde ich etwas benutzen, das man Doppler nennt, um zu schauen, ob wir den Herzschlag des Babys entdecken. Hatten Sie schon Ultraschalluntersuchungen?«

»Bisher nicht, nein.«

»Sie hätten nach zwölf Wochen zu einer Untersuchung kommen sollen. Vor allem für ältere Mütter ist das wichtig.«

»Sie ist gerade sechsunddreißig«, brummte Vega. »Noch kein Fall für die Geriatrie. Außerdem ist sie phänomenal fit.«

»Wir erklären allen Müttern über fünfunddreißig, dass sie ein erhöhtes Risiko tragen.«

»Ich weiß. Tut mir leid.« Rosens Stimme brach, und Vega bemerkte, dass sie sich die Hände vors Gesicht hielt. Sie hatte sich auf das Bett gelegt, und das Papier unter ihr knisterte. Ihre ausgestellte Jacke und die Bluse hatte sie ausgezogen, sodass sie nur im Unterhemd dalag. So war ihr Bauch unübersehbar. Er begriff nicht, wie es ihm bisher gelungen war, ihn nicht zu bemerken.

»Es muss Ihnen nichts leidtun«, sagte die Schwester-Hebamme-Technikerin und reichte ihr eine Schachtel mit Papiertaschentüchern. »Wenn Sie die Hose aufknöpfen und ihr Top bis zu den Rippen hochrollen, werde ich einen Klecks Gel auf Ihren Bauch drücken. Es könnte ein bisschen kalt werden.«

Rosen tat, was von ihr verlangt wurde, und Vega betrachtete die vertraute Reihe von Muttermalen auf ihrer linken Seite, gleich über dem Hüftknochen. Durch ihren Nabel zog sich eine dunkle Linie, die zuvor nicht dort gewesen war. Dank der aufgeknüpften Hose sah er ein Büschel ihres farblosen Schamhaars, das sich über dem Bund ihrer Unterwäsche lockte. Wieder spürte er eine Welle des Unbehagens.

»Soll ich dabeibleiben?«

Rosen warf ihm einen alarmierten Blick zu. Sie befeuchtete ihre Lippen. »Nein. Nicht, wenn du es nicht willst.«

»Mir macht es nichts aus. Es ist deine Entscheidung.«

»Nein, es geht darum, womit du dich wohlfühlst.«

»Warum setzen Sie sich nicht?«, fragte die Schwester-Hebamme-Technikerin und führte ihn zu einem Stuhl, der sich plötzlich in der Ecke des Raums materialisiert zu haben schien. Erst jetzt merkte er, dass ihm leicht schwindlig war. Er fragte sich, wie die Schwester das vor ihm hatte wissen können. Als er sich hinsetzte, schien die Sache entschieden. Jetzt war er hier.

Die Frau – sie hieß Angela, wie er ihrem Namensschildchen entnahm – rollte den Schallkopf nun über Darias Bauch, und das Rauschen ihres Blutes erfüllte den Raum. Es sah aus, als würde sie zu fest drücken.

»Kann das Baby dabei nicht verletzt werden?«, fragte er.

Angela lächelte. »Nein, bestimmt nicht.«

Daria hatte die Fäuste geballt und die Augen geschlossen. Sie bemühte sich ganz offensichtlich, ihren Atem zu kontrollieren.

»Können Sie ihn hören?«, fragte er. »Den Herzschlag?«

»Noch nicht. Manchmal dauert es ein bisschen. Das Baby kann in allen möglichen Positionen liegen.«

Einige Zeit verstrich. Der Schallkopf grub sich tiefer in Darias Bauch. Das Rauschen hielt an, ohne dass ein Geräusch hinzugekommen wäre, das man für einen Herzschlag hätte halten können.

Angela legte das Gerät weg. »Wir machen noch einen Scan, nur um sicherzugehen.«

Sicher, dass das Baby nicht mehr lebte …?

Neues Equipment. Ein unerklärlicher Austausch der

Latexhandschuhe. Deren klatschendes Geräusch erinnerte Vega an eine Menge Tatorte, eine Menge Todesfälle. Menschliche Leben, die beendet, aber immerhin auch gelebt worden waren. Darias Miene war gefasst, ihre Augen immer noch geschlossen. Resigniert.

Der Bildschirm erinnerte ihn an eine Schultafel voller Kreidetupfer und verwischter Spuren. Dann sah er es. Ein Baby. Erkennbar ein Baby. Ein runder Kopf, eine kleine Stupsnase, die einzelnen Wirbel an Hals und Rücken. Ein Geräusch, als würde jemand einen Drink hinunterschütten.

»Na also. Ein hübscher, stabiler Rhythmus. Der kleine Racker wollte sich nur nicht gleich sehen lassen.«

Rosen öffnete die Augen. Vega sprang auf.

»Ist alles in Ordnung mit ihm?«

»Prima, soweit ich es sehen kann. Er ist groß genug, und das Herz ist stark. Ihre Plazenta liegt allerdings recht tief, was wahrscheinlich zu der Blutung geführt hat; sie könnte im Verlauf der Schwangerschaft noch wandern. Aber wir müssen Sie von nun an häufiger untersuchen. Wollen Sie das Geschlecht schon wissen?«

Daria drehte sich strahlend zu Vega um. »Es hat ein Geschlecht!«

»Junge oder Mädchen?«, fragte er, ohne darüber nachzudenken, dass diese Frage möglicherweise nicht ihm zustand.

»Dann wollen wir mal sehen.«

In diesem Moment klingelte sein Telefon, aggressiv laut, und rief ihn zurück in die Realität. Er löste den Blick vom Bildschirm, und Daria schaute weg. Er sah auf das Display des Telefons.

»Es ist Bishop.«

»Du solltest drangehen.«

»Kommst du zurecht?«

»Ja. Ich rufe Simon an.«

Vega schluckte. Er nickte und ging hinaus. Ließ sie mit ihrem Baby zurück. Simons Baby. Trotz allem.

21

Donnerstagnachmittag

Selbst wenn Vega auf der Rückfahrt zum Dowding House eine Massenkarambolage verursacht hätte, wäre ihm das kaum aufgefallen. Er konnte sich weder daran erinnern, in den Wagen gestiegen zu sein, noch an sonst ein Detail seiner Fahrt. Erst im schäbigen Foyer des Gebäudes wurde er aus seiner Trance gerissen; DC Eleanor Finch wedelte mit der Hand vor seinen ausdruckslosen Augen herum, um seine Aufmerksamkeit auf sich zu lenken.

»Sir? Hallo? Sir?«

Er wischte sich übers Gesicht. »Tut mir leid. Ich war ganz woanders. Was kann ich für Sie tun?«

»Ich wollte nur sagen, dass ich mich freue, jetzt in Ihrem Team zu sein.«

»Oh, ja. Sie gehören jetzt zu meinen Leuten, richtig. Ich hoffe nur, Sie sind nicht sauer, einfach so aus Phils Team gerissen zu werden.«

»Überhaupt nicht, Sir.«

»Na gut, dann lassen Sie mich Ihnen zum Einstand etwas aus unserem launischen Automaten ziehen. Was möchten Sie?« Vega führte DC Finch zu dem hell erleuchteten Snack-Automaten, der hinter der Haupttreppe aufgestellt war. »Sie können sich irgendwas zwischen A1 und D6 aussuchen. E kann ich mir nicht leisten.«

»Schade. Ich hatte mich schon auf eine Tüte Maltesers gefreut.«

»Eine normale Tüte können Sie gern nehmen, aber nicht den Riesensack.«

Bisher hatte Vega selten Anlass gehabt, sich mit DC Finch zu unterhalten, da sie stets unter Phil gearbeitet hatte. Abgesehen davon war sie keine Frau, die viel Aufmerksamkeit erregte. Sie war klein, sehr klein, und auch wenn sie nicht wirklich dick war, ließ die fehlende Körpergröße ihre Extrapfunde deutlicher hervortreten. Ihr jungenhaftes Haar war pechschwarz gefärbt und dicht an ihre Kopfhaut gegelt.

»Wissen Sie, warum wir alle zusammengerufen wurden?«, fragte sie, während Vega die Münzen einwarf.

»Nein. Hat Bish alle zusammengetrommelt?«

»Ja, Sir.«

»Dann muss es neue Entwicklungen geben. Also, was hätten Sie gern?«

Vega wollte sich auf keinen Fall anmerken lassen, dass sein Leben gerade eben eine unwiderrufliche Wendung genommen hatte. Und er fand, er spielte seine Rolle ziemlich glaubwürdig.

Gütiger Gott, wie er hoffte, dass dieser kleine Bastard von ihm war …

Finch entschied sich für ein Päckchen Rolos, dann stiegen sie die Treppe hinauf, wobei sie darauf achteten, nicht auf den blauen Teppich zu treten, der an den Seiten ausfranste und eine heimtückische Stolperfalle darstellte.

Vega fragte sich, wie Rosens Schwangerschaft sich auf die Ermittlungen auswirken würde. Sie würde sich hin und wieder eine Pause nehmen müssen, und bis jetzt schien ihm ein Abschluss des Falls nicht in Sicht. Würde Bishop jemand anderem die Leitung anvertrauen, oder würde sie irgendwann auf ihn und Phil übergehen? Es war zum Kotzen, wie wenig sie in den vier Tagen seit der Entdeckung von Deanos Leiche herausbekommen hatten. Die entscheidenden ersten achtundvierzig Stunden lagen längst hinter ihnen. Ihm war klar, dass dieser Umstand wenig Hoffnung auf einen Erfolg machte.

Als er das Großraumbüro betrat, fand Vega sich hinter einer Reihe unruhiger, hibbeliger Kollegen wieder. Er ließ den Blick schweifen und versuchte, Khans vertrauten rasierten Schädel zu entdecken. Schließlich sah er ihn am anderen Ende des Raumes, wo seine Kopfhaut unter den grellen Lampen beinahe zu leuchten schien. Als Khan in seine Richtung schaute, nickte Vega ihm zu, und der Constable erwiderte die Begrüßung.

»Was läuft hier?« Auf Vegas stumme Frage hin drehte Khan in einer hilflosen Geste die Handflächen nach oben.

Bishop saß neben dem Projektor. Vergeblich versuchte Vega, aus seiner Miene etwas herauszulesen. Falls Bishop nicht längst Poker spielte, sollte er schleunigst damit beginnen.

»Gut. Fangen wir an.« Der Superintendent erhob sich schwungvoll, wobei er geschickt seinen massigen Oberkörper einsetzte. Hin und wieder neigte er zu derartigen Demonstrationen seiner Beweglichkeit. Vega war nie klar geworden, ob er seinen Untergebenen damit Zuversicht vermitteln oder sie bloß einschüchtern wollte.

»Seit den allerersten Stunden dieser Ermittlung wurde immer wieder auf Übereinstimmungen zwischen dem Tod unseres Opfers, Deano Stowe, und dem Fall eines anderen Jungen hingewiesen, Tom Healy, der von seinem Schulkameraden Shane Johnson ermordet wurde.«

Vega erinnerte sich an Shane bei der ersten Vernehmung: blonde Haare und ein mürrisches Gesicht. Er hatte ein verschlissenes T-Shirt getragen und Turnschuhe, die eine Nummer zu klein waren, sodass er die Zehen einziehen musste. Er hatte Vega um eine Zigarette gebeten und sich bedankt, als er ihm eine gedreht hatte. Er war weder wütend noch aggressiv aufgetreten. Eigentlich hatte er die ganze Zeit über keine echte emotionale Regung gezeigt, selbst als er offiziell beschuldigt worden war. Nur ein einziges Mal war er Vega verzweifelt vorgekommen, nämlich als dieser ihm erklärt hatte, er könne sein Frettchen nicht mit in die Jugendstrafanstalt nehmen.

Bishop fuhr fort: »Als Deanos Leiche entdeckt wurde, fiel der Verdacht auf Shane, der kürzlich unter der Auflage strenger Überwachung entlassen und ein ganzes Stück entfernt von Tunbridge Wells untergebracht wurde. Er schien also weder über die Mittel noch über die Möglichkeit zum Mord an Deano verfügt zu haben. Neue Informationen, die wir erst heute Morgen erhalten haben, geben uns nun Anlass, an dieser Annahme zu zweifeln.«

Vega drehte sich der Magen um. Er verlagerte sein Gewicht und zupfte sich am Ohrläppchen, als zweifelte er, richtig gehört zu haben. Im Raum wurde weder nervöses Geplapper noch ungläubiges Murmeln laut, es herrschte nur eine dröhnende Stille. Vega fing einen Blick von Khan auf und schüttelte angewidert den Kopf.

»Was für ein beschissenes Chaos«, bestätigte Bishop die unausgesprochene Meinung seiner Zuhörer. »Shane, dessen neue Identität uns noch nicht mitgeteilt wurde, muss seit seiner Entlassung eine elektronische Fußfessel tragen. Er ist zu wöchentlichen Treffen mit seinem Bewährungshelfer verpflichtet und darf sich nicht von seinem Aufenthaltsort entfernen. In den ersten Wochen nach seiner Entlassung musste ihn das Überwachungspersonal vier Mal wegen versehentlicher Beschädigungen der Fußfessel besuchen. Shane bestritt, das Gerät absichtlich manipuliert zu haben, und behauptete, es hätte seinen Dienst aufgegeben, als er mit dem Fuß zwischen seinem Bett und der Wand stecken geblieben war, und später noch einmal, als er auf eine Leiter geklettert ist. Jedes Mal, wenn die Überwachungsleute auftauchten, war Shane zu Hause. In der Nacht vom 26. auf den 27. allerdings war der Kontakt zwischen Shanes Sender und dem Überwachungsgerät unterbrochen. Ein Mitarbeiter des privaten Sicherheitsdienstes, der für die Kontrolle der Fußfesseln zuständig ist, hat versucht zu überprüfen, ob Shane zu Hause war, sich aber geweigert, sein Fahrzeug zu verlassen und nachzusehen.«

»Er *hat sich geweigert*, aus seinem Wagen zu steigen?«, fragte Khan ungläubig.

»Es ist eine üble Gegend, in der Männer in Uniform nicht gerade gern gesehen sind. In der Vergangenheit ist es mehrfach zu verbalen oder körperlichen Attacken auf Mitarbeiter des Sicherheitsdienstes gekommen. Wenige Wochen vor unserem Vorfall hatte jemand einen Ziegelstein gegen die Windschutzscheibe eines Sicherheitsmannes geworfen.«

»Klingt wie ein normaler Freitagabend«, brummte Vega.

Bishop zuckte die Achseln. »Offenbar setzt die private Sicherheitsfirma völliges Vertrauen in das ›individuelle Urteil ihrer Mitarbeiter‹. Wirklich … *schnuckelig*.«

»Also kann niemand mit Sicherheit sagen, ob Shane zu

Hause war. Oder, nur als Beispiel, auf dem Weg zu einem Tatort in Sunny Tunny? Ist das die Schlussfolgerung?«

»Ja.«

»Und wann wurde der charmante Mr. Johnson das nächste Mal zweifelsfrei gesehen?«

»Erst am 28.«

»Also hat Shane für zwei Tage, einschließlich dem, an dem Deano ermordet wurde, kein Alibi? Ist es das, was Sie uns sagen wollen?«

»Ja.«

»Und warum erfahren wir das erst jetzt? Diese Information ist fast eine Woche alt!«

»Offenbar wurde die Staatsanwaltschaft verspätet informiert, weil ein Mitarbeiter Urlaub hatte.«

»Urlaub? Der Typ war in Urlaub, und bis zu seiner Rückkehr ist gar nichts geschehen?«

»Offenbar.«

»Wir müssen Shane befragen. Sie müssen uns an ihn ranlassen.«

»Einverstanden«, sagte Bishop. »Aber das ist noch nicht alles.«

Vega kniff sich in den Nasenrücken. Er spürte, wie das Blut in seinem Hals pulsierte. Mit Mühe verkniff er sich weitere Bemerkungen und hörte einfach zu.

»Im Anschluss an den im Fernsehen ausgestrahlten Aufruf heute Morgen ist die Familie von den üblichen Spinnern belästigt worden. Eine besonders ekelhafte Nachricht wurde von einem Computer gepostet, dessen Besitzer wir inzwischen ermitteln konnten… Möchte jemand einen Tipp abgeben?«

»Shane«, vermutete Vega.

»Volltreffer.«

Bishop machte sich ungeschickt an dem Projektor zu schaffen, bis es ihm schließlich gelang, ihnen den Screenshot der für Jodie bestimmten Nachricht zu präsentieren: das Bild eines abgetrennten Schweinekopfes, dessen Lippen die gelben Zähne entblößten und dessen kleine Augen seltsam menschlich wirkten. Unter dem Foto standen fünf Worte: DEAN HAT GEBLUTET WIE TOM.

»Wir haben keine Einzelheiten über den Tod unseres Opfers veröffentlicht. Also haben wir es entweder mit einer verdammt zutreffenden Vermutung oder mit einem Geständnis zu tun. Solange nicht das Gegenteil bewiesen ist, behandeln wir es als zutreffende Vermutung.« Langsam ließ Bishop den Blick durch den Raum schweifen, über die grimmig konzentrierten Gesichter seiner Untergebenen.

»Dies ist ein wichtiger Ermittlungsansatz. Ich werde Druck machen, damit wir Shane binnen der nächsten zwölf Stunden befragen können. Bevor das geschieht, müssen wir mit der Mutter des Opfers reden.«

»Das mache ich«, meldete Vega sich freiwillig.

»Sie können es probieren. Die Verbindungsbeamten wollten sie heute Morgen aufsuchen, wurden aber nicht ins Haus gelassen.«

»Jodie mag es nicht, wenn man viel Aufhebens um sie macht. Und sie steht nicht gerade auf Uniformen. Ich konnte ein einigermaßen gutes Verhältnis zu ihr aufbauen; vielleicht spricht sie mit mir.«

»Versuchen Sie es einfach. Und der Rest macht weiter wie bisher. Vega, Llewellyn, kommen Sie kurz mit mir.«

Die Menge teilte sich wie das Rote Meer, um Bishop durchzulassen. Vega trat auf den Flur, gefolgt von dem krausköpfigen DS Llewellyn, dessen Wangen gerötet waren und auf dessen Oberlippe sich ein leichter Schweißfilm gebildet hatte. Er schnaufte nervös und griff sich an den Kopf.

»Alles in Ordnung, Phil?«

»Ging mir schon besser«, gab Llewellyn zu. »Ich hasse diesen Fall, Rich. Ich hasse ihn wirklich.«

»Er ist scheußlich«, stimmte Vega ihm zu und hielt Bishop die Tür auf, der an ihnen vorbei durch den schmalen, mit Neonröhren beleuchteten Flur zu der Abstellkammer eilte, die er sein Büro nannte. Wie jedes Mal schlugen Vega die Körperausdünstungen entgegen. Einmal mehr fragte er sich, warum Bishop sich nicht echte Pflanzen besorgte: Der Plastik-Ficus am Fenster hatte durch das Sonnenlicht eine bläuliche Färbung angenommen und wirkte nur noch lächerlich.

»Wir müssen über DI Rosen sprechen«, sagte Bishop und manövrierte seinen kurzen, viereckigen Oberkörper hinter den Schreibtisch. »Ich habe gehört, sie fühlt sich wieder unwohl?«

»Ich … weiß nicht …« Llewellyn warf Vega einen hilfesuchenden Blick zu.

»Phil, Sie haben sechs Kinder«, fauchte Bishop. »Entweder stellen Sie sich dumm, oder Sie sind ein beschissener Detective.«

»Vier Kinder«, murmelte Phil. »Ich hab nur vier Kinder.«

»Einen ganzen Stall voll Kinder jedenfalls«, beharrte Bishop. »Rosen ist schwanger. Stimmt's?«

Vega ließ die Pflanze am Fenster nicht aus den Augen und betrachtete ausgiebig die Staubschicht auf den wachsartigen Blättern. Er sagte nichts, was für sich genommen schon einem Eingeständnis gleichkam. Bishop knurrte missbilligend und legte seine fleischigen Fäuste auf den Tisch.

»Wissen wir, was sie in dieser Angelegenheit vorhat?«

Vegas Blick löste sich endlich von der Zimmerpflanze. »Wie meinen Sie das?«

»Ob sie es behält oder nicht?«

»Natürlich behält sie es!«, fuhr Vega auf. »Warum zum Teufel denn auch nicht?«

Bishop kniff wissend die Augen zusammen. Vega spürte den Schweiß in seinen Achselhöhlen, reckte das Kinn vor und drückte die Schultern zurück. Auf keinen Fall sollte ihm Bishop seine Schuldgefühle ansehen.

Vergeblich.

»Raus«, sagte Bishop leise. »Alle beide.«

Llewellyn drängte sich als Erster zur Tür, doch Vega folgte ihm auf dem Fuß. Als die Tür hinter ihnen zugefallen war und sie vor Bishops Zorn in Sicherheit waren, stieß Llewellyn die Luft aus, die er seit dem Betreten des Zimmers angehalten hatte.

»Was um alles in der Welt war das?«

»Keine Ahnung«, log Vega.

»Fährst du jetzt zu der Mutter des Jungen?«

»Ja.«

»Die Stowes sind eine komische Familie, oder?«, sinnierte Llewellyn. »Ziemlich … abgeschottet.«

»Allerdings. Sogar ihr Scheidungsanwalt war ein Freund der Familie.«

»Wie bei der Mafia.« Llewellyn lachte. Mit einem breiten italienischen Akzent und ausholenden Gesten fügte er hinzu. »Es bleibt in der Familie!«

Vega hielt mitten in der Bewegung inne. »Keine schlechte Idee.«

»Khan und ich haben vor einer Weile die Aussage dieses Anwalts aufgenommen. Ein widerlicher Schleimer, oder?«

»Das kannst du laut sagen, Phil.« Vega blieb einen Augenblick stehen und betastete mit der Zunge seinen Backenzahn. »Phil, was hast du für heute noch geplant?«

»So viel schlafen wie möglich, ehe die Kinder aus der Schule kommen«, erwiderte Phil und gähnte wie auf Kommando. »Warum?«

»Könntest du dir, ehe du Feierabend machst, den Vater des Anwalts einmal genauer anschauen?«

»Kein Problem. Wonach soll ich suchen?«

»Ich weiß es nicht genau. Seine Arbeit, sein Werdegang, seine Familie … Selbst wenn er bloß einen Strafzettel wegen Falschparkens hatte, will ich es wissen.«

»Alles klar.«

»Danke, Phil.« Vega eilte die Treppe hinunter ins Foyer, wo er mit einem schlanken Mann im Anzug zusammenstieß, der eine modische Brille mit dicken Gläsern trug.

»Upps«, sagte Vega und hielt den Mann fest, ehe dieser stürzen konnte. »Tut mir leid, Simon.«

»Macht nichts«, erwiderte Simon, rückte seine Krawatte zurecht und strich mit den Händen über seinen Anzug. »Eigentlich wollte ich sowieso zu dir, Richard. Können wir kurz reden? Privat?«

Vega musterte Darias Ehemann von oben bis unten und wünschte, er würde ein stärkeres Gefühl der Reue verspüren. Stattdessen erfüllte ihn ein ganz neues Gefühl: Triumph. Eine Art hämische Freude machte sich in ihm breit. Sie würde sein Baby bekommen. *Seins.* Davon war er überzeugt. Vega schüttelte den Gedanken ab und machte sich auf den Weg zur Tür. »Schlechter Zeitpunkt, Si. Bald, okay?«

»Okay …«

Vega spürte, dass Simon ihm hinterherschaute. Spürte seinen Blick noch auf der Außentreppe.

Der Drecksack wusste Bescheid, oder nicht …?

22

Donnerstagnachmittag

Ein Traggelenk des Astras war beschädigt. Kidd hörte ein Poltern und ein Kreischen von Metall auf Metall, jedes Mal, wenn er das Lenkrad bewegte. Er musste den Wagen reparieren lassen. Solche Details erregten Aufmerksamkeit, dabei musste er doch der farblose Mann sein, den man kaum wahrnahm und unmöglich beschreiben konnte.

Er würde Reese nach dem Wagen sehen lassen. Mit Motoren kannte der Junge sich aus. Eigentlich sogar mit einer Menge Dinge. Er war ein kluger Bursche, was er leider nur allzu gut wusste. Kidd hatte zwar keine Privatschule besucht, begriff aber genau, dass Reese ein manipulativer kleiner Scheißer sein konnte. Es machte ihm nur nicht allzu viel aus. Er würde Reesey machen lassen. Bis zu einem gewissen Punkt.

Kidd mochte Reese. Vielleicht liebte er ihn sogar. Er selbst war nie geliebt worden, weder von seiner vom Heroin vernebelten Mutter noch vom Vater, der in einer Ausnüchterungszelle der Polizei gestorben war. Und wie sollte man etwas wiedererkennen, das man nie erlebt hatte?

Er hielt am Rand der Schotterstraße, die zur Farm hinaufführte, und ging mit schnellen Schritten in den Hof, wobei er aufmerksam nach irgendwelchen Veränderungen Ausschau hielt.

Dünger. Hier stank es überall nach Dünger. Das war gut. Es bedeutete, dass er *sie* nicht riechen konnte.

Kidd war durch den Kopf gegangen, dass ihre verschlungenen braunen Glieder, die Berührungen von nackter Haut auf nackter Haut, beinahe einen Anflug von Schönheit gehabt hatten. Während ihrer ganzen Reise waren sie zusammen gewesen, und es schien ihm poetisch, dass sie auch weiterhin vereint bleiben sollten, ineinander verstrickt, während die Haut sich langsam von ihren Knochen löste und alles sich zu einer einzigen gelatineartigen Masse aus Fett, Haaren und Galle vermischte. Wenigstens waren sie nicht allein.

Vielleicht ging seine Fantasie tatsächlich mit ihm durch. Man wusste ja nie.

Da war ein Mädchen gewesen, jünger als die anderen. Als sie das Kind hineingeworfen hatten, hatte er geglaubt, ein winziges Zucken ihrer kleinen lila Finger zu bemerken. Daran musste Kidd bis heute denken. Ob es ein Funken von Leben gewesen war oder bloß das letzte Aufglühen erloschener Neuronen? Reese hatte die kleine Bewegung nicht bemerkt, und das war vermutlich gut so. Er wollte ihm das ersparen. Er wollte ihm gern alles ersparen, wenn es möglich war.

»Hatte mich schon gefragt, wann Sie wiederkommen …«

Kidd hatte gehört, dass der alte Mann sich ihm genähert hatte. Doch anstatt sich umzudrehen und ihn zu grüßen, hatte er den alten Knacker im Glauben gelassen, er hätte ihn überrascht. Kidd kam sich deswegen ziemlich großzügig vor.

»Wir haben noch für einen Monat im Voraus bezahlt.« Er kratzte sich am Kinn und betrachtete den jämmerlichen Alten.

»Ihr habt ein Riesenchaos angerichtet. Das hatte ich ausdrücklich verboten.«

Zum ersten Mal schaute Kidd sich den alten Farmer genauer an, den er für die Nutzung seines unfruchtbaren Landes bezahlt hatte. Eine gewisse Ähnlichkeit mit seiner alternden Herde war nicht zu übersehen. Die Art, wie seine Schultern sich unter der Wachsjacke abzeichneten, und der ständig mahlende Kiefer erinnerten Kidd an die scharf unter der schmutzigen Haut hervorstehenden Beckenknochen seiner halb verhungerten Kühe. Auf deren von Haaren überwucherten, bleich rosafarbenen Lippen stand der Schaum. Ihre Euter waren ausgetrocknet. Ihr Fleisch ungenießbar. Kidd wusste nicht, warum der Farmer sie behalten hatte. Vielleicht aus Sentimentalität.

Kidd entwickelte langsam ein Verständnis für Sentimentalität. Was nicht bedeutete, dass er sie respektierte.

»Ein Chaos?«, fragte Kidd, verlagerte sein Gewicht und streckte die Zehen in seinen Stahlkappen-Stiefeln. »Sie finden, wir haben Chaos angerichtet?«

»Das Gebäude unten auf Rook's Field. Nur dort dürfen Sie hin! Für nichts anderes haben Sie bezahlt!« Der Farmer wedelte mit einem seiner Wurstfinger in Richtung des Schuppens. »Sie und dieser Junge, Sie haben sich auf meinem Hof zu schaffen gemacht. Das ist *mein* Hof, und *ich* bin derjenige, der hier das Sagen hat.«

Die feuchten Augen des Farmers wanderten zu der Platte aus Wellblech, die nun die schlammige Grube am anderen Ende des Hofs abdeckte. »Was hatten Sie da vor? Warum haben Sie sie abgedeckt?«

Kidd zog eine knisternde braune Tüte voller Süßigkeiten aus seiner Jackentasche. Er schob die Hand hinein, zog eine Fliegende Untertasse heraus und warf sie sich in den Mund. Er spürte, wie sie auf seiner Zunge prickelte und sich auflöste. »Möchten Sie auch eine?«

»Nein, ich will den Scheiß nicht! Ich will eine Antwort!«

»Nur zur Sicherheit«, antwortete Kidd träge. »Sie wollen doch nicht, dass eines Ihrer Tiere da reinfällt.«

»Meine Tiere wären niemals so verdammt dämlich! Ich will, dass Sie verschwinden. Haben Sie verstanden? Ich gebe Ihnen zwei Wochen. Wenn Sie bis dahin nicht Ihren Müll aus meinem Schuppen geschafft haben, werfe ich ihn selbst raus!«

Wieder wanderten die gelblichen Augen des Alten zu dem Wellblech, das seine Grube abdeckte und von schweren Gehwegplatten an Ort und Stelle gehalten wurde.

»Was haben Sie vor?«, fragte er noch einmal, diesmal leiser. »Sie. Sie und dieser Junge. Was haben Sie vor?«

»Nehmen Sie sich eine Süßigkeit«, bot Kidd noch einmal an und streckte ihm die Tüte entgegen. »Nur zu.«

»Ich will keine Scheißsüßigkeiten!«

Der Farmer schlug nach der ausgestreckten Tüte, die auf den löchrigen Asphalt fiel, sodass die farbigen mit Zucker gefüllten Scheiben sich auf dem feuchten Boden verteilten und aufweichten. Kidd holte zischend Luft und wippte auf seinen Fersen nach hinten.

»Das war ziemlich unfreundlich.«

»Na ja …«, sagte der Farmer, steckte die Hände in die Taschen und schob seine ohnehin gebeugten Schultern noch ein Stück nach vorn. »Sie erlauben sich eine Menge. Mit meinem Land und mit meiner Geduld.«

»Lassen Sie uns mal nachsehen«, sagte Kidd. Er legte die Hand in den Rücken des Farmers und schob ihn auf die Metallplatte zu.

»Ich muss nicht nachschauen! Ich hab's verdammt noch mal schon gesehen!«

»Nein, nein. Wir sollten die Sache jetzt klären. Nur ein kurzer Blick.«

Kidd drängte den Farmer weiter in Richtung des rostigen Wellblechs. In der Scheune, einer schäbigen Konstruktion aus dem gleichen Material, das auch über der Grube lag, stöhnte das Vieh. Eine Schar Tauben flatterte auf in den bleigrauen Himmel. Schritt für Schritt überquerten die Männer den rechteckigen, von Gebäuden umstandenen Hof.

Im Inneren des heruntergekommenen Farmhauses aus Backstein war das Jaulen und Bellen zweier Collies zu hören. Sie warfen ihre sehnigen, glanzlosen Körper gegen ein Fenster, das bereits mit Fett und Speichel verschmiert war.

Kidd schleppte die Gehwegplatten beiseite, legte die Finger unter das Wellblech und hob es einen Zentimeter an. Es war schwer. Er schob es ein Stück zur Seite, sodass eine Ecke der außen mit Ziegeln eingefassten Grube sichtbar wurde. Sodass Reeses Fehler sichtbar wurde.

Sofort breitete der Gestank sich aus. Er war überwältigend. Er drang durch die Nase ein, stieg die Kehle hinab und stellte den Magen auf eine harte Probe. Der Farmer taumelte und drückte den Unterarm vor Mund und Nase. Kidd schaute in das Loch, neugierig, scheinbar unbeeindruckt von den fauligen Gasen, die dem Schlamm entströmten.

»Mein Gott!« Der Farmer würgte. Er traute sich noch einen Schritt näher und starrte in die Grube. »Nein! Mein Gott, nein!«

Kidd packte ihn im Nacken und stieß ihn nach vorn.

Der Farmer streckte instinktiv Arme und Beine aus, doch seine Knie krachten auf den Asphalt, und er fiel vornüber. Kidd stieß den zusammengekauerten Mann in das freigelegte Dreieck der Grubenöffnung. Seine ausgestreckten Arme und Beine verhinderten einen sauberen Sturz, sodass Kidd ihm auf Finger, Knöchel und Kopf trat, bis er endgültig untergetaucht war.

Vor Anstrengung keuchend schob Kidd die Abdeckung wieder an ihren Platz und stellte sich darauf. Unter ihm waren mehrere dumpfe Schläge zu hören, ein Gurgeln, und dann nichts mehr.

Die Hunde. Der Lärm ging weiter, inzwischen mehr Jaulen als Bellen. In der überfüllten Scheune scharrten die Kühe ungeduldig mit den Hufen und stießen sich gegenseitig an, bis die Ketten, mit denen sie angebunden waren, an den Wellblechwänden dröhnten wie Kirchenglocken. Kidd überquerte den Hof, ging auf das Backsteinhaus zu und betrachtete abschätzig die beiden Hunde, die sich gegen das Fenster warfen. Er drückte die Schultern durch, beruhigte sich und starrte. Er schaute ihnen direkt in die blassgoldenen Augen und wartete, bis die Stille eintrat, die seine Körpersprache ihnen befahl. Nach und nach kamen die Hunde zur Ruhe.

»Beschissene, widerliche Köter«, brummte Kidd und schlenderte zurück zu seinem Wagen. »Ich hoffe, ihr fresst euch gegenseitig auf.«

Reeses Mutter, diese Hure. Sie war das Problem. Es war pure Arroganz. Als hätte sie die Drohungen nicht ernst genommen. Kidd würde sie noch einmal wiederholen müssen.

Er hatte den Wagen vor dem Mehrfamilienhaus abgestellt. Er trug einen mit Farbspritzern übersäten Overall, der ihn unsichtbar machte, und im Fußraum stand seine Trickkiste. Er wollte gerade aussteigen, als ein anderer Wagen auf dem freien Parkplatz neben seinem auftauchte: ein schwarzer BMW M5, die ältere Version, die mehr Pfiff hatte. Ein liebevoll gepflegtes Auto.

Kidd schaltete das Radio aus und kratzte sich am Kinn, beobachtend und abwartend. Der Mann, der aus dem Wagen stieg, war groß genug, um Kidd nach dem Werkzeugkasten greifen zu lassen. Um sich zu beruhigen, fuhr er mit den Fingern darüber.

Er war es. Der Bulle. DS Vega.

Kidd sah zu, wie er eine Klingel drückte und wartete, dann aus dem Schutz des Windfangs heraustrat, den Kopf in den Nacken legte und zum obersten Stockwerk hochschaute.

Wenige Minuten später öffnete Jodie ihm die Tür und zögerte einen Moment, ehe sie sich gegen den stattlichen Besucher fallen ließ, der ihr ungeschickt auf den Rücken klopfte und sich umsah, als fürchtete er, jemand könnte sie so sehen.

Jodie mochte ihn, den Bullen. Das sah Kidd sofort. Der Schönling Jason Sellers hatte behauptet, sie wirkten vertraut. Scheinbar hatte der kleine Depp ausnahmsweise etwas begriffen. Jodie war eine Stowe: Sie konnte also den Mund zulassen. Aber galt das auch für ihre Beine? Sicher nicht. Das sollte der kleine Jase am besten wissen.

Kidd sah, wie Jodie den Mann hineinbat.

Nein … Nein, das war nicht gut. Er würde etwas dagegen unternehmen müssen.

Kein Wunder, dass Reese sich Sorgen machte. Der arme Kerl. Jetzt machte auch Kidd sich Sorgen.

Er deponierte den Werkzeugkasten auf dem Rücksitz und fuhr zurück zu dem Haus, in dem sie schliefen.

Die anderen würden bald aus Rotterdam zurück sein, was bedeutete, dass sie nun mit ihrer Tour an der Reihe waren. Als die anderen Männer weg gewesen waren, hatte Kidd die beiden Bettsofas im Zimmer von Reese und Levi zusammengeschoben. Obwohl es inzwischen später Nachmittag war, schlief Reese noch immer. Er hatte dem Jungen ein paar Pillen gegeben, um ihm zu helfen herunterzukommen. Reeses Schlaflosigkeit und das ständige Herumzappeln gingen ihm langsam auf die Nerven.

Kidd zog Overall, Pullover, Unterhemd und Jeans aus und kletterte unter die schimmelige Decke. Er kuschelte sich an den glatten Körper von Reese und lauschte seinen schweren, ruhigen Atemzügen.

Er fuhr mit den Fingern über Reeses gelblichweißes Haar und erneuerte flüsternd sein Versprechen, ihn zu beschützen. Er wusste noch genau, welch jämmerlichen Anblick Reese geboten hatte, als er nach der Nachricht von Deanos Tod auf der Terrasse zusammengebrochen war.

War das Trauer gewesen? Oder Schuldgefühle?

So oder so, es änderte eigentlich nicht viel.

Kidd küsste Reeses Nacken, wobei seine Bartstoppeln eine leichte Rötung hinterließen. Reese bewegte sich, doch Kidd beruhigte ihn, sodass er gleich wieder in tiefen Schlaf fiel.

Was sollte er nur wegen Jodies Bullen unternehmen …? Kidd sah ein, dass er ihn nicht einfach umbringen konnte. Sein Tod – wie auch der Tod von Abrahams und Novak – konnte für eine Menge unerwünschten Wirbel sorgen.

Trotzdem musste er verschwinden. Die Ermittlungen zu Deanos Tod mussten ins Stocken geraten, auf der Prioritätenliste nach unten rutschen und irgendwann in aller Stille in der umfangreichen Rubrik »Ungelöst« landen.

Kidd musste den Bullen mit etwas anderem beschäftigen. Ihn ablenken.

23

Donnerstag, früher Abend

Vega löste sich vorsichtig aus Jodies Umarmung und trat in den Hausflur. Er hörte, wie hinter ihm ein Auto startete und losfuhr. »Es tut mir leid, dass Sie im Netz mit all diesem Mist überschüttet werden.«

»Das ist mir scheißegal«, erklärte Jodie in ihrer gewohnt direkten Art. »Die kennen meinen Deano doch gar nicht. Warum sollte es mich interessieren, was solche Leute denken?«

»Stimmt.« Vega folgte ihr die Treppe hinauf und versuchte, das beinahe hypnotische Wackeln ihres Hinterns zu ignorieren. »Kommen Sie angesichts der Umstände einigermaßen klar?«

»Das würde ich, wenn ihr mich endlich in Ruhe trauern lasst.«

»Ich habe Neuigkeiten für Sie. Ich dachte, Sie wollten sie lieber persönlich hören.«

»Oh.« Sie ließ sich auf ihren Stammplatz auf dem Sofa fallen. Vega entschied sich für den Sessel ihr gegenüber. »Na los, spucken Sie es aus.«

»Eine der Nachrichten, die Sie erhalten haben, weist auf die Ähnlichkeiten zwischen dem Mord an Deano und dem Schicksal eines anderen Jungen hin, Tom Healy.«

»Ich erinnere mich an die Sache«, sagte Jodie. »Sie haben damals meinen Reese antanzen lassen und alles. Warum erzählen Sie mir das jetzt?«

»Die Nachricht, die gepostet wurde, basierte auf tatsächlichen Fakten. Und wir vermuten, dass sie von dem jungen Mann stammt, der wegen des Mordes an Tom verurteilt wurde.«

Jodie blieb teilnahmslos. »Und?«

»Wir werden uns mit ihm unterhalten.«

»Glauben Sie, er hat meinen Deano ermordet?«

»Das wissen wir noch nicht.«

»Eben. Und das nennen Sie Neuigkeiten? Ich glaube, Sie verbringen einfach gern Ihre Zeit mit mir, Richard.«

In diesem Moment begriff Vega, dass sein Besuch komplett schieflaufen konnte. Er hätte zusammen mit Rosen kommen sollen, oder mit einem der Constables. Warum hatte er das nicht getan? Weil er gewusst hatte, dass sie dann noch starrsinniger reagiert hätte.

»Wir haben noch nicht alle Antworten von Ihnen, die wir brauchen«, sagte er mit einer Spur von Ärger in der Stimme.

»Ich hab doch Ihren verdammten Medienzirkus mitgemacht, oder? In die Kamera geschaut und geweint?«

»Und wir hätten Sie nicht darum gebeten, wenn wir nicht glauben würden, dass es etwas bewirkt.«

»Da haben Sie sich wohl geirrt.« Sie griff nach einem kunstvoll gerollten Joint in einem Aschenbecher. »Darf ich?«

Er schüttelte den Kopf. »Inwiefern haben wir uns geirrt?«

»Ich hab Reese gebeten, nach Hause zu kommen, genau wie Ihre Chefin es mir gesagt hat. Und er ist nicht gekommen, stimmt's?« Sie schnippte die Flamme ihres Feuerzeugs an und zog heftig an ihrem Joint. »Also, was kann ich mir jetzt dafür kaufen?«

»Ich glaube, dass Sie wissen, warum er nicht zurückkommt. Sie enthalten uns irgendetwas vor, und das finde ich scheißarrogant.«

Einen Moment lang verrieten Jodies Züge Schmerz, dann verhärteten sie sich wieder.

»Und wollen Sie wissen, was ich daran arrogant finde?«, sagte Vega und beugte sich vor. »Dass Sie scheinbar glauben, Sie wissen besser als meine Leute, was für die Aufklärung von Deanos Tod relevant ist und was nicht.«

»Vielleicht weiß ich das wirklich.«

»Aber vielleicht irren Sie sich auch. Und vielleicht entscheidet das letztlich darüber, ob wir die Dreckschweine, die Deano getötet haben, hinter Gitter bringen oder ob sie weiter frei herumlaufen und anderen Familien dasselbe antun können.«

In Jodies Augen standen Tränen. Sie blinzelte nicht und ließ den Tränen auch nicht freien Lauf. Sie starrte einfach in die aufsteigenden Rauchschwaden und zog sich in ihr Schweigen zurück. Sie versuchte so krampfhaft, nicht zu weinen, dass die Sehnen an ihrem schmalen Hals sich anspannten.

»Gut, Jodie. Ich lasse Sie in Ruhe.«

Erst als er die Wohnungstür erreicht hatte, ergriff sie wieder das Wort. Ihre Stimme klang gepresst, und sie wischte die Tränen unter ihren geschminkten Augen ab. »Ich hab mich über Sie schlau gemacht, Richard Vega. Sie sollen früher mal Priester gewesen sein. Ist das wahr?«

Mit der Hand am Türknauf hielt Vega inne. »Ja, das stimmt. Ich war Militärgeistlicher. Ein Pater.«

»Was hatten Sie da zu tun?«

»Verschiedenes«, sagte er und drehte sich zu ihr um. »Vor allem habe ich versucht, die Soldaten zu beraten.

Ich war für ihre Moral verantwortlich. Und manchmal für ihre geistige Gesundheit.«

»Für ihre Seelen?«

»Wenn Sie so wollen.«

»Wenn jemand bei Ihnen gebeichtet hat, dann mussten Sie es für sich behalten, oder? Ganz egal, wer zu Ihnen kam?«

»Die Soldaten haben nicht mir gebeichtet, sondern Gott. Es stand mir nicht zu, anderen etwas davon zu verraten.«

»Angenommen, ich lege bei Ihnen die Beichte ab, würden Sie es dann auch für sich behalten?«

»Das darf ich nicht, Jodie. Ich bin gesetzlich dazu verpflichtet, alles weiterzugeben, was ich von Ihnen erfahre.«

»Bitte«, flehte sie. »Hören Sie es sich an, und dann können Sie entscheiden, ob es relevant für die Aufklärung von Deanos Tod ist.«

Vega zögerte. »Geht es um Reese?«

Als Jodie nicht antwortete, bewegte Vega sich widerstrebend von der Wohnungstür zurück zum Sessel.

»Ich kann Ihnen vertrauen?« Jodie kletterte von ihrem Sofa und setzte sich ihm zu Füßen auf den Boden. Sie legte ihm die Hand aufs Knie. Vega seufzte und fuhr sich übers Gesicht. Gegen den Rat seiner inneren Stimme nickte er ganz leicht.

»Reden Sie.«

»Es geht um Sam.«

»Um seine Arbeit?«

»Um den, der auf ihn geschossen hat.«

»Wer hat auf ihn geschossen, Jodie?«

»Reese«, flüsterte sie. »Reese hat auf ihn geschossen. Aber sein Dad war schon tot, als er ihn gefunden hat. Sam hat sich das Leben genommen, wie Ihre Leute schon herausgefunden haben. Reese hat ihn nicht ermordet.«

Für einen kurzen Moment konnte Vega sie nur stumm anstarren. Dann sagte er: »Verdammt, Jodie … Er hat ihm trotzdem den halben Schädel weggeschossen.«

»Er ist noch ein Junge«, sagte sie, scheinbar enttäuscht von seiner Reaktion. »Reese sieht vielleicht aus wie ein Mann, aber er ist noch ein kleiner Junge. Die Gewehre hingen in der Hütte, und er war verletzt und wütend. Er hat einfach spontan reagiert. Er braucht Hilfe, keinen Knast. Ich dachte, Sie würden das verstehen.«

»Wie lange wissen Sie schon davon?«

»Seit dem Tag, an dem es passiert ist.«

»Sie dachten angeblich, Deano sei bei Sam«, sagte Vega mit zusammengebissenen Zähnen. »In der Nacht, in der Sie Deano als vermisst gemeldet haben, haben Sie gesagt, er sei vermutlich mit seinem Dad zusammen. Und dass sein Vater ihn nicht zu Ihnen lassen wollte. Was Sie jetzt sagen, verändert doch den kompletten zeitlichen Ablauf.«

»Nein. Es ändert praktisch gar nichts, ich schwöre es. Sonst hätte ich es Ihnen schon vorher gesagt. Der einzige Unterschied liegt darin, dass ich dachte, Deano sei mit Reese zusammen. Ich dachte, sein Bruder passt auf ihn auf.«

»Und als er ihn nicht zurückgebracht hat? Was dachten Sie da?«

»Dass ihnen etwas zugestoßen ist, allen beiden.«

»Haben Sie Ihren Sohn gebeten, auf Sam zu schießen?«

»Nein. Um Himmels willen! Warum hätte ich das tun sollen?«

Vega sprang auf und deutete auf die Bilder und die teuren Möbel. »Weil, wenn herausgekommen wäre, dass Sam sich umgebracht hat, die Lebensversicherung nicht gezahlt hätte. Wäre es Ihnen gelungen, es wie einen Mord aussehen zu lassen …«

»Nein! Scheiße, wofür halten Sie mich eigentlich?«

»Na los, klären Sie mich auf, Jodie!«

Jodie atmete tief und zitternd ein. »Reese war so verdammt wütend auf Sam. Weil er es sich so leicht gemacht habe, sagte er. Und ihn im Stich gelassen habe. Uns alle im Stich gelassen habe.«

»Das kann ich nachvollziehen, aber trotzdem war seine Reaktion extrem.«

»Ich weiß.«

»Was mich zu der Vermutung bringt, dass da ein paar Punkte immer noch nicht auf dem Tisch sind.«

»Sam hatte Reese ermutigt, diesen Job anzunehmen«, sagte Jodie. Sie sprach jetzt so leise, dass Vega Mühe hatte, sie überhaupt zu hören. »Es war keine saubere Arbeit, aber wir brauchten viel Geld, und zwar schnell.«

»Warum?«

»Wir hatten Schulden. Sam … Er musste sämtlichen Arbeitern kündigen, als seine Firma zusammenbrach. Sie können sich nicht vorstellen, wie nahe ihm das ging. Es hat ihn zerstört, Richard.«

»Doch, das kann ich mir vorstellen.«

»Ich glaube …« Jodie senkte den Blick. Die Tränen hatten auf ihren Wangen Spuren dick aufgetragener Mascara hinterlassen. Vega fragte sich, wie viel Sam ihr über seine Geschäfte anvertraut hatte, wie viel sie hatte wissen *wollen*.

Nicht allzu viel, vermutete er. Doch Jodie war klug; sicher hatte sie auch manches durchschaut, ohne dass er davon gesprochen hatte.

»Was ist, Jodie? Was glauben Sie?«

»Ich glaube, Sam fühlte sich betrogen. Die Leute, mit denen er Geschäfte gemacht hatte, die Ganoven, sie hätten ihm helfen können, was sie aber nicht taten. Sie hielten sich raus und schauten zu, wie er vor die Hunde ging und alles verlor. Haben Sie dieses sogenannte Interview in den Lokalnachrichten gesehen?«

Vega nickte. »Ja, das habe ich. Man konnte fast Mitleid mit ihm haben. Aber das alles war nicht unverdient. Er war schuldig.«

»Er und hundert andere«, fuhr Jodie auf. »Er war der Beste von ihnen allen, mein Sam. Das war er. Die Behörden haben ihm einen Deal angeboten, wussten Sie das? Die Kartellbehörde und das Finanzamt hatten andere wegen weitaus schlimmerer Vergehen im Visier, aber Sam war kein Verräter. Seine Geschäftspartner wussten das und konnten sich so sicher fühlen.«

»Wer sind diese Leute, Jodie?«

»Ich weiß es nicht. Ich wünschte, ich wüsste es, aber ich weiß es nicht. Was ich weiß, ist, dass Sam sich ungerecht behandelt fühlte. Und ich vermute, dass er etwas Dummes getan hat.«

»Zum Beispiel?«

»Dass er sich genommen hat, was ihm seiner Meinung nach zustand. Er hat sich einfach genommen, was sein Schweigen wert war.«

»Und wo ist dieses Geld jetzt?«

»Weg.« Jodie lachte freudlos und warf die Hände in die Luft. »Er hat tatsächlich geglaubt, ich hätte es genommen. Als ob ich so etwas tun würde. Nein, jemand hat das Konto leer geräumt. Ich habe davon erfahren, als Sam uns alle in einen rostigen Wohnwagen in Bognor verfrachtet hat und einen seiner Schlägertypen vom Kontinent kommen ließ. Der sollte sich um den Schlamassel kümmern, in den Sam uns alle reingeritten hatte.«

»Kennen Sie auch den Namen dieses Mannes?«

Einen Moment lang verharrte Jodie völlig reglos. Sie sagte nichts, bewegte sich nicht, schien kaum zu atmen. Als Vega schon glaubte, sie zu sehr bedrängt zu haben, flüsterte sie kaum vernehmbar: »Kidd. Er heißt Calvin Kidd. Er war ein guter Freund von Sammy. Was man halt *gut* nennt, verstehen Sie?«

»Ja«, sagte Vega. »Sprechen Sie weiter.«

»Dieser Typ ist bösartig. Richtig bösartig. Wenn er rauskriegt, dass ich mit Ihnen geredet hab …«

»Das wird er nicht, Jodie. Versprochen.«

Jodie spielte an ihrem nackten Ringfinger herum. Ihr Joint war inzwischen komplett abgebrannt, doch der Rauch hing noch im Zimmer. »Dieser Kidd … Er hat es irgendwie geschafft, eine Art Rückzahlungsplan auszuhandeln. Jedenfalls hatte ich den Eindruck. Sam allerdings war zu diesem Zeitpunkt schon paranoid. Er hat niemandem außerhalb seines engsten Umfelds mehr vertraut, deshalb wollte er Reese dabeihaben. Sam hatte mir vom allerersten Tag an versprochen, dass die Jungs niemals in diese Welt hineingezogen werden sollten. Das war mein Grund, die Scheidung einzureichen. Der Grund, warum ich aufgehört habe, für uns zu kämpfen.«

Vega dachte an Deanos panischen Anruf bei Jason Sellers in den Tagen vor seiner Ermordung. Er hatte ihn um Hilfe für seinen älteren Bruder gebeten. »Gut …«

»Und genau wie ich es vorhergesehen hatte, hat dieser Job, was immer es war, Reese völlig aus der Bahn geworfen. An dem Tag, an dem er Sam in der Angelhütte gefunden hat … tot …, da hatte er ihn um Hilfe bitten wollen.«

»Hilfe wobei?«

»Rauszukommen. Mehr hat Reese mir nicht verraten. Er wollte Hilfe, um aus der Sache rauszukommen.«

Auch wenn er wusste, dass er wahrscheinlich seine Worte verschwendete, streckte Vega die Hand aus und drückte vorsichtig Jodies Schulter. »Kommen Sie mit mir ins Dowding House, Jodie. Machen Sie eine offizielle Zeugenaussage. Wir brauchen diese Hinweise im Protokoll, damit wir ihnen vernünftig nachgehen können. Deano verdient Gerechtigkeit. Und Reese verdient unsere Hilfe. Ohne Ihre Kooperation kann ich Ihnen weder das eine noch das andere versprechen.«

Jodie musterte ihn ausgiebig. Er hatte das Gefühl, als suche sie in jeder einzelnen Pore seines Gesichts nach einem Versprechen von Sicherheit und Aufrichtigkeit. Vega lehnte sich zurück und gestattete sich einen Moment der Hoffnung, doch schließlich schüttelte sie den Kopf und beugte sich vornüber, sodass er ihr Gesicht nicht mehr sehen konnte.

»Gehen Sie weg«, murmelte sie. »Deano ist nicht mehr da, und Sie können nichts tun, um das zu ändern. Und Sie werden auch Reese nicht helfen. Sie versuchen sich bei mir einzuschleimen, klimpern mit Ihren verdammten langen Wimpern und versprechen mir das Blaue vom Himmel. Aber ich weiß, auf welcher Seite des Gesetzes Reese steht, und ich weiß, zu was ihn das in Ihren Augen macht. Gehen Sie, bevor Sie alles noch schlimmer für uns machen.«

Calvin Kidd. Er schrieb den Namen in sein Notizbuch und kringelte ihn ein. Endlich hatte er das Gefühl, etwas in der Hand zu haben.

Als Vega wieder im Wagen saß und in den Rückspiegel schaute, ertappte er sich bei einem Lächeln.

24

Donnerstagabend

Sein Optimismus fand ein jähes Ende. Auf dem Rückweg zum Dowding House klingelte sein Handy in der Halterung der Freisprechanlage. Immer noch mit dem beschäftigt, was er von Jodie erfahren hatte, nahm er den Anruf ohne nachzudenken an. Simons Stimme erwischte ihn auf dem falschen Fuß.

»Ich bin in diesem Café, das du gern magst«, sagte Simon. »Dem Black Dog.«

»Und?«

»Und wenn du einen kleinen Moment Zeit hast, würde ich dich bitten, mir Gesellschaft zu leisten. Ich lade dich ein.«

»Ich hab alle Hände voll zu tun, Si.«

»Das Club-Sandwich sieht großartig aus …«

»Zehn Minuten kann ich mir freischaufeln.«

»Mehr brauche ich nicht. Danke, Richard.«

Vega beendete das Gespräch. Ihm wurde plötzlich eng in der Brust. Andererseits: Wie lange konnte er den Mann vertrösten?

Erst als hinter ihm jemand zu hupen begann, bemerkte er, dass der Verkehr sich ohne ihn weiterbewegt hatte. Ungeschickt legte er den Gang ein und würgte den Motor ab. Scheiße.

Was zum Teufel wollte Simon von ihm?

Er konnte es sich vorstellen.

Vega fand einen freien Platz in der Kurzparkzone an der Camden Road. Beim Betreten des Cafés fühlte er sich wie ein Schwerverbrecher. Simon saß neben einer Tafel, auf der mit weißer Kreide die Vorzüge der Monmouth-Kaffeebohne angepriesen wurden. Mit knurrendem Magen nahm Vega Darias Mann gegenüber Platz und zog den Teller heran, den dieser ihm hinschob. Auch sein Kaffee mit der richtigen Menge Zucker wartete bereits auf ihn.

»Daria erzählt mir ständig, wie viel Zucker du für den Kaffee nimmst«, erklärte Simon ihm ungefragt. »Ich werde dir nicht empfehlen, weniger zu nehmen. Denn mir sind schon weit schlimmere Laster begegnet.«

»Ein interessanter Gesichtspunkt«, sagte Vega. Dann breitete sich Stille zwischen ihnen aus.

Simon schaute sich im Café um. »Der Kerl, der den Laden führt, ist Australier, oder?«

»Ja, das stimmt. Du kennst ja die Aussies. Sie sind verrückt nach Kaffee.«

»Das erinnert mich an ein Café, in dem Daria und ich in Melbourne oft gesessen haben«, sagte Simon seufzend. »Wir waren relativ lange zusammen in Australien, während ihres Studiums. Du weißt ja, was für eine Perfektionistin sie ist, unter welchen Druck sie sich setzt … In ihrem dritten Jahr hat sie sich richtig gequält.«

»Und da warst du da, um ihre Hand zu halten«, bemerkte Vega trocken. »Wie es sich für einen guten Dozenten gehört.«

Simons Wangen röteten sich ein wenig. Noch einmal rührte er seinen Kaffee um, dann nahm er einen vorsichtigen Schluck.

»Wir sind zusammen einen Marathon im Outback gelaufen. Hat sie dir je davon erzählt? Rote Staubpisten, über uns der Ayers Rock. Die trockenste Hitze, die du dir vorstellen kannst, überall zirpende Insekten. Wir hatten gerade Dead Tree Corner erreicht und gut die Hälfte der Strecke hinter uns, als sie gestrauchelt ist. Die Straße war nicht geteert, also konnte so etwas leicht passieren. Sie hat sich den Knöchel verstaucht, und ich wollte aufhören, was sie natürlich nicht akzeptiert hat.« Er lachte freudlos, dann fixierte er Vega, und sein Blick verriet eine Härte, die dieser nie an Simon bemerkt hatte. »Du stehst meiner Frau nahe, nicht wahr, Richard?«

»Ja«, sagte er. »Das tue ich.«

»Dann weißt du ja, dass sie niemals aufgibt. Bei gar nichts.«

»Hmm. Egal wie sehr sie unter etwas leidet.«

»Auf der Ziellinie hab ich ihr einen Heiratsantrag gemacht«, sagte Simon leise. »Wir haben es niemandem verraten, jedenfalls nicht vor ihrem Abschluss. Sie hat meinen Ring an einer Kette um den Hals getragen. Wir haben uns gegenseitig versprochen, den Rest unseres Lebens miteinander zu verbringen, und davon wird sie nicht abweichen, egal wie viele Stolperstellen auf dem Weg liegen.«

Vega räusperte sich. »Hör zu, Simon, ich kann mir schon denken, worüber du mit mir reden wolltest ...«

»Es geht um Cherry.« Simon hatte gleichzeitig mit Vega zu sprechen begonnen. Er hob entschuldigend die Hände. »Tut mir leid, sprich weiter.«

»Nein, schon gut. Nach dir.«

»Ich weiß, dass dir viel an ihr liegt. Cherry hat mir während unserer Sitzungen immer wieder klargemacht, dass du dich als positiven Einfluss betrachtest.«

»Ja, das sehe ich so«, bestätigte Vega. »Wieso? Willst du mir das Gegenteil erzählen?«

Simon betrachtete ihn eine Weile schweigend, und Vega bekam das Gefühl, dass der Therapeut ihn dazu bringen wollte, die Stille zu füllen; er selbst setzte diese Technik bei Verhören ein. Bring den Verdächtigen dazu, sich um Kopf und Kragen zu reden. Stattdessen biss er in sein Sandwich.

»Ich hab nicht viel Zeit, Si«, sagte er, als er den Bissen hinuntergeschluckt hatte. »Das hatte ich dir schon gesagt.«

»Die Liebe macht uns alle zu Narren, Richard. Sie macht uns blind.«

»Wovon redest du?«

»Die Sache ist ein wenig zwielichtig, ethisch betrachtet«, setzte Simon wieder an. »Die Schweigepflicht erlaubt einem Therapeuten nur dann, etwas über die Inhalte einer Sitzung zu sagen, wenn durch sein Schweigen jemand zu Schaden kommen könnte.«

»Zufällig habe ich gerade mit jemandem darüber gesprochen, dass der Inhalt einer Beichte vor Gott sakrosankt ist«, sinnierte Vega. »Gar nicht so verschieden von deiner Arbeit, würde ich sagen.«

»Nein, überhaupt nicht verschieden.«

»Also droht Cherry Schaden?«

»Eigentlich nicht.«

»Um Himmels willen, Si!«

»Es geht um dich«, erklärte Simon kühl. »Das Risiko betrifft dich. In beruflicher Hinsicht. Sie filmt sich selbst. Sie macht Filme fürs Netz, in ihrem Schlafzimmer.«

»Oh.« Vega lehnte sich zurück. »Na, das klingt aber doch eher unschuldig. Die Kids heutzutage lieben ihre Webcams, nicht wahr?«

»In diesem Fall ist es nicht unschuldig«, fuhr Simon im selben klinischen Tonfall fort. »Es sind Sexvideos. Sie sind nicht illegal, aber der Umstand, dass sie damit Geld verdient, in deinem Haus, und noch dazu ihr Drogenkonsum … Wenn das rauskäme …« Simon legte die Finger zusammen und wartete, dass seine Worte zu ihm durchdrangen. Es war offensichtlich, dass sie ihre Wirkung auf Vega nicht verfehlten.

»Ich habe Daria um Rat gebeten.«

»Daria weiß davon?«

»Ich brauchte die Sicht einer Polizistin. Ich habe weder deinen noch Cherrys Namen genannt.«

»Sie ist doch keine Idiotin, Si. Sie wird eins und eins zusammenzählen!«

»Was Cherry tut, könnte direkt auf dich zurückfallen. Man würde es als Verstoß gegen den dienstlichen Verhaltenskodex betrachten. Du könntest wegen Fehlverhaltens belangt werden, vielleicht sogar wegen groben Fehlverhaltens.«

»Jetzt, wo du es mir erzählt hast, sicher! Verdammt, jetzt kann ich nicht mehr behaupten, ich hätte nicht Bescheid gewusst, oder?«

»Du begreifst also den Ernst der Lage«, sagte Si. Seine Miene zeigte perfekte, professionelle Seriosität. Doch Vega spürte, dass in seinem Gegenüber ein zartes Pflänzchen des Genusses aufkeimte. »Ich habe es Cherry zu erklären versucht, aber ich glaube nicht, dass sie damit aufgehört hat. Ich würde dir raten, ein offenes Gespräch mit deinem Gewerkschaftsvertreter zu führen.«

Vega begann zu zittern. Cherrys Verhalten schockierte ihn nicht. Dafür wusste er zu viel über Suchtverhalten. Seit seinem ersten Tag in Uniform hatte er mit den Begleiterscheinungen zu tun gehabt. Und trotzdem war Cherry in seinen Augen anders. Sie würde nie so verzweifelt und egoistisch sein, ihn in Gefahr zu bringen. Jedenfalls hatte er das geglaubt.

»Ich schätze, du hast dich unglaublich naiv verhalten, Richard.«

Der Bastard hatte recht. Das war das Schlimmste von allem. Vega stand auf und verließ völlig benommen das Café.

Als er versuchte, den Schlüssel ins Haustürschloss zu stecken, zitterten seine Hände immer noch. Während der Fahrt hierher hatte sich der Schock in Wut verwandelt, auch wenn er noch nicht wusste, wem diese Wut galt. Cherry wegen ihres Suchtverhaltens? Oder ihm selbst, weil er es im unbegründeten Vertrauen in ihre Genesung einfach ignoriert hatte?

Oder Simon, der ihn ausmanövriert hatte, denn so fühlte es sich an: Er war schachmatt gesetzt, ohne bemerkt zu haben, dass er überhaupt an einer Partie teilnahm.

»CHERRY!« Vega warf seine Schlüssel auf den kleinen Tisch im Hausflur. Sie rutschten hinunter und landeten klirrend auf dem Laminatboden. »CHERRY!«

Er hörte ihren Fernseher. Cherry hatte sich für das Kinderprogramm auf dem blaugrünen Sofa unter einer Decke zusammengerollt. Zum Klang eines Glockenspiels stolzierten eine absurde blaue Kreatur und ein Mädchen im Gänseblümchenrock durchs Bild. Die Größenverhältnisse der Figuren stimmten nicht; manche waren riesig, andere winzig. Wie im Wunderland.

Er schaltete den Fernseher aus und schüttelte Cherrys knochigen kleinen Körper. »Cherry, wach auf.«

Sie öffnete die blauen Augen und setzte sich auf, wobei sie sich umständlich aus dem Überwurf befreite. »Padre … Da bist du wieder …« Schläfrig schaute sie zum vorderen Fenster hinaus, hinter dessen Gardinen sich die Sonne zum Untergehen bereit machte. »Kommst du besonders früh oder besonders spät von der Arbeit?«

»Ich bleibe nicht lange, und du auch nicht. Steh auf. Komm schon, steh auf.« Er packte ihren Arm und zog sie vom Sofa hoch. Sie war so leicht, dass er damit keinerlei Mühe hatte und kräftiger als beabsichtigt an ihr zerrte. Sie stieß einen Schmerzensschrei aus, entriss ihm den Arm und stand nun winzig und ängstlich vor ihm.

»Was ist los? Du machst mir Angst, Padre. Was ist passiert?«

»Hör auf damit. Du weißt es verdammt genau.«

»Nein, weiß ich nicht! Hab ich etwas angestellt?«

Vega stieß ein höhnisches Lachen aus und stieg die Treppe hinauf. Cherry folgte ihm auf den Fersen. »Sag du es mir, Cherry. Sag mir, was du glaubst, falsch gemacht zu haben.«

»Ich … Ich weiß nicht!«

»Hast du wirklich geglaubt, ich würde es nicht herausfinden? Hast du auch nur einen Hauch von Respekt vor mir?« Er zog die Reisetasche aus seinem Kleiderschrank, trat dann an ihren und zog die bunten Kleidungsstücke von ihren Bügeln und aus den Schubladen und stopfte sie in die Tasche. Cherry weinte. Sie stand barfuß in ihrem Sternchen-Pyjama auf der Schwelle ihres Zimmers.

»Es tut mir leid. Es tut mir leid.«

»Mir auch.« Vega zeigte kein Bedauern. Er kletterte auf ihr Bett, öffnete das Fenster und griff nach der Swan-

Dose in der Regenrinne. »Als ich dich aufgenommen habe, um was habe ich dich gebeten?«

»Nichts«, erwiderte sie schluchzend. »Du wolltest nichts von mir. Und dafür bin ich dir sehr dankbar, Padre, das weißt du doch!«

»Nein, das bist du nicht. Und ich habe dich tatsächlich nur um eine Sache gebeten. Dass du ehrlich zu mir bist.«

»Aber ich war doch ehrlich!«

»Nein, das warst du nicht. Du bist drogensüchtig, Cherry, und Süchtige lügen. Sie können nicht anders. Und weißt du, was das Schlimmste ist? Was mich an dieser ganzen beschissenen Situation am meisten ankotzt?«

Cherry schüttelte den Kopf. Rotz und Tränen strömten über ihr Gesicht. »N-nein.«

»Du hasst deinen Vater. Das hast du mir erzählt. Weil er ein Feigling war; weil er wusste, was deine Mutter dir antat und einfach wegschaute. Und ich habe genau dasselbe getan.«

»Nein! Nein, hast du nicht! Du warst wunderbar, Padre. Du bist toll.« Cherry hängte sich an seinen Arm und drückte ihre feuchte Wange an seinen Ärmel. »Bitte, wirf mich nicht raus. Ich werde damit aufhören, ehrlich, ich verspreche es.«

»Da machst du es schon wieder. Du lügst.«

»Ich lüge nicht!«

»Doch! Das tust du, Cherry! Und ich kann dich nicht hierbehalten. Du wirst mich meinen Job kosten, und was nütze ich dir dann noch? Oder irgendwem sonst? Wenn du Hilfe suchst, und damit meine ich, dass du sie *wirklich* suchst, kannst du zurückkommen, und wir reden darüber. Aber im Moment? Ich verschaffe dir die Möglichkeit, deiner Sucht nachzugeben. Ich bringe dich um, und das Wissen darum bringt mich um. Also musst du raus. Ich will, dass du gehst.«

»Nein … Nein, bitte, nein … Bitte, nein!«

Er schob sie von sich. Er hob Cherrys Laptop hoch, der überall mit Stickern beklebt war, und hielt ihn auf Armeslänge vor sich, als wäre er giftig. Dann ließ er ihn ebenfalls in die Reisetasche fallen und zog den Reißverschluss zu.

Vega ging die Treppe hinunter. Cherry folgte ihm, immer noch schluchzend. Er nahm den Schlüssel, öffnete die Haustür, warf die Tasche auf den feuchten Rasen und drehte sich zu Cherry um. Sie stand im Flur und wollte das Haus offensichtlich nicht verlassen. Er packte sie am Handgelenk, zog sie nach draußen und schlug die Tür zu. »Du sagst, du hättest deine Schlüssel verloren?«

Sie nickte, unfähig, etwas zu sagen. Leise und atemlos weinte sie in ihren Pyjama, immer noch barfuß. Vegas Entschlossenheit geriet ins Wanken, doch er riss sich zusammen.

»Gut. Dann sorg dafür, dass sie verloren bleiben.« Er stieg die Stufen vor dem Haus hinauf, zu seinem Wagen. »Deine Schuhe und der Mantel sind in der Tasche.«

»Padre …«, rief sie ihm nach. »Richard!«

Als Vega am Dowding House auftauchte, war ihm klar, wie erbärmlich er aussehen musste. Er marschierte auf kürzestem Weg zu den Toiletten im Keller, wo es normalerweise ruhiger war als oben.

Er spritzte sich Wasser auf die fleckigen Wangen und setzte sich in eine Kabine, bloß um zu sich zu kommen. Er atmete den Geruch von Reinigungsmittel und Pisse ein und starrte mit verschwommenem Blick auf die Tür direkt vor ihm. Sie war mit Graffiti verziert, die ihm die Mühe des Lesens nicht wert schienen. Nur eine obszöne Karikatur erweckte seine Aufmerksamkeit – eine männliche Figur beugte sich vor und wurde von einer Frau mit umgeschnalltem Dildo von hinten genommen. Arschfickerin stand darunter.

Er und Daria.

Verdammte Scheiße.

Wie viele Leute genau wussten eigentlich von der Affäre? Und sahen die Kollegen sie beide wirklich so? Sahen sie ihn so?

Vega ging nach oben und fand ein Post-it an seinem Computer. Sein erster Gedanke war, dass vielleicht Daria ihm eine Nachricht hinterlassen hatte, doch dann erkannte er Phil Llewellyns Handschrift. Die Notiz forderte ihn auf, sich in HOLMES 2 die Ergebnisse seiner Recherchen zu Jason und seinem Vater anzuschauen. Das war schnell gegangen. Vega loggte sich ein.

»Alles klar?«, fragte Khan und ließ die Hände auf seine Schultern fallen.

Vega stieß ihn weg. »Prima.« Er stand wieder auf und zog sich erneut die Jacke an, die er gerade erst abgelegt hatte.

Khan runzelte die Stirn. »Ist wirklich alles in Ordnung, Sir?«

»Ja.«

»Wo wollen Sie hin?«

»Ein wenig mit dem Vater dieses Drecksacks von Anwalt plaudern.«

»Darf ich mit?«

»Nein.«

Vega verließ das Büro. Er bemerkte Khans Enttäuschung, war aber fest entschlossen, ihn nicht mitkommen zu lassen.

Sie hielten ihn für eine Witzfigur, oder? Er würde ihnen schon zeigen, wie witzig er war.

25

Donnerstagabend

Eddie Sellers wohnte in einem viktorianischen Reihenhaus in Hawkhurst mit einem ungepflegten Rasenstück vor dem Eingang. Eine weiße Rollstuhlschiene führte die Stufen zur Haustür hinauf. Da es keine Auffahrt gab, riskierte es Vega, so nahe wie möglich am Straßenrand zu parken, ohne das Auto in die Hecke zu setzen. Er musste auf der Beifahrerseite hinausklettern, was beinahe am Steuerknüppel des Wagens gescheitert wäre.

Er betrat das Grundstück durch das verbogene Gartentor, überprüfte auf seinem Handy nochmals die Hausnummer und ging vorsichtig einen Weg aus billigem Beton hinauf, der bereits glatt vom spätnachmittäglichen Frost war. Seine Oxford-Brogues waren vielleicht perfekt geschnitten, aber selbst unter den günstigsten Umständen wenig rutschfest.

Inzwischen war es dunkel, und sein Atem bildete weiße Wölkchen. Der klare Himmel versprach noch kälteres Wetter. Vega drückte die Klingel, die durch ein vergilbtes Klebeband an Ort und Stelle gehalten wurde, und wartete. Er hob die Augen zum Himmel und empfand einen Moment lang Ehrfurcht angesichts der zahllosen Sterne. Vor dem Hintergrund des grenzenlosen Universums erschien alles möglich, sogar Cherrys Genesung. Er gestattete sich einen Augenblick der Hoffnung.

Eine misstrauisch wirkende Frau in einem formlosen

Pullover und schlecht sitzenden Jeans öffnete die Tür. Sie wischte die seifigen Hände an ihren Oberschenkeln ab und musterte ihn blinzelnd. An einer Kette um ihren Hals hing eine Brille, die von heißem Spülwasser beschlagen war. »Kann ich Ihnen helfen?«

Vega präsentierte seinen Dienstausweis. »Detective Sergeant Richard Vega. Wohnt hier ein Edwin Sellers?«

»Ja, das ist mein Mann.«

»Darf ich hereinkommen?«

»Ja … Ja natürlich.« Sie trat einen Schritt zurück, um ihn einzulassen, drehte sich dann um und rief nach ihrem Mann. »Eddie! Hier ist ein Polizist, der dich sprechen möchte!«

»Oh, tatsächlich?« In einem kleinen dunklen Wohnzimmer saß Eddie in einem abgenutzten Sessel neben einem Kaminofen, der gewaltige Hitze verströmte. Zaumzeugbeschläge zierten den Kaminsims. Eine furnierte Vitrine beherbergte eine Sammlung hässlicher Porzellanhunde. An den Wänden hingen gerahmte alte Filmplakate, überwiegend von Italowestern. Weißer Hut gegen Schwarzer Hut.

Eddies Gesicht war leer und rötlich glühend, sein graues Haar ausgedünnt. Trotzdem erinnerten die Züge an seinen gut aussehenden Sohn. Vega streckte die Hand aus, und Eddie machte Anstalten, sich zu erheben.

»Guten Abend. Bitte bleiben Sie doch sitzen.«

»Möchten Sie einen Tee?«, fragte die Ehefrau aus dem Hintergrund. Inzwischen trug sie die Brille wieder auf der Nase. Vega schüttelte instinktiv den Kopf, überlegte es sich dann aber anders.

»Doch, das wäre wirklich nett. Danke.«

Sie bewegte ruckartig den Kopf und zog sich zurück.

Eddies scharfe blaue Augen musterten Vega nun eindringlich. Er hatte nach dem Stock gegriffen, obwohl er sitzen geblieben war. Eine Abwehrgeste, vermutete Vega.

»Sind Sie der Polizist, der meinen Jase belästigt hat?«

»Dann hat er mich wohl erwähnt?«

»Ganz am Rande.«

»Komisch.«

»Überhaupt nicht. Jase tut eine Menge Gutes, verstehen Sie? Er hilft den Menschen. Ein kluger Junge mit einer brillanten Zukunft. Ich hab was dagegen, wenn Leute wie Sie ihm Probleme machen, nur weil er Verbindungen zu den Stowes hat.«

»Also steht er ihnen nahe?«

»Nicht, wenn es um kriminelle Dinge geht, wenn Sie darauf hinauswollen.«

»Ich will nicht auf irgendetwas hinaus, Eddie. Ich will Jason auch keinen Ärger machen. Ich versuche einfach, ein Gefühl für die Stowes zu bekommen. Und für die Firma, die sie besaßen. Sie waren früher Sams Geschäftspartner, oder?«

Eddie stieß ein tiefes, glucksendes Lachen aus. »Armer alter Sammy. Da ist der Arsch tot, und ihr könnt ihn noch immer nicht in Ruhe lassen.«

»Sein Sohn ist ebenfalls tot, Sir.«

Eddies blaue Augen trübten sich eine Spur. Er leckte sich über die Lippen und nickte. »Ja. Schreckliche Sache. Er war ein wunderbarer Junge. Ich mochte ihn sehr.«

»Kannten Sie Deano gut?«

»Ich kannte ihn, seit er ein Baby war. Sam und ich hatten weiter einen freundschaftlichen Umgang miteinander. Hier und da ein Drink, verstehen Sie? Unsere geschäftlichen Beziehungen haben wir gekappt, das war vor… oh, vor mehr als zwanzig Jahren.«

»Wie ist es dazu gekommen?«

»Meinungsverschiedenheiten.« Eddie zuckte die Schultern. »Damals als junge Männer hatten wir Ehrgeiz, Sam mehr als ich.«

»Er hat Sie 1992 aus dem Geschäft herausgekauft, ist das richtig?«

»Ja, das stimmt.«

»Nach einem Arbeitsunfall?«

Wieder lachte Eddie. »So könnte man es nennen.«

»Und wie nennen Sie es?«

»Pech«, erklärte Eddie mit einer gewissen Schärfe. »Verdammtes Pech.«

»Sie wurden von einer herabfallenden Gerüststange getroffen, ist das richtig?«

»Sie hat mir den halben Schädel zertrümmert. Damit fingen meine Probleme an.« Eddies zitternde Hände klammerten sich um den Knauf seines Gehstocks, der mit Abzeichen dekoriert war, wie man sie in billigen ausländischen Souvenirläden kauft. Wer liebte das Reisen, fragte sich Vega: der Vater oder der Sohn? Er würde auf den Sohn tippen.

»Ich habe Epilepsie. Drei Anfälle pro Tag. Und letztes Jahr hatte ich einen Schlaganfall. Die Ärzte vermuten, dass alles auf die Kopfverletzung zurückgeht.«

»Das ist übel.«

»Ja.«

»Aber ein Unfall.«

Eddie knurrte missbilligend. Vega, der inzwischen schwitzte, zog erst seinen Ledermantel und dann das Jackett aus. Sorgfältig legte er beides neben sich auf die

Lehne des Sofas. Dann stützte er die Ellbogen auf die Knie und beugte den Oberkörper vor, da er sich in dem winzigen Wohnzimmer bedrohlich riesig vorkam.

»Wer war es? Wer ließ die Gerüststange fallen?«

»Weiß nicht mehr.«

»War es Sam?«

»Nee. Nicht Sammy. Er war vielleicht ein Gauner, aber auch ein fähiger Handwerker.«

»Hmm.« Vega musterte das stilisierte Gesicht von Clint Eastwood auf einem Plakat von *Zwei glorreiche Halunken*, das an der Wand hinter Eddie hing. »Sie sagten, Jason habe keine Geschäfte mit Sam gemacht, ehe er ihn Jodie als Scheidungsanwalt empfahl?«

»Nee. Jason wollte nicht für Sammy arbeiten. Das war ihm zu link. Jason ist dabei, sich einen guten Ruf aufzubauen; eine geschäftliche Beziehung zu Sam hätte er nicht riskiert.«

»Also war ihre Beziehung eine rein persönliche?«

Eddie betrachtete ihn schweigend. Er versuchte, den Detective und seine Motive einzuschätzen. Vega glaubte zu verstehen, warum es Sam so schwergefallen war, den Mann auf seine Art von Geschäften einzuschwören, aber auch, warum die beiden Männer sich gegenseitig derart respektiert hatten. Ihre Freundschaft hatte den Bruch der beruflichen Beziehung überstanden.

Schließlich ergriff Eddie wieder das Wort. »Mein Jase war acht, als ich verletzt wurde. Er kann sich kaum daran erinnern, dass ich mal ein Mann mit funktionierendem Körper war. Wir konnten nicht zusammen kicken, und ich konnte ihn nicht mit zum Angeln nehmen. Wir waren nur selten zusammen im Urlaub. Sammy und Jodie sind gute Leute. Sie haben sich um Jase gekümmert und ihm die Kindheit gegeben, die er bei uns nicht haben konnte. Er war für Sammy wie ein Sohn, wie ein Bruder seiner beiden Jungs. Jedenfalls glaube ich, dass Jase sich gern als einen solchen gesehen hätte.«

Eddie zog die Lippen zwischen die Zähne, vielleicht um ein Zittern zu unterdrücken. Im Licht des Kaminofens wirkte er noch blasser als zuvor. »Armer kleiner Deano. Er war ein prima Junge. Hat immer auf Reese aufgepasst und achtgegeben, dass er nicht außen vor blieb.«

»Reese war nicht so extrovertiert wie sein Bruder, wenn ich es richtig verstanden habe?«, fragte Vega. »Nicht so selbstbewusst?«

»Sie waren wie Tag und Nacht, aber glauben Sie nicht, sie hätten sich deswegen nicht nahegestanden. Sie waren die besten Freunde. Immer schon. Ah, ich glaube, die beiden ließen Jase spüren, dass er nie wirklich zur Familie gehören würde, auch wenn Sammy nicht gewollt hätte, dass sie sich so benahmen.« Eddie rutschte unbehaglich auf seinem Sessel hin und her. In diesem Moment tauchte seine Frau mit einem Tablett und einem Milchkännchen auf.

»Ich wusste nicht, wie stark Sie ihn möchten.« Sie stellte das Tablett ab.

»Vielen Dank. Eddie hat gerade Mühe, sich an den Namen des Mannes zu erinnern, der diese Gerüststange auf ihn fallen gelassen hat. Sie wissen ihn nicht zufällig?«

»Das war dieser schreckliche Ceri«, sagte sie und reichte Vega seinen Becher. Anders als Vega bekam sie nicht mit, wie ihr Mann zusammenzuckte. »Was soll das heißen, du kannst dich nicht erinnern, Eddie? Es war Ceri Kitson. Wir haben ihn nie gemocht, stimmt's? Sam hatte ihn eingestellt, weil er Ex-Soldat war. Er schien zu glauben, er schuldete ihm einen Gefallen. Aber der Mann war ein übler Kerl.«

»Tatsächlich?« Vega hörte ihr zu, ließ aber ihren Mann nicht aus den Augen.

»Sam wollte ihn hinterher nicht feuern. Ihn nicht mal bestrafen! Das hat am meisten wehgetan. Nach allem, was Eddie in den ersten Jahren für ihn getan hatte … Er war Sams Mentor, und dann schlägt Sam sich plötzlich auf die Seite dieses Prolls, den er gerade mal fünf Minuten kennt. Das war nicht fair.«

»Schon gut, Judy«, brummte Eddie. »Hör auf damit.«

Sie warf ihm einen verärgerten Blick zu und schlurfte wieder hinaus. Eddie massierte seine Brauen.

»Was ist aus Kitson geworden?«, fragte Vega.

»Er hat einem Typen in einer Kneipe die Seele aus dem Leib geprügelt, vielleicht fünf Jahre, nachdem ich die Firma verlassen hatte. Der Blödmann hat Ceri eine Schwuchtel genannt, da hat er ihn halb totgeschlagen. So war er. Jähzornig. An dem Tag, an dem er die Stange fallen gelassen hat, hatte ich ihn mir vorher zur Brust genommen, ich weiß nicht mal mehr, weswegen. Wie er mich daraufhin angeschaut hat … Augen wie der leibhaftige Teufel hatte er.«

»Wurde er nach der Schlägerei im Pub verhaftet?«

»Nein. Aber das hätte er verdient gehabt. Gerüchten zufolge …« Eddie hielt inne, dann schien er eine Entscheidung zu treffen. »Na ja, jetzt kann es ihm ja nicht mehr schaden: Gerüchten zufolge hat Sam ihm Geld gegeben, damit er ins Ausland geht. Spanien.«

»Warum hätte Sam so etwas tun sollen?«

»Aus demselben Grund, aus dem er nichts unternommen hat, als Ceri mehr oder weniger absichtlich die

Stange fallen gelassen hat. Ceri war Teil der dunklen Seite des Geschäfts, der Seite, mit der ich nichts zu tun haben wollte. Sam wollte sich nicht mit ihm anlegen. Konnte es sich nicht leisten.« Eddies Augen glänzten jetzt. Die Handknöchel auf seinem Stock waren weiß. »Ceri wusste, wo die Leichen vergraben lagen. Normalerweise ist das nur eine Redensart…«

Vega versuchte, Eddie noch mehr zu entlocken, aber erfolglos. Nach und nach wurden seine Worte undeutlicher. Dann kehrte seine Frau zurück, um Vega zum Aufbruch zu drängen. Ihre Gastfreundschaft war erschöpft. »Falls Sie sonst noch etwas fragen müssen, versuchen Sie es besser telefonisch«, schlug sie vor und schloss die Tür vor seiner Nase, ohne Vegas Entschuldigungen zur Kenntnis zu nehmen. Als er seinen Wagen erreichte, spürte er den Geschmack ihres süßen, zu starken Tees noch im Mund, und der Anblick von Eddies verrutschenden Gesichtszügen stand ihm weiterhin vor Augen.

Auf dem Rückweg zum Dowding House verfolgten ihn Bilder von Cherry, vor allem als die Temperaturanzeige auf seinem Armaturenbrett in den Minusbereich fiel.

Sie würde klarkommen. Sie hatte Freunde, die sich um sie kümmern würden.

Wenn Süchtige irgendetwas waren, dann erfinderisch.

Vega setzte sich an seinen Schreibtisch und arbeitete ungestört. Um ihn herum begann das Büro sich zu leeren, Mäntel wurden angezogen und den Kollegen, Freunden, Abschiedsworte zugerufen. Immer noch saß er mit gesenktem Kopf vor dem Bildschirm und tippte seinen Bericht. Das wilde Klappern der Tastatur schien ihm eine Art Sicherheit zu geben.

Gegen 21 Uhr nahm in seinem Kopf eine Idee Gestalt an. Die meisten Kollegen waren fort. Er selbst, Bishop und Rosen waren die Letzten auf der Etage.

Vega betrachtete die Stellwände, hinter denen sich Daria ihr improvisiertes Büro eingerichtet hatte. Als er seinen Bildschirm abschaltete, kontrollierte er kurz sein trübes Spiegelbild und zog an seinen Tränensäcken, als könnte er sie auf diese Weise glätten. Er leckte sich den Kaffee von den Zähnen, klopfte leise auf den blauen Filz und steckte den Kopf um die Ecke.

Rosen saß ohne Schuhe an ihrem Schreibtisch und rieb sich die kleinen Füße. Überrascht schaute sie ihn an. »Richard … Ich dachte, du wärst schon zu Hause.«

»Ich glaube, ich bin auf etwas gestoßen. Könnten wir kurz darüber reden?«

»Natürlich, aber ich bin ziemlich kaputt. Können wir woanders hingehen? Ich brauche etwas zu essen, sonst bin ich nicht in der Lage, mich zu konzentrieren.«

»Klar.«

»Dann gehen wir ins Kitsu«, sagte sie, schob ihre Füße in die Pumps und griff nach ihrem Mantel. »Ich hab Lust auf eine Drachenrolle.«

26

Donnerstag, später Abend

Sie stellten ihre Autos an der Goods Station Road ab. Vega beeilte sich Daria einzuholen, denn sein Parkplatz lag ein Stück weiter entfernt, und die Straße war berüchtigt für Überfälle. Er bezweifelte nicht, dass Daria sich zu wehren wusste, doch seit er von ihrer Schwangerschaft erfahren hatte, kam sie ihm irgendwie verletzlicher vor. Er bildete sich ein, auf einer Baustelle zu seiner Rechten bedrohliche Bewegungen hinter der spitz zulaufenden Metallumzäunung wahrzunehmen. Und auch hinter den dunklen Vorhängen der Häuserreihe links schienen unsichtbare Gefahren zu lauern.

Daria wartete auf ihn unter einer Straßenlaterne, deren gelbliches Licht ihr braunes Haar golden und ihre Haut strahlend weiß erscheinen ließ.

»Geht's dir gut?«, fragte sie. »Du wirkst, als hättest du ein Gespenst gesehen.«

»Alles prima«, entgegnete Vega, stopfte die Hände in die Taschen und ging zielstrebig weiter. »Sollen wir?«

Rosen schüttelte den Kopf und holte ihn ein. »Also, was wolltest du mit mir besprechen?«

»Wollen wir uns nicht erst setzen, Dar?«

Das kleine Restaurant bot keinerlei nennenswerte Aussicht, nur eine schmutzige Straßenkurve und ein monolithisches mehrstöckiges Parkhaus. Trotzdem wählten sie einen ungestörten Platz am Fenster.

Sie hatten das Lokal beinahe für sich allein. Die einzigen anderen Gäste waren ein junges Paar in der Ecke. Ihrer Kleidung nach zu urteilen waren sie Banker, die in London arbeiteten. Die Frau trug zur Kostümjacke einen eleganten Rock und knallbunte Turnschuhe und saß mit angezogenen Beinen auf ihrer Sitzbank. Alle beide wirkten vor Erschöpfung grau. Während des Essens beschränkte sich ihre Konversation auf das Nötigste.

Sie trug einen Verlobungsring, in dem sich immer wieder das Licht brach, und Vega fragte sich, ob sie es bis zum Altar schaffen würden. Die Vorstellung, dass sie vor lauter Arbeit ihre Jugend versäumten, stimmte ihn traurig.

Er und Rosen bestellten und warteten dann am Tisch auf ihr Essen. Der Kellner, Miki, und Daria nannten sich beim Vornamen. Er war schmal, hatte pink gefärbtes Haar, lächelte viel und trug einen Ring in der Nasenscheidewand. Vega erwischte sich bei dem Gedanken, dass er Cherry gefallen würde.

Cherry …

Vega hatte unbesonnen gehandelt, das war ihm klar. Wäre er nicht so ein verdammter Sturkopf, dann würde er Cherry jetzt anrufen und sie bitten, nach Hause zu kommen. Zwar hatte Simon versucht, sie wie eine Schachfigur zu benutzen, doch er selbst hatte sich auf dieses Spiel eingelassen.

Wenn Miki Daria kannte, kannte er dann auch Simon? Aßen die beiden hier zu Abend, wie die Verlobten in der Ecke?

Vega wollte Daria nach dem Baby fragen. Er tat es nicht. Autoscheinwerfer erfassten ihr Gesicht und erzeugten Schatten auf ihren Zügen, die ihm so vertraut waren wie seine eigenen.

»Also«, begann sie.

»Hmm. Also …« Vega hustete. Er versuchte, seine Stimme emotionslos klingen zu lassen und rutschte auf dem zu kleinen Stuhl hin und her. »Jodie hat mir einen Namen genannt. Nicht offiziell, aber ich bin ihm trotzdem nachgegangen.«

»Wie lautet der Name?«

»Calvin Kidd. Er ist ein Freund von Sam und ein Bindeglied zu der kriminellen Bruderschaft, mit der Sam sich eingelassen hatte.«

»Okay. Was hast du herausgefunden?«

Vega griff nach seinem Notizbuch und legte es zwischen ihnen auf den Tisch. »Calvin Archibald Kidd, 1969 in Dumfries geboren. Er diente im Black-Watch-Bataillon, bis er wegen eines sexuellen Übergriffs auf seinen befehlshabenden Offizier unehrenhaft entlassen wurde. Er selbst hielt immer daran fest, dass es sich um eine einvernehmliche Beziehung gehandelt hätte, und vielleicht war es auch so. Jedenfalls saß er deswegen eine Gefängnisstrafe ab; sobald er entlassen wurde, prügelte er diesen Offizier in der Auffahrt zu seinem Haus zu Tode, direkt vor den Augen des Kindes und der schwangeren Frau des Mannes.«

»Scheiße«, stellte Rosen seufzend fest und zog sich das Notizbuch heran. Er roch das Kokosnussöl, mit dem sie ihr Haar pflegte, das Arganöl für ihre Haut und darunter ihren natürlichen Geruch. »Wurde er wieder eingesperrt?«

»Nein. Die Frau identifizierte Kidd als den Mörder ihres Ehemanns, aber er wurde nie geschnappt. Den Rest habe ich mir zusammengereimt. Ich hoffe, du hörst es dir trotzdem an.«

»Das tue ich doch immer.« Rosen lächelte und blätterte zur nächsten Seite seines Notizbuchs.

»Calvin Kidd ermordete den Offizier 1991, im selben Jahr, in dem Stowe einen Kerl namens Ceri Kitson einstellte. Ein Jahr später lässt Kitson eine Gerüststange auf den Kopf von Sams Geschäftspartner Eddie Sellers fallen. Eddie behält schwere Behinderungen zurück, und Sam kauft Eddie aus der Firma heraus. Oberflächlich gesehen ein Akt der Wohltätigkeit, aber ohne Eddies moralische Bedenken expandiert die Firma ganz plötzlich.«

»Und worin besteht die Verbindung zwischen Kidd und Kitson?«, fragte Rosen. Dann zog sie, plötzlich begreifend, die Augenbrauen hoch. »Willst du behaupten, das ist ein und derselbe Mann? Und Kidd hat eine falsche Identität angenommen?«

»Genau. Kidd hat den neuen Namen angenommen, um einer Verhaftung zu entgehen. Sam muss seine wahre Identität gekannt haben, denn auch wenn er ihn unter dem Namen Ceri Kitson einstellte, hat er von ihm doch als Calvin gesprochen.«

Ihr Essen wurde serviert, und sie unterbrachen das Gespräch, bis Miki wieder hinter der Theke verschwunden war. Rosen balancierte ihre Thunfischrolle geschickt zwischen den Essstäbchen. Sie dachte nach. »Aber was hat das alles mit dem Mord an Deano zu tun?«

»Ich weiß es nicht. Aber wenn du mich fragst, ob dieser Mann fähig wäre, einen fünfzehnjährigen Schüler zu foltern und zu ermorden …«

»Fähig bestimmt, aber nach allem, was du mir erzählst hast, stand dieser Kidd oder Kitson doch auf Sams Seite.«

»Hmm. Jodie scheint Angst vor ihm zu haben. Aber wenn sie ihn für Deanos Mörder halten würde, hätte sie mir das vermutlich gesagt. Ich glaube, sie hat mir seinen

Namen genannt, weil sie hofft, dass ich über ihn an andere Männer herankomme.«

»Ich bin gar nicht glücklich darüber, wie deine Besuche bei Miss Groves ablaufen.« Rosen schaute ihm nun direkt in die Augen. »Sie allein zu besuchen, ohne einen zweiten Detective … Ich verstehe, dass sie sich mit dem Reden schwertut. Und ich weiß, dass du eine Verbindung zu ihr aufgebaut hast, was toll ist. Aber Richard, ganz ehrlich, du musst vorsichtig sein.«

»Das weiß ich, Dar.«

»Ich will nicht, dass sie dich in eine Lage bringt, die am Ende die Rechtmäßigkeit der kompletten Ermittlungen in Zweifel ziehen könnte. Wenn wir nicht zur Staatsanwaltschaft gehen können, verschwenden wir Zeit und Arbeitskraft.«

Vega fuhr sich mit den Fingern durchs Haar. »Das verstehe ich. Ehrlich. Aber wir treten sowieso schon auf der Stelle, weil Sam Stowe es sich zur Lebensaufgabe gemacht hatte, um seine Familie herum eine Mauer des Schweigens hochzuziehen. Wenn wir diese Mauer an einer Stelle einreißen können, und sei es mit unorthodoxen Mitteln, dann werde ich das, verdammt noch mal, tun.«

»Ich habe meine Sicht der Dinge deutlich gemacht«, sagte Daria kühl. »Also sei vorsichtig.«

»Das bin ich. Wirklich.«

»Hat Jodie sonst noch was gesagt?«

»Dass Sam Schulden hatte.«

»Beim Finanzamt? Das wussten wir schon.«

»Nicht nur dort, nein.«

»Bei wem dann?«

»Abgesehen von Kidd hat sie keine Namen genannt. Sam hat großen Wert darauf gelegt, dass sie von seinen

Geschäften nichts hört, nichts sieht, und dass sie vor allem nichts darüber sagen kann. Wie gesagt, eine verdammte Mauer des Schweigens, Stein auf Stein …«

»Dann wird dieser Ermittlungsstrang nur schwer zu verfolgen sein. Es fehlt uns einfach an Insiderinformationen. Die Kollegen von der Wirtschaftskriminalität bekommen kaum noch Mittel.« Rosen schob ihre Nudeln auf dem Teller hin und her. »Trotzdem, lass mich meine Fühler ausstrecken. Mal sehen, ob ich etwas über die Leute in Erfahrung bringen kann, mit denen Stowe Construction im Geschäft war. Ich melde mich dann bei dir.«

Vega klopfte mit den Handknöcheln auf den Tisch. Er war zufrieden, dass sie ihn ernst nahm. »Gut. Das klingt gut.«

»Aber dann brauchen wir auch eine offizielle Aussage von Jodie Stowe. Sie muss zu uns kommen. Ansonsten wird es schwer, auf dieser Schiene weiterzumachen.«

»Ich arbeite daran, Dar …«

»Ich weiß. Ich weiß, dass du das tust.« Sie legte ihre Hand auf seine; die plötzliche Berührung brachte die Härchen auf Vegas Unterarmen zum Zittern. Rosen zog die Hand zurück, und er fragte sich, ob sie es auch gespürt hatte. Auf ihrer Halsbeuge schien sich eine kaum wahrnehmbare Rötung auszubreiten. »Ich denke, wir sollten beide darüber schlafen.«

Sie zahlte, wie jedes Mal, wahrscheinlich in der Absicht, das Essen auf die Spesenrechnung zu setzen. Sie verließen das Lokal und gingen so dicht nebeneinander, dass er ihre Körperwärme spürte. Am Beginn der Goods Station Road, kurz bevor sie ins Dunkle traten, packte Rosen seine Jacke und zog ihn zu sich. Vega hielt den Atem an, als ihr Gesicht sich langsam seinem näherte. Als ihre Lippen seine trafen. Ihr erster Kuss seit Monaten, seit dem Tag, als sie ihr Bedürfnis nach Abstand verkündet hatte.

Sie schmeckte vertraut. Ihre Zunge presste sich gegen seine, fuhr zwischen seinen Zähnen entlang. Sein Schmerz wurde heftiger. Darias Hände lagen auf seinem Gesicht. Ihre Fingerspitzen fuhren sanft an den Linien seiner Wangenknochen entlang und wanderten in die Grübchen, die sich dort bildeten, über seine unrasierte Kieferpartie. Sie ertasteten die Umrisse seiner Lippen, als wollte sie sich erneut mit seinen Zügen vertraut machen. Wider besseres Wissen legte er die Hände um die feste Kurve ihres Hinterns. Sie presste ihren Körper gegen seinen. Er spürte die Kraft in ihren Oberschenkeln und die Kühle ihres Speichels, der an seinem Kinn blitzschnell trocknete.

Sie führte ihn in eine Gasse zwischen zwei Häusern. Ihre Finger fummelten am Haken seiner Hose herum. Er spürte, wie sie sich öffnete. Sie zog seinen Reißverschluss herunter, und er sprang heraus, in der kalten Nachtluft auf schmerzhafte Weise erigiert. Hinter Vega war Backstein, neben ihm Mülltonnen, deren Geruch in seine Nase drängte.

Daria nahm ihn in die Hand. Vega stöhnte, ein tiefes Echo in seiner Kehle. Sie schlang den Arm um seine breiten Schultern und hakte ihr Bein um seins. Er spürte die leichte, harte Wölbung ihres Bauchs an seinem. Das Baby. Es veränderte alles, und es veränderte nichts.

»Nein, Dar. Scheiße, nein. Hör auf.«

»Du willst nicht, dass ich aufhöre«, keuchte sie atemlos und zupfte mit den Zähnen an seinem Ohrläppchen. »Nicht wirklich …«

»Doch. Es ist nicht fair.« Seine Stimme klang jämmerlich und nicht einmal in seinen eigenen Ohren überzeugend. Er wollte sie. Er wollte sie so sehr, dass er in Flammen aufging.

Sie ließ ihre Hose und die Unterwäsche bis auf die Knöchel fallen, strampelte ein Bein frei und verlor dabei einen Schuh. Ihre Wangen waren beißend kalt, als er sie in beide Hände nahm. Dann drang Vega geschmeidig in sie ein. Spürte ihre Hitze, als sie sich um ihn schloss.

Als sie ihren Rhythmus fanden, keuchte Daria in sein Ohr. Sie stöhnte, tief von innen heraus, mit zurückgeworfenem Kopf, der bleiche Hals ungeschützt. Mit einem Bein am Boden drehte sie sich so, dass sie sich an der Wand abstützen konnte. Vega sorgte sich um ihre Haut an dem rauen Backstein. Daria beklagte sich nicht, kein einziges Mal. Während er sich in ihr bewegte, tastete ihre Zunge sich wieder an seiner entlang.

Erst als es vorbei war, drängten seine Sorgen sich wieder in den Vordergrund. Vega verstaute den feuchten Schwanz vorsichtig in seiner Hose und schaute zu Boden. »Alles in Ordnung mit dir?«

»Mehr als in Ordnung«, sagte Daria entschlossen, fuhr sich mit den Fingern durchs Haar und tupfte dann ihre Lippen ab. Zufrieden seufzte sie: »Mein Gott, wie ich das vermisst habe.«

»Ich hab dich auch vermisst. So sehr.«

»Gut.« Sie lächelte. »Da bin ich froh.«

Ihre Worte versetzten ihm einen Stich, und im ersten Moment wusste Vega nicht, warum. Vega sah ihr zu, wie sie sich hastig anzog und sich dann mit energischen Schritten auf den Weg zu ihrem Wagen machte. »Kommst du nicht mit?«

»Was meinst du damit … dass du froh bist?«

Sie seufzte. »Lies da nichts hinein, Richard. Quäl dich nicht.«

»Das tue ich auch nicht«, sagte er mit scharfer Stimme. »*Du* quälst mich. Und irgendwie scheinst du deinen Spaß daran zu haben, Dar, echt.«

»Wie meinst du das?«

»Ich meine, dass du Schluss gemacht hast. Verdammt, nach zwei Jahren. Und dann ohne jede Erklärung.« Seine Wut schien sie zu erschrecken; es war in der Dunkelheit schwer zu erkennen.

»Ich hab Schluss gemacht, weil ich schwanger war. Und ich wollte nicht schwanger sein«, sagte Daria leise. »Ich wollte es loswerden.«

»Und du hast geglaubt, ich würde das nicht verstehen?«

»Nein. Ich konnte mir bloß nicht vorstellen, dass unsere Beziehung das überlebt. Da erschien mir ein schnelles Ende die bessere Option.«

»Und jetzt?«

»Gar nichts jetzt. Das hätte nicht passieren dürfen.« Sie deutete auf die Gasse hinter ihm. In den Fenstern über ihnen gingen Lampen an und tauchten die Szenerie in ein schäbiges Licht. »Simon ist ein nachsichtiger Mann, aber selbst er hat seine Grenzen.«

»Dann verlass ihn.«

»Ich brauche ihn, Richard.«

»Brauch *mich*«, sagte er und stieß sich mit dem Finger gegen die Brust. »Du könntest einfach *mich* brauchen.«

»Nicht wie ich ihn brauche.«

»Und was ist mit dem Kind, Dar? Wenn du es behältst? Es könnte von mir sein.«

»Es könnte auch von Simon sein.«

»Scheißegal. Ich will zu seinem Leben gehören. Und zu

deinem. Mit vollem Einsatz. Lass uns Ernst machen. Sei mutig. Bitte.«

Sie schaute ihn lange an. Dann legte sie ihre Hand an seine Wange. Er drehte den Kopf und küsste ihre Fingerspitzen. »Verlass ihn. Verlass ihn.«

DI Rosen zog die Hand fort. Sie drehte sich wieder zu ihrem Wagen um. Mit seltsam erstickter Stimme sagte sie: »Du hast heute Abend exzellente Arbeit geleistet. Gute Nacht, Richard. Ich sehe dich morgen.«

Er hörte, wie sie ein Stück entfernt ihren Hybridwagen startete und ohne zu zögern losfuhr.

27

Donnerstag, Nacht auf Freitag

»Hast du dir das Lied angehört, das ich dir kopiert hab?«

Reese und Kidd saßen in ihrem silbernen Vauxhall Astra. Ihr Atem hatte die Fenster beschlagen lassen, doch kleine Tränen von Kondenswasser hatten sich ihren Weg die Scheiben hinab gesucht und schmale Streifen hinterlassen, durch die sie einen Blick auf die enge Seitenstraße hatten, in der sie parkten. Vom Rauch geschwärzte Backsteine, planlos aufeinandergeschichtet und nach Jahren langsamer Absenkung teils bedenklich geneigt.

Sie befanden sich irgendwo in Tonbridge, oder nur Bridge, wie es von vielen genannt wurde: die hässliche kleine Schwester von Tunbridge Wells. Trotz des weniger glanzvollen Rufs gab es in den Außenbezirken der Stadt eine Menge Reichtum. Die Schulen, vor allem die Judd, waren erstklassig.

Es kam Reese wie eine Ewigkeit vor, dass er den marineblauen Blazer und die Schulkrawatte getragen hatte. Er verweilte auch nicht lange bei seinen Erinnerungen und konzentrierte sich stattdessen auf den Mann an seiner Seite. Es wäre unfair zu behaupten, Calvin Kidds Auftauchen sei der Punkt gewesen, ab dem er alles gründlich vermasselt hatte. Eher schon hatte Calvin Kidd ihn gerettet. Aber vielleicht war an dieser Einschätzung das Stockholm-Syndrom schuld.

»Das Lied«, beharrte Kidd. »Hast du es dir angehört?«

»Sorry, ja, ich hab's mir angehört.«

»Und wie fandst du's?«

»Ganz okay. Hat mir gefallen.«

»Ein bisschen Motown ist nie verkehrt.« Kidd trommelte mit den Handflächen aufs Lenkrad und summte die Melodie von *Superstition*.

»Es gibt eine Dubstep-Version; die ist ziemlich gut.«

»Dubstep? Was zum Teufel ist Dubstep?«

»Eine neue Musikrichtung, glaub ich. Knackig.«

Kidd lachte plötzlich und unerwartet auf. Es klang komisch, wie bei jemandem, der ans Lachen nicht gewöhnt war, der einen solchen Ausdruck von Freude nie wirklich gelernt hatte. »Knackig. Ein bisschen wie du, was, Reesey?«

Kidd legte die Hand auf Reeses Oberschenkel. Sie fühlte sich heiß und schwer an, und die Knöchel waren mit altem Narbengewebe überzogen, dort, wo der eine oder andere splitternde Zahn seine Spuren hinterlassen hatte. Nun allerdings war seine Berührung sanft und hoffnungsvoll.

»Warum sind wir nochmal hier?«

»Der Typ, dem der Laden hier gehört, macht sich über uns lustig, Pickelgesicht. Er hat Leute entlassen, die wir bei ihm untergebracht haben, und stattdessen Leute aus seiner eigenen Drecksfamilie in die Küche gestellt. Wir müssen ein kleines Schwätzchen mit ihm halten.«

In dem Gebäude, hinter dem sie standen, befand sich ein indisches Restaurant. Die Lüftung auf der Rückseite stieß extrem würzige Gerüche aus, die zu ihnen ins Auto drangen. Unwillkürlich knurrte Reeses Magen.

»Was soll ich tun?«

»Mir Gesellschaft leisten, Reesey, mehr nicht. Es macht dir doch nichts aus, oder?«

»Nein, natürlich nicht.«

An der Rückseite des Gebäudes öffnete sich eine Tür, sodass Licht auf die Straße fiel. Kidd öffnete das Fenster einen Spalt breit, und Reese hörte, wie ein Mann ein Lied pfiff.

Jetzt war es schon nach Mitternacht. Das Restaurant hatte vor mehr als einer Stunde geschlossen. Sie hatten gesehen, wie das Personal nach und nach verschwunden war, bis sich nur noch der Manager und seine Frau im Gebäude aufhielten.

Das Paar trat nach draußen, jeder von ihnen trug zwei volle Müllsäcke. Sie waren beide sehr klein, unter eins siebzig. Die Frau hatte ihr Haar zu einem Knoten hochgesteckt; seines dünnte an den Schläfen aus, war hinten aber dicht und lockig. Er zog einen schweren Schlüsselring aus seiner regenfesten Jacke, während die Frau das Gewicht ihrer beiden Säcke neu ausbalancierte.

»Komm, Pickelgesicht.« Kidd grinste. »Showtime.«

Kidd sprang aus dem Wagen, und Reese folgte ihm auf dem Fuß, als er sich mit schnellen Schritten dem Paar näherte. Kaum hatte der Mann endlich den richtigen Schlüssel gefunden, holte Kidd bereits aus und verpasste ihm einen Faustschlag.

Der Mann ging zu Boden und fiel schwer und geräuschlos auf die Müllsäcke, doch seine Frau begann zu schreien. Sie verstummte, als Kidd ihr die Hand um den dicken Hals legte. Sie stierte ihren Mann an, der mühsam wieder auf die Beine gekommen war. Mit der freien Hand deutete Kidd auf ihn.

»Schlüssel, du fettes Stück Scheiße. Schlüssel!«

Blubbernde Geräusche drangen aus der Kehle der Frau. Ihr Mann gehorchte Kidds schroffem Befehl, fummelte aber langsam und umständlich mit den Schlüsseln herum.

Reese riss ihm die Schlüssel aus der Hand und öffnete die Tür. Kidd stieß die Frau hinein, und sie prallte mit Schwung gegen einen Küchenschrank aus rostfreiem Stahl. Es klang, als würde jemand ein Kissen ausklopfen. Dann sackte sie auf dem frisch gewischten Boden zusammen.

Ihr Mann eilte auf sie zu, und Kidd schloss die Tür. Zu viert befanden sie sich nun in der engen Küche. Es roch nach Zitronen. Obwohl die Neonröhren nicht eingeschaltet waren, ermöglichten das blaue Licht der Insektenfallen und die glühenden Lämpchen des Eisschranks die Orientierung. Es war hell genug, um zu erkennen, dass die Frau verletzt war. Ihr Mann redete hastig in ihrer Muttersprache auf sie ein und tastete sie ab, bis Kidd ihn von ihr weg riss.

»Schluss mit dem verdammten Gequatsche! Du hast ihr das eingebrockt, DU, klar? Schau sie an! Schau sie an, verdammt!« Er nahm den Kopf des Mannes zwischen beide Hände und hielt ihn dicht vor ihr Gesicht. Dann drehte er ihn um und schleuderte ihn in die andere Richtung, wobei er ihm einen harten Tritt mit der Stahlkappe seines Schuhs verpasste.

»Was bildest du dir eigentlich ein, häh? Für wen hältst du dich? Wir hatten einen *Vertrag*, du dreckiger Scheißpakistani!«

»Punjabi«, murmelte er und richtete sich langsam und unter Schmerzen vom Boden auf.

»Was?«

»Sie haben mich gehört. Ich bin ein Punjabi«, sagte der Mann jetzt lauter. Er hob sein blutiges Gesicht und blickte Kidd in die Augen. »Schwachkopf.«

Reese wandte den Blick ab, als Kidd loslegte. Er hatte den Mann schon früher außer Kontrolle erlebt, aber niemals so.

Niemals so.

Reese duckte sich neben dem Profi-Backofen und legte schützend die Arme über den Kopf, um möglichst wenig von dem endlos scheinenden Wüten mitansehen und mitanhören zu müssen.

Irgendwann war Kidd außer Atem. Er keuchte, als käme er gerade vom Sportplatz. Reese hörte, wie er fluchte, als sein Stiefel auf etwas ausglitt.

Dann herrschte Stille, abgesehen von leisem Weinen und schwerem Atmen.

Reese riskierte einen Blick über den Backofen. Es sah aus, als läge der Mann in einer Sauce. Kidd zog den Reißverschluss seiner Hose herunter und pisste auf ihn. Ein langer, lauter Strahl, bei dem sich Reese der Magen umdrehte. Reese verschwand durch die Tür und stolperte hinüber zum Astra.

Er stieg auf der Fahrerseite ein und starrte auf das Zündschloss, als wolle er es hypnotisieren. Den Schlüssel hatte natürlich Kidd.

Vielleicht konnte er weglaufen.

Reese blieb reglos sitzen.

Sekunden später schwang sich Kidd – immer noch mit offenem Hosenschlitz – auf den Beifahrersitz. Er beugte sich über Reeses Schoß und startete den Motor. »Du fährst, okay? Dann mal los, bring uns nach Hause.«

Auf halber Strecke begann Reese zu zittern. Als sie an einer Kreuzung warten mussten, bebte sein Bein so heftig, dass er die Kupplung nicht durchtreten konnte und den Motor abwürgte. Er brauchte drei Versuche, um ihn wieder zu starten. Kidd saß derweil mit geschlossenen Augen auf dem Beifahrersitz, breitbeinig und mit verschränkten Armen.

»Tut mir leid, dass du das mitanschauen musstest, Pickelgesicht«, sagte er schließlich. »Aber es ist ja nur in deinem Interesse. Das begreifst du doch, oder?«

»Klar«, sagte Reese, dem es mit Mühe gelang, nicht mit den Zähnen zu klappern. »Klar begreif ich's.«

»Denn wenn du Sammys Schulden nicht abbezahlst, steht irgendwann ein Mann wie ich vor der Haustür deiner Mutter.«

»Ich weiß«, sagte Reese. Er biss die Zähne fest zusammen, konzentrierte sich auf die vor ihm liegende Straße und gab Gas. Er wusste Bescheid. Er hatte es begriffen. Endlich hatte er es begriffen.

28

Donnerstag, später Abend

Als Vega vor seinem Haus hielt und den Motor abstellte, flog etwas auf seine Windschutzscheibe. Etwas überirdisch Weißes auf dem dunklen Glas. Eine Schneeflocke, zu der sich schnell weitere gesellten. Vega blieb noch eine Weile sitzen und schaute zu, wie sie landeten und schnell schmolzen. Noch war es zu warm, als dass sie liegen geblieben wären.

Er versuchte sich auf die Flocken zu konzentrieren. Auf irgendetwas, solange es nicht um Daria, Cherry oder Deano ging.

Vega betrat das leere Haus, trat sich die Schuhe ab und drehte die Zentralheizung hoch. Zitternd stellte er sich an die Tür zum Garten, um eine Zigarette zu rauchen. Sofort wurde er von den gleißenden Scheinwerfern des Nachbargrundstücks erfasst. Er blies lange Rauchfahnen in die eiskalte Luft und betrachtete seinen Rasen und den Pfad, den sein Besucher dort ausgetreten hatte, der Fuchs, den er Pris getauft hatte.

Er hätte duschen sollen, wollte aber nicht die letzten Spuren von Daria von sich abwaschen. Wenn er die Augen schloss und sich konzentrierte, fühlte es sich an, als wäre sie immer noch bei ihm. Irgendwann wurde die Kälte zu viel und trieb ihn ins Haus zurück. Vega nahm einen Rioja aus dem beinahe leeren Weinregal. Nach zwei Dritteln der Flasche und den ersten vier Songs einer LP ließ ihn die Türklingel vom Sofa hochschrecken, auf dem er es sich bequem gemacht hatte.

Cherry? Er hoffte es. Er wollte sich nicht ausmalen, wie sie irgendwo auf einem eiskalten improvisierten Schlafplatz lag.

Nick Cave and the Bad Seeds spielten laut, also hob Vega den Tonarm an, und die Stille stürzte mit aller Macht auf ihn ein. Sein Hemd und sein Gürtel standen offen, sodass er immer noch mit den Knöpfen beschäftigt war, als es ein zweites Mal ungeduldig klingelte. Er trat in den Flur und sah schon durch die Milchglasscheibe, dass es sich bei seinem späten Besucher nicht um Cherry handelte. Er fuhr sich mit den Fingern durch die ungekämmten Haare, öffnete die Tür und sah sich einem jungen Mann im blauen Anzug und braunen Schuhen gegenüber.

»... Jason?«

»Darf ich reinkommen?«

Vega riss sich zusammen und trat zur Seite. »Ich kann mich nicht erinnern, Ihnen meine Adresse gegeben zu haben.«

»Unglaublich, was man im Netz heutzutage findet.« Jason betrat das aufgeräumte Wohnzimmer und schaute sich um. Sein Blick blieb an dem blaugrünen Sofa hängen. »Gewagt!«

»Mir gefällt's.«

Jason grinste. Keiner der Männer nahm Platz.

»Kann ich Ihnen irgendwie helfen, Jason?«

»Sie haben heute Abend meine Eltern besucht.«

»Das gehörte zu unseren Ermittlungen. Ich darf nicht darüber sprechen.«

»Das dachte ich mir schon.« Jason musterte jetzt den Kaminsims und die wenigen Fotos, die Vega dort aufgestellt hatte: er selbst als junger Militärseelsorger während einer Friedensmission in Zypern, gebräunt und durchtrainiert und wenig priesterlich aussehend; ein Selfie, von dem Cherry ihm einmal zu Weihnachten einen Abzug geschenkt hatte; das Bild einer streng wirkenden Frau mit langen dunklen Locken und einem kleinen Jungen auf dem Schoß, der dieselben dunklen Haare, aber seltsam helle Augen hatte.

»Sind Sie das?«, fragte Jason und nahm es in die Hand. »Ein hübsches Kind waren Sie.«

»Das ist mein Bruder.« Vega riss ihm den Rahmen aus der Hand und stellte ihn wieder an seinen Platz. »Hat Ihr Auftauchen hier einen Grund? Außer, dass Sie meine Innenausstattung kommentieren möchten?«

»Ich habe eine weitere Zeugenaussage bei Ihren Kollegen gemacht, DS Llewellyn und DC Khan.« Jason nickte mit seinem sorgsam frisierten Kopf. »Wie gewünscht.«

»Und?«

»Und ich habe etwas ausgelassen. Etwas, das ich nicht in den Akten sehen möchte.«

»Nur zu.«

»Ich bin nicht stolz auf die Sache mit Jodie.«

»Dass Sie sie gevögelt haben?«

»Wenn Sie es unbedingt so grob ausdrücken wollen.«

»Lassen Sie uns nichts daraus machen, was es nicht war«, sagte Vega. Er spürte den Geschmack des Weins immer noch an seinem Gaumen und sah, wie seine LP sich geräuschlos drehte. »Also, was haben Sie ausgelassen?«

»Was Jodie und ich taten, brachte mich in eine Position, in der ich so einiges gehört habe. Dinge, die nicht für meine Ohren bestimmt waren.« Jason blätterte durch

Vegas Platten und lobte seine Sammlung, einschließlich der Hülle, die auf der Anrichte lag. »Murder Ballads? Ein bisschen larmoyant, finden Sie nicht? Bei Ihrem Beruf könnte man denken, dass Sie nach der Arbeit lieber etwas Fröhlicheres hören würden.«

»Weg da«, brummte Vega, packte Jason an den Schultern und schob ihn von seinen Schallplatten fort. Der Anblick behagte ihm nicht. »Reden Sie jetzt, oder hauen Sie ab und lassen mir meinen Feierabend.«

»Ich habe einen Streit mitbekommen«, sagte Jason kühl. »Zwischen Jodie und Reese.«

»Wann war das?«

»Zwei oder drei Wochen vor der Sache mit Deano.«

»Worüber haben die beiden sich gestritten?«

»Ich weiß es nicht genau. Ich war im Schlafzimmer. Reese war gerade ins Haus gekommen, ohne vorher anzurufen oder sowas; das war bei ihm so üblich. Er wusste nicht, dass ich da war, und Jodie wollte auch nicht, dass er es erfuhr.«

»Was Sie nicht sagen.«

»Sie kennen ja die Wohnung, also wissen Sie, dass sie nicht gerade riesig ist. Die beiden schauten zusammen fern, als irgendetwas in den Nachrichten Jodie aufregte.«

»Was regte sie auf?«

»Ich weiß es nicht sicher. Es klang so, als vermutete sie, Reese hätte etwas angestellt, etwas Schlimmes. Sie sagte, er hätte dafür in den Knast gehen sollen, nicht dieser andere Junge. Als hätte jemand den Sündenbock für Reese gespielt oder etwas in der Art.«

Vega ging im Kopf den zeitlichen Ablauf durch. Zwei oder drei Wochen vor dem Mord, das bedeutete ungefähr um den Zeitpunkt von Shane Johnsons Entlassung herum. In den Tagen danach waren Berichte über Tom Healy und seinen jungen Mörder in den lokalen Nachrichten gebracht worden, eine kurze Meldung hatte es sogar ins landesweite Programm geschafft.

Vega musterte Jason. »Warum kommen Sie jetzt damit zu mir? Und erzählen es mir unter vier Augen? Warum nicht bei der offiziellen Befragung?«

Jason zuckte die Schultern. »Die Stowes mögen ein komischer Haufen sein, aber ich arbeite immer noch für sie. Ich will es ihnen nicht unnötig schwer machen. Obwohl Jodie Ihnen ja zu vertrauen scheint. Sie hält Sie für anständig. Warum? Hat das, was ich gesagt habe, irgendeine Bedeutung?«

»Keine Ahnung. Und wenn, dann erfahren Sie es als Letzter.«

»Sehr charmant.« Mit einem letzten Blick auf die Fotos, vor allem das von Cherry, wandte er sich zur Tür. Vega folgte ihm, um sicherzugehen, dass er tatsächlich verschwand.

Auf der Schwelle drehte Jason sich noch einmal um. »Ich weiß, dass Sie felsenfest entschlossen sind, Deanos Tod mit Sam und den finsteren Gestalten in Verbindung zu bringen, mit denen er Ihrer Meinung nach Geschäfte machte. Aber wenn Sie mich fragen, machen Sie die ganze Sache unnötig kompliziert.«

»Tatsächlich?«, entgegnete Vega. »Wie soll ich das verstehen?«

»Ich glaube, es wird sich am Ende als ziemlich einfache Sache entpuppen.« Jasons graue Augen fixierten Vega. Er lächelte. »Kain und Abel, verstehen Sie? Die älteste Geschichte der Welt.«

»Seltsam«, hielt Vega ihm entgegen. »Wie Ihr Dad mir

erzählt hat, sahen Sie sich selbst ein wenig als Sams dritten Sohn.«

»Und?«

Vega kratzte sich im Nacken und zuckte die Schultern. »Vielleicht sind Sie ja Kain.«

Jason verzog den Mund. Er sah aus, als wolle er etwas entgegnen, schien es sich aber anders zu überlegen und schnaufte nur. »Was immer Sie sich einreden möchten, ich lasse Sie jetzt allein mit Ihrem Wein und Ihrer traurigen Musik. Gute Nacht, Sergeant.«

Erst als er sicher war, dass der junge Anwalt endlich fort war, zog Vega die Vorhänge zu und senkte den Tonarm wieder auf die Schallplatte. Das Lied setzte dort wieder ein, wo es zuvor unterbrochen worden war.

Es kam ihm vor, als hätte er gerade erst den Gürtel wieder gelöst, als es erneut klingelte. Mit einem langen, zornigen Aufstöhnen ging er zur Haustür. »Wenn Sie noch mehr erzählen wollen, kommen Sie einfach aufs verdammte Revier …«

Es war nicht Jason.

»Guten Abend, Rich.« DCS Bishop lächelte. »Ich habe uns ein Hotelzimmer reserviert. Also suchen Sie sich etwas Verführerisches zum Anziehen.«

29

Donnerstag, später Abend

Vega suchte sich Kleidung zum Wechseln heraus, faltete sie zusammen und verstaute sie in einer stabilen Einkaufstasche, da Cherry seine Reisetasche bei sich hatte. Er wusch sich schnell am Spülbecken, steckte eine Zahnbürste in die Jackentasche und griff nach einem Deo. Schließlich holte er seine Tabaksdose und ein Reservefeuerzeug aus der Küche, eilte hinaus und stieg zu Bishop in dessen Auto, einen Jaguar XK in der Fünf-Liter-Version. Er war einige Jahre alt und aus zweiter Hand, hatte aber immer noch 30 000 gekostet.

Vega betrachtete sich selbst als Autonarren, doch nicht mal er hätte so viel Geld für einen Wagen hingeblättert. Jedem das Seine.

»Nett«, sagte er, als er den Gurt angelegt hatte und sich im Innenraum umschaute, der vom selben Körpergeruch erfüllt war wie Bishops Büro, hier allerdings mit einer leichten Kiefernote verfeinert. Vega strich mit der Hand über das lackierte Holz und hörte sich ohne großes Interesse an, wie Bishop die technischen Daten runterratterte. Zum Teil hatte er sie selbst schon nachgeschlagen, als Bishop zum ersten Mal mit dem Wagen am Dowding House vorgefahren war und jeden gewarnt hatte, dass die kleinste Delle ein Disziplinarverfahren nach sich ziehen würde.

Sie fädelten in den gemächlich fließenden Verkehr ein,

und Vega starrte auf die Rücklichter der Autos vor ihnen. Immer noch schneite es langsam, aber stetig. Nichts würde liegen bleiben, dachte Vega noch einmal. Bis zum Morgen würde alles weggetaut sein.

»Wie geht's Ihrer Frau?« Er fragte sich, ob Bishop irgendeine Musik einschalten würde.

»Im Moment ist sie auf Antigua oder so. Sich mit einem schwarzen Schwanz vergnügen.«

Vega lachte, woraufhin Bishop ihm einen kurzen Blick zuwarf. »… Sie machen doch Witze, Sir?«

»Das ist nicht lustig, Rich.«

»Nein, sicher nicht …«

»Wenigstens hab ich so meine Ruhe. Hab keine Lust auf ihre verstaubte Möse.«

Mit einem Mal entwickelte Vega großes Interesse an den Poren auf seinem Handrücken.

»Sollen wir das Radio anmachen?«

»Ja, bitte.« Vega griff nach seinem Tabak. »Macht es Ihnen was aus, wenn ich …?«

»Und ob es mir was ausmacht. Schmutzige Angewohnheit. Mein Leder werden Sie nicht vollqualmen.«

Vega verstaute die Dose wieder in seiner Einkaufstasche und lehnte sich tief in seinem Sitz zurück, der beheizt und ganz und gar nicht ungemütlich war. Bishop schimpfte auf die DJs von vier verschiedenen Radiostationen, ehe er eine CD einlegte: Madeleine Peyroux, mehr als erträglich und eine verblüffende Wahl. Ihre geheimnisvoll bluesige Stimme schien von einem gebrochenen Herz zu erzählen. Vega spürte eine plötzliche Enge im Hals und ein Kribbeln hinter den Augen.

Ich hoffe, du hast es warm heute Nacht, Cher …

»Die Bewährungsleute und die Staatsanwaltschaft haben sich also endlich dazu durchgerungen, uns mit Shane reden zu lassen, oder mit Steven, wie er jetzt heißt«, erklärte Bishop. »Wir dürfen ihn zu Deano Stowe befragen, Tom Healy aber mit keinem Wort erwähnen. Soweit es die Staatsanwaltschaft betrifft, hat er seine Strafe dafür verbüßt.«

»Klar.«

»Es ist ein ganzes Stück bis zu seinem neuen Aufenthaltsort, deshalb das Hotelzimmer. Wollen wir hoffen, dass der Schnee nicht vorhat, liegen zu bleiben.«

»Ich schätze nicht.«

»Nein.«

Vega schloss die Augen, lehnte den Kopf zurück und machte es sich gemütlich. Als Bishop wieder das Wort ergriff, war er kurz eingedöst.

»Wie hoch schätzen Sie die Wahrscheinlichkeit ein?«

Mühsam öffnete Vega die Augen. »Welche Wahrscheinlichkeit?«

»Dass es von Ihnen ist. Rosens Baby.«

Vega spielte mit dem Gedanken, den Dummen zu mimen, doch er wusste, dass er damit nur die Intelligenz seines Chefs beleidigen würde. »Warum ist Ihnen das wichtig?«

»Ich will wissen, worauf ich im Büro mein Geld setzen soll.«

Vega schaute hinüber und entdeckte das leichte Lächeln, das um Bishops Lippen spielte. »Verdammter Wettbetrüger.«

Bishop kicherte. »Hoffentlich lernen Sie daraus und benutzen in Zukunft einen Gummi. Ihr verdammten Katholiken …«

Vega lachte laut auf, auch wenn es eigentlich nicht witzig war, nicht wirklich, aber was sonst hätte er tun sollen? Als er einmal angefangen hatte, konnte er nicht mehr aufhören. Die nächsten Meilen legten Bishop und er einträchtig lachend zurück, bis sein Chef schließlich fragte: »Glauben Sie, er war es? Shane oder Steven oder wie auch immer wir ihn nennen sollen?«

»Ich weiß es nicht«, antwortete Vega ehrlich. »Das Timing ist natürlich verdächtig. Aber was wäre der Sinn des Ganzen? Ich meine, mal ehrlich: Der Typ ist gerade erst raus. Und hatte nicht das Geringste mit Deano zu tun, soweit wir bisher wissen.«

»Vor nicht allzu langer Zeit waren Sie überzeugt, dass Reese Stowe mit drinsteckte, vielleicht sogar bei den Morden an Tom *und* Deano.«

Vega war immer noch aufgewühlt von Jasons Besuch und dem, was dieser ihm anvertraut hatte. Es schien darauf hinzudeuten, dass Reese mit Toms Tod zu tun hatte, aber galt das auch für Deano? Er war sich nicht sicher. Er wusste, dass er die Sache eigentlich mit Bishop besprechen sollte, doch etwas, das Jason gesagt hatte, ließ ihn zögern.

Jodie vertraute ihm. Sie hielt ihn für diskret. Anständig. Jasons Aussage zu protokollieren, wäre der richtige Schritt, jedenfalls formal gesehen. Doch er fürchtete, der Preis könnte zu hoch sein. Praktisch niemand aus dem Umfeld der Stowes war bereit, den Mund aufzumachen. Er beschloss, Jasons Besuch für sich zu behalten, im Moment jedenfalls, bis er Zeit fand, alles gründlich zu durchdenken.

Vega kratzte sich am Kopf. »Ich habe den Gedanken auch nicht verworfen, Bish. Das Problem liegt darin, dass wir meiner Ansicht nach immer noch nicht wissen, *warum*

Tom ermordet wurde. Und solange wir das Motiv nicht kennen, wie sollen wir da entscheiden, ob eine Verbindung zu Deano besteht?«

»DCI Keogh war überzeugt, dass es um ein Spiel ging, das aus dem Ruder gelaufen ist.«

»DCI Keogh war auf seine Beförderung und die Versetzung nach Gunchester fixiert. Ihm lag vor allem an einer möglichst schnellen Aufklärung.«

»Ich habe die Ermittlungen damals überwacht«, erinnerte ihn Bishop. »Hätte ich den Eindruck gehabt, dass er nicht gründlich arbeitet, dann hätte ich sicher den Mund aufgemacht.«

»Ich weiß, Sir.«

»Aber Sie vermuten immer noch mehr dahinter?«

»Shane hat nicht kooperiert. Zu keinem Zeitpunkt. Er hat sich die Geschichte praktisch von uns vorkauen lassen. Ich habe erwachsene Männer erlebt, die sich bei Verhören schlechter gehalten haben als er. Ich hatte damals das Gefühl, dass er sich gegenüber irgendjemandem zur Loyalität verpflichtet fühlte.«

»Und jetzt?«

»Ich weiß es nicht.« Vega seufzte. »Lassen Sie uns erst mal mit ihm reden, ein Gefühl für ihn bekommen.«

»Über Deano reden.«

»Ja, über Deano.«

Das Hotelzimmer entsprach dem üblichen Standard: gestärkte Laken, dünne Decken, winzige Kissen. Sie waren erst eingetroffen, als kein Abendessen mehr zu bekommen war, aber immerhin gab es eine Hotelbar, die vierundzwanzig Stunden geöffnet hatte. Dort ließ Vega sich mit Bishop nieder, der sich als handfester Trinkgenosse entpuppte.

Als sie schließlich zurück auf ihr Zimmer schwankten, wusste Vega nicht, ob das Brennen in seiner Kehle auf Reflux oder den Whisky zurückzuführen war. Immer noch ging ihm Madeleine durch den Kopf, und im Aufzug begann er leise zu singen. Bishop bedachte ihn mit einem Seitenblick. »Gar nicht schlecht.«

»Ver … borgene Talente.«

»Sie mussten sicher ohne Ende singen, während Ihrer Priesterzeit.«

»Kamman so sagen.«

An der Zimmertür kam es zu einem peinlichen Zwischenfall, als beide vergeblich versuchten, sie mit der widerspenstigen Schlüsselkarte zu öffnen und dabei offenbar mehr Lärm machten, als ihnen bewusst war. Die Tür des Nachbarzimmers wurde aufgerissen, und eine wütende Frau im Morgenmantel stürzte heraus. Sie entriss Vega die Karte, zog sie durch den Magnetschlitz und stampfte zurück in ihr Zimmer, ohne ihre übertriebenen Dankesbekundungen zur Kenntnis zu nehmen.

Sie betraten das Zimmer, schauten zwischen den Betten hin und her und versuchten zu entscheiden, wer welches nehmen würde. Vega bekam schließlich das am Fenster. Er schob es den kleinen Spalt auf, den der Sicherheitsmechanismus gestattete und setzte sich zitternd aufs Bett. Nur mit Mühe gelang es seinen Fingern, eine Zigarette zu drehen. Währenddessen zog Bishop sich bis auf die Unterhose aus und schlüpfte in einen glänzenden Seidenpyjama.

»Aus Versehen den von Ihrer Frau eingepackt?«, fragte Vega grinsend.

»Leck mich.«

»Träumen Sie schön.«

»Ja, ja.«

Vega verspürte eine Enge in der Brust, als die kalte Luft durchs geöffnete Fenster drang. Schweigend zog er an seiner Zigarette und sah hinaus auf die Skyline von Leeds. Die riesigen dunklen Fassaden der Hochhäuser waren mit Lichtern gesprenkelt, die ihn in seinem berauschten Zustand an kleine Löcher oder Stichverletzungen erinnerten. Die Stadt drehte sich langsam vor seinen Augen. Er lauschte dem Rauschen des Verkehrs auf den verschneiten Straßen und dem pfeifenden Geräusch aus Bishops Nase, als dieser in den Tiefschlaf fiel.

Immer noch wollte ihm Cherry nicht aus dem Kopf gehen. Als er einen plötzlichen Schmerz an den Fingerkuppen spürte, merkte er, dass seine Selbstgedrehte völlig heruntergebrannt war. Er schnippte sie aus dem Fenster, wo sie von einer Windbö gepackt wurde und ein letztes Mal Funken sprühte. Vega griff nach seinem Handy und verschickte eine SMS, ehe er sich hinlegte.

ERSATZSCHLÜSSEL UNTER TABLETT MIT TOMATEN IM GEWÄCHSHAUS. KOMM NACH HAUSE. BITTE.

Als die Antwort von Darias Handy eintraf, schlief er bereits.

??? AN DIE FALSCHE NUMMER GESIMST?

30

Freitagmorgen

Beim Aufwachen sah Vega zuerst den nackten roten Hintern von DCS Bishop, als dieser – nur mit fadenscheinigen Hotelpantoffeln bekleidet – gerade aus dem Bad kam. Das Zimmer war überhitzt und voller Dampf. Vega schloss die Augen und versuchte, den Anblick der Kraterlandschaft auf dem Gesäß möglichst schnell zu verdrängen. »Wenn ich den Mond von Nahem sehen will, hol ich mir ein Fernglas.«

»Sehr witzig«, knurrte Bishop. »Die Frühstückszeit ist fast vorbei.«

»Aah…« Vegas Kopf war schwer vom nächtlichen Trinkgelage, und sein Magen empfindlich. Er wusste kaum noch, worüber sie an der Bar gesprochen hatten, erinnerte sich aber vage, dass Bishop versucht hatte, der hübschen Polin, die sie bedient hatte, seine Visitenkarte aufzudrängen. Und dass er den Schlüsselbund auf die Bar gelegt hatte, um mit dem Jaguar-Anhänger zu protzen, und ihn am Ende dort vergessen hatte, sodass die Bardame ihm hatte folgen müssen. Entweder war Bishop betrunkener gewesen, als ihm gestern aufgefallen war, oder es hatte sich um einen ausgeklügelten Plan gehandelt, mit dem er sie in ihr Zimmer hatte locken wollen. Armes Mädel.

»Wie schaffen Sie das?«, brummte Vega, während Bishop energisch seine rosafarbene sommersprossige Haut trocken rubbelte.

»Was?«

»Zu stehen?«

»Üben, üben, üben«, erklärte Bishop augenzwinkernd. »Früher oder später schaffen Sie das auch.«

Vega hievte seinen Körper aus dem schmalen Bett und nahm seinen Anzug mit ins Bad. Er verschloss die Tür, betrachtete die Toilette und versuchte sich darüber klar zu werden, ob er sich übergeben musste oder nicht. Er musste es nicht, doch beim Geschmack der Zahnpasta stand er kurz davor.

Da ihm nicht die Zeit für Dusche *und* Frühstück blieb, entschied er sich für Letzteres und begnügte sich mit einer Katzenwäsche mit dem spärlichen Rest von Duschgel, den Bishop ihm übrig gelassen hatte.

»Full English Breakfast oder kontinental?«, fragte er, als er komplett angezogen aus dem Badezimmer trat. Sein Anzug war von der gestrigen Reise nur leicht verknittert.

»Kommt darauf an«, sagte Bishop.

»Worauf?«

»Ob Ihnen über Nacht eine Vagina gewachsen ist.«

»Also Full English?«

»Blöde Frage …« Mit Vega im Schlepptau marschierte Bishop entschlossen auf den Frühstücksraum zu und drängelte sich dort gleich vor eine Gruppe deutscher Studenten.

»Wo treffen wir Shane?«, fragte Vega, als sie mit ihren beladenen Tellern an einem Fenstertisch saßen und hinaus in den grauen Morgen schauten. Immer noch fiel Schnee, der auf dem schwarzen Straßenbelag schmolz, sich am Bordstein aber als grauer Matsch sammelte.

»Steven«, korrigierte ihn Bishop. »Er heißt jetzt Steven.«

»Ja, natürlich.«

»Er ist in einer Wohnung hier in der Nähe untergebracht. Dort werden wir mit ihm reden. Sollten wir auf irgendwelche stichhaltigen Verdachtsmomente stoßen, lässt man uns einen Verhörraum im nächstgelegenen Revier nutzen. Ich war allerdings der Ansicht, dass es sich lohnen könnte, zunächst in seiner privaten Umgebung mit ihm zu sprechen. Ich erinnere mich noch an sein Verhalten damals, als wir ihn wegen Tom verhört haben.«

»Er mochte die Atmosphäre im Verhörraum.« Vega nickte. »Die meisten Leute bekommen dort Angst, aber Shane … Er hat sich wichtig gefühlt. Er hat es richtig genossen.«

»Genau«, stimmte Bishop ihm zu. »Er soll sich Mühe geben, wenn er unsere Aufmerksamkeit wecken will. Er soll uns etwas geben, was uns weiterbringt. Wenn wir ihn sofort mit aufs Revier nehmen, wird er den Mund halten, um die Sache so lange wie möglich herauszuzögern. Und ich will nicht noch eine Nacht hier verbringen, wenn es sich vermeiden lässt.«

»Meine Leber dankt Ihnen, Sir.«

»Weichei.«

Bishop wollte seinen Wagen nicht benutzen – das Risiko, dass irgendein kleiner Arsch ihn aufbrechen würde, schien ihm zu groß. Also gingen sie zu Fuß zu dem Gebäude, in dem Shane, oder Steven, jetzt wohnte. Vega war dankbar für die frische Luft. Mit Hilfe ihrer Handys fanden sie den Weg, und bei der Gelegenheit stieß er auf Darias SMS von letzter Nacht; auf die Antwort auf seine für Cherry bestimmte Nachricht.

»Idiot!«, beschimpfte Vega sich selbst und wählte die Nummer von Cherrys Handy.

Ausgeschaltet. Typisch. Er schickte ihr eine SMS und sprach kurz auf ihre Mailbox.

»Stevens« neues Zuhause lag drei Kilometer vom Stadtzentrum entfernt. Als sie endlich dort ankamen, waren sie außer Puste und hatten sich bereits auf ein Taxi für den Rückweg verständigt. Die Siedlung wirkte unbewohnt. Niemand war auf den Straßen unterwegs, die Geschäfte waren verrammelt. Als sie einen Moment stehen blieben, um sich zu orientieren, hörten sie hinter dünnen Wänden das Bellen eines eingesperrten Hundes und das primitive Dröhnen eines Basses.

Die Türen hier waren vergittert. Brennnesseln und Schmetterlingssträucher zierten das Niemandsland zwischen den rechteckigen Mietshäusern aus den 60ern und den höheren, neueren Gebäuden mit ihren blauen Fassaden. Am Rand der Siedlung lagen Spielwiesen, an denen die Angestellten aus der Stadt tagsüber zu Mittag aßen oder sich mit Kokain und Ecstasy eindeckten, bevor sie den Park abends der Unterschicht überließen, auf deren Territorium sie sich hier ausnahmsweise gewagt hatten.

Vega wich einem Hundehaufen aus, der weit über den Bürgersteig verschmiert war, und schaute auf seinem Handy noch einmal nach der Nummer der Wohnung.

»Das Gebäude gleich hier, im Erdgeschoss.«

Die Klingelanlage funktionierte nicht, also hämmerte Bishop gegen die Haustür und provozierte damit ein neuerliches Bellen des Nachbarhundes. Vega stand hinter seinem Vorgesetzten und starrte auf eine kahle Stelle ganz oben auf dessen Kopf, die er erstaunlicherweise bisher nicht bemerkt hatte.

Die Tür wurde von einem Mann geöffnet, dessen Haut so schwarz war, dass sie beinahe bläulich schimmerte. Er trug einen roten Pullover, der sich über seinem runden Bauch spannte, dazu eine kanariengelbe Cordhose. Er lächelte und streckte ihnen die Hand entgegen. »Sie müssen die Detectives aus Kent sein.«

»Die sind wir.«

»Ich bin Mark, Stevens Bewährungshelfer. Hallo, willkommen, treten Sie doch ein.« Er führte sie zunächst in den Hausflur und dann durch einen schmalen Gang. Auf dem Boden, mit abgerissenem Kabel, lag ein altmodisches Telefon, über und über von den Abdrücken schmutziger Finger übersät. Eine Delle in der grellgrünen Wand zwei Meter vor ihnen legte die Vermutung nahe, dass es mit ziemlicher Kraft dorthin geschleudert worden war. Als der Bewährungshelfer Vegas Blick registrierte, lachte er entschuldigend.

»Steven ist heute nicht in bester Verfassung. Wir hatten ein wenig Mühe, ihn zu beruhigen.« Er kicherte gütig, als spräche er über einen widerspenstigen Zweijährigen und nicht über einen Kindermörder. »Kann ich den Herren vielleicht einen Tee oder Kaffee anbieten?«

»Lassen Sie uns sofort anfangen«, erwiderte Bishop und deutete auf eine Tür, deren Milchglasscheibe große Sprünge aufwies. »Hier lang, oder?«

»Ja.« Mark blinzelte. »Vielleicht sollte ich das Durcheinander mit seiner Fußfessel erklären …«

»Der Fehler lag nicht bei Ihrem Büro, sondern bei der privaten Sicherheitsfirma, die für die elektronische Überwachung verantwortlich ist.« Bishop war laut geworden. »Habe ich Ihnen damit ein wenig Zeit erspart?«

Mark wirkte verletzt, doch Bishop schoss bereits durch die Tür, und Vega folgte ihm auf dem Fuß.

»Ich hätte nichts gegen einen Kaffee, wo Sie ihn schon

angeboten haben«, sagte er zu Mark. »Stark, und bitte vier Stück Zucker.«

»Sind Sie sicher?«

»Ja.« Vega schloss die Tür vor seiner Nase. Er hatte wenig Lust, den Mann beim Gespräch mit Steven dabei zu haben. Nach seiner Erfahrung waren zu viele Bewährungshelfer entschiedene Gegner härterer Befragungen.

Er drehte sich zu dem Jungen um, den er hinter Gitter gebracht hatte, oder besser: zu dem jungen Mann, der einst dieser Junge gewesen war.

Steven stand am Fenster, nicht direkt davor, sondern seitlich daneben. Er schaute durch den gelben Netzvorhang, in dem ein Dutzend toter Schmeißfliegen hingen; fette Viecher, die Vega an Käfer erinnerten. Steven trug ein Sweatshirt, dessen Kapuze er über den Kopf gezogen hatte. Das Licht war ausgeschaltet, der Himmel draußen düster; in dem armseligen Zimmer war sein Gesicht kaum zu erkennen.

»Hallo, Steven«, begann Bishop. »Lange nicht gesehen.«

»Wer zum Teufel sind Sie?«

»Bishop. Harry Bishop. Es überrascht mich nicht, dass du dich nicht erinnerst. Wir hatten nie viel miteinander zu tun. Aber vielleicht kennst du meinen Kollegen noch, Detective Sergeant Vega?«

Steven drehte sich ein kleines Stück in Vegas Richtung. Im Zwielicht des Zimmers konnte Vega den Gesichtsausdruck des jungen Mannes nicht erkennen. Plötzlich schniefte Steven und wischte sich mit dem Ärmel über die Nase.

»Erinnerst du dich, Shane?«, fragte Vega. Diesmal war er sicher, dass der Junge auf seine Frage hin zusammenzuckte. Steven stieß sich von der Wand ab und trat auf

Vega zu, bis sich ihre Gesichter beinahe berührten. Er schaute dem Detective gerade in die Augen.

»Nee«, log er und legte dabei den Kopf wie ein Falke zur Seite. »Kann ich nicht behaupten.«

Vega streckte den Arm aus, zog Stevens Kapuze herunter und schob ihn einen Schritt auf Abstand. »Nein? Ich erinnere mich gut.«

»Darauf würde ich wetten. Bestimmt denken Sie jeden Abend vor dem Einschlafen an mich«, sagte Steven mit einem Lächeln.

»Wie ist es dir ergangen?« Vega musterte ihn von oben bis unten. Er war dünn und schien in seiner billigen Kleidung beinahe zu verschwinden. Sein Gesicht wirkte älter, als es sollte.

Steven schob das Kinn vor, und Vega bemerkte eine seltsame Krümmung seines Kiefers, so als wäre er gebrochen gewesen und schlecht gerichtet worden. Sein blondes Haar war dicht am unförmigen Schädel geschoren. Gleich hinter der Schläfe befand sich eine kahle Stelle mit vernarbtem Gewebe. Stevens Augen waren glasig, und er stank nach Lagerbier und nächtlichem Schweiß.

»Hast du drinnen viele Freunde gefunden?«

»Oh, klar. Es war wie bei den Pfadfindern, nur mit selbst gebastelten Messern.«

»Weißt du, warum wir hier sind, Shane?«

»Steven«, antwortete der junge Mann und reckte das spitze Kinn wieder vor. »Sie dürfen mich nicht mehr so nennen.«

»Was? Du magst es nicht, wenn ich dich Shane nenne? So heißt du doch, oder? So hat deine Mutter dich genannt.«

»Verdammt, lassen Sie meine Mutter aus dem Spiel.«

Steven schlich zurück auf seinen Aussichtsposten am Fenster.

»Hältst du nach jemand Bestimmtem Ausschau?«, fragte Vega und schob den Netzvorhang beiseite. »Erwartest du jemanden?«

Steven warf sich in eine Ecke des Zimmers und flüchtete sich wieder in den Schutz seiner Kapuze. »Ziehen Sie ihn vor! Ziehen Sie ihn vor!«

»Du bist ein nervöses kleines Kerlchen, oder? Wen hast du verpfiffen, hm?«

»Ich hab niemanden verpfiffen, Sie Schwein! Ist nur 'ne zwielichtige Gegend hier, oder?«

»Hast du Angst, jemand klaut deinen Breitbildfernseher?«, fragte Vega, zog den Vorhang wieder vor und betrachtete den uralten Fernseher, der auf ein Gestell an der Wand montiert war.

»Gut jetzt. Genug geplaudert. Hinsetzen!«, bellte Bishop und deutete auf das Kunststoffsofa. »Setzen!«

Steven schlenderte gemächlich zum Sofa und ließ sich dort nieder, breitbeinig und mit den Händen in den Taschen seiner Jogginghose.

»Wie kommst du darauf, dass ich zusehen will, wie du dich befummelst, während ich mit dir rede?«, brummte Bishop. Steven seufzte und steckte die Hände stattdessen in sein Sweatshirt.

»Nein, nein, nein. So, dass ich sie sehen kann«, beharrte Bishop. Steven brummte abfällig und breitete die Arme über die Rückenlehne des Sofas.

»Besser. Also, warum sind wir hier?«

»Wieso? Ham Sie's vergessen, oder was? Sind Sie senil?« Steven kicherte. Mit einem starren Blick brachte Bishop ihn zum Schweigen. »Weiß nich, warum Sie hier sind. Wenn's wegen meinem Sender ist, vergessen Sie's. Ich hab's Marky schon gesagt: Was kann ich dafür, wenn das Scheißding nicht funktioniert? Ständig tauchen hier irgendwelche Scheißbeamten auf, um zu sehen, ob ich noch da bin. Als könnte ich woanders hin.«

»Schmeiß das schwammige Ding zwischen deinen Ohren mal an, Shane«, ergriff Vega das Wort. »Warum sollten wir uns die ganze Strecke auf der M25 antun, um mit dir über deine Fußfessel zu reden?«

»Weiß nich. Ne Vergnügungsreise vielleicht? Was tut man nicht alles, um mal aus dem Büro rauszukommen?«

»Glaubst du, das hier ist besser als unser Büro?« Vega lachte. »Wahrscheinlich liegst du gar nicht mal so falsch. Wo ist dein Laptop?«

»Ich hab keinen Laptop.«

Vega deutete auf das Ladegerät in der Steckdose. »Damit lädst du dein Handy auf, oder?«

»Ja, zufälligerweise.«

»Wo. Ist. Dein. Laptop?«

Wieder brummte Steven abfällig. »Warum?«

»Weil ich mir gern das Originalbild anschauen möchte.« Vega scrollte auf seinem Handy und zeigte Steven eine Kopie des abgetrennten Schweinekopfes mit der Nachricht an Jodie: DEAN HAT GEBLUTET WIE TOM.

Steven schluckte, wobei sein Adamsapfel deutlich erkennbar auf- und abhüpfte.

»Meiner Meinung nach verliert das Bild in dieser Auflösung ein bisschen«, erklärte Vega nachdenklich, wobei er das Handy immer noch dicht vor Stevens Augen hielt. Aus dem Augenwinkel registrierte er, dass Mark in diesem Moment mit einem Tablett den Raum betrat. »Nicht war, Shane?«

»Er heißt jetzt Steven«, sagte Mark. »Wenn Sie ihn anders nennen, riskieren Sie seine neue Identität und gefährden seine Entwicklung und sein Wohlergehen. Was läuft hier?«

»Wir haben eine Anordnung zur Sicherstellung deines Computers. Wir haben Anlass, dich auf Basis von Abschnitt 127 des Communications Act wegen der Versendung beleidigender und obszöner Nachrichten zu beschuldigen«, erklärte Bishop, wobei er Mark völlig ignorierte. »Du hast gegen Bewährungsauflagen verstoßen, und es ist zweifelhaft, ob du hier bleiben darfst.«

Vega sah eine Regung über Stevens Gesicht huschen, vermutlich Erleichterung. Dann setzte er wieder eine apathische Miene auf.

»Was ist los, Shane? Geht's dir nicht gut hier? Willst du wieder hinter Gitter? Denn du bist jetzt kein Kind mehr. Du kommst nicht mehr in den Jugendknast, sondern zu den großen Jungs. Und die sind manchmal gar nicht gut drauf.«

»Er heißt *Steven*«, beharrte Mark frustriert, nur um abermals ignoriert zu werden.

»Aber es stimmt doch, oder?« Shane lächelte. »Dieser Dean ist genauso gestorben wie Tom, oder?«

»Wer behauptet das?«

»*Ich* behaupte das.«

»Hast du ihn auch getötet? Ist es das, was du uns sagen willst, Shane?«

Shane zuckte die Schultern. »Und wenn schon?«

»Ich hoffe, du hast dir das gut überlegt, mein Sohn.«

»Ich bin nicht Ihr Sohn«, fauchte Shane. »Und ja, okay. Ich hab's gemacht. Ich hab Dean getötet.«

Bishop und Vega sahen sich an. Mark hatte das Gesicht in den Händen vergraben und malte sich zweifellos den Papierkrieg aus, den diese neue Wendung nach sich ziehen würde.

»War doch gar nicht so schwer«, bemerkte Bishop trocken. »Verhaften wir ihn gleich, dann können wir um fünf wieder in Sunny Tunny sein.«

»Von mir aus gern, Sir.«

»Wollen Sie das Sprüchlein aufsagen?«

»Das kann ich schon machen.« Vega wandte sich an Shane, der die Arme verschränkte. »Irgendwie hab ich ein *Déjà-vu*. Das hatten wir schon alles, oder, Shane? Nur eine Sache noch, ehe ich dich offiziell festnehme.«

»Was?«

»Zeig mir, wie du ihn getötet hast.«

Shane starrte düster vor sich hin. »Genau wie bei Tom. Eine Hinrichtung.«

»Womit?«

»Mit einer dieser Tierpistolen.«

»Dann zeig es mir. Du kannst es mir an DCS Bishop vorführen. Es macht Ihnen doch nichts aus, Bish?«

»Überhaupt nicht.« Bishop streckte die Arme aus und trat einen Schritt zurück. »Dann komm. Ich bin dein Opfer.«

Shane stand langsam auf. Er packte Bishop unsicher an der Schulter, drehte ihn um und drückte ihn auf die Knie. »Und dann hab ich …« Er legte zwei Finger an Bishops Schädelbasis und tat, als drücke er den Abzug.

»Es gab ein Geräusch, wie wenn man eine Nuss knackt, klar? Blut kam raus, es pumpte richtig. Und es roch. Er fiel vornüber, zuckte ein bisschen und blieb dann ruhig liegen. Da wusste ich, dass ich es getan hatte. Ich wusste, dass er tot war.«

Was Vega in Shanes Miene las, war Stolz. Stolz und das Gefühl, eine Pflicht erfüllt zu haben, aber auch eine gewisse Unsicherheit. Kein Bedauern, denn Bedauern wäre zu nahe an Mitgefühl gewesen.

Er hatte dieselbe Unsicherheit bei Soldaten beobachtet, wenn sie die Bestätigung erhalten hatten, einen Feind getötet zu haben. Was sie getan hatten, verunsicherte sie, bis ihre Vorgesetzten sie entlasteten. Bis man ihnen zu ihrem Erfolg gratulierte.

Danach waren sie dann zu ihm gekommen, ihrem Pater. Einem Mann, der jünger war als sie und kein Blut an den Händen hatte. Sie stellten ihm Fragen nach Vergebung, wobei sie ihre Unsicherheit hinter Scherzen und gespieltem Draufgängertum verbargen. Fragten nach der Unsterblichkeit der Seele. Ein Mord, der vom Staat geduldet war, war überhaupt kein Mord, oder? Nicht dass sie tatsächlich an Ihn glaubten, nein, aber falls es Ihn doch gab … Gott … dann würde Er es sicher verstehen.

Oder?

Vega sah, wie Bishop sich erhob. Dann betrachtete er Shane, der mit vorgerecktem Kinn und ausdrucksloser Miene auf ihr Urteil wartete, genau wie damals auf der Anklagebank. Als das Urteil verkündet worden war, hatte er kurz genickt, sich nuschelnd beim Richter und den Geschworenen bedankt und sich dann ohne Protest abführen lassen.

Überhaupt hatte Shane sich damals tadellos verhalten. Auf fast schon einnehmende Weise. Seine Eltern waren bei der Urteilsverkündung nicht im Saal gewesen, auch keine Freunde, nur die von Tom. Hier und dort war leises Schluchzen zu hören gewesen, sowohl von Männern als auch von Frauen. Vegas Augen hatten gebrannt, doch er hatte sich die Tränen verkniffen und stocksteif dagesessen. Es war der verstörende Schlusspunkt eines traumatischen Falls gewesen.

Aber noch ein anderer Aspekt hatte ihm damals Unbehagen bereitet – und tat es bis heute.

Vega konnte sich vorstellen, was Bishop dachte: Sie hatten die genauen Umstände von Deanos Tod nicht an die Presse gegeben. Nur der Ort, an dem seine Leiche gelegen hatte, war bekannt, und die Parallele zu Tom war allgemeines Diskussionsthema. Shane konnte etwas darüber gelesen haben. Es war logisch, dass er sich dafür interessierte. Und er könnte die Todesursache erraten haben; aber dann wäre es ein unwahrscheinlicher Glückstreffer gewesen.

Shane und Tom, Reese und Deano. Die vier hingen untrennbar zusammen, doch wer von ihnen war das Bindeglied?

»Warum?«, fragte Vega. »Aus welchem Grund? Warum hast du Deano getötet?«

»Es war nur Spaß.«

»War es bei Tom auch nur Spaß?«

Shane schaute ihm direkt in die Augen. »Es war eine *Mordsgaudi*, Kumpel.«

»Wie bist du nach Kent gekommen? Das ist ein ziemlich weiter Weg für ein Verbrechen, das du auch hier vor der Haustür hättest begehen können.«

»Mit öffentlichen Verkehrsmitteln«, erklärte Shane schleppend. »Ich achte auf meine CO_2-Bilanz.«

»Bus oder Bahn?«

»Beides.«

»Wie hast du deine Tickets bezahlt? Bar oder mit Karte?«

»Ich bin schwarzgefahren. Dafür können Sie mir gern ein Bußgeld abknöpfen.«

»Warum Deano?«

»Warum denn nicht, verdammt? Er war einfach ein kleiner Junge. Ein leichtes Opfer. Außerdem hat er ein bisschen ausgesehen wie Tom.«

»Und die Waffe? Woher hattest du die?«

»Von einem Bauernhof geklaut.«

»Von welchem Bauernhof?«

»Weiß nich. Es gab Schafe und Hühner und den ganzen Scheiß. Was wollen Sie überhaupt? Jetzt buchten Sie mich schon ein.«

Vega schaute zu Bishop hinüber, der ihn durchdringend anstarrte. »Sie haben den Jungen doch gehört. Nehmen Sie ihn fest.«

Vega seufzte und verlagerte sein Gewicht auf die Fersen. Er wollte gerade beginnen, Shane seine Rechte vorzulesen, als Bishops Handy klingelte. Der Superintendent setzte eine finstere Miene auf, als er den Namen des Anrufers las. »Das ist DI Rosen. Ich gehe ran. Warten Sie einen Moment, es dauert nicht lange.«

Er presste sich das Telefon ans Ohr und ging hinaus, gefolgt von Mark. Als sich die Tür hinter ihnen geschlossen hatte, warf Shane Vega einen vorsichtigen Blick zu. Es schien ihm nicht zu behagen, mit dem größeren der beiden Detectives allein gelassen zu werden, mit dem Polizisten, dem er schon als Kind in einem Verhörraum gegenübergesessen hatte.

Eine unbehagliche Stille breitete sich aus. Vega starrte auf den Gasofen, der laut einem Aufkleber der Gemeinde nicht den Sicherheitsbestimmungen entsprach. Darüber hing eine Uhr. Es war dieser schwarz-weiße Kater, Felix, dessen geringelter Schwanz unter dem Ziffernblatt pendelnd die Sekunden wegtickte, während die Augen des Tiers von links nach rechts wanderten.

Vega erinnerte sich noch von seiner ersten Durchsuchung von Shanes Zimmer an diese Uhr, damals, als der Junge im Fall Tom in Verdacht geraten war. Die Uhr hatte sechs Jahre im Jugendknast überlebt und sich dabei besser gehalten als ihr Besitzer.

»Es gibt einfachere Wege, Schutz zu suchen, verstehst du?«, sagte Vega mit sanfter Stimme. »Wenn dein Problem das Viertel hier ist, wenn du hier schon jemandem auf die Füße getreten bist, dann haben wir Möglichkeiten, für deine Sicherheit zu sorgen. Du musst nicht wieder rein.«

»Ihr würdet mir sowieso nicht helfen.« Shane schniefte. »Ich bin ein Mörder.«

»Ganz egal, wir haben eine Fürsorgepflicht.«

»Blödsinn.«

»Nein. Ich nehme meine Pflicht sehr ernst, Shane. Wenn du in Gefahr bist, werde ich alles tun, um dir zu helfen. Und das gilt auch für Bishop«, versprach er. »Das ist das Schöne am Gesetz: Es schützt dich auch dann, wenn du selbst es nicht respektierst.«

Shane lachte höhnisch, ließ sich aufs Sofa fallen und richtete seine traurigen Augen wieder aufs Fenster. Vega setzte sich neben ihn, ohne den Blick von der Uhr zu nehmen. »Wo warst du wirklich? Am 27.?«

»Ich war in Kent. Hab ich doch gesagt.«

»Also warst du nicht hier, um auf deinen Überwachungsbesuch zu warten?«

»Der Typ ist überhaupt nicht aufgetaucht. Woher soll er wissen, ob ich hier war?«

»Aber du *warst* hier?«

»Sie glauben mir nicht, wenn ich Ja sage. Und Sie glauben mir nicht, wenn ich Nein sage. Was wollen Sie überhaupt?«

»Versuch's mal mit der Wahrheit und schau, was dabei herauskommt.«

Shane starrte angestrengt auf seinen großen Zeh, der aus einem Loch in der verwaschenen Socke hervorschaute. Der Nagel war lang und gelblich. Vega seufzte und fuhr sich übers Gesicht. »Es gibt eine Verbindung zwischen Tom und Deano, über die Ähnlichkeiten der eigentlichen Tat hinaus. Und du weißt, was diese Verbindung ist, stimmt's? Oder sollte ich sagen: *wer* diese Verbindung ist?«

Shane rutschte unruhig hin und her, zog die Schultern hoch, sagte aber nichts.

»Wenn ich dir sagen würde, dass ein anderer Typ das Bindeglied ist … Das würde dich nicht überraschen, oder?«

»Er ist ein Arschloch.«

»Wer?«

»Sie wissen wer. Der Bruder des toten Jungen.«

»Reese?«

Shanes Nicken war kaum wahrnehmbar. »Er ist ein Niemand, stimmt's? Bloß so ein kleiner Feigling, der sich hinter einem Scheißcomputer versteckt.«

»Für wen hast du ihn denn gehalten?«

»Für jemand Besonderen. Fast bis zu meiner Entlassung hab ich geglaubt, er wäre was Besonderes. Dabei ist er genauso ein Niemand wie wir.«

»Wir?«

»Tom und ich.«

»Als wir dich damals wegen Tom verhört haben, hast du Reese nie erwähnt. Kein einziges Mal.«

»Ich dachte, er wäre jemand, der es wert ist, beschützt zu werden«, murmelte Shane. »Ich hab mich geirrt, was? Mum hat immer gesagt, ich sei ein echter Schwachkopf. Wahrscheinlich liegt sie nicht ganz falsch.«

»Was hatte Reese mit Toms Tod zu tun?«

»Nichts, eigentlich nichts. Er hat nichts gemacht.«

»Irgendwas muss er wohl gemacht haben, oder?«

Shanes Augen huschten hin und her wie die von Felix. Ruhelos folgten sie dem Schwanz der Katze. »Er hat mit uns gechattet. Im Spiel.«

»Im Spiel? In diesem Kriegsspiel, das du online mit Tom gespielt hast?«

»Ja. Einer der Lover meiner Mum hat mir eine PS3 geschenkt. Meine Mum hat sie vertickt, sodass ich nur bei Tom spielen konnte. Deshalb war ich ein bisschen scheiße, viel schlechter als die beiden, Reese und Tom. Aber ich war loyal. Loyaler als Tom.«

»Loyal?«

»Ich war der bessere Rekrut. Wir haben gedacht, Reese wäre über 30. Er hat behauptet, er arbeite für den MI5, an deren Sicherheitssystemen. Das hat er jedenfalls gesagt, und wir haben ihm geglaubt, weil er den Leetspeak richtig draufhatte.« Shane bemerkte Vegas verständnislosen Gesichtsausdruck und schnalzte mit der Zunge. Ungeduldig erklärte er: »Er war gut. Elite. Er wusste all dieses Fortgeschrittenenzeug. Na ja, was wir für fortgeschritten gehalten haben. Wir waren leichtgläubige kleine Scheißer.«

»Wie oft hattet ihr Kontakt?«

»Täglich eigentlich, ungefähr sechs Wochen lang. Er

mochte Tom wirklich gern. Hat behauptet, er würde ihm einen Job besorgen. Tom hätte Wahnsinnsfähigkeiten.«

»Fähigkeiten … Bei einem Spiel?«

»Ja, aber wir haben damals gedacht, das ließe sich auf die reale Welt übertragen, oder was auch immer. Jedenfalls waren das seine Worte. Solches Zeug hat er uns erzählt.«

»Reese?«

»Ja. Er hat gesagt, das Spiel wäre ein Training. Echt geheimes Zeug und so.«

»Und am liebsten mochte er Tom?«

»Ja. Ständig ging es um Tom.«

»Und da wolltest du dich beweisen? Außerhalb des Spiels?«

»Ja.«

»Also hast du Tom getötet.«

Wieder schwieg Shane. Auch Vega sagte nichts. Das Herz hämmerte in seiner Brust. All diese Wochen während der Zeugenaussagen vor Gericht hatte er diesem pickligen Jungen gegenübergestanden und ihn beobachtet. Selbst während der verstörendsten Aussagen von Dr. Fleischer und Toms armen Eltern hatte er derart stoisch und unbeteiligt gewirkt … Und das alles wegen der Angebereien eines Jungen.

Alles wegen Reese.

Vega musste anerkennen, dass DCI Keogh vielleicht die ganze Zeit über recht gehabt hatte: Ein Spiel war aus dem Ruder gelaufen. Nur dass die Wahrheit düsterer war. Geradezu heimtückisch. Wie hatte er das übersehen können?

Er fühlte sich, als hätte er versagt. Persönlich versagt. Vega fuhr sich mit den Fingern durch die Haare und spürte den Schweiß in seinem Nacken, obwohl es in der feuchten Wohnung ziemlich kühl war. Er leckte sich über die trockenen Lippen und härtete sich innerlich für die nächste Frage, die Shane wahrscheinlich schon vorausahnte.

»Hat Reese dir aufgetragen, Tom zu töten?«

»Er hat gesagt, das wäre Darwinismus. Natürliche Auslese. Er hat gesagt, nur einer würde die Chance bekommen. Der Stärkste.«

»Ist das ein Ja, Shane?«

Wieder nickte Shane kaum merklich. »Reese – Apex, egal – sagte uns, dass einer von uns sterben musste. Tom hat darüber gelacht. Er hat es für einen Witz gehalten. Das machte es mir leichter.«

Vega verspürte das plötzliche Bedürfnis, Abstand zwischen sich und Shane zu bringen, so schwer das in dieser Zelle von einem Zimmer auch möglich war. Er stand auf, ging zum Fenster und schaute hinaus in die menschenleere Siedlung. Unbehagen kroch seinen Rücken hinauf und legte sich kalt über seine Kopfhaut.

»Wann genau hast du herausgefunden, wer Reese war?«

»Vor ein paar Wochen. Kurz bevor ich rauskam.«

»Und wie?«

»Da ist ein Anwalt aufgetaucht und hat mich in meiner Zelle im A-Flügel besucht. Er hat gesagt, er vertrete einen Mann, dessen Namen er mir nicht nenne. Aber dieser Mann sei der Vater von Apex. Apex war das Pseudonym, das Reese benutzt hat, online, klar?«

»Verstehe.«

»Er hat mir alles erklärt. Gesagt, Apex sei nur ein Kind, ein Junge in meinem Alter. Er hat gesagt, sein Auftraggeber *fühle sich mies*, dass die Dinge so gelaufen waren. Und er sei dankbar, dass ich vor Gericht nichts über Apex gesagt hatte. Er hat behauptet, wenn ich rauskäme, würden sie mir Geld geben, um ihre Dankbarkeit zu zeigen.«

»Geld?«

»Fünf Riesen, eigentlich ein Witz.« Shane schniefte und fuhr sich mit dem Ärmel über die Nase. »Dafür kriegt man heute nicht mal 'nen anständigen Gebrauchtwagen, stimmt's? Macht aber nichts, ich kann eh nicht fahren.«

»Wenn dir dieser Anwalt aber nicht verraten hat, für wen er arbeitet ...?«

»Wie ich drauf gekommen bin?« Shane kicherte. »Ich bin ja nicht völlig verblödet. Er war in den Nachrichten, klar? Dieser Depp von Anwalt. Er hat irgendeine Erklärung abgegeben, als man die Leiche von diesem Stowe gefunden hatte. Er war direkt vor mir in der Glotze und hat erzählt, dass die Familie hoffte, jetzt erfinde keiner mehr irgendwelchen Scheiß über seine Firma. Es klang, als wäre dieser Stowe ein echter Gangster. Hat ein schlechtes Gewissen bekommen, was? Hat sich selbst aus dem Verkehr gezogen?«

Vega schwieg. Shane wühlte in seinen Taschen herum und fand ein Päckchen Zigaretten. Als er sich von oben bis unten nach einem Feuerzeug abklopfte, reichte Vega ihm seins. Shane nickte zum Dank, zündete sich die Zigarette an und rauchte eine Weile schweigend, während aus der Nachbarwohnung Musik durch die Wände drang.

»Da hab ich's rausgekriegt. Dieser Stowe war der Vater von Apex; der Mann, der jemanden losgeschickt hatte, um sich zu entschuldigen. Als würde das für mich irgendetwas ändern. Und dann war es nicht mehr schwer, darauf zu kommen, wer sein Sohn war. Reese.« Shane zog eine Grimasse. »In meinem Flügel gab es einen Jungen, der hieß Rhys. Er hängte sich auf, in der ersten Woche, die ich dort war. Erhängte sich mit seinem Schlafanzug. Als sie ihn abgeschnitten haben, war er nackt. Wir alle haben seine Leiche gesehen; und seinen verschrumpelten kleinen Schwanz. Sein Gesicht war lila.«

»Es muss dich doch überrascht haben, als du gehört hast, wie der Bruder von Reese gestorben ist.«

»Es war *wirklich* wie bei Tom, stimmt's? Ich merke, wenn ich recht habe. Ich seh's in Ihrem Gesicht.« Nun war es Shane, der in Vegas Augen nach der Wahrheit suchte. Vega neigte den Kopf; nur leicht, aber genug, damit Shane Bescheid wusste. Shane schlang einen Arm um sich selbst und zog gieriger an seiner Zigarette. Er sah aus, als hätte er einen Geist gesehen. »Ja. Dachte ich mir.«

»Was hast du wirklich am 27. gemacht?«, fragte Vega noch einmal. »Du warst nicht in Kent, oder?«

»Ich war im Bett«, brummte Shane. »Hab zugehört, wie vor meinem Fenster jemandem die Fresse eingeschlagen wurde. Und die ganze Zeit hat das Telefon geklingelt, weil meine Fußfessel schon wieder kein Signal hatte.«

»Du bist nicht drangegangen.«

Shane verschränkte die Arme hinter dem Kopf, beugte sich vor und begann mit dem Oberkörper zu wippen. Dann schüttelte er den Kopf.

Nein.

»Warum nicht?«

»Ich wollte einfach in Ruhe gelassen werden«, sagte er, wobei seine Stimme plötzlich eine Oktave höher klang. »Warum lassen die mich nicht einfach in Ruhe?«

31

Freitagnachmittag

Vega setzte sich neben Shane auf das Sofa.

»Warum hast du diese Nachricht an Jodie geschickt, Deanos Mutter?«

»Ich dachte, vielleicht hat Reese es getan«, erklärte Shane. »Keiner von eurem Haufen, von euch Schweinen, hat die Verbindung zwischen Deano und Tom erkannt. Also wollte ich euch auf die Sprünge helfen. Meinen Teil dazutun.«

»Das war ziemlich daneben.«

»Ja, also … Überraschung, schlaue Entscheidungen sind nicht mein Ding.«

»Und warum wolltest du dann den Mord an Deano gestehen?«

»Ich hasse es hier, Mann«, sagte Shane mit einem Blick aus dem Fenster. »Die Routine drinnen hat mir gefallen, klar? Man weiß immer, was passieren wird und wann. Muss sich keine Sorgen machen, woher die nächste Mahlzeit kommt. Und ich kann Unterricht nehmen. Die meisten gehen, wenn sie wieder rauskommen, zurück zu ihren Familien. Und was hab ich? Mum ist in Neuseeland, sie schreibt mir nicht mal. Dad hat neue Kinder mit einer neuen Frau. Mit mir wollen die nichts zu schaffen haben, weil ich kriminell bin. Drinnen waren wenigstens die Wärter okay. Wie Kumpel. Natürlich waren sie nicht wirklich Kumpel, aber man konnte halt … mit ihnen quatschen.«

»Du hast Mark«, sagte Vega. »Er kümmert sich um dich.«

»Mark ist in Ordnung«, räumte Shane ein. »Er bringt mir Autozeitschriften. Kauft mir Milch und Zigaretten. Sagt, er bringt mir das Autofahren bei, wenn ich will.«

»Siehst du. Das ist ein Anfang, oder?« Vega legte eine Hand auf Shanes Schulter und drückte sie fest. »Das Leben ist hart, aber zu schade zum Wegschmeißen. Lass dich drauf ein.«

»Tu ich doch!«

»Dann gib dir noch mehr Mühe. Okay, Steven?«

Shane schniefte und nickte unsicher. Vega gab ihm einen Klaps auf die Schulter. In diesem Moment öffnete sich die Tür. Die Mienen von Bishop und Mark waren grimmig. Beide konzentrierten sich auf Vega, nicht auf Shane. Bishop räusperte sich.

»Können Sie einen Moment vor die Tür kommen, Rich?«

»Shane will eine Aussage machen«, sagte Vega. »Er will etwas klarstellen.«

»Kommen Sie, Rich. Kommen Sie kurz mit mir raus«, beharrte Bishop. Stirnrunzelnd erhob sich Vega.

»Also gut …«

Er folgte Bishop aus der Wohnung hinaus in den Hausflur. Vega merkte, dass Bishop plötzlichen jeden Augenkontakt mit ihm vermied. Schweigend standen sie rund einen Meter voneinander entfernt. Bishops Entschlossenheit war verschwunden; er schien nicht anfangen zu wollen. Im Treppenhaus hörten sie Schritte, die sich aus einer der oberen Etagen näherten; sie warteten, bis die Person an ihnen vorbei zur Haustür geschlurft war. Als sie sich öffnete, fuhr ein kalter Windstoß durch die aus den Briefkästen ragende Post und riss einen Hochglanzprospekt los, der Bargeld für Gold versprach.

»Na los, Harry«, sagte Vega schließlich. »Sie haben mich mitten aus einem Verhör gezerrt. Warum?«

»Es geht um Ihr Mädchen, Cherry.«

Vega nahm ein Klingeln in den Ohren wahr. Er wartete, dass Bishop fortfahren würde. Sein Vorgesetzter griff in die Manteltasche und zog die Schlüssel zu seinem Jaguar heraus.

»Sehen Sie zu, dass Sie nach Tunbridge Wells kommen. Nehmen Sie meinen Wagen, aber fahren Sie vernünftig, klar?«

Vega nahm die Schlüssel und funktionierte jetzt auf Autopilot. »Was ist passiert?«

»Sie liegt im Krankenhaus. Daria und Simon sind bei ihr.«

»Was ist passiert?«, wiederholte Vega. Die Angst ließ sein Gesichtsfeld schrumpfen. Mühevoll brachte er seine Frage hervor: »Geht es Cherry gut?«

Bishop legte ihm beide Hände auf die Schultern und schien über die Antwort nachzudenken. Stattdessen aber schob er ihn einfach aus dem Haus. »Fahren Sie nach Hause, Junge. Ich komme hier schon klar.«

»Was ist mit Shane?«

»Ich kümmere mich darum.«

»Er war es nicht, Bish. Er hat Deano nicht getötet. Reese ist derjenige, mit dem Sie sprechen müssen. Er ist der Grund für Toms Tod. Er könnte auch bei Deano dahinterstecken.«

»Wir sprechen uns so bald wie möglich.«

Vega hielt sich auf dem Rückweg exakt an die Geschwindigkeitsbeschränkungen. Er fuhr ruhig, fast wie in Trance. Keine Musik. Kein Geräusch, außer dem Dahinrauschen der Straße unter den Reifen und dem Gurgeln des Achtzylindermotors. Zum Glück herrschte wenig Verkehr. Er kam gut voran und erreichte Pembury, als die Dämmerung einsetzte. Dort zog er ein Ticket, parkte am Krankenhaus und legte vorsichtig den bereits mit einer Eisschicht überzogenen abschüssigen Weg zum gelblich erleuchteten Rechteck des Haupteingangs zurück.

Er betrat den großen Empfangsbereich und merkte, dass er weder den Grund für Cherrys Einlieferung wusste noch die Station, auf der sie lag. Unschlüssig blieb er zwischen einer Sitzecke und einem langen Schalter stehen und blickte ins Leere.

Als er eine Hand an seinem Ellbogen spürte, drehte er sich um und sah sich Simon gegenüber. »Hallo, Richard, ich bin froh, dass du heil zurück bist.«

Vega schluckte und versuchte, seinen trockenen Mund ein wenig zu befeuchten. Als er endlich ein paar Worte herausbrachte, klang seine Stimme dünn und fremd. »Was ist passiert, Si? Bishop wollte mir nichts sagen.«

Auch Simon antwortete ihm zunächst nicht. Vega bemerkte, dass die Augen des Therapeuten hinter seinen dicken Brillengläsern rot und geschwollen waren. Schließlich sagte er: »Daria ist jetzt bei Cherry. Sie kann dir mehr sagen.«

»Was willst du hier?«, fragte er, ohne sich darum zu scheren, wie grob seine Stimme klang.

»Als man Cherry gefunden hat, steckte eine meiner Visitenkarten in ihrem Portemonnaie. Und da sie offenbar meine Patientin war, hat man mich angerufen.«

»Warum hat sie mich nicht angerufen?«

»Sie war nicht in der Lage, jemanden anzurufen, Rich. Ihr Akku war leer. Die Sanitäter … Daria wird es dir erklären.«

»Wo ist Daria? Warum redet ihr alle so kryptisches Zeug?«

»Ich bringe dich zu ihr«, sagte Simon, legte Vega eine Hand auf die Schulter und führte ihn zum Aufzug. Vega schüttelte ihn ab und fragte sich, warum plötzlich alle das Bedürfnis hatten, ihn zu berühren. Erst Bishop, jetzt Simon.

Er war nicht dumm. Ihm war klar, dass etwas Ernsthaftes vorgefallen sein musste. Darauf war es bereits eine ganze Weile hinausgelaufen, sodass ihn das Gefühl beschlich, er hätte besser darauf vorbereitet sein müssen. Gewappnet sein müssen, irgendwie.

Im Aufzug schniefte Simon ununterbrochen, bis Vega in seinem Ledermantel schließlich ein Papiertaschentuch fand. Sie teilten sich den knappen Raum mit einer älteren Frau mit einem Rollator. Ohne zu wissen warum, fühlte Vega sich von ihr abgestoßen. Die Fahrt nach oben schien viel zu lange zu dauern, wofür er ihr und ihrem Alter die Schuld gab.

Als sich die Türen endlich öffneten, drängte er sich an ihr vorbei und stürmte in den Gang, bis ihm bewusst wurde, dass er gar keine Ahnung hatte, in welche Richtung er musste. Simon folgte ihm, seine Hush Puppies quietschten auf dem polierten Krankenhausboden.

Nachdem sie mehrere Stationen, reihenweise vergitterte Betten und alle möglichen Geräte hinter sich gelassen hatten, führte Simon ihn zu einer Kiefernholztür am Ende eines Gangs. Durch ein längliches Gitterglas in der Tür konnte Vega nur einen Ausschnitt der Szenerie drinnen erkennen: einen gepolsterten grauen Stuhl, unter dem ein Paar schäbiger blauer Doc Martens standen.

Er brachte es nicht fertig zu klopfen. Schließlich streckte Simon an ihm vorbei den Arm aus und tippte mit den Fingernägeln aufs Glas.

Vega hatte das Gefühl, nicht wirklich anwesend zu sein. Als befände er sich unter Wasser. Das Rauschen in seinen Ohren wurde lauter. Schließlich öffnete sich die Tür, und Daria stand vor ihm, in ihrer Arbeitskleidung. Sie wirkte ausgelaugt. Simon zog sich zurück Richtung Aufzug, wobei das Quietschen seiner Halbschuhe immer leiser wurde. Schließlich waren sie beide von einer Stille umfangen, von der Vega sich wünschte, sie würde ewig andauern.

Was sie nicht tat.

»Es tut mir so leid, Richard.«

»Ist sie tot?«

»Ich fürchte, ja.«

Vega hatte nicht ernsthaft mit einem Ja gerechnet. Auch wenn ihm der Gedanke natürlich gekommen war, hatte er nicht wirklich daran geglaubt. Er versuchte, das Gehörte zu begreifen. Wie endgültig und unwiderruflich es war. Seine Brust schmerzte. Das Atmen fiel ihm plötzlich schwer. Daria hielt sein Gesicht in den Händen und stellte die einzige Verbindung zur Wirklichkeit dar.

»Es tut mir wirklich so leid.«

»Waren es die Drogen?«

»Ja.«

»War es Absicht?«, krächzte er. »Hat sie sich das Leben genommen?«

»Nein, Richard. Das hätte sie nicht getan.«

»Aber sicher weißt du es nicht?«

»Ich habe die Berichte der Ersthelfer gelesen. Ich kann dir so viel oder so wenig sagen, wie du für richtig hältst.«

»Kann ich sie sehen?«

»Natürlich kannst du das.«

»Wie … Wie sieht sie aus?«

»Friedlich.«

Darias Hände lagen noch immer auf seinem Gesicht. Ihre kühlen langen Finger strichen über seine Stirn und seinen Kiefer. Er begann zu zittern und stieß sie weg. Dann steckte er die Hände unter seine Achseln. Es war gut, dass die Tür sich noch zwischen ihm und Cherry befand. Er wollte nicht, dass Daria sie öffnete und ihn hineinführte. Er hatte darum gebeten, sie sehen zu dürfen, war sich aber plötzlich nicht mehr sicher.

»Ich begreife es nicht«, sagte er. »Ich begreife nicht, wie so etwas passieren konnte … Vier Jahre lang hab ich mich um sie gekümmert. Vier Jahre. Und dann lasse ich sie eine Nacht allein – *eine Nacht!* – und jetzt das!«

»Nein. Untersteh dich!« Daria packte seine Jackenaufschläge, als wollte sie ihn schütteln. »Du hast nichts anderes getan, als dem Mädchen zu helfen. Wenn überhaupt, dann haben deine Fürsorge und deine Liebe ihr vier gute Jahre geschenkt, die sie sonst vielleicht nicht gehabt hätte. Es ist schrecklich, furchtbar schrecklich, aber sie war kaputt.«

»Sie ist nicht kaputt, Dar! Sie ist nichts, das man flicken oder reparieren kann! Sie muss nichts anderes sein als sie selbst. Sie ist ein kluges Mädchen, schlagfertig und witzig, und ihr sind die Leute wichtig, auch wenn sie sie gerade zwei Minuten kennt. Sie ist musikalisch und talentiert. Sie ist …«

Er hatte nicht gespürt, dass ihm die Tränen gekommen waren. Plötzlich waren sie einfach da; tropften von seiner Nasenspitze und fielen auf seine Lippen, salzig und scharf. Daria hatte die Arme um ihn geschlungen, ihr Kopf lag unter seinem Kinn, und er vergrub sein Gesicht in dem weichen Gewirr ihrer Haare. Er versuchte, richtig zu weinen, die Spannung loszuwerden, die seinen Brustkorb einschnürte, doch es gelang ihm nicht. Er konnte nicht. All sein Kummer schien in ihm festzustecken und ihm die Luft zu nehmen.

Er löste sich aus Darias Umarmung und öffnete die Tür. Das Bett stand hinter einem grünen Vorhang. Er schob ihn zurück und schaute auf Cherry hinunter, die unter einem gestärkten Laken lag; ihr Gesicht war farblos und sauber, ihr gebleichtes Haar gebürstet. Daria hatte recht gehabt: Sie sah friedlich aus. Er zog das Laken herunter. Sie trug einen Krankenhaus-Schlafanzug.

»Sie haben ihre Kleider zerschnitten, um die Wiederbelebung durchzuführen.«

»Dann war sie also nicht tot, als man sie fand?« Vega war fix und fertig, aber er musste alles über Cherrys letzte Minuten erfahren.

»Sie wurde an Ort und Stelle behandelt. Da ihr Puls schon sehr schwach war, bekam sie eine Dosis Naloxon, einen Opioid-Antagonisten. Dann wurde sofort mit der Herz-Lungen-Reanimation begonnen, die aber wirkungslos blieb. Kurz nach dem Eintreffen im Krankenhaus wurde sie für tot erklärt.«

»Wo hat man sie gefunden?«

»Auf dem Parkplatz in der Linden Park Road.«

»Auf dem Parkplatz?«

»Man vermutet, sie könnte sich mit jemandem in einem

Auto aufgehalten haben, bevor …« Daria atmete scharf ein und stieß die Luft zitternd wieder aus. »Es tut mir leid, Richard.«

Vega stellte sich Cherry mit Freunden in einem verrauchten Auto vor, wie sie heimlich, still und leise stoned wurde. Er malte sich die Panik dieser Freunde aus, als Cherry bleich wurde und sich auf ihre Kleidung übergab; malte sich aus, wie sie das Mädchen aus dem Wagen zerrten, wegfuhren und sie zurückließen. Allein.

Er hätte Wut spüren sollen. Vielleicht würde das auch noch kommen. Er warf noch einen Blick auf Cherry, fuhr mit den Augen über ihre zwischen den Tattoos bereits marmorierte Haut. Dabei entdeckte er den Einstich in ihrer Armbeuge und den Bluterguss, der sich um ihn herum immer noch ausbreitete. »… Sie hat sich das Heroin gespritzt?«

»Ja. Die Spritze steckte noch in ihrem Arm, als die Sanitäter …«

»Und der Stauschlauch?«

»Es gab keinen.«

»Cherry hat nie Spritzen benutzt. Sie hat es geraucht. Sie hat es immer geraucht. Weil sie Angst vor Nadeln hatte.«

»Richard … Wenn Süchtige verzweifelt sind …«

»Nein. Nein, du verstehst es nicht, Dar. Sie hätte sich niemals einen Schuss gesetzt. Ich kenne sie. Ich weiß, wozu sie in der Lage ist und wozu nicht.«

»Und du glaubst, sie wäre hierzu nicht fähig gewesen?«, fragte Daria sanft und deutete auf das Bett. »Es tut mir leid.«

»Hör auf zu sagen, dass es dir leidtut«, sagte er mit zusammengebissenen Zähnen. »Mir war nie klar, wie beschissen es nervt, wenn einen die Leute nach einem

Verlust so behandeln, als wäre etwas derart Belangloses geschehen, dass es mit ein bisschen Höflichkeit zu bewältigen ist; als hätte man jemanden versehentlich angerempelt oder ein Getränk verschüttet.«

»Es tut…« Daria hielt mitten im Satz inne und wandte sich Cherry zu. »Worauf willst du also hinaus? Dass ihr jemand mit Gewalt eine Spritze verabreicht hat?«

»Ist Blut für eine toxikologische Untersuchung entnommen worden?«

»Ja. Außerdem hat man die Leute befragt, die sie gefunden haben, und potenzielle weitere Zeugen aufgefordert, sich zu melden. Der Coroner wird hinzugezogen, und eine gerichtliche Untersuchung der Todesursache wird stattfinden wie bei jedem plötzlichen Todesfall. Mach dir keine Sorgen. Wir werden für Klarheit sorgen.«

Vega ließ sich schwerfällig auf den Stuhl neben Cherry fallen und nahm ihre kalten, steifen Finger in seine. Sie fühlten sich nicht mehr wie menschliches Fleisch an, eher wie die Hand einer Puppe.

»Da bildet sich noch ein Bluterguss«, murmelte Daria. »An ihrem Unterarm. Siehst du das?«

Vega schaute sie noch einmal an. »Ganz undeutlich.«

»Vielleicht wurde sie festgehalten.«

Plötzlich stöhnte Vega auf. Er ließ Cherrys Finger los, sackte vornüber und schlug sich die Hände vors Gesicht. »Ich glaube, das könnte ich gewesen sein.«

»Was?«

»Ich… Ich hab sie hochgezerrt, hab sie rausgeworfen. Sie wollte das Haus nicht verlassen. Da hab ich an ihrem Arm gerissen, nicht fest, ich wollte ihr nicht wehtun, aber sie ist so schmal, Dar…« Mit verwundetem Blick schaute er auf. »Ich glaube, ich hab sie verletzt.«

Daria starrte ihn an, und er sah, wie ihre Hand über ihren Bauch wanderte, auf ihr Baby zu. Dann bemerkte sie, was sie tat, und steckte die Hände in die schmalen Taschen ihrer Anzugjacke. »Es ist okay, Richard, es ist okay.«

»Es ist nicht okay. Es ist verdammt weit weg von okay!«

»Jeder verliert mal die Beherrschung. Du warst sehr geduldig mit ihr, das weiß ich doch. Auch Simon weiß das. Cherry hat ihm erzählt, wie sehr sie dich liebt. Wie viel deine Fürsorge ihr bedeutet hat.« Daria schaute zum Fenster. Die Vorhänge waren zugezogen, doch das Blaulicht eines Krankenwagens drang hindurch. »Dir ist natürlich klar, dass du erst einmal nicht zur Arbeit kommen kannst.«

Vega sprang auf. »Wie bitte?«

»Ich beurlaube dich aus persönlichen Gründen. Zwei Wochen, dann sehen wir weiter.«

»Zwei Wochen?«

»Ja.«

»Du sprichst von persönlichen Gründen, obwohl es das absolut Letzte ist, was ich persönlich jetzt will?«

»Es geht nicht darum, was du *willst.* Es geht um Deano und um Jodie. Wenn du in der Lage wärst, innerlich auch nur einen Zentimeter Abstand einzunehmen, würdest du es verstehen, Richard.«

Vega sackte in sich zusammen und ließ sich wieder auf den Stuhl fallen. Er nickte kaum merklich.

Daria trat um das Bett herum. Zu seinen Füßen setzte sie sich auf den Boden und legte den Kopf in seinen Schoß. Vega schob seine Finger in ihr Haar und starrte blicklos vor sich hin.

Noch eine Weile blieben sie schweigend neben Cherry sitzen. Daria leise schluchzend, Vega regungslos.

32

Freitagabend

Die Zeit hatte jede Bedeutung verloren, und Vega wusste nicht, wie lange er schon dagesessen hatte, als er eine Bewegung vor der Tür wahrnahm. Eine Krankenschwester schaute durchs Glasfenster, zog sich aber zurück, sobald sie merkte, dass er sie gesehen hatte.

Vermutlich wurde dieser Raum bald wieder gebraucht. Vega fragte sich, ob Simon, der an diesem Krankenhaus angestellt war, irgendwelche Fäden gezogen hatte, damit Cherry bis zu seiner Rückkehr aus Leeds noch nicht in die Leichenhalle gebracht wurde. Vermutlich sollte er ihn fragen und sich im Zweifelsfall bedanken.

Als er sich regte, hob Daria den Kopf von seinem Schoß und tupfte sich mit dem Ärmel die Augen ab.

»Alles in Ordnung mit dir?«

»Dieser Parkplatz, auf dem sie gefunden wurde ... Gibt es da eine Überwachungskamera?«

Daria schaute weg. Er spürte, dass ihm eine Enttäuschung bevorstand.

»Sie hat nicht funktioniert, stimmt's?«

»Mutwillig zerstört. Sie soll bald repariert werden.«

Vega seufzte und rieb sich so kräftig die Augen, dass hinter seinen Lidern Lichtblitze aufflammten. »Was für eine Scheiße.«

»Richard ... Ich hab dich nie gefragt, wie es dazu kam, dass Cherry bei dir wohnte. Vermutlich weiß Simon Bescheid, aber ich hatte nie das Gefühl, dass mir diese Frage zusteht.«

»Und jetzt fragst du?«

»Ich brauche sämtliche Informationen, die du mir geben kannst, für den Coroner. Es muss nicht jetzt sofort sein, aber möglichst bald.«

Vega dachte einen Moment nach. Er sah keinen Sinn darin, die Sache hinauszuzögern. »Ich hab sie kennengelernt, als ich ihre Mutter verhaftet habe.«

»Ihre Mutter? Weswegen?«

»Weil sie mehrfach mit einem Kartoffelschäler auf den Hals ihres Mannes eingestochen hat.«

»Scheiße.«

»Er hat schwere Verletzungen der Zervikalnerven davongetragen. Fast hätte sie ihm das Rückenmark durchtrennt. Der arme Kerl liegt immer noch in einem Spezialpflegeheim und kann nicht mal aus eigener Kraft husten. Irgendein Witzbold hat ihn am schwarzen Brett im Einsatzraum als Mr. Potato Head bezeichnet. Wahrscheinlich Keogh; intelligente Wortspiele waren nie seine Spezialität.«

»Klingt nach einem Kotzbrocken.«

»Keogh *ist* ein Kotzbrocken«, bestätigte Vega. »Damals haben jedenfalls die Nachbarn bei uns angerufen. Cherry war neun und musste alles mit ansehen. Sie war ein tapferes Mädchen und eine hilfreiche Zeugin.«

Rosen betrachtete Cherrys schmale, reglose Gestalt. »Armes Ding.«

»Die Mutter hat sie regelmäßig misshandelt – körperlich, emotional, was immer du willst –, aber meistens dann, wenn ihr Vater sich in Übersee aufgehalten hat. Er war Sergeant beim zweiten Bataillon der Fallschirmjäger. Ich hatte dort ein paarmal mit ihm zu tun gehabt. Ich schätze, er hat mich erkannt, als ich ihn später im Pflegeheim besucht habe, aber sicher bin ich mir nicht. Jedenfalls ist er einmal früher als erwartet auf Urlaub nach Hause gekommen. Er hatte die Familie überraschen wollen und fand Cherry eingesperrt im Heizungskeller. Sie hatte dort fast achtundvierzig Stunden zugebracht. Stand bis zu den Knöcheln in ihrem eigenen Dreck. Er hat seine Frau zur Rede gestellt … Cherry hat immer vermutet, dass ihr Vater vom Jähzorn ihrer Mutter wusste, aber das volle Ausmaß nie begriffen hatte.«

»Was ist dann mit Cherry geschehen?«

»Sie hatte keine engen Familienangehörigen, die sie aufnehmen wollten, also ist sie bis zu ihrem achtzehnten Geburtstag in staatliche Betreuung gekommen. Anschließend hat sie eine Wohnung bekommen, die sie wieder verloren hat. Es war ihre eigene Schuld. Bei ihrem Lebensstil und ihren Freunden … Offenbar hat es eine Party gegeben, die außer Kontrolle geraten ist.«

»Oh je.«

»Sie hat etwas von einem Brand erwähnt.«

»Oh je«, sagte Rosen wieder, musste aber lächeln.

Auch Vega lächelte. »Eines Morgens bin ich vor einem Kebab-Laden über sie gestolpert. Cherry hat auf der Straße gewohnt und alles, was sie besaß, in Müllbeuteln mit sich herumgeschleppt. Neun Jahre waren vergangen, doch sie konnte sich an mich erinnern und hat mir für meine Hilfe damals gedankt. Dabei hatte ich nicht mehr getan, als dort mit ihr zu sitzen, bis die Sozialarbeiter aufgetaucht sind, und ihr beim Packen ihrer Sachen zu helfen. Ich hab ihr einen neuen Schlafanzug gekauft, weil die Forensiker ihren gebraucht hatten. Den Teil der Geschichte hatte ich längst wieder vergessen.«

»Ich schätze mal, in ihrer Situation war sie für jede freundliche Geste dankbar.«

»Ja.« Ohne nachzudenken, rieb Vega sich immer weiter die Augen. »Ich brachte ihr einen Döner mit Pommes. Bot ihr ein Zimmer zum Übernachten an ... Vier Jahre ist das her, und jetzt sitzen wir hier.«

Eine Weile saßen sie schweigend und nachdenklich da. Noch einmal betrachtete Vega Cherry, die nicht mehr Cherry war. Seine beiden Berufungen hatten ihn mehrfach in Situationen gebracht, in denen er bei den Toten sitzen musste, aber sehr selten war es um jemanden gegangen, der ihm so nahestand. Cherry war im wahrsten Sinne des Wortes leichenblass. Die Haut der Lebenden wies eine ganze Palette von Farbtönen auf; die der Toten nicht. Sie zeigte ein farbloses Grau. Sanft hielt er ihre Hand. Sie fühlte sich nicht mehr so weich an.

»Ihr Handy«, sagte er und erhob sich langsam vom Stuhl. »Hast du es?«

»Ich habe es aufgeladen. Es hat einen Wischcode. Kennst du ihn zufällig?«

»Ja.« Vega nahm das Handy, schaltete es ein und wischte das C, das Cherry immer benutzte. Summend empfing das Gerät die eingehenden Nachrichten. Er entdeckte seine SMS und die Nachricht, die er auf ihrer Mailbox hinterlassen hatte. Er hörte sie ab. Er hatte sie im Gehen aufgesprochen, während der Verkehr vorbeigerauscht war, und er klang außer Atem.

»Hallo, Cher. Hier ist, äh, Padre. Ich hab nachgedacht. Dein Problem zu ignorieren war nicht richtig, aber ich hätte dich auch nicht vor die Tür setzen dürfen. Als du damals eingezogen bist, hatte ich dich gewarnt, dass ich in sowas nicht gut bin. Aber ich werde dran arbeiten.

Vielleicht kann Simon mir ein paar Tricks beibringen. Ich glaube, ich will einfach sagen, dass es mir leidtut und dass ich mich wie ein Arsch benommen habe. Und dass du nach Hause kommen sollst. Bitte. Ohne dich ist es nicht dasselbe, Cher.«

Er hatte ihr sagen wollen, dass er sie liebte. Doch Bishop war ganz in seiner Nähe gewesen, also hatte er es gelassen.

Er sollte es ihr jetzt sagen.

Er tat es nicht.

Simon stand an der Tür. Vega konnte den Mann ebenso wenig anschauen wie die beiden Schwestern hinter ihm mit ihrer Rollbahre.

»Es ist Zeit«, sagte der Therapeut. »Die Schwestern müssen sie wegbringen.«

Vega stand auf. Das wollte er nicht mit ansehen. Er küsste Cherry ein letztes Mal auf die Stirn. Sie war so kalt. Und er war zu spät gekommen. Er nickte Simon und den Schwestern schroff zu. »Seien Sie vorsichtig, ja?«

»Das werden sie«, versprach ihm Daria. »Kann ich dich nach Hause fahren?«

»Nein, alles klar.« Er riskierte einen Blick auf das Paar. Simon stand nah bei seiner Frau und schloss die Finger besitzergreifend um ihr Handgelenk, als wolle er sie zurückhalten. Vega spürte ein unerwartetes Aufflackern von Wut. »Keine Sorge, Si.« Er trat noch ein wenig näher, bis sein Oberkörper den von Simon berührte. Dann tätschelte er dessen Wange. »Ich nehme die Schuld auf mich.«

»Wofür?«, fuhr Simon auf. »Für Cherry?«

»Ich weiß genau, was du abgezogen hast. Im Black Dog.« Heftig atmend warf Vega sich vor dem Mann in die Brust. Dann beugte er sich zu dessen Ohr hinab. »Ich hab dich durchschaut.«

»Ich weiß nicht, wovon du sprichst«, sagte Simon errötend. Seine Brillengläser beschlugen von Vegas Atem.

»Soll ich es dir buchstabieren?«, fragte Vega. »Sollen wir alles auf den Tisch legen?«

»Richard«, warnte ihn Daria und legte die Hand auf seinen Arm. »Jetzt ist nicht der richtige Zeitpunkt.«

Vega trat einen Schritt zurück, schaute zwischen den beiden hin und her und schüttelte schließlich den Kopf. »Er sorgt dafür, dass du dich schwächer fühlst, als du eigentlich bist, Dar. Er lässt dich glauben, dass du ihn brauchst. Aber das tust du nicht.«

»Geh nach Hause. Bevor du etwas sagst oder tust, was du nachher bedauerst«, sagte Daria im selben ruhigen Ton. Vega blieb noch einen Moment reglos stehen, dann warf er einen letzten Blick auf Cherry und ging zur Tür.

»Der Mann ist völlig aus dem Gleichgewicht«, hörte er Simon sagen. »Armes Mädchen. So vieles ergibt jetzt langsam Sinn.«

Vega ging weiter. Sein Hals fühlte sich an wie zugeschnürt, und seine Augen brannten. Er tastete in seinen Taschen nach dem Tabak. Erst als er das Krankenhaus schon verlassen hatte, begriff er, dass er Tabak und Blättchen im Hotelzimmer gelassen hatte.

»Hier«, sagte eine vertraute Stimme. Jemand streckte ihm ein Päckchen Mentholzigaretten entgegen. »Tun die's auch?«

Zaid. Vega starrte ihn an, als wäre er eine Fata Morgana.

»Bish hat vorgeschlagen, dass ich mal vorbeischaue.« Zaid zuckte die Achseln. »Er macht sich Sorgen.«

»Alles bestens.«

»Klar, Kumpel, offensichtlich.« Zaid grinste. »Aber es ging ihm wohl mehr um seinen Jaguar. Angeblich fahren Sie wie Clarkson auf Crack.«

Vega lachte laut auf. Dann ging das Lachen in ein Schluchzen über, und schließlich heulte er wie ein Baby an der Schulter von Zaids schicker Anzugjacke.

»Alles bestens, Sir«, beruhigte ihn sein Constable und umarmte ihn ungeschickt. »Ich habe ein selektives Gedächtnis und eine tolle Reinigung. Lassen Sie's raus. Alles bestens.«

33

Sonntagmorgen

Reese befand sich am Stadtrand von Brüssel. Der Akku seines iPods war leer, und er hatte keine Lust, das Radio anzumachen. Langeweile machte sich breit, nachdrücklich und subversiv, und lähmte seine Instinkte. Er rutschte auf den Fahrersitz, spähte durch den Riss im Sonnenschutzrollo an der Windschutzscheibe und suchte den ebenen LKW-Parkplatz nach irgendwelchen Lebenszeichen ab.

Gerade war ein Sattelschlepper auf dem Parkplatz aufgetaucht, um dessen Halogenaugen sich im Nebel ein Lichtkranz bildete. Reese sah zu, wie er ganz am anderen Ende stehen blieb und die Scheinwerfer erloschen. Der Fahrer stieg aus, streckte sich und begann mit einer routinemäßigen Überprüfung, bei der er das Fahrgestell unter beiden Seiten des Aufliegers kontrollierte und die Spanngurte auf Anzeichen untersuchte, dass sie gerissen und dann getackert, geleimt oder mit Klebeband geflickt worden waren. Erst als der Fahrer wieder eingestiegen war, legte Reese sich hin und entspannte sich.

Er rieb sich die Hände, denn seine Handschuhe konnten wenig gegen die beißende Kälte ausrichten. Zwar hatte er das Heizgerät eingeschaltet, doch auch das nützte in einer Nacht wie dieser wenig. Immer noch bildete sein Atem kleine Wölkchen. Am liebsten hätte er sich in seinem Schlafsack zusammengerollt, doch wenn die Dinge erst ins Rollen kämen, würde alles blitzschnell gehen müssen, und er konnte sich die Sekunden nicht leisten, die er dann bräuchte, um sich aus dem Schlafsack zu befreien.

Er schaute auf die Uhr und dann auf sein Handy. Kidd war spät dran. Dafür konnte es hundert verschiedene Gründe geben, und über einige davon mochte er lieber nicht nachdenken.

Dann hörte er ihn. Einen Dieselmotor, zu schwach für einen LKW. Durch den Riss in der Folie sah er einen weißen Minibus ohne Aufschrift, der neben seinem LKW hielt. Die Scheinwerfer waren ausgeschaltet, sodass er bei den augenblicklichen Lichtverhältnissen schwer zu erkennen war. Reese öffnete die Tür einen Spaltbreit und schlüpfte hinaus.

Es war Kidd in seiner blauen gewachsten Jacke und seiner Cargohose. Sein rotbraunes Haar wirkte im gelben Licht der Lampen wie gefärbt, und die silbernen Flecken in seinem Bart erschienen golden. Er begrüßte Reese mit einem festen Schulterdruck, ehe er ihn zur Rückseite des Lastwagens begleitete. Die beiden Männer arbeiteten in schweigender Übereinkunft. Sie hatten genug Erfahrung, um ohne Worte auszukommen.

Sie öffneten das Heck des Kühlcontainers und luden Steige um Steige mit Schnittblumen ab, deren Duft die Nacht erfüllte, ein süßlicher Geruch, der Reese auf Übelkeit erregende Weise an seine letzte Tour erinnerte. An die Toten. Er drehte sich um und würgte. Dabei glitt ihm seine Seite der Steige aus den Händen.

»Reiß dich zusammen«, zischte Kidd. »Sei nicht so ’ne verdammte Memme.«

»Lass mich in Ruhe, Cal. Das hilft mir jetzt auch nicht.« Reese wischte sich den Mund ab und half ihm wieder beim Entladen. Die Steigen reichten nicht bis zur anderen Seite des Containers. Sie sollten nur einen Sichtschutz bilden, hinter dem die eigentliche Fracht verborgen blieb.

Kidd ging hinüber zum Minibus und öffnete die Tür. Traumatisierte braune Gestalten stolperten nacheinander aus dem Laderaum in die feuchte Kälte des Parkplatzes. In den Augen all der Männer, Frauen und Kinder stand der gleiche Horror geschrieben. Sie trugen identische Kleidung, mit der Kidd sie ausgestattet hatte: dunkle Jeans und graue Oberteile.

Sie stammten, wie schon die drei letzten Gruppen, überwiegend aus Afghanistan. Diejenigen, die es konnten, hatten Häuser und Existenzen weit unter Preis verkauft, um diese Reise bezahlen zu können, die sie von Damaskus nach Beirut, über Istanbul und Italien schließlich nach Rotterdam geführt hatte.

Es war Reeses dritte Tour. Diesmal hatte er einen Rucksack mit Wasserflaschen mitgebracht, von denen er jedem zweiten Passagier eine reichte. Ein Mann blieb stehen und fragte in stockendem Englisch, ob er sich erleichtern dürfe.

»Scheiß dann, wenn es nicht von meiner Zeit abgeht«, fuhr Kidd ihn an. »Komm, bewegt euch!« Er gab der Frau, die sich am langsamsten bewegte, einen Stoß, sodass sie gegen den Mann vor ihr stolperte, der nicht ausweichen konnte. Als sie alle im Container verschwunden waren, standen sie so dicht gedrängt, dass sie sich nicht einmal umdrehen konnten, und auch die Steigen mussten noch verstaut werden. Für dieses Privileg hatte jeder von ihnen zwanzigtausend Euro gezahlt. Die Temperatur auf der Ladefläche lag um den Gefrierpunkt. Die dünnen grauen Oberteile würden die Menschen nicht vor der Kälte schützen, doch so eingepfercht, wie sie standen, würde die Körperwärme die Kälte ein wenig mildern. Es war dunkel. Nur durch das kleine Rechteck der Belüftung fiel ein wenig Licht herein.

»Diesmal lässt du sie offen, was, Pickelgesicht?« Kidd lachte, als hätte er Reeses geheimste Gedanken gelesen. Er schlug ihm auf den Rücken, und sie fingen an, die Steigen wieder einzuräumen. Sie bauten eine Wand, die Reese an die Jenga-Türme erinnerte, die er am Esstisch mit Dad, Mum und Deano gebaut hatte.

Deano …

Sie hatten es beinahe geschafft. Der Plan sah vor, dass Kidd mit dem leeren Minibus losfuhr, während Reese seine Reise mit dem LKW fortsetzte, allein und doch nicht allein. Zunächst weiter über die E40, dann zum Hafen von Zeebrugge und auf die Fähre nach Hull, wo sie Kontakte bei den Hafenbehörden hatten und unbehelligt einreisen konnten.

»Bist du bereit?«, fragte Kidd und packte Reese, der wieder ins Führerhaus steigen wollte, am Ellbogen. Reese nickte unsicher.

»Genau wie beim letzten Mal. Klar? Du hast sie prima nach England gebracht.«

»Nur dass sie tot waren, als wir die Türen geöffnet haben.«

»Ja, klar, und woran das lag, wissen wir ja, du blöder Depp.« Kidd lachte leise, nahm Reeses Gesicht in beide Hände und strich mit den Daumen grob über seine Wangen. »Hey, jetzt komm schon. Fang nicht davon an. Ich hab mich drum gekümmert, stimmt's?«

»Ja … Ja, das hast du.«

»Dafür bin ich da, oder? Ich kümmere mich um dich.«

»Ich weiß. Und dafür bin ich dir dankbar. Ehrlich, Cal.«

Reese verschränkte seine Finger mit Cals, und der Mann wurde sanfter.

»Na, dann los«, sagte er schroff. »Schaff deinen Arsch in den Wagen. Wir haben eine lange Reise vor uns.«

Reese überprüfte noch einmal, ob der Laderaum fest verschlossen und die Lüftungsklappe wirklich geöffnet war. Er wollte gerade wieder einsteigen, als er Motorengeräusche hörte. Es mussten mehrere Fahrzeuge sein, und keine LKWs.

Die Autos fuhren schnell, zu schnell. Es waren drei, alte Mercedes, deren Nummernschilder mit Pappe und Klebeband unkenntlich gemacht worden waren. Reese hatte befürchtet, dass sie auftauchen würden – irakische Kurden, die diese LKW-Parkplätze mit gnadenloser, brutaler Macht kontrollierten. Sie sicherten sich ihren Anteil an den Profiten der Schattenwirtschaft, die dieses Tor zu Europa nutzte.

»Das sind sie, oder?«, fragte Reese. »Hast du sie bezahlt?«

Kidd sog zischend die Luft ein. Seine schrägen Schultern zuckten.

»Verdammt, du hast nicht gezahlt, was?«

»Jetzt verpiss dich schon«, murmelte Kidd. »Los, worauf wartest du noch?«

»Ich lass dich nicht allein, Cal.«

»Du tust, was ich dir sage! Glaubst du, ich komme nicht mit einer Handvoll verdammter inzüchtiger Kurden zurecht?«

Trotzig warf Reese die Tür des Führerhauses zu. Er schob die Schlüssel in seine Tasche und wartete mit verschränkten Armen. Die drei Autos blockierten ihre Fahrzeuge, und neun Männer sprangen heraus, große Männer mit Lederjacken und Sturmhauben. Nur der kleinste von allen zeigte sein Gesicht. Seine dunkle Haut war vernarbt und faltig, seine Wimpern schwarz und sein Mund dünn wie ein Faden, wie eine Garrotte.

»Alles klar, Ziryan?« Kidd lächelte. »Angenehme Nacht heute.«

»Keine Nacht ist angenehm, wenn man Schulden hat, Calvin.« Der Mann sprach so leise, dass Reese sich konzentrieren musste, um ihn zu verstehen. Reese trat ein wenig näher zu Kidd und streckte sich, um so groß wie möglich zu wirken. Er hoffte, dass seine gefütterte Jacke seine schmächtige Statur ein wenig kräftiger erscheinen ließ.

»Ja, da sagst du was.« Kidd wandte sich an Reese. »Das erinnert mich daran, dass wir zu Hause noch die Buchmacher bezahlen müssen.«

»Eure *Buchmacher* können warten. Zuerst bezahlst du mich«, sagte Ziryan und trat einen Schritt näher. Die anderen acht Männer folgten seinen Bewegungen, als hielte er sie an einer unsichtbaren Leine.

»Ich hab beim letzten Mal bezahlt. Zweitausend Euro pro Nase. Du blutest mich aus.«

Ziryan drängte sich an Kidd vorbei, ging um den Lastwagen herum und hämmerte mit der Faust auf den Container. Das metallische Geräusch hallte über den Parkplatz. »Wie viele hast du heute hier drin, Calvin? Vierzig? Sechzig?«

»Du solltest deine schmuddeligen Hände von meinem Wagen nehmen«, sagte Kidd ruhig. »Bevor ich sie dir abschneide.«

Ziryan blieb stehen. Er starrte Kidd einen Augenblick an, dann lachte er los und schaute zu seinen Vettern hinüber. »Auf diesem Parkplatz gehört dir nichts, mein Freund. Nicht mal dein eigener perverser Körper. Ich nehme mir, was ich will.«

»Ja, versuch es doch.«

»Ich mag mutige Männer.«

»Dann wirst du dich selbst nicht mehr lange mögen. Ich haue ab. Ich nehme meinen Laster, ich nehme meine Ladung, Ende der Geschichte. Klar?«

»Kein bisschen.«

»Komm, Pickelgesicht. Wir müssen unser Schiff kriegen.« Kidd schob einen der Männer beiseite, um Reese zurück in die Fahrerkabine zu bugsieren. Reese suchte in seiner Tasche nach den Schlüsseln, während der Kreis der acht Männer sich enger um sie schloss.

In Erwartung des ersten Schlags, von wo auch immer er kommen mochte, schien Reese in sich zusammenzuschrumpfen. Immerhin war Kidd bei ihm, hinter ihm, und er bot ihnen die Stirn.

Ziryan, der Kidd keine Sekunde aus den Augen gelassen hatte, nickte kaum wahrnehmbar. Schon brach die Gewalt los, mit der Reese gerechnet hatte. Aus Jackenärmeln wurden Aluminiumschläger gezogen, die im künstlichen Licht glatt und geschmeidig wirkten. Eisenstangen tauchten auf. Macheten.

»Steig ein!«, brüllte Kidd. »Steig ein, Reese!«

Reese fummelte mit den Schlüsseln herum und schaffte es irgendwie, die Tür zu öffnen. Er zog sich hoch in den Sitz und drehte den Zündschlüssel. Der Motor sprang an, ließ das Fahrzeug erzittern und übertönte die Schreie draußen. Reese wusste nicht, was sich um ihn herum gerade abspielte, doch er würde nicht losfahren, er würde Cal nicht im Stich lassen.

Bei laufendem Motor zog er das Sonnenschutzrollo hoch. Obwohl die Männer deutlich in der Überzahl waren, schienen sich die meisten zurückzuhalten. Nur zwei griffen Kidd an, der jetzt ein Messer gezogen hatte. Er hieb damit um sich, um die Männer auf Abstand zu halten, es hatte aber nicht die Reichweite eines Baseballschlägers oder einer Eisenstange. Kidd kassierte zwei heftige Schläge auf die Schultern und einen gegen den Kopf. Dann ging er zu Boden und schob sich unter den Container. Reese war klar, dass er jetzt nicht losfahren konnte, ohne das Risiko einzugehen, ihn zu zermalmen.

Er betrachtete das Radio, immer noch mit angehaltenem Atem. Ihm war schwindlig. Er wusste nicht, was er tun sollte. Auf so etwas hatte Kidd ihn nicht vorbereitet.

Plötzlich wurde die Fahrertür aufgerissen. Ziryan tauchte auf. Er lächelte und entblößte dabei die nikotingelben Zähne. Reese wollte nach ihm treten, ihn niederschlagen, ihn davon abhalten, ins Führerhaus zu klettern, doch er schaffte es nicht. Er schaffte es nicht. Wimmernd stieß er den Atem aus, den er die ganze Zeit angehalten hatte.

»Gib mir die Schlüssel, Junge«, sagte Ziryan. »Komm schon. Sei kein Idiot.«

Reese starrte ihn stumm und schwer atmend an. Ziryans schwarze Augen fixierten ihn.

»Die Schlüssel«, wiederholte er seine Forderung. »Sofort!«

»Nein … Nein, verpiss dich einfach, Ziryan. Verpiss dich«, zischte Reese, der plötzlich seine Stimme wiedergefunden hatte. Er reckte Ziryan den Mittelfinger entgegen: »Wie Cal gesagt hat – wir sind hier fertig.«

Ziryans Verblüffung verwandelte sich schnell in Wut.

Er fletschte die Zähne und tastete nach etwas in seiner Jacke. Reese sah Stahl aufblitzen. Eine Klinge. Er trat aus und erwischte Ziryan mit seinem abgewetzten Turnschuh an der Brust, ohne ihn zurückstoßen zu können. Der Mann war kräftig gebaut und konnte sich an der Fahrerkabine festhalten. Er zog sich sogar noch weiter hinein. Reese kroch ein Stück zurück. Er war zu langsam. Zu langsam und unbewaffnet. Scheiße.

Dann legte sich eine Hand um Ziryans Gesicht, packte in seinen breiten Mund und zerrte ihn zurück aus dem Lastwagen. Kidd. Calvin kletterte über den Kurden, der mühsam wieder auf die Beine kam. Seine Cousins bildeten hinter ihm eine Wand aus muskulösen Körpern. Ziryan warf sich auf den Schotten und hämmerte mit einer Faust immer wieder auf Kidds Rücken und Schultern. Es sah aus, als würde er ihn schlagen, doch wieder blitzte das kalte Metall auf.

Kidd lag jetzt auf Reeses Schoß und griff nach etwas, das unter dem Beifahrersitz versteckt war. Er drehte sich um, und ein Knall wie bei einem Feuerwerk ertönte. Plötzlich war ein sauberes rotes Loch an der Stelle, wo Ziryans Auge gewesen war, und hinter ihm spritzten Knochensplitter und Gehirnmasse auf. Ziryan sackte in sich zusammen und kippte nach hinten. Nach drei weiteren Schüssen hasteten seine Männer zurück zu ihren Autos.

»Fahr«, keuchte Kidd. »Fahr!«

Ungeschickt legte Reese den Gang ein. Kidd zog die Fahrertür zu. Der andere Sattelschlepper, der kurz vor Kidds Erscheinen eingetroffen war, hatte jetzt die Scheinwerfer eingeschaltet. Zweifellos würde der Fahrer Hilfe rufen. Reese brachte den Motor auf Touren und steuerte die Ausfahrt an.

Er riskierte einen Blick in den Rückspiegel: Drei Männer, darunter Ziryan, lagen in ständig größer werdenden Blutlachen, die unter dem künstlichen Licht wie Ölflecken aussahen. Mit aufgerissenen Augen drehte er sich zu Kidd hinüber. Calvin grinste ihn mit roten Zähnen an stieß ein tief in seiner Kehle gurgelndes, feuchtes Lachen aus. Es klang wie ein Todesröcheln.

»Gieriger Sack, dieser Ziryan.« Er wickelte seine Waffe in ein Fensterleder. »Aber geschäftstüchtig ist er, das muss man ihm lassen.«

»Ich hab dir gesagt, dass ich keine Schusswaffe mitnehmen will«, murmelte Reese. »Ich hasse Schusswaffen.«

»Gut, dass ich nicht auf dich gehört hab, was?«

Kidd schloss die Augen und sackte vornüber. Erst jetzt bemerkte Reese die Blutflecken, die langsam durch den Rücken von Kidds zerfetzter Jacke sickerten, und die tiefe Schnittwunde an seinem Schädel.

»Oh Gott …! Oh Gott, Cal!«

»Leuten wie mir hilft Gott nicht«, brummte Kidd und spuckte roten Schleim in den Fußraum. »Fahr weiter, Pickelgesicht.«

34

Montagmorgen

Vega lag auf dem Sofa und starrte auf den dunklen Bildschirm seines Fernsehers. Er hatte ihn heute Morgen noch nicht eingeschaltet, weil er die Stille vorzog, in der er die Geräusche seines eigenen Körpers wahrnahm: das Knurren seines leeren Magens, das Pfeifen seines Atems, das Öffnen und Schließen seiner tränenlos blinzelnden Augen. Er fühlte sich ausgetrocknet und abgestumpft. Als es an der Haustür klingelte, rührte er sich nicht. Es klingelte noch einmal, länger und beharrlicher, und abermals ignorierte er es. Dann hörte er, wie ein Schlüssel ins Schloss geschoben und die Tür geöffnet wurde.

»Hallo?«

Vega schloss die Augen und ließ den Kopf in die blaugrünen Kissen sinken, um so zu tun, als schliefe er. Er erkannte die sonore Stimme. Sie sang jetzt seinen Namen zur Melodie der alten Sega-Spiele.

»Ve-ga.«

Vega täuschte ein Schnarchen vor.

»Ich weiß, dass Sie wach sind, Vega Mega Drive.«

Vega öffnete langsam eines der geröteten Augen. »Es heißt immer noch *Sir.*«

»Im Moment eher nicht«, konterte Zaid grinsend. »Sie kommen erst in einer Woche wieder zurück. Ich muss schon sagen, ohne Anzug sehen Sie sonderbar aus. Ich glaub nicht, dass mir das gefällt …«

Vega schaute auf seine Boxershorts hinunter, aus denen die rötliche Spitze seiner Männlichkeit hervorschaute. »Hmm. Wer hat Ihnen den Schlüssel gegeben?«

»Raten Sie mal.«

»Daria.«

»Treffer beim ersten Versuch – Mann, Sie sollten es als Detective versuchen!« Zaid ging weiter in die Küche, in den Händen zwei Einkaufstaschen von Sainsbury, die Augen strahlend und voller guter Absichten. Vega sollte ihn eigentlich rauswerfen. Stattdessen atmete er tief durch die Nase ein und ächzte laut. Mühsam erhob er sich vom Sofa und folgte Zaid in die Küche.

»Dann hatte sie also keinen Bock, persönlich zu kommen?« Er setzte sich an den Küchentisch und sah zu, wie Zaid dreist seine Schränke und den Kühlschrank öffnete, an seiner Milch roch und beim Anblick des Gemüsefachs mit der Zunge schnalzte.

»Hat wohl lieber ihren Laufburschen geschickt?«

»Wahrscheinlich kommt sie später vorbei.«

»Zweifellos mit Simon im Schlepptau.«

»Er ist ihr Mann.«

»Er ist ein heuchlerisches Arschloch. Wie läuft's mit dem Fall?«

Über die Schulter warf Zaid ihm einen unsicheren Blick zu. Vega schnaubte entrüstet. »Schauen Sie mich nicht so an, Zed. Ich hab Urlaub. Gekündigt bin ich nicht, noch nicht. Um Himmels willen, es spricht nichts dagegen, dass Sie mich auf den neuesten Stand bringen.«

Zaid fand ein Messer und hackte ungeschickt Gemüse für irgendein Jamie-Oliver-Rezept, das er Vega offenbar aufdrängen wollte. »Wir können gleich in Ruhe plaudern.

Ich bin hier, falls Sie eben duschen und sich rasieren wollen.«

»Ist das ein Wink mit dem Zaunpfahl?«

Zaid grinste breit. »Schon wieder voll ins Schwarze. Sie sind echt der intuitive Typ, was?«

Vega seufzte und trottete demonstrativ nach oben, wobei er sich alle Mühe gab, die dritte vom Flur abgehende Tür zu übersehen.

Cherrys Tür.

Er hatte es noch nicht über sich gebracht, das Zimmer zu betreten. Ihre Freunde hatten ihm die Reisetasche mit ihrer Kleidung und ihrem Laptop zurückgebracht und waren dann zögerlich an der Haustür stehen geblieben, um ihm ungeschickt ihr Beileid auszusprechen. Sie hatten erklärt, sie wollten ihr zu Ehren ein Konzert im Grey Lady veranstalten; vielleicht hätte er ja Lust zu kommen. Außerdem wollten sie ein paar Stücke aufnehmen, vielleicht eine EP zusammenstellen. Konnte er ihnen vielleicht ein paar Songs sagen, die sie besonders gemocht hatte? Die *er* besonders mochte?

Das ganze Szenario war ihm surreal vorgekommen. Er hatte die Reisetasche genommen und ihnen die Tür vor der Nase zugeschlagen. Dann erst war ihm der perfekte Song eingefallen, *Long and Lost* von Florence and the Machine. Cherry hatte ihn wieder und wieder gespielt. In dem Song ging es um die Sehnsucht nach Vergebung. Um das Bedürfnis, nach Hause zu kommen.

Vega zog sich aus und trat unter den heißen Wasserstrahl. Er schrubbte sich die beiden letzten Tage gründlich von der Haut. Dann sprühte er sich mit dem teuren Duft ein, der nach Zitruspflanzen und Edelhölzern roch und den ihm die bildschöne Verkäuferin bei Hoopers aufgeschwatzt hatte, als er sich dort einmal vor dem Regen in Sicherheit gebracht hatte.

Er entschied sich gegen eine Rasur, schon allein um Zaid nicht länger da unten allein zu lassen – wer wusste schon, was er anrichten würde. Er zog eine pechschwarze Jeans und das fliederfarbene Paisley-Hemd an, das Cherry ihm gekauft hatte. Eigentlich hatte er es immer gehasst, doch plötzlich schien es einen eigentümlichen Reiz zu besitzen.

»Mit Ihrem Ofen stimmt irgendwas nicht«, sagte Zaid, als Vega die Küche betrat. Er fühlte sich wieder wie ein Mensch und sah offenbar auch so aus. Dass Zaid bei seinem Anblick stutzte, nahm er jedenfalls als gutes Zeichen.

»Ja, das liegt an dem Trottel, der ihn bedient«, brummte Vega und trocknete sich die feuchten Haare. »Das ist ein Umluftherd, Zed. Wenn Sie ihn so weit aufdrehen, werden Sie alles verbrennen.«

»Oh, klar.«

»Sie kochen nicht oft, stimmt's?«

»Mum erledigt das immer«, brummte Zaid.

»Erzählen Sie mir nicht, dass Sie noch zu Hause wohnen …«

»Doch, aber ich ziehe bald aus.«

»Dann sollten Sie vielleicht hin und wieder in ein Kochbuch schauen, Sie übergroßer Junge.«

Zaid kicherte gut gelaunt vor sich hin. Nicht zum ersten Mal fragte sich Vega, was er dafür getan hatte, um diese fast schon kriecherische Ergebenheit seines Kollegen zu gewinnen. Jedenfalls war er tief im Inneren dankbar dafür.

»Schauen Sie, wenn Sie mir helfen wollen, dann erzählen Sie mir alles, was ich verpasst habe«, sagte Vega. »Was haben Sie heute zu tun, abgesehen davon, mir auf die Nerven zu gehen?«

Zaid ließ seine kulinarischen Ambitionen ruhen und zog seine Zigaretten hervor. »Darf ich …?«

»Nur zu.«

Zaid öffnete die Tür zum Garten, und Vega rollte sich am Tisch eine Zigarette.

»Okay. Also, ich weiß ja nicht, wie aufmerksam Sie die Lokalnachrichten verfolgt haben. Vor einigen Tagen gab es in Tonbridge einen hässlichen Überfall auf ein indisches Take-away-Restaurant. Der Besitzer schwebt noch in Lebensgefahr, der Zustand seiner Frau ist ernst, aber stabil.«

»Übel.«

»Richtig übel.« Zaid schnippte seine Asche in eine Blumenampel, in der außer Unkraut nichts wuchs. Zwar war das Haus makellos sauber, doch den Garten konnte man bestenfalls als brachliegend bezeichnen. »Die forensischen Spuren vom Tatort sind jedenfalls interessant. Es wurden Fingerabdrücke und DNA-Spuren gefunden. Sie passen zu einem gewissen … Calvin Kidd.«

Vega sprang so schnell auf, dass sein Stuhl über den Linoleumboden rutschte. »Sie machen Witze. Dann ist er also in der Stadt und aktiv?«

»Ziemlich aktiv«, erklärte Zaid und zog eine Grimasse. »Die armen Leute sind schlimm zugerichtet.«

»Irgendwelche Hinweise auf das Motiv? Diebstahl?«

»Nee, Mann. Nichts angerührt. Alle Einnahmen noch in der Kasse, auch der Schmuck ist da. Das Paar sagt nichts – kann noch nichts sagen –, aber die Einwanderungsbehörde hat eine Akte über sie. In der Küche arbeiten vermutlich Illegale. Bis jetzt wurde nichts unternommen, was aber offenbar kurz bevorstand.«

Tausend Möglichkeiten ratterten durch Vegas Kopf. Er vergaß seine Zigarette und starrte nachdenklich vor sich hin.

»Das war noch nicht alles«, fuhr Zaid fort und lächelte, als er den Gesichtsausdruck seines Sergeants bemerkte. »Ein anderer Abdruck am Tatort stimmt mit dem Teilabdruck überein, den wir auf der SIM-Karte im Haus der Stowes gefunden haben.«

»Reese?«

»Seine Abdrücke sind nicht in den Akten, also wissen wir es nicht mit Sicherheit. Aber es sieht danach aus.«

»Verdammt«, flüsterte Vega. »Also, wie geht's weiter?«

»Wo wir gerade von der SIM-Karte sprechen, die Carmichael entdeckt hat, ja …?«

Die Erwähnung Carmichaels in diesem Zusammenhang versetzte Vega immer noch einen Stich, es ließ sich nicht leugnen. Er hatte dem jungen Kollegen die Lorbeeren aus Gefälligkeit überlassen, als Versuch, eine Brücke zu bauen. Inzwischen bedauerte er das. Damit hatte er lediglich dazu beigetragen, Tony Carmichaels Inkompetenz zu verschleiern.

»Aufgrund der Nachrichten, die Deano auf der Mailbox hinterlassen hat, können wir davon ausgehen, dass die SIM-Karte Reese gehörte«, fasste Vega zusammen. »Der Zeitpunkt passt zu den Bildern der Überwachungskamera, auf denen zu sehen ist, wie Deano vor dem T. Wells Sports Centre jemanden anruft. Das letzte Lebenszeichen von Deano. Kurz nach dem Empfang dieser Nachricht muss Reese – oder jemand mit Zugriff auf Reeses Handy – die SIM-Karte aus dem Gerät entfernt haben, weil keine weiteren Informationen mehr verzeichnet sind: keine Anrufe, keine Geodaten. Deanos Handy verschwindet zehn Minuten später ebenfalls von der Bildfläche.«

»Ja, genau.« Zaid nickte, zog enthusiastisch an seiner Zigarette und stieß den Rauch durch den Mundwinkel aus. Sofort nahm er den nächsten Zug. Er platzte vor nervöser Energie, und Vega fühlte sich schon müde, wenn er ihn nur anschaute. »Wir haben Deanos Handy nie gefunden, aber alle ankommenden und ausgehenden Anrufe von Reeses mutmaßlicher Karte zurückverfolgt. Die meisten Nummern, mit denen er Gespräche geführt hat, sind inzwischen tot. Wahrscheinlich gehören sie zu Wegwerfhandys. Aber immerhin haben wir die Adresse von einem Anschluss finden können. Er gehört zu einem leer stehenden Haus.«

»Waren Sie schon dort?«

»Nein, noch nicht. Carmichael und ich werden im Laufe des Tages hinfahren.«

Vega wollte gerade seine Selbstgedrehte anzünden, verstaute sie stattdessen aber wieder in seinem Tabaksbeutel. »Sie haben heute Vormittag frei, oder?«

»Ja, deshalb wollte ich mal nach Ihnen sehen.« Dann begriff Zaid, worauf Vega hinauswollte. »Nein … Auf keinen Fall, Bruder. Unmöglich.«

Vega versuchte sich an einem einnehmenden Lächeln. Das Ergebnis erinnerte eher an einen Haifisch, hatte aber den gewünschten Effekt. Zaid rollte mit den Augen und zog seine Autoschlüssel aus der Tasche.

»Sie reiten mich noch richtig in die Scheiße, Vega Mega Drive …«

35

Montagmittag

Zwanzig Minuten später stand Vega vor dem leeren Haus, Zaid zappelte neben ihm herum.

»Carmichael wird sauer sein, dass ich ohne ihn hergekommen bin.«

»Lassen Sie ihn sauer sein. Er ist ein Schwachkopf. Warum steht es leer?«

»Es darf erst wieder vermietet werden, wenn die Feuchtigkeit beseitigt ist und ein paar bauliche Probleme behoben sind. Auskunft von der Gesundheitsbehörde.«

»Wem gehört das Haus?«, fragte Vega. »Einem privaten Vermieter?«

»Nee, einer Immobiliengesellschaft. Abrahams Novak.«

»Hmm. Suchen Sie nach irgendwelchen Verbindungen zwischen denen und den Stowes, nur für den Fall.«

»Okay.« Zaid zog sein Notizbuch aus der Tasche und schrieb es sich auf.

»Haben Sie schon mit den Nachbarn gesprochen?«

»Ja. Sie sagen, dass sie eine Zeitlang zu den merkwürdigsten Uhrzeiten einen Haufen Männer haben kommen und gehen sehen. Aber seit etwa einer Woche ist niemand mehr aufgetaucht. Die Nachbarn dachten, es wären neue Mieter.«

»Konnten sie irgendwen beschreiben?«

»Ja, wir haben vage Beschreibungen bekommen. Demnach könnte es sich bei zweien der Männer eventuell um Kidd und Reese handeln. Außerdem war von einem Fahrzeug die Rede, einem silbernen Vauxhall Astra. Wir haben sogar einen Teil des Kennzeichens.«

»Klingt doch vielversprechend.«

»Vielleicht.« Zaid zuckte die Schultern. »Aber ich würde vermuten, die Nummernschilder waren entweder nachgemacht oder geklaut. Die Kollegen von der Verkehrspolizei suchen nach dem Wagen. Bisher hat die automatische Nummernschilderkennung allerdings nichts gebracht.«

Es war Mittag, aber düster wie am frühen Abend. Graublaue Gewitterwolken hingen über den Dächern dieses heruntergekommenen Teils von Southborough. Eine wirbelnde Wolke aus Sperlingen, die offenbar den bevorstehenden Wolkenbruch spürten, kreiste über ihnen. Schon fühlte Vega die ersten Tropfen auf seinem Gesicht. »Sollen wir reingehen?«

»Dürfen wir?«

»Sie dürfen. Rufen Sie Abrahams Novak an. Wenn die uns grünes Licht geben, sind wir auf der sicheren Seite.«

Zaid griff nach seinem Handy, und Vega betrat die Gasse, die zur Rückseite der Häuserreihe führte. Es roch nach Füchsen; kleine schwarze Kotklumpen lagen zwischen ausgeweideten Müllbeuteln verstreut. Vega suchte vorsichtig seinen Weg durch diese Schweinerei und zählte die zerbröselnden Kamine, bis er vor der richtigen Gartentür stand. Er griff auf die andere Seite und tastete nach dem Riegel. Das Holz an den Türangeln war aufgequollen, sodass die Tür sich nicht schwungvoll öffnete, sondern gerade so weit aufschrammte, dass Vega sich hineinzwängen konnte. Er stand auf von Moos überzogenen Steinplatten und betrachtete die morastigen Blumenkübel, in denen nur braune Stängel und im Wasser treibende Zigarettenkippen zu erkennen waren.

»Sie sagen, wir dürfen rein«, erklärte Zaid und trat zu ihm. Er betrachtete das schmale dreistöckige Haus mit den kleinen quadratischen Fenstern in ihren verrottenden Rahmen. Vega schaute durch die Hintertür in eine Küche: Linoleum, das sich an den Rändern wölbte, und verzogene Arbeitsflächen, auf die jemand einen Fernseher gequetscht hatte. Dreckige Teller in der Spüle und Fliegen, die über das verkrustete Essen krochen.

»Bringt uns jemand die Schlüssel?«

»Offenbar sind von irgendwem, der sich hier aufgehalten hat, die Schlösser ausgetauscht worden. Wir dürfen uns gewaltsam Zutritt verschaffen, falls es nötig ist.«

»Dann überlasse ich Ihnen das Vergnügen.«

Vega trat zur Seite, und Khan brach ein rückwärtiges Fenster auf, für das er schlank und beweglich genug war. Dann öffnete er von innen die Tür, und Vega trat ein. Auf der Stelle schlug ihm der Gestank entgegen. Im dunklen Flur und auf der Treppe stapelten sich die Müllsäcke. Zaid stellte die braune Ledertasche ab, die fast alles enthielt, was sie für eine vorläufige Durchsuchung brauchten, und reichte Vega ein Paar Latexhandschuhe. Dann streifte er sich selbst welche über.

»Ich übernehme das oberste Stockwerk«, erklärte Vega. »Sie nehmen das mittlere, und dann arbeiten wir uns nach unten durch.«

»Ja, Sir.«

Vega stieg vorsichtig die Treppe hoch. Ihm blieb nichts anderes übrig, als sich durch den Abfall hindurchzuzwängen, wobei er hoffte, sich nicht zu verletzen – an zerbrochenem Glas etwa, an abgerissenen Deckeln von Konservendosen oder an einer Spritze.

Trotz der Aussagen der Nachbarn rechnete er damit, dass sich noch jemand im Haus aufhalten und auf ihn losgehen könnte. Es war still, aber aus den Augenwinkeln nahm er immer wieder Bewegungen wahr, ohne deren Ursprung ausmachen zu können. Die Ratten hatten Einzug gehalten.

Er befand sich nun in einem der beiden Schlafzimmer und betrachtete die beiden provisorischen Betten, die jemand zusammengeschoben hatte. Darin befanden sich zwei offene Schlafsäcke und eine muffige Decke, aber keine Laken.

Der inzwischen stärker gewordene Regen prasselte gegen die Fensterscheiben und spülte den Schmutz in dunklen Rinnsalen hinab. Vega lauschte einen Moment und versuchte, ein Gefühl für das Haus zu entwickeln. Die Luft war kalt, aber nicht frisch. Die Feuchtigkeit erinnerte ihn an den Geruch von Erde. Das ganze Haus fühlte sich an wie ein Grab.

Durch den Anstrich zogen sich Risse, im Verputz zeigten sich Krater und im Türblatt prangte etwa in Kopfhöhe ein Loch. Vega meinte beinahe, die Echos von Gewalttaten zu hören.

Es gab keinerlei Schränke im Zimmer, nur einen Stuhl, über den eine dreckige Jeans und ein Kapuzensweatshirt geworfen waren. Dazu weitere Müllsäcke mit ungewaschener Kleidung; verstreute Papiertaschentücher neben einer halb leeren Flasche mit Gleitmittel; eine Adidas-Kappe in der Ritze zwischen den beiden Matratzen.

Vega nahm sich die Jeans vor. Sie hatte lange Beine und der Bund war mit fünfundzwanzig Zoll ziemlich schmal.

Sie würde nur einer Bohnenstange wie Reese passen. Vega untersuchte die Taschen und fand ein paar Zigarettenfilter und mehrere zusammengeknüllte Quittungen. Er strich eine glatt. Es war eine Quittung für Diesel von einer BP-Tankstelle an der Hedon Road in Hull.

Hull? Was um alles in der Welt wollte Reese in Hull?

Vega zog die feuchte Matratze von einem der Betten, fand aber nichts. Er hob die zweite hoch. Etwas flatterte auf den Boden; ein Stück Papier. Er las die Handschrift, die rund und ordentlich war wie auf einer Architektenzeichnung:

Reese, mein lieber, lieber Junge. Es tut mir so leid. Was ich getan habe, ist egoistisch, und ich will nicht so tun, als wäre es nicht so. Aber ich hoffe zumindest, dass die Dinge, wenn ich nicht mehr da bin, nicht noch schlimmer werden.

Ich bitte dich nicht um Verzeihung. Gott weiß, dass ich sie nicht verdiene, aber lass nicht zu, dass der Hass dich auffrisst. Hass ist wie Krebs. Deshalb ist er, wie er ist, und ich will dich nicht an diesen Hass und das alles verlieren. Werd du nicht wie er.

Ich hätte dich nie in diese Sache hineinziehen dürfen, und alles, was sich daraus ergeben hat, kannst du voll und ganz mir ankreiden. Mir und meiner Gier und meinem idiotischen Stolz.

Behalt mich so in Erinnerung, wie ich war, als du und Deano klein wart. Ich glaube, damals war ich ein guter Vater, oder zumindest nahe dran. Es ging nur um euch Jungs. Um euch und eure Mum. Aber dann habe ich die falschen Prioritäten gesetzt. Als ich das begriff, war es zu spät. Wenn ich noch könnte, würde ich heute anders handeln. Ich hoffe, du weißt das. Also gib mir die Schuld, aber hass mich nicht. Bitte, bitte, hass mich nicht. Um deinetwillen. Hass ist ein vergeudetes Gefühl, ein destruktives. Ich liebe euch alle. Gott, ich liebe euch alle. Wir hatten alles. Wirklich.

Es war ungeheuer intensiv und persönlich. Über die Lage, in der sich der Verfasser dieser Zeilen befand, konnte kein Zweifel bestehen. Es war ein Abschiedsbrief, etwas sehr Endgültiges.

Vega wollte das Blatt wieder dorthin zurücklegen, wo er es gefunden hatte. In jeder Faser dieses Papiers steckte tiefes Leid. Verzweiflung und Kummer und Hoffnungslosigkeit in jedem Tintenstrich. Vega zwang sich zur Konzentration. Er musste sich auf die Worte und auf die Handschrift konzentrieren, die zum Ende hin immer unsicherer wurde und in einer eilig hingekritzelten Unterschrift endete.

Sie lautete einfach *Dad.*

Vega rief Khan, der kurz darauf hinter ihm auftauchte und sich über seine Schulter beugte, um den Brief zu lesen. »Was haben Sie da?«

»Sam Stowes Abschiedsbrief«, sagte Vega, ohne sich umzudrehen. Er konnte den Blick noch immer nicht von der zunehmend zittrigen Handschrift lösen. Dann merkte er, dass auch seine eigenen Hände zu zittern begonnen hatten. Immer wieder gingen ihm bestimmte Aspekte seiner Arbeit nahe; aber normalerweise nicht so, dass man es ihm anmerkte.

Es war, als hätte er durch Cherrys Tod eine Schutzschicht verloren. Vielleicht hatte Rosen recht gehabt. Er gehörte nicht ins Team, noch nicht. Er hätte nicht herkommen sollen. Vega drückte Zaid das Blatt in die Hand.

»Bezieht Sam sich auf den zwielichtigen Job, wenn er schreibt, er hätte Reese nicht mit hineinziehen dürfen?«, fragte Zaid, während er den Brief in einen Beweismittelbeutel steckte.

»Das vermute ich. Jodie behauptet, er hätte seiner Familie einen Haufen Schulden hinterlassen.«

»Also … wäre es möglich, dass jemand, bei dem Sam in der Kreide stand, Deano getötet hat?«, mutmaßte Zaid. »Vielleicht um Sam zu demonstrieren, dass es ihm oder ihnen ernst war? Gut, Sam war zu diesem Zeitpunkt bereits tot, aber vielleicht wusste der Mörder das nicht. Vielleicht nahm er an, Sam hätte sich bloß aus dem Staub gemacht. In der Hoffnung, dass man ihn endgültig in Ruhe ließ.«

»Möglich. Aber das kommt mir ein bisschen riskant vor. Diese Leute sind organisiert und legen Wert darauf, unerkannt zu bleiben. Sonst wüssten wir längst ihre Namen – oder hätten wenigstens Gerüchte gehört.«

»Womit wir wieder bei Reese wären …« Zaid strich sich über den kahl geschorenen Kopf und sah plötzlich ziemlich blass aus. »Ich habe zwei Brüder, Sir. Beide jünger als ich. Zwillinge. Und eine jüngere Schwester.«

»Und?«

»Ich würde mein Leben geben, um sie zu beschützen. Unter allen Umständen.«

Vega legte seinem Constable eine Hand auf die Schulter und drückte sie fest. Es war eine Möglichkeit, der niemand im Team ins Auge hatte sehen wollen, das wusste er.

»Hat er es getan? Hat Reese seinen Bruder ermordet?« Zaids Stimme wirkte gepresst.

»Genau das ist die Frage, oder?« Vega seufzte, wischte

sich übers Gesicht und ging die Fakten noch einmal durch. »In seinem Brief erwähnt Sam jemanden, ohne ihn beim Namen zu nennen. *Werd du nicht wie er.*«

»Sie denken an Kidd?«

»Kidd war Sams Freund. Als Sam verzweifelt war, hat er sich an Kidd gewandt. Einen gewalttätigen Psychopathen. Sam hat da längst keine klugen Entscheidungen mehr getroffen. Er stand mit dem Rücken zur Wand.« Vega dachte an seine erste Begegnung mit Deanos Leiche zurück, an den erbarmungswürdigen Zustand seines misshandelten kleinen Körpers. Er hatte Daria darauf hingewiesen, dass dieser Mord trotz aller Ähnlichkeiten zum Fall Tom Healy deutlich brutaler gewesen war. »Als er kaum zwölf war, ist es Reese gelungen, Shane – einen Jungen, den er kaum kannte – zum Mord an Tom zu überreden, zu dem er ebenfalls keine besonders enge Beziehung hatte. Es gab kein klares Motiv.«

»Sie glauben, Reese könnte Kidd dazu gebracht haben, Deano zu ermorden? Zum puren … Vergnügen?«

»Sowas kommt vor.«

»Dann hätte Deanos Tod also gar nichts mit Sams Schulden zu tun, abgesehen davon, dass sie zur Begegnung von Reese und Kidd geführt haben?«

»Ich weiß es nicht. Wirklich nicht.« Vega schüttelte den Kopf. »Aber bei manchen Leuten steigt die Bösartigkeit exponentiell an, wenn sie mit einem ähnlich gestörten Partner zusammenkommen. Denken Sie an Fred und Rose West. Ian Brady und Myra Hindley. Kranke Menschen, die sich gegenseitig darin bestärkten, ihre verkommensten Fantasien auszuleben.«

»Ziemlich finster.« Zaid wirkte, als hätte er Gespenster gesehen.

»Das ist die menschliche Natur«, brummte Vega. »In diesem Job werden Sie ihren schlimmsten und ihren besten Seiten begegnen. Wir versuchen, ein bisschen Licht in die Finsternis zu bringen, mehr können wir nicht tun. Manchmal ist das genug. Oftmals auch nicht. Aber das muss ich Ihnen nicht erzählen. Sie werden selbst dahinterkommen.« Vega blies die Backen auf, stieß die Luft geräuschvoll aus und massierte sich den Nacken. »Hören Sie, ich sollte mich besser aus dem Staub machen, Zed. Sie müssen die Spurensicherung rufen, damit alles gründlich durchkämmt wird. In der Tasche von Reeses Jeans stecken Quittungen für Diesel. Vielleicht führen sie uns auf irgendeine Spur.«

»Ich kümmere mich darum.«

»Guter Junge. Viel Glück.«

»Ja. Bis später, Sir.«

36

Montagmittag

Vega war in Gedanken immer noch bei dem Brief, den sie im Haus gefunden hatten. Als er seine Haustür öffnete, schlug ihm der Geruch von verbranntem Gemüse entgegen. Er lief in die Küche.

»Zed, Sie dämlicher ...«

»Du hast die Herdplatte angelassen. Blödmann.«

Daria saß an seinem Küchentisch. Sie hatte die Herdplatte heruntergedreht, doch der Topf stand immer noch an Ort und Stelle. Er war an den Seiten schwarz, sämtliches Wasser war verdampft, und vom Gemüse war nur eine dunkle Masse übrig. »Ich hoffe, es ist in Ordnung, dass ich vorbeigekommen bin. Ich musste dauernd an dich denken. Wie es dir jetzt gehen mag.«

»Und mit einem Besuch wolltest du mich endlich aus dem Kopf bekommen?«

»Natürlich nicht. Als könnte ich das. Wie ... Wie geht es dir? Falls das keine dumme Frage ist.«

»Doch. Das ist eine verdammt dumme Frage.«

Langsam zog Vega die Jacke aus. Er legte sie über die Lehne des Stuhls ihr gegenüber und strich mit den Daumen den Kragen glatt. »Ich dachte, Zed hätte deine Schlüssel.«

»Ich hab nicht meine eigenen benutzt.« Mit einem Klimpern zog Daria einen weiteren Schlüsselbund aus ihrer Kostümjacke und legte ihn auf den Tisch. Einer der

Schlüsselringe stellte ein Paar rote mit Edelsteinen geschmückte Kirschen dar. Ein Geschenk Vegas an seine Quasi-Tochter zu ihrem letzten Geburtstag. Ihrem im wahrsten Sinne des Wortes letzten Geburtstag, wie ihm schlagartig klar wurde.

»Wo hast du die her?« Er nahm die Schlüssel, spürte ihr Gewicht in seiner Hand und kämpfte gegen eine neue Welle der Trauer an. »Sie hat gesagt, sie hätte sie verloren.«

»Sie lagen unter dem Beifahrersitz meines Wagens«, sagte Daria. Sie stand auf, griff nach dem Kessel und setzte Teewasser auf. Ihr frisch gewaschenes offenes Haar fiel in lockeren Wellen. Statt ihrer Arbeitskleidung trug sie ein lässiges Strickkleid, das ihr gepasst haben mochte, als sie es gekauft hatte, das sich aber jetzt um ihren Bauch spannte und dessen Rundung ebenso betonte wie die angeschwollenen Brüste. Er konnte den Blick nicht von ihr abwenden, und falls sie es bemerkte, machte es ihr nichts aus.

»Was hatte Cherry in deinem Auto zu suchen?«

»Sie wollte mit mir reden. Sie hat sich Sorgen um dich gemacht.«

»Ich wüsste nicht, warum. Mir geht's gut. Na ja, als sie noch lebte, ging's mir gut.«

»Da war sie entschieden anderer Meinung.« Daria durchsuchte seine Teedosen nach etwas anderem als English Breakfast Tea und entdeckte schließlich einen einzelnen Beutel Earl Grey. Sie tauchte ihn langsam in den Becher, für den sie sich entschieden hatte, den gemusterten Porzellanbecher, den sie auch stets benutzt hatte, wenn sie hier übernachtet hatte. Und der seitdem unbenutzt im hinteren Teil seines Schranks gestanden hatte.

»Hast du heute freigenommen?«, fragte Vega, um das Gespräch auf ein anderes Gleis zu lenken.

»Ja. Ich habe mit Bishop gesprochen. Er hat gesagt, ich soll mich einen Tag ausruhen.«

»Sehr vernünftig.«

»Wahrscheinlich. Später habe ich meinen ersten richtigen Termin bei der Hebamme. Llewellyn übernimmt solange. Ich bin sicher, dass er es prima macht, aber …«

»Aber es ist schwer, die Kontrolle abzugeben. Jemandem deine Verantwortlichkeiten zu überlassen«, beendete Vega den Satz für sie. Er setzte sich. In ihrer Gegenwart spürte er jeden einzelnen Muskel, jeden Quadratzentimeter seiner Haut. Als sie ihn anlächelte, wurde ihm am ganzen Körper warm.

»Du hast es immer verstanden«, sagte sie leise. »Besser als jeder andere.«

»Wir sind uns sehr ähnlich, Dar. Das war eines unserer vielen Probleme.«

Sie durchquerte die Küche, nahm ihm gegenüber Platz und umfasste den warmen Becher mit beiden Händen. »Richard …«

Er merkte, dass sie reden wollte. Nach zwei Jahren voller unausgesprochener Empfindungen und vermuteter, aber uneingestandener Liebe war sie zu ihm nach Hause gekommen, um mit ihm zu reden. Sie erwartete Ehrlichkeit von ihm.

Vegas Kummer fühlte sich an wie die frei liegende Wurzel eines faulen Zahnes. Er kannte sich im Moment selbst nicht. In dieser Verfassung ein Gespräch zu führen, konnte gefährlich werden. Typisch Daria.

Vega griff nach seinem Tabaksbeutel, knickte ein Blättchen ein und legte dunkle Tabaksfäden und einen Filter in den Knick. Diese Ablenkung würde es ihm ermöglichen, seine Reaktionen zu überspielen – ein Trick, den er sich bei Gewohnheitsverbrechern abgeschaut hatte.

»Richard, schau mich an.«

So viel zum Thema Ablenkung. Er lehnte sich zurück und verschränkte die Arme. Ihre sorgenvolle Miene und ihr Blick versetzten ihm einen Stich. Ihr lag immer noch an ihm, und das zu wissen, machte die Situation schwieriger, nicht einfacher.

»Richard, ich möchte, dass du mit mir redest.«

»Worüber?«

»Über dich. Erzähl mir von dir.«

»Warum, Daria? Was soll das bringen?«

»Eine ganze Menge. Du bist in letzter Zeit nicht du selbst, schon seit Wochen. Du bist zurückgezogen, mürrisch, aggressiv …«

»*Aggressiv*?«

»Was du zum Beispiel mit Carmichael gemacht hast. Ich weiß, dass er faul und schwierig sein kann, aber im Zweifelsfall ist es mein Job, ihn zusammenzustauchen, nicht deiner. Abgesehen davon war deine Reaktion völlig überzogen.«

»Deiner Meinung nach.«

»Und im Krankenhaus hast du Simon eingeschüchtert.«

»Eine Motte reicht aus, um Simon einzuschüchtern.«

»Du hast sogar Cherry wehgetan. Ich weiß, du hast gesagt, dass du es nicht wolltest. Aber das macht die Sache noch schlimmer, oder? Dass du in einem solchen Maß die Kontrolle verlierst? Ich vermute, du bist depressiv.«

»Vielleicht. Aber wenn, dann liegt das daran, dass irgendeine blöde Ziege mir das Herz gebrochen hat.«

Die Stille dröhnte in seinen Ohren, und er begriff, dass er eine Grenze überschritten hatte. Dass er gerade einen weiteren Beweis für ihre Argumentation geliefert hatte.

»Es tut mir leid«, sagte sie. »Das sage ich dir nicht zum ersten Mal, es tut mir ehrlich leid. Aber wir können so nicht weitermachen. Wir müssen das Problem klären … diese Sache zwischen uns. Ich brauche dich doch.«

»Du brauchst mich doch«, lachte er finster. »Für die Arbeit. Für gelegentliche Spielchen. Für welche verdammten persönlichen Zwecke auch immer.«

»Für unseren Sohn.«

Vega spürte, wie ihm der Schock in die Glieder fuhr. Wortlos und mit feuchten roten Augen starrte er sie an und fragte sich, was sie von ihm wollte. Mit der einen Hand zog sie ihn zu sich, mit der anderen stieß sie ihn fort. »Tu mir das nicht an, Dar«, flüsterte er. »Es ist nicht fair.«

»Es ist eine Tatsache.«

»Das Kind könnte auch von Simon sein. Du hast es selbst gesagt.«

»Ich hab gelogen. Ich hab die Daten überprüft. Er ist nicht von Simon. Er ist von dir.«

Vega sah, dass sie weinte. Sie weinten beide. Er wusste nicht, wie lange schon.

Er wollte sie trösten. Tat es aber nicht. Er seufzte und widmete sich wieder dem Drehen seiner Zigarette. »Geh nach Hause, Daria.«

»Es liegt nicht daran, dass du mir nichts bedeutest. Das tust du. Und du weißt es. Aber Simon liebt mich, und er verzeiht mir, egal wie ich bin und was ich getan habe. Darum könnte ich dich niemals bitten. Mich so zu tolerieren, wie er es tut.«

»Geh«, krächzte Vega. »Bitte. Geh.«

Daria blieb noch eine Weile sitzen und schaute zu, wie er sich zitternd mit seiner Zigarette abmühte. Schließlich griff er zum Feuerzeug und zündete sie an. Als er sie zur Hälfte geraucht hatte, war Daria fort. Er saß allein in der Küche und starrte auf ihren dampfenden, unberührten Tee.

Ruckartig sprang er auf, stieß dabei den Stuhl um, schnappte sich ihren Becher und schleuderte ihn brüllend an die gegenüberliegende Wand, wo er in tausend Teile zerbrach. Der Tee lief langsam an den Fliesen herunter.

Er zitterte. Er war dermaßen krank vor Zorn, dass er nicht wusste, wohin mit sich.

Er musste *arbeiten.* Auch das hatte sie ihm genommen. Er brauchte die Ablenkung. Er brauchte etwas, worauf er sich konzentrieren konnte.

Er schlüpfte wieder in seinen Mantel und schnappte sich Cherrys Schlüssel.

37

Montagmittag

Reese war überzeugt gewesen, dass Kidd sterben würde, ehe sie Großbritannien erreichten. Mehrmals während ihrer Reise hatte er geglaubt, es sei bereits soweit; im trüben Licht des Führerhauses wirkte Kidd aschfahl. Doch jedes Mal, wenn Reese dann mit den Fingerspitzen seine kalte Haut berührte, öffnete sich eines der ausdruckslosen Augen, blinzelte und starrte ihn an.

»Ich geh nicht gelassen in die gute Nacht«, brummte Kidd. »Ich wüte und rase gegen jeden, der mich dort hinbringen will.«

»Dylan Thomas«, murmelte Reese und nahm wieder beide Hände ans Lenkrad. »Ein bisschen verhunzt allerdings.«

»Wundert dich das, Pickelgesicht?« Kidd lächelte. »Ich verhunze alles und jeden.«

Als sie den Hafen erreichten, überließ Reese seine Windjacke Kidd, an dessen wesentlich kräftigerem Körper sie ziemlich eng saß, aber immerhin konnte sie die schlimmste Kälte abhalten. Kidd zitterte bereits durch den Blutverlust, und seine Lippen waren grau. Reese hatte ihn mit Wattetupfern und Verbandsmull aus dem Erste-Hilfe-Kasten versorgt, die er in die Wunden gedrückt und mit Klebeband befestigt hatte, um die Blutungen zu stoppen. Das war weder angenehm noch besonders steril, aber für den Moment effektiv. Außerdem borgte Reese ihm seine Beanie-Mütze, um die Kopfverletzungen zu verstecken, und wusch ihm vorsichtig die Blutspuren aus den Gesichtsfalten.

»Alles wird prima verheilen«, sagte Kidd mit klappernden Zähnen. »Mach dir keine Sorgen. Er hat mich nicht besonders tief erwischt.«

»Und ob er das hat, Cal.«

»So fühlt es sich aber nicht an.«

»Das liegt daran, dass du nie etwas spürst.«

»Vielleicht«, sagte Kidd, legte die Hände um Reeses flachen Hintern und warf ihm vernarrte Blicke zu, während Reese seine Stirn abtupfte. »Ja, vielleicht.«

Wie üblich würden sie getrennt an Bord gehen. Die P&O-Fähre *Pride of York* ragte wie eine Kleinstadt vor ihnen auf, gespenstisch weiß auf dem unruhigen, schwarzen Wasser. Reese winkte Kidd zum Abschied und sah ihm nach, wie er mit krummen Schultern die Engelandstraat entlangwankte. Er selbst fuhr das letzte Stück bis zum Kai, auf dem sich die riesigen Kräne und Hebevorrichtungen wie Gitterwerk vor dem ansonsten unverbauten Himmel abzeichneten.

Check-in. Frachtpapiere wurden überflogen, der gefälschte Pass nur eines kurzen Blickes gewürdigt. Das leichte Zittern von Reeses Hand blieb unbemerkt.

Der Küstenwind heulte und zerrte an Reese, der zitternd und ohne Jacke in der grauen Ödnis der Ladezone stand. Er produzierte zu viel Speichel. Normalerweise schmeckte die Angst metallisch; heute aber drängten sich die Gerüche der Nordsee und der Auspuffgase in den Vordergrund, die mit jedem nervösen Schlucken tiefer in seine Kehle eindrangen.

Er wartete, dass er endlich an der Reihe war, durch

die Heckklappen tief im Bauch des Ro-ro-Schiffes verschwinden konnte. Cal würde sich selbst eine Karte besorgen. Nach dem Ablegen würden sie sich dann in der Bar treffen, ihr übliches Arrangement. Sie saßen dann stets mehrere Plätze voneinander entfernt, behielten sich aber aufmerksam im Auge. Mehr aus gegenseitigem Misstrauen als aus Zuneigung. So jedenfalls war es Reese immer vorgekommen.

Der rot-weiß lackierte Denby-Truck vor ihm war gerade in der Luke verschwunden. Jetzt war Reese an der Reihe. Er blieb einen Moment neben dem Kühlcontainer stehen und presste die Wange gegen das eiskalte Metall. Als er die Augen schloss, glaubte er drinnen leises Wimmern zu hören.

»Nicht mehr lange«, flüsterte er seiner illegalen Fracht zu. Er musste sich ins Bewusstsein rufen, dass sie diese Reise freiwillig machten und er sie nicht dazu gezwungen hatte. Eine dünne Argumentation, die ihm kaum Erleichterung verschaffte. Kidd sagte, er solle sich nicht in den Sumpf moralischer Überlegungen begeben, sondern das Ganze einfach als geschäftlichen Vorgang betrachten. Bis zur letzten Tour war es Reese auch tatsächlich gelungen, alles Nichtgeschäftliche aus seinem Kopf zu verbannen. Doch das funktionierte nicht mehr, würde nie wieder funktionieren. Er spürte die Schuld wie eine schwere Last auf seinen Schultern.

Ein letztes Mal kontrollierte er, dass die Belüftungsklappe geöffnet war. Dann zog er sich ins Führerhaus hoch und fuhr hinab in den klaffenden Schlund des Schiffs.

Bald danach hockte er mit einem Glas Pepsi, das so kalt war, dass es an seinen Zähnen schmerzte, in der Bar auf der Kante eines steifen Sessels. Er wartete. Sein Fuß wippte auf und ab. Der Stoff des Sessels war grell orange, was sich schlecht mit dem ordinären Gelb seiner Haare vertrug. Wieder fuhr er sich über den Kopf und spürte das Haaröl zwischen seinen Fingern. Mit brennenden Augen schaute er sich um, so unauffällig wie möglich, und kaute dabei so lange auf seinem Strohhalm herum, bis dieser Löcher hatte. Die tiefen Schwingungen des Schiffsmotors hatten vor ungefähr fünfzehn Minuten eingesetzt, doch von Kidd war weiterhin nichts zu sehen.

Dann tauchte er auf wie aus dem Nichts. Der Drecksack. Cal zwinkerte ihm im Vorbeigehen zu, sein affig stolzierender Gang verriet nichts von den Verletzungen unter der zu eng sitzenden Jacke. Erst als er sich am anderen Ende der Lounge in einem blauen Sessel niederließ, wirkten seine Bewegungen ein wenig steif.

Reese begann wieder zu atmen, und der plötzliche Sauerstoffschub erzeugte Lichtpunkte in seinem Blickfeld. Er kippte den letzten Schluck Pepsi hinunter, erhob sich und kam unsicher wie ein Fohlen auf die Beine. Dann ging er quer durch die Lounge und ließ sich direkt neben Kidd nieder.

»Alles in Ordnung?«

Kidd lächelte. Vielleicht nicht mit dem Mund, doch Reese hätte schwören können, irgendwo in seinem Gesicht ein Lächeln wahrgenommen zu haben.

»Ja. Und bei dir?«

»Auch.« Reese nickte. »Alles klar. Trotzdem … Wir müssen noch dreizehn Stunden totschlagen.« Er streckte die Arme aus, die Beine, die Finger, die Zehen in seinen Turnschuhen. Dann beugte er sich vor und legte den Kopf zur Seite. Lächelte. »Willst du meine Kabine ausprobieren?«

Kidd dachte eine Sekunde nach. »Warum nicht?«

Zurück in Tunbridge Wells, Southborough. Zurück im Astra. Die Ladung war zugestellt und sollte nun an ihre zwielichtigen Empfänger aus verschiedenen Branchen verteilt werden. Im Großbritannien des 21. Jahrhunderts stand der Sklavenhandel in voller Blüte. Reese bog in die Straße ein, in der sich ihr Unterschlupf befand, und bemerkte sofort den Kastenwagen der forensischen Abteilung der Polizei von Kent, der direkt vor dem Haus stand. Die Männer und Frauen im Wagen nahmen Befehle von einem gut aussehenden Mann asiatischen Ursprungs und einem mürrischen, dickbäuchigen Kollegen in zerknittertem T-Shirt und Blazer entgegen.

»Scheiße.« Reese keuchte. »*Scheiße.*«

Er sah hinüber zu Kidd, dessen Brust sich mit jedem röchelnden Atemzug kaum merklich hob und senkte.

Reese wendete den Wagen und fuhr Richtung Farm. Er versuchte zu verdrängen, was sie dort erwartete.

Sein Versagen.

38

Montagnachmittag

Alfred Lovell – Dr. phil., Dr. med. und Mitglied des Parlaments – veranstaltete eine improvisierte Bürgerfragestunde gleich vor dem bankrotten Morrison-Laden. Keine Woche nach Ankündigung der Schließung war der Supermarkt bereits geräumt und mit Brettern vernagelt worden. Vega, der mit den Gepflogenheiten der Geschäftswelt nicht unbedingt vertraut war, hatte die Schließung verblüfft zur Kenntnis genommen, denn eigentlich hätte der Laden florieren müssen. Er hatte eine ausgezeichnete Lage, reichlich Parkplätze und eine gute Verkehrsanbindung … Aber das war nicht das Thema, über das er mit dem Abgeordneten der Konservativen sprechen wollte. Nicht heute jedenfalls.

Vega hatte im Bedford gesessen, einem Pub am Scheitelpunkt einer gefährlichen Kurve direkt vor dem Bahnhof. Hier fühlte er sich zu Hause. Das Dowding House lag keinen Kilometer entfernt, und doch hatte er sich nie derart abgeschnitten von seinen Kollegen gefühlt.

Er saß allein an einem Fenstertisch und beobachtete, wie Fußgänger ihr Leben riskierten, indem sie am Ende der High Street einfach über die Straße liefen, um sich die fünfzig Meter zu einem Überweg zu sparen. Ein weißer Nissan Qashqai näherte sich zügig, als ein Trio Halbwüchsiger vor ihm ohne jede Eile und mit der grenzenlosen Zuversicht der Jugend über die Straße trottete.

Idioten, dachte Vega. Sie hielten sich für unsterblich. Das hatte auch Cherry getan, dieses dumme, egoistische Mädchen. Er klopfte gegen das Fenster, doch außer dem Barkeeper, der ihn stirnrunzelnd musterte, achtete niemand auf ihn. Vega erwiderte den Blick mit finsterer Miene, stürzte sein zu kaltes Lager hinunter und spürte, wie es durch seine Speiseröhre zischte und dann in seinen leeren Magen schwappte.

Er schaute zur Uhr. Lovell würde – im wohligen Gefühl seiner eigenen Wichtigkeit – höchstwahrscheinlich bei seinen Fragen dichtmachen. Grund genug, ihm ein wenig die Luft herauszulassen. Vega trank den letzten Rest des Lagerbiers und wünschte, er hätte ein Ale bestellt. Dann verließ er den Pub.

Keine Minute später stand er Lovell gegenüber. Weißes Hemd, die blaue Krawatte der Konservativen und ein marineblauer Anzug. Traditionsbewusst, nicht einschüchternd, kompetent. All das, worauf Wähler Wert legten. Aus der Nähe betrachtet, bekam das Bild Risse. Alfred Lovell hatte die rötlichen Hände eines schweren Trinkers und die verstohlenen Gesten eines heimlichen Perversen. Jungen oder Mädchen, fragte sich Vega. Nach drei Pints mochte sein Gehirn ein wenig umnebelt sein, doch das galt nicht für seine Instinkte. Mädchen, dachte er, als er Lovell bei einem Schwätzchen mit einer jungen Mutter in Yoga-Kleidung beobachtete, deren kleine blonde Tochter in einem hellen Boden-Jumpsuit neben ihr stand.

Vega hatte sich am Rand einer kleinen Gruppe von Anwohnern und neugierigen Passanten gehalten, die sich jetzt auflöste. Die blau-weiße Lovell-Werbetafel und der Biertisch wurden zusammengeklappt, und die gedruckten Prospekte wanderten zurück in ihre Mappen. Dann wurden Hände geschüttelt und Versprechungen ausgetauscht. Schließlich machte sich der Politiker auf den Weg zu dem mehrstöckigen Parkhaus, das zum Supermarkt gehört hatte.

Vega folgte ihm und passte sein Tempo an. Er wollte ihn erst einholen, wenn sie im Treppenhaus waren. Allein. Die Umgebung erschien ihm vertraut, und peinlicherweise brauchte Vega einen Augenblick, um sich an den Grund zu erinnern: Hier, in diesem feuchten Betontreppenhaus, hatte man vor ungefähr zehn Jahren die zerstückelten sterblichen Überreste eines Teenagermädchens in einem Koffer entdeckt. Wieder ein junges Leben, das vorzeitig zu Ende war. Die Erinnerung rüttelte ihn auf und verscheuchte sämtliche Zweifel an dem, was er nun tun musste, egal ob Bishop oder Rosen es billigten.

Vega legte seine große Hand auf die Schulter des Abgeordneten und drückte fest zu.

»Der Vater von Alice, stimmt's?«

Alfred »Nennt-mich-Alfie« Lovell versteifte sich. Er drehte sich langsam um und brachte ein aufgesetztes Lächeln zustande. »Ja-aa. Sind Sie auch der Vater eines Schülers?«

»Eigentlich nicht. Ich bin eher eine Art Anwalt.«

»Oh? Wessen Anwalt?«

»Deanos, Mr. Lovell. Ich komme wegen Deano Stowe.«

Vega bemerkte, dass Alfie Lovell seiner Tochter ähnelte. Die gleiche milchige, leicht sommersprossige Haut, das gleiche rotbraune Haar, nur dass Alfie versucht hatte, es dunkelbraun zu färben. An den Schläfen wurde es bereits dünner und brauchte eine Auffrischung, denn an den Wurzeln schimmerte der Kupferton wieder durch.

Seine Wimpern und Augenbrauen waren blond. Als er auf Vegas Worte hin erblasste, schienen sie ganz zu verschwinden.

»Sind Sie Journalist?«, fragte er mit vor Ärger zitternder Stimme.

»Nein, Mr. Lovell, das bin ich nicht.«

»Wer sind Sie denn? Ein Freund von Sam?« Der Ärger schien sich plötzlich in etwas anderes zu verwandeln.

»Ganz egal, wer ich bin. Sie brauchen sich nur Gedanken darüber machen, was ich von Ihnen will.«

»Nämlich …?« Lovell fuhr sich mit der Zunge über die Lippen.

»Namen, Alfie«, sagte Vega und trat einen Schritt näher. »Ich brauche Namen.«

»Von … von wem?« Lovell trat zurück und stand nun mit dem Rücken zum feuchten, fleckigen Beton.

»Sam Stowes geschäftliche Kontakte. Sie haben Sam doch Aufträge verschafft.«

»Ja-aa.«

»Was im Nachhinein keine gute Idee war.«

»Nein«, sagte Lovell und kniff die Augen zusammen. »Nein, das war es nicht. Ich wusste nichts von Sams … Praktiken. Das kann ich Ihnen versichern.«

»Ich glaube Ihnen nicht.«

»Wieso? Es ist die Wahrheit.«

»Ich glaube Ihnen nicht, weil ich weiß, wie viel Sam Ihrer Partei über die Jahre hinweg gespendet hat. Und als politisch engagierter Bürger ist Sam mir eigentlich nie aufgefallen.«

»Da könnten Sie sich irren. Er hatte immer ein großes Interesse an lokalen Belangen.«

»Sam hatte großes Interesse daran, seine Taschen zu

füllen. Lassen Sie uns dem Mann keine Tugenden zuschreiben, die er einfach nicht hatte.«

»Ganz wie Sie wünschen.«

»Was ich wissen will: Mit wem außer Ihnen hat Sam noch unter einer Decke gesteckt?«

»Wie bitte?«

»Er war nicht nur mit Ihnen im Bett, Alfie. Also, wer noch?«

»Ich weiß es nicht.«

»Schwachsinn.«

»Das ist die Wahrheit.«

Vega schwieg. Er spürte den Puls an seinem Hals. Als er tief einatmete, roch er Diesel und Urin. »Alice ist ein kluges Mädchen, Alfie. Sie hat eine glänzende Zukunft vor sich. Was die Geschichte noch tragischer machen wird. Und die Schlagzeilen zudem sexy.«

»Ich dachte, Sie wären kein Journalist.«

»Bin ich auch nicht. Aber ich kenne viele Schreiberlinge. Wie klingt das: *Rendezvous-Spritztour: Minderjährige Tochter des örtlichen Abgeordneten unterwegs mit ermordetem Sohn von betrügerischem Bauunternehmer*?« Vega sah die Panik in Lovells Gesicht. »Hmm. Vielleicht ein wenig umständlich formuliert. Ich bin sicher, die Profis lassen sich etwas Griffigeres einfallen. Etwas Schmutzigeres.«

»Sie bluffen …«

»Tatsächlich? Können Sie es sich leisten, das zu riskieren?« Vega senkte die Stimme. »Ich habe Beweise dafür, dass Alice mit Deano in dem gestohlenen Wagen saß. Ich weiß auch, was beim Waschen auf dem Rücksitz gefunden wurde. Na ja, wenigstens haben sie sich geschützt …«

Lovells Gesichtsfarbe war von bleich zu dunkelrot gewechselt. Er sah aus, als wolle er gleich auf Vega einprügeln. Und Vega hoffte, er würde es tun. Er fühlte sich nicht gut. Er hatte Alice gemocht und verspürte keine Lust, sie zu demütigen. Doch es war unvermeidlich. Er reckte das Kinn vor, breitete die Arme aus und bot sich als Zielscheibe an. »Es ist Ihre Entscheidung, Alfie.«

Lovell schlug ihn nicht. Stattdessen versteckte er sein verschwitztes Gesicht hinter einer Hand und sprach durch seine Finger hindurch. Seine Worte klangen gedämpft. Vega legte eine Hand ans Ohr und beugte sich vor. »Das hab ich nicht verstanden, Alfie. Reden Sie lauter.«

»Ich sagte: Nige Abrahams«, zischte Lovell. »Von Abrahams Novak. Ich weiß nichts Genaues. Ehrlich. Ich weiß nur, dass Sam nie ans Telefon gegangen ist, wenn wir uns getroffen haben, um Verträge zu besprechen. Nicht mal wenn seine Frau angerufen hat. Nur die Anrufe von Abrahams hat er angenommen … Und sie haben Sam mächtig ins Schwitzen gebracht.«

Abrahams Novak. Vega brauchte einen Moment, um die Verbindung herzustellen: der Schlafplatz, den Kidd und Reese benutzt hatten. Das Haus gehörte der Firma. Das konnte kein Zufall sein. Vega trat von Lovell zurück. Sein Interesse an dem Mann hatte sich erledigt. Er drehte sich um und machte sich benommen auf den Weg zur Straße.

»Sie verraten doch nichts?«, rief Lovell ihm hinterher. »Über Alice.«

Vega hielt inne. Hätte er etwas an die Presse gegeben, wenn Lovell den Mund gehalten hätte? Vega war sich nicht sicher. Er schüttelte den Kopf. »Nein, das werde ich nicht.«

»Wer sind Sie?«, spuckte der Mann aus, jede einzelne

Silbe voller Gift. »Wenn Sie kein Journalist sind, was sind Sie dann?«

»Ein Trauernder«, antwortete Vega. »Wollen Sie raten, in welcher Phase? Ich gebe Ihnen einen Tipp: Akzeptanz ist es nicht.«

39

Montagnachmittag

Der Golfplatz, natürlich. Wo sollte man Nige Abrahams an einem frühen Montagnachmittag sonst finden?

Vega hatte die Sekretärin belogen und behauptet, Abrahams hätte ihn bei einem Termin versetzt. Ihre Stimme am Telefon hatte jung geklungen, und Vega hatte sich nicht allzu sehr anstrengen müssen, um den Aufenthaltsort ihres Chefs in Erfahrung zu bringen. Er spielte einen Vierer über achtzehn Löcher in Sweetwoods Park, der um zwölf begonnen hatte, sodass er inzwischen wahrscheinlich im Clubhaus war. Aber Mr. Abrahams hatte sein persönliches Handy dabei – wollte er die Nummer? Vega sagte Ja. Sie warnte ihn noch, dass der Empfang auf dem Golfplatz nicht der beste war.

Ganz egal. Vega hatte nicht vor, ihn anzurufen. Noch nicht. Er wollte ihn auf dem falschen Fuß erwischen. Vega dankte der Sekretärin. Mit einem leichten Kribbeln – immerhin überschritt er schon wieder eine Grenze – fuhr er dann geradewegs zum Golfplatz.

Auf der schmalen Zufahrt von der Landstraße hinab zum Clubhaus bewunderte er die herrliche Lage. Der Ausblick über das Tal und die sanft hügeligen Grünflächen war spektakulär. Die Landschaft präsentierte sich in einer ganzen Palette von Vorfrühlingstönen; gelbe Flächen, gesprenkelt mit dem Graubraun von Eichenbeständen, dazwischen der Turm einer entfernter liegenden Kirche.

Der Regen hatte inzwischen nachgelassen, und der Ostwind riss ein paar blaue Flecken in den Wolkenhimmel. Vega hatte sein Fenster einen Spalt geöffnet, um frische Luft hereinzulassen. Irgendwo zu seiner Linken hörte er das emsige Klopfen eines Spechts.

Vega fragte sich, ob auch Zed in Sweetwoods ein und aus ging; er hatte ja gesagt, dass er das Golfspielen liebte. Allerdings wohnte der Kerl in Sevenoaks, sodass er wahrscheinlich den dortigen Platz nutzte. Vega wusste über diesen Sport praktisch nichts, nur dass man mit einem Eisen 9 den menschlichen Schädel ohne große Mühe in Brei verwandeln konnte. Und dass man, wenn man sich schon die Mühe machte, den Schlägerkopf von Haaren und Hirnmasse zu reinigen, bloß nicht vergessen sollte, auch den Griff abzuwischen. Oder vielleicht gerade doch, denn das machte seinen Job um einiges einfacher.

Er fuhr auf den Parkplatz und gab sich alle Mühe, den Wagen möglichst exakt in die Parklücke zu bugsieren. Drei Pints, selbst auf nüchternen Magen, konnten seiner Fahrtüchtigkeit nichts anhaben. Nicht bei einem Mann von seiner Statur und mit seinem Stoffwechsel. Trotzdem achtete er lieber besonders genau auf seine Fahrweise.

Vega fiel ein, dass er keine Ahnung hatte, welche Kleidung in einem Golfclub als angemessen galt. Ihm wurde bewusst, dass er noch unrasiert war. Er griff sich in die Haare. Seine Locken waren länger und wirrer, als er sie normalerweise trug; daher fühlte er sich trotz der Dusche ungepflegt. Er entdeckte einen silbrigen Schimmer, geriet in Panik und untersuchte seine Haarpracht gründlich im Rückspiegel. Offenbar hatten sich von ihm gänzlich unbemerkt die ersten grauen Strähnen breitgemacht.

Das hatte er der verdammten Daria zu verdanken. Daria und Cherry. Daria und Cherry und Deano.

Vielleicht zeigten die drei Pints ja doch ihre Wirkung.

Er fragte sich, wie Abrahams aussehen mochte. Ein Blick auf den mattschwarzen Audi R8 wenige Parkplätze entfernt ließ ihn hoffen, dass er nicht allzu schwer zu identifizieren sein würde: Das Wunschkennzeichen lautete ABR H4M5.

Wichtigtuer! Vielleicht hatte ihn Lovell ja tatsächlich nicht mit dem erstbesten Namen abgespeist, der ihm in den Kopf gekommen war. Ein Ego dieses Kalibers würde Sam tatsächlich nicht mit den Schulden davonkommen lassen, die er laut Jodie hatte. Mit dem gestohlenen Geld.

Rechtfertigte das einen Mord?

Vega blieb keine Zeit zum Nachdenken, denn hier kam der Mann höchstpersönlich. Und er wirkte riesig.

In weißen maßgeschneiderten Golfshorts stolzierte Abrahams auf seinen Audi zu. Türkis-schwarze Argyle-Socken spannten sich um seine enormen gebräunten Waden. Er hatte die Tasche lässig über die Schulter geworfen. Obwohl sie einen kompletten Satz Schläger enthielt, schien ihr Gewicht ihn keinerlei Anstrengung zu kosten. Abrahams lachte schallend über einen Witz, den er selbst gemacht hatte, und die Männer in seiner Begleitung wollten ihm offensichtlich nicht nachstehen.

Schwungvoll stieg Vega aus dem Wagen, ehe ihn der Mut verlassen konnte.

»Hallo, Nige. Gutes Spiel gehabt?«

Der Mann drehte sich um, und sein Lächeln verwandelte sich in ein steifes Grinsen. Ein Aufblitzen seiner gierigen kleinen Augen verriet, dass er Vega erkannt hatte.

»So gut es unter diesen Bedingungen möglich ist«, sagte Abrahams, zog sein iPhone aus der Tasche, gab durch Wischen auf dem Display einen Text ein und hielt das Gerät hoch über seinen Kopf, in der Hoffnung, die Nachricht trotz des schlechten Empfangs versenden zu können. Vega fragte sich, wer der Empfänger sein mochte. »Der Rasen ist heute ein einziger Morast.«

»Geben Sie ihm ein paar Wochen«, sagte Vega. »Ich glaube, das Wetter soll besser werden. Welches Handicap hatte Sam noch gleich, erinnern Sie sich?«

»Sam?« Der Mann links von Abrahams erstarrte. »Welcher Sam?«

»Stowe«, erwiderte Vega. »Sam Stowe.«

»Sam hat in seinem ganzen Leben keinen Golfschläger in der Hand gehabt.« Abrahams schnaubte. »Sie kannten Sam nicht besonders gut, was?«

Es sollte wie eine Beleidigung klingen. Vega ging lächelnd darüber hinweg. »Nicht so gut, wie ich ihn gern gekannt hätte. Allerdings hat er mir seine sämtlichen Schulden bezahlt, ehe er sich die Lichter ausgeblasen hat. Ansonsten wäre es schwierig geworden, das Geld einzutreiben, nicht wahr? Obwohl es vermutlich immer Mittel und Wege gibt. Ouija-Bretter vielleicht. Oder man drischt auf die Familie ein wie auf verdammte Piñatas und hofft, dass irgendwo Geld herausfällt, wenn man sie kaputt geschlagen hat.«

Die beiden Männer in Abrahams' Begleitung starrten Vega an wie einen Verrückten. Abrahams selbst ignorierte ihn. Er hatte die Beifahrertür geöffnet, den Sitz nach vorn geschoben und die Tasche auf der Hutablage deponiert. Ein paar längere Schläger musste er herausnehmen und aufrecht auf dem Sitz verstauen.

Offenbar verspürte er das dringende Bedürfnis, von hier wegzukommen. Vega stellte sich vor die Fahrertür und musterte demonstrativ die stylische Lederausstattung. Vor allem aber blockierte er Abrahams den Weg.

»Hübsch«, sagte er. »Muss Sie ordentlich was gekostet haben.«

»Hat sich nicht gelohnt«, erwiderte Abrahams mit unbewegter Miene. »Der Wertverlust ist enorm.«

Vega blieb stur stehen, während Abrahams sich verabschiedete, Hände schüttelte und seinen Golfpartnern auf den Rücken klopfte. Ein wenig erinnerte er Vega an Alfie Lovell und seine improvisierte Bürgersprechstunde vor Morrisons. Schauspielerei – absurd und verlogen bis zum Äußersten. Vega selbst hatte nie Wert darauf gelegt, anderen etwas vorzumachen, nicht bewusst. Jedenfalls nicht für irgendeinen Statusgewinn. Aber vielleicht aus Bequemlichkeit?

So zu tun, als käme Cherry schon zurecht, war der leichtere Weg gewesen. Oder sich vorzumachen, dass Daria nur auf den richtigen Zeitpunkt wartete, um Simon zu verlassen. Bis dahin hatte er die Rolle des geduldigen Liebhabers spielen können, zufrieden mit seinem Los. Doch in beiden Fällen waren diese oberflächlichen Betrachtungsweisen an der Realität gescheitert. Und beide Frauen waren nun fort.

Inzwischen war er mit Abrahams allein auf dem Parkplatz. Vega strich mit den Händen über die Sideblades des Audis. Seine Fingerspitzen berührten die Carbonfasern.

»Geschmeidig.«

»Auf jeden Fall. Werfen Sie einen Blick auf das Innenleben.«

Wohl eher aus Zufall denn aus Absicht hatte Abrahams den Wagen am äußersten Ende des Parkplatzes abgestellt, weit weg vom Clubhaus, dem Pro-Shop und neugierigen Blicken. Er führte Vega um das Heck des Sportwagens herum zum Motorraum, öffnete ihn und ließ ihn einen Blick auf den makellosen Zehnzylindermotor werfen.

Plötzlich wurde Vega nach vorn gestoßen, und seine Stirn schlug auf den Ventildeckel. Er sah Sterne. Abrahams' Schaufelhände packten seinen Schädel noch fester. Alles, was Vega tun konnte, war den Kopf ein wenig zu drehen, sodass seine Wange auf die Abdeckung gepresst wurde statt seiner Nase. Abrahams' Kraft war beeindruckend. Seine Finger bohrten sich mit kaum vorstellbarem Druck in Vegas Gesicht und Kopfhaut. Vegas Arm wurde verdreht und hinter seinem Rücken festgehalten, seine Brust auf den Motor gedrückt. Abrahams legte sich mit seinem ganzen Gewicht auf ihn. Vegas Versuche, sich zu befreien, waren vergeblich und verursachten bloß weitere Schmerzen. Also hielt er still und schnappte nach Luft.

»Ich weiß verdammt genau, wer Sie sind, DS Richard Maria Vega«, zischte ihm Abrahams ins Ohr. »Und ich weiß, dass Sie im Augenblick nicht im Dienst sind. Sie stehen ohne Ihr Rudel da. Pissen gegen den Wind und hoffen, mich stinksauer zu machen. Na dann, herzlichen Glückwunsch, Sie haben es geschafft. Sie können mich offiziell als stinksauer betrachten.«

»Lass ihn los.«

Einen Moment lang wurde der Druck noch stärker, dann ließ er nach. Vega richtete sich mühsam auf, atmete die süße Luft ein und versuchte, dabei nicht allzu offensichtlich zu keuchen. Mit rotem Gesicht taxierte er Abrahams, der sich kampfbereit in die Brust warf.

»Halt dich zurück, Nige«, murmelte der Neuankömmling. »Sei clever.«

Immer noch heftig atmend, drehte Vega sich zu dem dritten Mann um. Es war Jason. Jason Sellers. Makellos gekleidet wie immer mit einer Khakihose und einem blassblauen Pullover; sein goldblondes Haar war noch feucht vom Duschen. Ihm also hatte Abrahams die Nachricht geschickt, als er ihn entdeckt hatte … Vega konnte seine Überraschung nicht verbergen. Er spürte, dass sie ihm ins Gesicht geschrieben stand, worüber Jason sich zu amüsieren schien.

»Hallo, Sergeant«, begrüßte er ihn lächelnd. »Genießen Sie Ihre Freizeit?«

»Sie kleiner …«

Schnell wie der Blitz griff Jason nach seinem Handy. »Nur damit Sie Bescheid wissen: Ich nehme das hier auf Video auf. Dann können wir sämtliche Fragen dokumentieren, die Sie Mr. Abrahams stellen möchten. Das dürfte kein Problem für Sie sein, oder? Wir wollen doch nicht, dass irgendjemand auf die Idee kommt, von polizeilicher Schikane zu reden?«

Vega war klug genug, sich für den Moment geschlagen zu geben. Immer noch unter Schmerzen machte er sich mit so viel Selbstkontrolle und Würde, wie er aufbringen konnte, auf den Weg zu seinem Wagen.

»Wollen Sie uns schon verlassen, Sergeant?«, rief Jason ihm nach. »Und dann noch mit dem Auto? Obwohl Sie nach Alkohol riechen?«

Vega schaute sich nicht um. Er verkniff sich eine Reaktion, bis er das Ende der Sweetwoods-Zufahrt erreicht hatte. Dann schlug er mehrfach auf das Lenkrad ein.

»SCHEISSE!«

Immerhin war der Ausflug nicht ganz umsonst gewesen: Jason Sellers und Nige Abrahams kannten sich.

Wer hätte das gedacht …

40

Dienstagmorgen

Vega war nach Hause gefahren. Der Schreck steckte ihm noch in den Gliedern. Er hatte sich vorgestellt, wie Blaulichter in seinem Rückspiegel auftauchten. Sich die Peinlichkeit ausgemalt, von einem seiner Kollegen an den Straßenrand gewinkt und zum Alkoholtest gebeten zu werden. Es wäre das perfekte Vorspiel zu einer offiziellen Beschwerde wegen Belästigung – von Abrahams oder von Sellers – gewesen.

Er beruhigte seine Nerven mit Wiederholungen von *Frasier* und einer Flasche Malbec. Das Konservengelächter der Sitcom schien mehr ihm zu gelten als den snobistischen Brüdern. Als er schließlich ins Bett ging, fiel er in einen unruhigen Schlaf. In seinen Träumen waren lauter Finger auf ihn gerichtet, und schaurige Gesichter glichen undeutlich seinen Freunden.

Er watete durch eine Landschaft nach ihm greifender Hände, auf der Suche nach Cherry. Seine Hoffnung war es, sie aus dem Gewimmel herauszuziehen, hinein in die Stille und das Licht über ihnen. Stattdessen griff er in etwas Gallertartiges, das durch seine Finger hindurchsickerte und -tropfte: Er hatte mitten in Deanos verletzten Schädel gegriffen. Langsam wandte der Junge ihm das Gesicht zu. Seine milchigen Augen starrten ihn an, sein Mund öffnete sich weit und voller Schwärze.

In den frühen Morgenstunden wurde Vega von seinem

eigenen Schrei aus dem Schlaf gerissen. Sein Laken war durchnässt.

Fünfzehn Minuten und eine Dusche später stopfte er, immer noch halb im Delirium, sein schweißnasses Bettzeug in die Waschmaschine. Nackt und mit einer Gänsehaut am ganzen Körper blieb er in der Küche stehen. Er starrte auf das hin und her wogende graue Meer des Grases in seinem Garten und verspürte deutlich ein Déjà-vu. Und tatsächlich begegnete er nach einer Weile dem vorwurfsvollen Blick seiner frühmorgendlichen Besucherin: Pris, die Füchsin. Immer noch schwer atmend, beobachtete er, wie sie reglos dastand, jeden einzelnen Muskel angespannt. Dann verschwand sie in einer einzigen flüssigen Bewegung.

Er musste mit Daria sprechen. Das war wichtiger als alles andere. Er musste ihre Stimme hören, weiter nichts, dann würde es ihm gut gehen. Er versuchte es erst auf ihrer privaten, dann auf der dienstlichen Nummer. Es klingelte und klingelte. Jedes Mal in der kurzen Pause, bevor sich die Mailbox meldete, hoffte er – glaubte er – sie würde das Gespräch doch noch annehmen. Aber nein.

Daria ging nicht einfach *nicht* dran. Oder sie rief sofort zurück. Das machte sie einfach nicht. Und da sie eine ausgeprägte Typ-A-Persönlichkeit war, ließ sie ihr Handy nie aus den Augen. Dieses völlige Schweigen hatte erst einmal zwischen ihnen geherrscht, im Anschluss an einen Fortbildungskurs in Suffolk, bei dem sie ein paar Nächte zusammen verbracht hatten.

Schlüsselkompetenzen der Kommunikation. Die Ironie war Vega nicht entgangen. Er hatte nicht einmal den Namen des Haustiers, das sie als Kind gehabt hatte, in Erfahrung bringen können. Trotzdem war die gemeinsame

Reise ein seltenes, wunderschönes Erlebnis gewesen. Ein flüchtiger Eindruck dessen, was möglicherweise aus ihnen werden konnte. Und dann, nachher, absolute Funkstille.

Simon hatte eingegriffen. Das hatte Vega später erfahren. Simon war misstrauisch geworden und hatte ihr Handy gecheckt, dabei war er auf Fotos gestoßen, die in angeheitertem Zustand in einem billigen Hotel aufgenommen worden waren und die einen Schwanz zeigten, der eindeutig nicht seiner war. Er hatte das Handy konfisziert, um sie zu bestrafen.

Vega war ausgerastet. Hatte sie angebrüllt, bis seine Stimmbänder wund waren. Geduldig hatte sie gewartet, bis er fertig war, und war dann gegangen. Später hatten sie nie wieder darüber gesprochen.

Es war nicht sie, auf die er so wütend gewesen war, natürlich nicht. Es ging um die Ungerechtigkeit des Ganzen. Die Widersinnigkeit des Ganzen.

Daria war eine Naturgewalt, nur ansatzweise durch Vernunft und Wissenschaft erklärbar. Man konnte sie bewundern, fürchten, gelegentlich zähmen, aber nie komplett verstehen. Und doch erkannte Vega sie einfach nicht wieder, wenn sie in Simons Nähe war. Dieses Weichei war in einem Maße fähig, sie zu manipulieren, das Vega einfach nicht nachvollziehen konnte.

Nachdem er eine Weile mit dem Handy am Ohr durchs Zimmer getigert war, saß er nun zusammengesunken auf dem Sofa und drückte die Augen fest zu. Immer noch keine Antwort. Prima. Er hinterließ eine Nachricht.

»Hi, Dar. Ich bin's, Richard. Ich wollte bloß eine Idee mit dir durchsprechen, das ist alles. Aber vermutlich ist es nicht der Rede wert und kann warten. Sieh einfach zu, dass du deine Termine bei der Hebamme einhältst, okay?

Pass auf dich auf. Und auf deinen Bauch. Wir reden später. Tschüss. Bis dann.«

Er beendete das Gespräch, legte das Handy weg, ließ sich in die Kissen zurückfallen und stöhnte: »Du nutzloser Arsch. Was ist los mit dir?«

Taumelnd kam er auf die Füße und ging nach oben. Er zog seinen Arbeitsanzug an, weil er das Selbstvertrauen und die Zielstrebigkeit brauchte, die dieser ihm verlieh. Dann stellte er den Wasserkessel an und schaute einen Moment auf die Kreidetafel in der Küche und die Kritzeleien, mit denen Cherry die ewig unvollendete Einkaufsliste verziert hatte. Vorsichtig wischte er die Liste mit dem Rand eines Geschirrtuchs ab, wobei er sorgfältig darauf achtete, ihre Zeichnungen unversehrt zu lassen. Dann notierte er in kleinen, eleganten Buchstaben die wesentlichen Eckpunkte der Ermittlungen.

Deano tot; Sam tot; Schulden/Diebstahl; Abrahams Novak; Reese; Calvin Kidd; Migranten als Arbeitskräfte?; Diesel, Hull.

Tom hatte er absichtlich weggelassen. Bishop hatte ihm von Anfang an davon abgeraten, nach Verbindungen zwischen den beiden Jungen zu suchen, obwohl Reese mit beiden zu tun hatte. Mal ganz davon abgesehen war Vega aber auch derart sauer auf Nige Abrahams, dass er am liebsten ihn allein für die traurige Angelegenheit verantwortlich gemacht hätte.

Er würde die Geschichte von hinten aufrollen und in Hull beginnen. Bei der Tankstelle an der Hedon Road. Reese hatte dort so viel Diesel getankt, dass er nicht einfach nur den Astra vollgetankt haben konnte, über den sie offenbar verfügten. Eher einen Lastwagen, möglicherweise sogar einen größeren. Die Tankstelle lag in der Nähe des Tiefseehafens von Hull, einem weicheren Ziel als die Häfen in Kent, in denen Schiffe aus den stark frequentierten Städten Calais und Dünkirchen abgefertigt wurden, wo die Sicherheitsmaßnahmen wesentlich strenger waren.

Kidd und Reese hatten mutmaßlich zwei Restaurantbesitzer halbtot geprügelt, die eventuell illegale Einwanderer beschäftigt hatten. Langsam nahm in Vegas Kopf eine Theorie Gestalt an. Eine brüchige Theorie, zugegebenermaßen, in keinem Punkt zu beweisen und erst in Ansätzen ausgearbeitet. Aber er hatte nichts anderes.

Vega schickte eine SMS an Khan:

IRGENDWAS NEUES WEGEN DER DIESELRECHNUNG? DENKE AN VERBINDUNG ZUM HAFEN.

Die Antwort kam beinahe augenblicklich. Eine Bildnachricht. Sie zeigte die mit Timecode versehene Aufnahme einer Überwachungskamera der Tankstelle. Darauf war eine hoch aufgeschossene, dünne Gestalt mit Kapuzenpulli zu erkennen, die einen Kühl-LKW auftankte. Die Bildqualität war bescheiden, doch von der Figur und der gebückten Haltung her konnte das auf jeden Fall Reese sein. Das Nummernschild war undeutlich zu erkennen, ließ sich aber gerade noch entziffern. Wenige Sekunden später traf eine zweite SMS von Khan ein:

HOPPLA, DAS WOLLTE ICH NICHT SCHICKEN. BITTE LÖSCHEN, KUMPEL!!-;)

Raffinesse zählte nicht zu den Stärken des jungen Constables. Vega schickte das Foto an seine eigene Mailadresse und löschte die Nachricht.

Endlich ein Fortschritt. Er spürte die Erregung in seiner Brust, als er den Laptop nahm und zu suchen begann.

Nach ein bisschen Googeln hatte er herausgefunden, dass es sich bei dem abgebildeten LKW um einen 7,5-Tonner Iveco Eurocargo, Baujahr 2006, handelte. Er fand gleich mehrere, die kürzlich in der Gegend verkauft worden waren. Besonders interessant erschien ihm einer, der für 4995 Pfund plus Mehrwertsteuer angeboten worden war. Die Anzeige war vor vier Monaten geschaltet worden, und ein Banner quer über der Website verkündete: VERKAUFT. Außerdem forderte es ihn auf, sich bei den Verkäufern nach der aktuellen Lagerliste zu erkundigen. Der abgebildete Laster hatte eine kleine Delle in der oberen linken Ecke des Containers; an derselben Stelle war bei dem Truck auf den Überwachungsbildern ein leichter Schatten auszumachen.

Vega pochierte sich ein paar Eier, schlang einige Scheiben Toast hinunter und füllte sich einen Kaffee zum Mitnehmen in seinen Becher. Anstatt den Händler anzurufen, wollte er ihm lieber einen Besuch abstatten. Die Adresse lag in einer kleinen Siedlung in den South Downs, in der Nähe von Devil's Dyke. Die Gesellschaft nannte sich Freight or Flight. Vega gab ihnen ein paar Extrapunkte für Originalität.

Während er vor dem grünen Gitterzaun des Grundstücks wartete, setzte sich der leichte morgendliche Nebel in kleinen Perlen auf seinem Ledermantel ab. Er hatte einen Klingelknopf an der vorsintflutlich wirkenden Gegensprechanlage gedrückt, worauf niemand reagiert hatte. Er nahm sein Handy aus der Tasche, um es telefonisch zu versuchen, hatte aber kein Signal. Willkommen in den Downs. Grüne Hügel mit kalkhaltigen Böden, über denen im Sommer hunderte Hängegleiter schwebten, als würden Kinder ihre bunten Drachen steigen lassen.

»Tut mir leid!« Ein Mann näherte sich auf dem rutschigen Beton, in dessen Rissen das Gras spross. Er trug eine ölbefleckte Jeans, die in seinen Arbeitsstiefeln steckte, und seine Dreadlocks hüpften im Rhythmus seiner Schritte. Er hatte ein ehrliches Gesicht und grinste, als er das Tor öffnete. »Hab Sie nicht gehört. Die meisten Leute rufen an, bevor sie kommen.«

Vega zog seinen Dienstausweis hervor. »DS Vega, Kent Police. Wenn es Ihnen nichts ausmacht, habe ich ein paar Fragen.«

»Ähm, nein. Nein, natürlich nicht. Kommen Sie rein.« Das Lächeln des Mannes war jetzt verschwunden. Er streckte Vega die Hand entgegen, ehe er merkte, wie ölig sie war. Stattdessen kratzte er sich im Nacken und hinterließ dort eine Schmierspur. »Ich bin David. Dave. Das ist nicht mein Laden hier.«

»Kein Problem, Dave«, sagte Vega und folgte ihm an mehreren Transportcontainern, Trucks und Zugmaschinen vorbei in einen mit Neonröhren beleuchteten Hangar, wo es nach Benzin und Feuchtigkeit roch. Auf der linken Seite standen vier Ultraleichtflieger, drei weiße und einer in Blassrosa. Rechts befand sich ein majestätisch wirkendes Segelflugzeug. Im rückwärtigen Teil der Halle war eine Mischung aus Büro und Werkstatt untergebracht: verbeulte Metallaktenschränke und ein maroder Schreibtisch aus Faserplatten, der sich in der Mitte unter dem Gewicht eines Motors bog, über dessen Verwendung Vega nichts sagen konnte. Vielleicht war es ein Bootsmotor.

»Mr. Jarvis, der Eigentümer, umsegelt im Augenblick

die Bretagne. Na ja, wenn man’s mag … Er wird allerdings gegen Ende der Woche zurück sein«, erklärte David, griff nach einem Lappen und wischte sich die Hände ab.

»Nur eine kurze Frage. Wahrscheinlich können Sie mir helfen.«

David nahm auf einem Drehstuhl Platz, der unter seinem Gewicht um einige Zentimeter zusammensackte. »Okay. Schießen Sie los.«

»Dieser LKW hier ähnelt einem, der auf Ihrer Website zum Verkauf angeboten wurde«, sagte Vega und legte einen Ausdruck der Aufnahme aus der Überwachungskamera auf eine relativ saubere Ecke des Schreibtischs. »Können Sie sich erinnern, ihn verkauft zu haben?«

David betrachtete stirnrunzelnd das Bild. »Irgendwie schwer zu sagen. Die Auflösung ist beschissen.«

»Er müsste in den letzten Monaten verkauft worden sein.«

»Wir haben einen Iveco verkauft …« David rollte hinüber zu dem Aktenschrank und suchte in den grünen Pappordnern. »Na also. Ja, vor zwölf Wochen. Die Nummernschilder stimmen allerdings nicht mit denen auf Ihrem Foto überein.« Er zog ein höher aufgelöstes Foto des LKWs aus dem Ordner und legte es neben Vegas Ausdruck. Die Nummernschilder waren eindeutig verschieden, aber das musste nicht bedeuten, dass es sich um zwei verschiedene Fahrzeuge handelte. Vega schaute genauer hin und deutete auf die Beulen.

»Beide sind da oben leicht eingedellt, sehen Sie das?«

»Ja. Tatsächlich. Lassen Sie mich die ausführlicheren Angaben durchsehen.« David überflog den Rest seines Infoblatts. »Solche Details notieren wir grundsätzlich. Ah, hier: Container leicht angestoßen, oberflächlich.«

»Wie ist das Fahrzeug bezahlt worden?«

»Er hat bar bezahlt.« Dann fügte er schnell hinzu. »Wir haben ihm natürlich die korrekte Mehrwertsteuer berechnet.«

»Ich brauche nähere Einzelheiten zum Käufer.«

»Kein Problem. Wir machen grundsätzlich eine Fotokopie vom Führerschein des Käufers und dem Versicherungsnachweis, falls vorhanden«, erklärte David, während er die Unterlagen durchblätterte. »Na also.«

Vega nahm die Kopien entgegen. Hielt sie ins Licht und studierte sie gründlich.

Der junge Mann auf dem Führerschein hatte hohle Wangen, große dunkle Augen und struppiges braunes Haar. Dazu einen markanten Kiefer, eine kleine Nase und bogenförmige Lippen. Ein gut aussehender Junge, trotz der Aknenarben auf seiner Haut. Selbst mit diesem neutralen Gesichtsausdruck wirkte er nervös; zwischen seinen Augenbrauen schien sich eine permanente Sorgenfalte eingegraben zu haben.

Es war Reese, kein Zweifel, auch wenn das Dokument auf den Namen Trevor Watkins ausgestellt war und das Geburtsdatum ihn zu einem Fünfundzwanzigjährigen machte. Seine Adresse lautete sowohl auf dem Führerschein als auch auf dem Versicherungsnachweis Shrike Farm, Smarden, Kent.

»Nützt Ihnen das etwas?«, fragte David mit besorgter Miene.

»Ja«, sagte Vega mit immer breiter werdendem Lächeln. »Ja, David, und ob mir das was nützt …«

41

Dienstagvormittag

Shrike Farm.

Er sollte Bishop informieren.

Zed informieren.

Irgendwen informieren.

Und das würde er auch tun. Was sonst? Im Moment allerdings wusste er nicht einmal, ob diese Farm tatsächlich existierte, geschweige denn, ob es sich lohnen würde, diesem Hinweis nachzugehen. Zuerst würde er die Farm selbst in Augenschein nehmen, aus der Entfernung. Wenn er dann den Eindruck hatte, die Spur könne eine gründlichere Untersuchung wert sein, würde er die anderen informieren.

Er hatte sämtliche Unterlagen bei David von Freight or Fright zurückgelassen und ihm gesagt, dass das Major Incident Team der Polizei von Kent sie abholen würde. Schließlich wollte er sich nicht unerlaubt in die Sicherung von Beweisstücken einmischen. Und falls die ganze Sache nichts ergäbe, hätte er dem Team nicht mal unnötige Arbeit gemacht.

Doch ganz egal, ob er es zugeben wollte oder nicht: In Wahrheit *brauchte* Vega diesen Alleingang. Aus Selbstsucht. Aus Dummheit. *Er* musste es sein, der die richtigen Schlüsse zog. Er hatte so viel verloren. So furchtbar viel. Er hatte es einfach verdient.

Trotzdem war ihm ein wenig mulmig zumute, denn die

Farm lag weit entfernt von jeglicher Zivilisation. Als er seinem Navi gehorchend auf eine schmale, unbefestigte Straße bog, fühlte Vega sich wie auf dem Präsentierteller. Sein Wagen schaukelte über den holprigen Weg und passierte schließlich ein Tor mit fünf Querbalken. Auf einem Schild, dessen Holz unter den Flechten kaum noch zu erkennen war, stand Shrike Farm. Er war also richtig.

Der Weg führte einen Hügel hinauf. Links und rechts lagen Felder und bewaldete Flächen. Der Regen hatte sich inzwischen verzogen, der Himmel war strahlend blau. Der Wind zeichnete Muster ins hohe Gras und drückte Narzissen und lila Krokusse flach an den Boden.

Am Wegesrand tauchten immer wieder ausrangierte Fahrzeuge auf. Vega entschloss sich, das letzte Stück zu Fuß zu gehen, um möglichst keine Aufmerksamkeit auf sich zu ziehen. Er stellte den Wagen hinter dem Wrack eines Traktors ab, das langsam von der Natur zurückerobert wurde.

Mit hochgeschlagenem Mantelkragen marschierte er los. Die Vögel stießen ihre Warnrufe aus, und in einiger Entfernung hörte er das leise Muhen von Kühen. Er näherte sich einer Ansammlung heruntergekommener Bauwerke: ein marodes Farmhaus aus rotem Backstein mit diversen Nebengebäuden, ein Silo, eine Scheune aus Wellblech und verschiedene andere Nutzgebäude.

Aufmerksam behielt Vega seine Umgebung im Blick und achtete auf Hinweise für die Anwesenheit von Menschen. Er drückte sich gegen die Wand eines kleineren Backsteingebäudes, das ein Stück abseits des eigentlichen Farmgebäudes stand. Das Ziegeldach wies mehrere Löcher auf, aus denen Dachsparren hervorschauten wie Rippen durch verletzte Haut.

Der ganze Ort wirkte verlassen, und dieser offensichtliche Verfall schien seine Theorie nur zu stützen; würde er selbst einen Standort für irgendwelche kriminellen Geschäfte suchen, dann käme ihm dies hier perfekt vor.

Dann plötzlich nahm Vega den Gestank wahr. Der Wind musste seine Richtung geändert haben und trug ihn nun in fauligen Schwaden zu ihm herüber. Er fühlte sich an die Angelhütte erinnert, an Sam Stowes verweste Leiche. Der unverwechselbare Geruch des Todes.

Vega griff nach seinem Handy, um Meldung zu machen und sich auf Sicherheitsabstand zu begeben, bis Verstärkung eintreffen würde.

Ein Knacken wie ein brechender Knochen. Wie ein herausspringendes Gelenk.

Ein Arm legte sich um seine Brust. Kaltes Metall wurde mit solcher Kraft unter sein Kinn gepresst, dass er sich beinahe den Hals verrenkte. »Ich nehm das an mich, wenn es Ihnen nichts ausmacht.«

Vega spürte, wie ihm das Handy aus der Hand genommen wurde. Der schwere Gegenstand an seiner Kehle, von dem er instinktiv wusste, dass es eine Pistole war, drückte gegen seinen Adamsapfel und hinderte ihn am Schlucken. Der Geruch von verbranntem Karbon setzte sich in seiner Nase fest.

Ein Klappern und ein Splittern. Das Mahlen eines Stiefels: sein zerstörtes Handy, das eben noch seine einzige Verbindung zur Außenwelt gewesen war.

»DS Vega, nehme ich an?« Die Stimme klang amüsiert. »Schön, Sie endlich kennenzulernen.« Eine schwielige Hand tastete Vegas Körper ab, seine Taschen und den Hosenbund. Eine gründliche Durchsuchung.

»Man kann nicht vorsichtig genug sein, nicht bei einem

störrischen Mistkerl wie Ihnen«, bemerkte Kidd kichernd. »Ich würde Ihnen zutrauen, eine versteckte Waffe zu tragen. Ah, schau an …«

Die tastende Hand legte sich fest um Vegas Hoden und quetschte sie, bis der Schmerz unerträglich wurde und Vega nur noch rot sah. »Alles an Ort und Stelle, was?«

Vega stürzte sich nach vorn, drehte sich um und versuchte die Waffe zu greifen, die ihm mit voller Kraft ins Gesicht geschlagen wurde, wobei Wange und Augenbraue aufplatzten und sich sein Mund und sein Gesichtsfeld mit Blut füllten. Drei weitere Schläge schnell hintereinander, und er wusste nicht mehr, ob er noch auf den Beinen stand oder nicht.

Strahlende blaue Augen in einem grinsenden Gesicht. Er lag auf dem Boden, eindeutig auf dem Boden. Der Lauf der Waffe erschien ihm wie ein Tunnel aus dieser Welt hinein in die nächste. Vega packte die Wade des Mannes und versuchte, den Stiefel von seinem Hals zu schieben. Der Druck nahm weiter zu und quetschte seinen Kehlkopf, sodass er kein Wort mehr herausbrachte.

»Cleveres Kerlchen, uns hier aufzuspüren. Aber doch nicht ganz so clever, oder? Wo sind Ihre Freunde? Warum sind Sie ganz allein?«

Vega spuckte und schäumte, wand sich, versuchte sich irgendwie aufzurappeln.

»Ja, das ist die große Frage.« Kidd nickte düster und verpasste Vega einen weiteren schnellen Schlag gegen den Kopf. Dann drehte er den betäubten Körper des Detectives auf den Bauch, zerrte dessen Hände hinter seinen Rücken und fesselte die Gelenke mit Kabelbinder, der höllisch schmerzte. »Allein betreten wir diese Welt, und allein verlassen wir sie wieder. Aber Sie, Padre, haben immerhin

Ihren Glauben an etwas, was danach kommt. Nehme ich jedenfalls an. Hoffentlich hilft 's Ihnen.«

Padre …?

Einen Moment lang irritierte ihn die Anrede. Cherry nannte ihn so, und niemand außer Cherry. Aus irgendeinem Grund hatte seine frühere Berufung ihr gefallen. Aber es war surreal, diesen Namen aus Kidds Mund zu hören.

Natürlich. Der Mann war Soldat gewesen. Einer von Vegas Leuten, beinahe. Zu einer anderen Zeit und unter anderen Umständen hätten sich Calvin Kidd und Padre Vega vielleicht gemeinsam in einem von Krieg zerrissenen Land wiedergefunden und über komplexe Fragen der Moral diskutiert. Oder der Erlösung.

Von diesem Weg waren sie beide so weit abgekommen.

»Kein Glaube«, krächzte Vega. »Ich habe keinen Glauben. Schon seit Jahren nicht mehr.«

»Das ist traurig. Es tut mir leid für Sie. Der Glaube ist die Domäne von Dummköpfen, aber ich missgönne ihn niemandem. Es gibt so wenig Trost im Leben. Ich persönlich wäre gern gläubig.« Kidds Finger fuhren beinahe sanft durch Vegas Haare. Dann packten sie seine Haare und stießen sein Gesicht auf den feuchten, löchrigen Asphalt.

Alles war dunkel, und für einen Moment gab es keinen Schmerz mehr.

Der Schmerz kehrte nicht auf einen Schlag zurück, sondern in stetig wiederkehrenden Wellen. Von seinen Sinnen kam der Hörsinn als letzter wieder. Vega hatte den Boden unter sich gespürt, ehe er ihn sehen konnte; dann hatte er die Augen geöffnet und seine Umgebung wahrgenommen. Schließlich registrierte er die Stimmen, und nach einer kleinen Weile ergaben auch die Worte wieder Sinn.

»Er lebt noch, verdammt, Cal, das kannst du nicht machen. Das ist unmenschlich.«

»Der ist weggetreten. Er kriegt nichts mit. Komm, hilf mir beim Rollen. Der Scheißkerl ist schwer.«

»Von wegen weggetreten, er bewegt sich!«

»Wenn du eine Kugel verschwenden willst, nur los, Pickelgesicht. Aber genau das wäre es, Verschwendung. Ich kann nicht einfach in den nächstbesten Laden laufen und neue Munition kaufen, klar? Ab in die Jauche mit ihm. Die hat uns schon gute Dienste geleistet.«

»Nein. Himmel, Cal, nein!«

Schließlich gelang es Vega, seinen Blick zu fokussieren. Er schaute direkt in das Gesicht, das den gefälschten Führerschein zierte. Die Sorgenfalte war eindeutig tiefer, als sie bei einem so jungen Menschen hätte sein dürfen.

»Da bist du ja«, sagte Vega lächelnd. Das Blut auf seinen Zähnen fühlte sich pelzig an, wie Wein. »Ich hab dich gesucht, Reese.«

»Echt fantastisch – jetzt ist er wach.« Calvin Kidd warf die Arme hoch. »Bist du jetzt zufrieden? Verweichlichter kleiner Scheißer.«

Vegas Hände waren immer noch gefesselt, und er lag auf dem Rücken. Reese trat aus seinem Blickfeld hinaus. Vega spannte seine Bauchmuskeln an und richtete sich so auf. Er stöhnte bei dem hämmernden Schmerz in seinen Schläfen. Er beugte sich nach vorn und presste die Augen fest zu. »Mein Gott …!«

»Sie haben ihm den Rücken gekehrt, schon vergessen?«, bemerkte Kidd lachend. »Also schreien Sie jetzt nicht nach ihm, bloß weil es Ihnen gerade passt.«

Vega warf ihm einen finsteren Blick zu. Dann schielte er in Reeses Richtung. »Deine Mum macht sich Sorgen um dich. Hast du sie überhaupt mal angerufen? Sie hat in letzter Zeit genug Angehörige verloren. Setz dich mit ihr in Verbindung.«

»So einfach ist das nicht«, brummte Reese. »Es ist echt besser, wenn ich auf Abstand bleibe.«

»Ich glaube kaum, dass sie das auch so sieht.« Vega starrte den Teenager einen Moment lang an. Ein merkwürdiges Gefühl überkam ihn. Als sähe er ein Gespenst. »Du siehst deinem Bruder ziemlich ähnlich«, erklärte er keuchend. »Bloß dreißig Zentimeter größer. Was hast du mit deinen Haaren gemacht?«

Reese zupfte verlegen an seinen Peroxid-Locken und sagte nichts.

»Hast du Deano getötet?«, fragte Vega. »Du allein? Oder hatte er auch seine Finger im Spiel?« Er neigte den Kopf in Kidds Richtung.

Reese wirkte fast panisch. »Natürlich war ich das nicht! Und auch nicht Cal. Was zum Teufel ist los mit Ihnen?«

»Bist du dir wirklich sicher?«

»JA! Verdammt, Mann, ich hab Deano geliebt. Er war nicht nur mein Bruder, sondern auch mein bester Kumpel. Mein einziger Kumpel!«

»Weißt du, wie er gestorben ist?«, fragte Vega. »Weißt du, was er mitgemacht hat, in seinen letzten Augenblicken?«

»Nein«, sagte Reese und biss sich auf die Unterlippe. »Weiß ich nicht. Woher auch?«

»Er will dir wehtun, Reesey. Damit du umfällst«, knurrte Kidd. »Hör ihm nicht zu. Hilf mir, ihn in die Grube zu schaffen.«

»Deano wurde gefoltert. Geschlagen und gefoltert. Man hat ihm Stromstöße verpasst, absichtlich, an seinen Fußsohlen, so stark, dass Teile seines Gehirns geröstet wurden. Deano wurde praktisch von innen heraus zerfetzt.« Vega sprach zu Reese, ließ Kidd aber nicht aus den Augen. »Was war der Grund dafür, was glaubst du, Reese? Was um alles in der Welt kann dein kleiner Bruder getan haben, dass er so behandelt wurde?«

Reese war bleich geworden, was seine Pickel noch deutlicher hervortreten ließ. »Ich ... Ich weiß es nicht ... Cal?« Er drehte sich zu seinem Liebhaber um, dessen Daumen jetzt über den Griff der Pistole strich.

»Ich weiß nicht, warum du mich fragst, Reesey. Ich hoffe, du willst nicht andeuten, dass ich irgendwas damit zu tun hatte. Ich war es, der dich in Sicherheit gebracht hat, du undankbarer kleiner Kerl.«

»In Sicherheit gebracht? Oder unter Ihre Kontrolle gebracht?«, fragte Vega. »Ihn von seiner Familie und seinen Freunden isoliert ... Ich wette, das kam Ihnen ganz gelegen, stimmt's?«

»Reesey hat keine Freunde«, spottete Kidd. »Nur mich.«

»Er hatte Deano. Wie er gerade sagte – Deano war sein bester und einziger Kumpel. Hat Sie das gestört? Waren Sie eifersüchtig, Calvin?« Vega begann zu lachen, tief und höhnisch. »So war es, oder? Sie waren eifersüchtig auf Reeses eigenen Bruder.«

»Halten Sie Ihre dreckige Fresse.« Kidd trat auf Vega zu und rammte ihm die Pistole in die Wange. »Vermutungen, mehr haben Sie nicht. Schüsse ins Blaue. Ja, ich durchschaue Ihre Tricks, und wir werden nicht mitspielen. Wir sind ein *Team*.«

Während die Waffe sich bis an seine Backenzähne schob,

suchte Vega die Umgebung nach einem Fluchtweg ab. Unter dem Druck der Pistole hatte er den Kopf gedreht und schaute nun auf ein großes Wellblech, das von schweren Gehwegplatten an Ort und Stelle gehalten wurde.

Die Grube … Was hatten sie mit der Grube gemeint?

Einmal mehr änderte der Wind seine Richtung, und die stinkenden, schweren Ausdünstungen erfüllten seine Lunge. Er würgte und wünschte, er könnte Mund und Nase bedecken, wie Reese es plötzlich mit dem Ärmel seines übergroßen Hoodies tat. Nur Kidd schien der Gestank nichts auszumachen. Er lächelte Vega an und bestätigte dessen Verdacht.

»Zieh die Abdeckung zur Seite, Pickelgesicht. Lass uns sehen, wie lange er sich oben hält.«

»Nein«, sagte Reese mit stockender Stimme. »Ich will es nicht, Cal.«

»Na prima. Die ganze verdammte Arbeit muss ich allein erledigen …« Kidd griff in Vegas Haare und zerrte ihn zu der Blechabdeckung. Vega schob sich auf seinen wunden Knien hinter ihm her und versuchte, das Gleichgewicht zu halten.

Das Wellblech war mit braunen Moosklumpen übersät. Kidd sicherte die Pistole, steckte die Waffe in seine Jeans und fing an, die schweren, an Grabsteine erinnernden Steinplatten anzuheben und zur Seite zu schieben. Dabei bemerkte Vega zum ersten Mal das Blut, das an den Schultern durch das T-Shirt des Mannes sickerte und auf den Hosenbund seiner Jeans tropfte, in der nun die Waffe steckte. Er hörte das feuchte Rasseln tief in der Kehle des Mannes bei jedem schweren Atemzug. Kidd war verletzt, schwer verletzt, und diese Anstrengung machte es noch schlimmer.

Auch Reese hatte es bemerkt. Für einen kurzen Moment begegneten sich die Blicke der beiden, dann schaute der junge Mann schnell weg. Auf seinen abgehärmten Gesichtszügen zeichneten sich Schuldgefühle ab. Was hatten die beiden vorgehabt?

»Da.« Stöhnend hob Kidd die letzte Platte an und schob das Blech beiseite, sodass die mit Backsteinen ummauerte Grube zum Vorschein kam. Reese wandte sich würgend ab, und gleich darauf hörte Vega, wie Erbrochenes zu Boden klatschte. Auch er würgte und keuchte immer noch. Dann zog Kidd ihn am Kragen noch näher heran.

Mit tränenden Augen erblickte Vega zum ersten Mal den Inhalt der Grube. Ein Schrei blieb in seiner Kehle stecken.

Köpfe schauten aus dem Morast hervor wie verlorene Fußbälle. Schleimig, rund und auf den ersten Blick ohne Konturen; nur die verfilzten Haare deuteten darauf hin, dass es sich um Menschen handelte. Der Körper ganz oben war eindeutig die zuletzt dazugekommene Leiche. Der Mann war noch bekleidet, und obwohl die Verwesung schon eingesetzt hatte, war er noch weitgehend als die Person zu erkennen, die er einmal gewesen war.

»Mein Gott!«, keuchte Vega. »Oh Gott, verdammt …!«

»Wie ich schon sagte«, erklärte Kidd mit einem leisen Lachen. »Jetzt, wo es Ihnen in den Kram passt, können Sie sich nicht einfach an ihn wenden. Das gehört sich nicht.«

Vega konnte sich nicht erinnern, in seiner fünfzehnjährigen Dienstzeit schon einmal etwas ähnlich Albtraumhaftes gesehen zu haben. Einzig in Bosnien, in Srebrenica, hatte er als Militärgeistlicher etwas Vergleichbares erlebt: eines der ersten Massengräber, die damals in den 90ern entdeckt worden waren; später waren weitere aufgetaucht.

Einen Moment lang vergaß Vega sogar, dass auch er bei diesen Leichen landen sollte, diesen unidentifizierten Toten. Sein Abscheu überstieg seine Angst.

»Wie viele?«

»Ich weiß nicht genau«, antwortete Reese.

»Wie kannst du das nicht wissen? Was zum Teufel hast du getan?«

»Es war keine Absicht. Scheiße, ich wollte das doch nicht.«

»Na, dann ist ja alles in Ordnung.«

»Es war unser LKW. Ich habe einen Kühltransporter gefahren und die Lüftungsklappe geöffnet, damit meine Ladung frische Luft bekommen konnte. Aber dann hab ich sie aus Angst, sie könnte während der Kontrolle auffallen, wieder geschlossen«, sagte Reese. Vega konnte den Jungen nicht sehen, musste ihn nicht sehen. Er konnte hören, dass er weinte. »Ich wollte die Klappe bei der nächstbesten Gelegenheit wieder öffnen, aber ich durfte nicht zurück in den Laderaum des Schiffs. Als wir zurück hier auf der Farm waren und aufgemacht haben …«

»Du musst dich vor ihm nicht rechtfertigen«, knurrte Kidd. »Spar dir die Luft.«

Vega versuchte, auf die Beine zu kommen. Kidd stieß ihn zurück auf die Knie. Er wankte bedenklich nah am bröckelnden Rand der Grube. Er hörte, wie die Pistole wieder entsichert wurde. Dann tauchte sie an der Stelle auf, wo sein Hinterkopf und die Wirbelsäule zusammentrafen.

»Wenigstens brauchen Sie auf der anderen Seite nicht

allein zu sein«, flüsterte Kidd. Seine Bartstoppeln und sein warmer Atem streiften Vegas Ohr. »Sie wartet dort sicher auf Sie, oder, Ihre Cherry? Ein hübsches kleines Ding war sie. Und ganz verrückt nach Ihnen.«

Vegas Herz krampfte sich zusammen wie eine Faust. Seine Lippen fühlten sich taub an, und beim Sprechen stolperte er über ihren Namen. »Was wissen Sie über Cherry?«

»Dass Sie sich keine Nadeln setzen konnte, zum Beispiel«, höhnte Kidd. »Ihr wurde schon übel, wenn sie eine sah. Deshalb hat sie mir ihr Gesicht an die Brust gepresst und sich an mein Hemd geklammert, während ich ihr die Spritze verpasst habe. Fentanyl. Echt tödliches Zeug. Aber schnell.«

Plötzlich war es auf dem Hof unnatürlich still. Sogar die Vögel hatten zu singen aufgehört. Vegas Schmerz fühlte sich an wie ein plötzlicher Druckabfall. Er hatte sich Vorwürfe wegen Cherrys Tod gemacht, wäre aber nie auf die Idee gekommen, derart unmittelbar dafür verantwortlich zu sein.

»Warum?« Es war nicht seine Stimme, die da fragte, sondern die von Reese: »Warum?«

Kidd funkelte Reese an und deutete auf Vega. »Er musste weg von der Sache! Du hast dir seinetwegen ins Hemd gemacht, hast dir die Scheißhaare gefärbt, damit er dich nicht erkennt! *Er hat mich auf dem Kieker, Cal. Kümmer dich drum, Cal.* Na, das hab ich getan. Ich hab ihn erledigt. Seine Kollegen haben ihn aus dem Spiel genommen.«

Reese biss sich auf die Unterlippe und sah mehr denn je wie ein junger Hase aus, ein langgliedriger junger Hase, den der Frühling um den Verstand gebracht hat.

»Abgesehen davon war sie ein Junkie.« Kidd zuckte

die Achseln. »Junkies zu töten, ist fast schon ein Witz; sie machen's ja täglich selbst.«

»Sie war mehr als das«, flüsterte Vega. Die Wut, die ihn durch die letzten Tage gepusht hatte, war mit einem Mal einer tiefen, lähmenden Verzweiflung gewichen. »So viel mehr als das …«

»Sie hätten mal sehen sollen, wie sie mich angeschaut hat. Mit diesen großen, verträumten Augen. Dann, eine Sekunde vor ihrem Abgang, hat sie's geschnallt. Sie hat den Tod gefühlt. Und wissen Sie, was sie gesagt hat?« Kidd kicherte jetzt wie ein Schuljunge. »Sie sagte *Daddy*. Daddy!« Kidd ließ seine Stimme hoch und feminin klingen. »Daddy!«

»Du bist ein total beschissener Psychopath, weißt du das?«, sagte Reese atemlos wie jemand, der gerade vom Tauchen zurück an die Wasseroberfläche kommt. »Ich hab dich einfach für einen Gangster gehalten, aber du bist ein richtiger verdammter Psycho … Du warst es. Du hast Deano umgebracht.«

Kidd wischte sich die Freudentränen aus den Augen und schüttelte den Kopf. »Du irrst dich, Reesey. Das war ich nicht.«

»Versuch nicht, mich zu verarschen, Calvin! Versuch nicht, mich zu verarschen!«

Kidds Blick wurde auf einen Schlag bösartig. »Jammern und schimpfen und meckern, mehr kannst du nicht! Willst du die Wahrheit wirklich wissen? Ja, an dem Tag, an dem Deano ins Gras gebissen hat, haben Levi und ich ihn abgeholt. Ich hab seine Füße ein bisschen gekitzelt, nur ein paar tausend Volt, aber es musste sein. Er wollte uns verpfeifen, Pickelgesicht. Er hätte dich in den Knast gebracht.«

»Nein, niemals«, wimmerte Reese. »Das hätte er gar nicht gekonnt, weil er nichts wusste!«

»Du hast ihn hierher auf den Hof gebracht, du Spacko! Und er läuft rum und baut eine Scheißkamera auf! Filmt sich auf diesem Bike, der kleine Arsch, wie er über das Wellblech hier fährt.« Kidd deutete erst auf die Grube, dann auf sich selbst. »Über *deinen* verfluchten Schlamassel, den *ich* in Ordnung gebracht hab. Als Nächstes ruft Deano bei Sellers an und bittet ihn um Hilfe, weil sein Bruder *etwas Schlimmes gemacht* hat. Und jetzt, Reesey, sag mir, was ich verdammt noch mal hätte tun sollen?«

»Deano hatte keine Ahnung, was in der Güllegrube war! Ich hab kein einziges Wort gesagt, Cal!«

»Du sprichst im Schlaf, du blöder kleiner Penner! Das hat Deano mir erzählt, als er auf dem Stuhl getanzt hat.«

»Und dann hast du ihn getötet? War es so?«

»Nein, aber bei all dem Ärger, den du mir machst, hätte ich's besser tun sollen. Ich hab ihm klargemacht, dass er kein Wort rauslassen darf, weil ich sonst dafür sorgen würde, dass nicht mal mehr ein Blinder eure Hure von Mutter noch anfassen will. Dann hab ich ihn aus dem Wagen geschmissen. Ich weiß nicht, wer ihn plattgemacht hat, Reesey, und um ehrlich zu sein, ist es mir auch ziemlich egal. Und jetzt sollten wir uns vielleicht auf das konzentrieren, was im Moment ansteht, hm?« Kidd fuchtelte mit der Pistole in Vegas Richtung, der immer noch am Rand der Grube kniete und seine Hinrichtung erwartete, wenn auch nicht teilnahmslos: Er hörte zu und versuchte, sich jedes einzelne Wort zu merken. Wenn er schon sterben musste, wollte er wenigstens ein paar Antworten mitnehmen.

Deano hatte an das Gute in seinem großen Bruder geglaubt. Er hatte ihm helfen wollen. Dafür war er gestorben. Entweder durch Kidds Hand oder durch die eines anderen.

»Los jetzt«, trällerte er und stieß Vega wieder mit der Pistole an. »Tauchsprung … Und dran denken: Es gibt Haltungsnoten.«

Vega starrte in den breiigen Morast und die festeren Umrisse darin. Er gab sich Mühe, sich nicht zu sehr auf irgendeinen bestimmten Punkt zu konzentrieren, um gar nicht erst irgendwelche menschlichen Körperteile auszumachen: ein Auge, ein Ohr, einen verzerrten Mund. Er stellte sich das Klatschen seines Körpers beim Hineinfallen vor, die paar kurzen Augenblicke oben auf diesem menschlichen Eintopf, ehe er dann um sich schlagend versinken würde. Er malte sich aus, wie der graugrüne Schlamm in ihn eindringen, ihn zum Schweigen bringen und über seinem Kopf zusammenschlagen würde. Er schloss die Augen vor dem grauenhaften Anblick. Dachte an Cherry, an das ungeborene Kind in Darias Bauch. Den Jungen, dem er nie begegnen würde.

»Ich werde Vater«, sagte Vega mit brüchiger Stimme. »Ein Sohn. Ich bekomme einen Sohn.«

»Glauben Sie, das interessiert mich? Wir sind alle Söhne von irgendwem.«

Ein Geräusch, als würde ein weichgekochtes Ei von einem Löffel zertrümmert, nur viel lauter. Ein schmerzerfülltes Keuchen hinter ihm und der Aufprall eines Körpers auf dem Boden. Vega riss die Augen auf, wagte es, sich umzudrehen und sah Calvin Kidd mit der Waffe in der zitternden Hand auf dem Boden liegen. Sah die Augen, so kalt wie Polareis, zu ihm hochstarren. Reglos. Schockiert. Ein kleines blutiges Rinnsal lief aus Kidds

Mundwinkel, durch seinen rotbraunen Bart, und tropfte zu Boden. Sein ganzer Körper begann zu zittern, ein einziges Muskelzucken, dann lag er still.

Langsam drehte sich Vega zu Reese, der unter dem Gewicht der Bordsteinplatte gebückt ging. Er ließ sie fallen, trat zurück und fuhr sich durch die gebleichten Haare. »Oh Gott. Oh Scheiße. Scheiße!« Er trat an Kidds Seite, sank auf die Knie und wiegte dessen zertrümmerten Schädel, ehe er Gehirnmasse an seinen Fingern entdeckte und entsetzt zurückwich. »Er ist tot. Er ist tot! Was hab ich getan?«

Immer noch auf den Knien, zog sich Vega schnell vom Rand der Grube zurück. Dann verließen ihn seine Kräfte. Er beugte sich hinunter, bis seine Stirn den Boden berührte. Schloss die Augen.

»Du hast getan, was du konntest, Reese. Danke.«

Reese keuchte heftig und stieß mit jedem Atemzug ein leises Wimmern aus. »Cal, es tut mir leid. Oh, Cal.«

»Es ist vorbei«, versprach ihm Vega. »Atme einfach. Versuch, ruhig zu bleiben. Ich bin hier. Verstehst du? Ich bin hier. Ich verspreche, dir zu helfen, aber du musst meine Hände losmachen. Kannst du das tun?«

Der Kabelbinder hatte sich tief in seine Handgelenke gegraben und war feucht von Blut. Unsicher kam Vega auf die Beine und streckte Reese die gefesselten Hände entgegen. »Bitte!«

»Er war es, oder?«, fragte Reese, ohne Kidd aus den Augen zu lassen. Er raufte sich die Haare. »Hat er Deano getötet?«

Vega versuchte, Ordnung in die Abfolge von Ereignissen zu bringen, die zum Mord an Deano geführt hatten. Sein Schädel fühlte sich an, als würde er jeden Moment platzen, daher war es beinahe unmöglich, sich zu konzentrieren. »Mach meine Hände los, dann können wir reden.«

»Sie werden mich verhaften«, sagte Reese, wandte sein Gesicht zum Himmel und umfasste mit beiden Händen seinen Nacken. Er schien sich langsam zu beruhigen. Einen Entschluss zu fassen. »Mit welchen Anklagen muss ich rechnen?«

»Totschlag, wegen Kidd, hoffe ich. Du hast gute Chancen, Notwehr geltend zu machen. Ich werde erklären, dass du mir geholfen hast.«

»Und die da? Die Leute in der Grube?«

»Einschleusen von Ausländern, wahrscheinlich.«

»Ist das alles?«

»Nein. Dazu wird eine Anklage wegen Totschlags in mehreren Fällen kommen.«

»Toll«, sagte Reese leise. »Verdammt großartig.«

»Du warst dabei aber nicht allein, oder? Du wurdest genötigt. Und wenn du aussagst …«

»Wenn ich jemanden verpfeife?« Reese lachte freudlos. »Dann wird meine Zeit im Bau bestimmt sehr angenehm, was?«

»Ich sehe nicht, welche Alternativen du hättest.«

»Ich könnte weglaufen«, sagte er. »Ich bin clever. Ich könnte mich verstecken.«

»Würdest du das deiner Mum antun?«

»Sie ist ohne mich besser dran.«

»Die Entscheidung solltest du ihr überlassen.«

»Ich bin böse.«

Vega seufzte. Versuchte sich an den Gedanken zu gewöhnen, dass Reese seine Hände nicht befreien würde, und wandte sich dem jungen Mann zu, dem lautlos Tränen übers Gesicht flossen. »Weißt du, was einem über das Böse normalerweise nicht erzählt wird, Reese? Wie leicht es passieren kann. Moralisieren kann jeder Idiot, wenn er die Zeit und die Möglichkeit hat, alles gründlich zu durchdenken. Aber in der Hitze des Augenblicks machen die Menschen Fehler. Manchmal geschehen schreckliche Dinge, ohne dass wir es gewollt haben.«

»Halten Sie mir keine Predigt. Ich weiß, was Sie früher gemacht haben«, sagte Reese. Ein Rotzfaden hing zwischen seiner Nase und der Oberlippe. »Sie waren Priester, stimmt's? Das hat Cal mir erzählt, als er sich über Sie schlau gemacht hat. Verschwenden Sie nicht Ihre Zeit, indem Sie mir von Gott erzählen. Ich bin ziemlich vom Weg abgekommen.«

»Wer spricht hier von Gott? Ich rede vom Menschsein. Du hast Mist gebaut. Und zwar richtig. Willst du das hinter dir lassen? Das erfordert eine große Anstrengung. Es erfordert Willenskraft, und Nachdenken, und Opferbereitschaft. Aber möglich ist es.«

»Klar, wenn ich eine Ewigkeit in einem Knast Ihrer Majestät hocke. Danach fühle ich mich echt besser, was? Ich weiß, dass Ihnen das gut in den Kram passen würde. Ich wär 'ne erstklassige Festnahme, oder?«

»Nein, es würde mir nicht in den Kram passen. Ich bin nicht besonders ehrgeizig. Und ich hätte auch keinen Spaß daran, dich verurteilt zu sehen. Ich will dir nur einen Rat geben.«

»Was wissen Sie schon?«, fragte Reese mürrisch. »Was wissen Sie von der Welt?«

»Über Schuld weiß ich eine Menge«, erklärte Vega. »Glaub mir. Ich weiß, dass man versuchen kann, sie zu begraben. Und vielleicht gelingt es dir, sie für eine Zeit unter dem Deckel zu halten. Aber sie wird wieder an die Oberfläche kriechen und dich nach Strich und Faden fertigmachen.«

Reese ließ die Schultern sinken. Er schniefte und wischte sich die Nase mit dem Ärmel ab. »Ich brauche ein Messer, um diese Fesseln zu lösen. Cal hat sicher eins in der Tasche.«

»Lass die Finger davon«, riet ihm Vega. »Geh ins Farmhaus und hol dort eins.«

»Gut. Ich beeile mich.« Er scharrte mit den Füßen, und Vega bemerkte, dass Reese die gleichen Turnschuhe trug wie Deano. Er spürte einen unerwarteten Kloß im Hals. »Wollen Sie ein Glas Wasser oder etwas, wenn ich schon mal drinnen bin?«

»Klar, Reese. Danke.«

»Laufen Sie nicht weg.«

Vega sah ihn zum Farmhaus eilen. Er warf einen Blick auf Kidd und rechnete insgeheim immer noch damit, dass er jeden Moment auf die Beine kommen würde. Das Ausmaß von Hass auf diesen Toten ließ Vega übel werden; es war ein düsteres, erdrückendes Gefühl, als befände er sich in einer lichtlosen Tiefe, in der er zu ersticken drohte. Und falls er nicht erstickte, würde er bei der Rückkehr an die Oberfläche so erschöpft sein, dass ein entscheidender Teil von ihm abgestorben wäre.

»Es tut mir nicht leid, dass du tot bist«, zischte er. »Du krankes schottisches Schwein.«

Er hoffte, Reese würde sich nicht zu viel Zeit lassen.

Reese war schnell und tauchte mit einer großen Küchenschere und dem versprochenen Glas Wasser wieder auf, das er auf dem unebenen Boden abstellte, während er Vegas Fesseln löste. Er gab sich Mühe, ihm nicht weh zu tun, obwohl es nicht leicht war, die Klinge der Schere unter den Kabelbinder zu schieben.

Vega atmete erleichtert auf, als seine Hände endlich frei waren.

»Sie haben mir eben nicht geantwortet. Als ich wissen wollte, ob Cal der Mörder von Deano ist«, sagte Reese, während Vega das Wasser in einem Zug hinunterstürzte.

»Nein. Das hab ich nicht.«

»Aber er hat es getan, oder? Ich meine, er hat ihn gefoltert, ja?«

»Ja, das hat er.« Vega stellte das Glas ab. Er schaute auf die Waffe, die immer noch in Kidds Hand lag, und traf eine Entscheidung. Auch wenn es besser wäre, den Tatort unberührt zu lassen, stellte die entsicherte Waffe ein Risiko dar. Er griff nach einem Taschentuch, hockte sich neben den Toten und löste die Pistole vorsichtig aus dessen Hand. Vega erkannte das Fabrikat: eine Browning Hi Power. Eine gute Waffe. Vega hatte einiges an Erfahrung mit ihr, von früher. Er sicherte die Waffe.

»Also?«, beharrte Reese. »Kommen Sie, Mann. Bitte. Sagen Sie mir, was Sie denken. Sie sind der Experte.«

Vega musterte den Teenager eine Weile und versuchte, sich nicht von der Hoffnung in den großen braunen Augen beeinflussen zu lassen. Der Junge war unberechenbar. Vega hatte nicht vergessen, dass er seinem toten Vater den Kopf weggeschossen hatte. Er neigte zu Wutanfällen, und die Situation war ein Pulverfass.

»Reese …«, begann Vega und wählte seine Worte sorgfältig. »Hast du Kidd von deinem Kontakt zu Tom Healy erzählt?«

»T-Tom?« Reese riss die Augen auf. »Wovon reden Sie? Welcher Tom? Ich weiß nichts über Tom …«

»Keine Spielchen, bitte. Ich hab Kopfschmerzen. Meine Handgelenke tun weh. Ich bin müde. Du hast Shane Johnson – über euren Online-Chat beim Computerspiel – dazu gebracht, Tom Healy zu töten. Du hast den beiden weisgemacht, du wärst beim MI5, und die blöden Idioten haben dir geglaubt. Weil sie noch Kinder waren. Ihr alle wart Kinder. Also, wusste Kidd davon?«

»Nein. Nein, ich hab seit Jahren nicht an Tom gedacht. Ich meine, mein Dad wusste Bescheid. Ich hab's ihm damals erzählt, als Sie mich verhört haben.« Reese wirkte jetzt beschämt. Er legte die Hand vors Gesicht. »Scheiße. Woher wissen Sie das alles? Und was hat das mit meinem Bruder zu tun?«

»Weil Deano auf dieselbe Weise getötet wurde wie Tom. Kidd hat ihn vorher gefoltert, ja, aber der eigentliche Mord hat sich abgespielt wie bei Tom.«

Vega ließ Reese einen Moment Zeit, diese Information zu verdauen. Seine Augen huschten hin und her, als sähe er das Problem tatsächlich vor sich; als versuchte er, die einzelnen Teile zu einem Ganzen zusammenzufügen.

»Praktisch das Letzte, was dein Dad getan hat, ehe er sich das Leben nahm, war, jemanden zu Shane zu schicken und sich bei ihm zu entschuldigen. Und ihm Geld zu geben.«

»Entschuldigen? Wofür?«

»Für sein Schweigen über deine Beteiligung. Sam wollte sein Gewissen erleichtern.«

»*Sein* Gewissen?«

»Du warst ein dummer kleiner Junge«, sagte Vega. »Und von dem Moment an, als du deinen Dad eingeweiht hast, hat er sich verantwortlich gefühlt. Er hätte dich überreden sollen, dich zu stellen. Aber das hat er nicht getan, weil er nicht wollte, dass wir bei ihm herumschnüffelten. Er hat eine schlechte Entscheidung getroffen, und das war ihm klar.«

»Wenn er sich wegen alldem so furchtbar schuldig fühlt, warum rennt er dann zu Shane und nennt ihm meinen Namen? Und zieht sich dann selbst aus dem Verkehr? Warum lässt er mich mit seinen ganzen Schulden sitzen und sorgt dafür, dass seine verdammten durchgeknallten Partner es auf mich abgesehen haben? Das ist nicht fair! Hat er mich so sehr gehasst?«

»Er hat dich nicht gehasst, Reese. Du hast doch seinen Abschiedsbrief gelesen. Er hat dich geliebt. Euch alle. Sam hat deinen Namen nicht direkt genannt. Er ist anonym geblieben und hat einen Mittelsmann geschickt. Aber wer auch immer Deano ermordet hat … Er hat es so gemacht, dass die Umstände auf dich deuteten. Und wenn Kidd von der ganzen Geschichte mit Tom nichts wusste …« Vega zuckte die Schultern. Dann traf ihn die Erkenntnis mit aller Macht. Wie hatte er das die ganze Zeit übersehen können? Reese starrte ihn aufmerksam an. Seine Miene war angespannt, und jeder einzelne Kiefermuskel mahlte.

»Wer war es?«, fragte Reese. »Wen hat Dad geschickt, um mit Shane zu reden?«

»Jason«, antwortete Vega. »Er hat Jason Sellers geschickt.«

Reese drehte sich auf dem Absatz um. Mit schnellen Schritten überquerte er den Hof. Vega holte ihn mühsam ein und fasste ihn an der Schulter.

»Sei kein Idiot.«

Reese packte Vegas verletztes Handgelenk, schüttelte ihn ab und rannte los.

»*Reese*! Komm zurück. Sofort!«

Vega verschwendete seine Puste. Er wollte die Verfolgung aufnehmen, doch eine neue Welle von Schmerz zwang ihn in die Knie und ließ ihn an seinen Kopf fassen. »Scheiße …!« Er hörte das Stottern eines altersschwachen Dieselmotors und sah gerade noch, wie ein silberner Vauxhall Astra in Richtung des Feldwegs, der von der Farm wegführte, beschleunigte.

Vega wusste, wer Deano ermordet hatte, und Reese wusste es jetzt auch.

Wenn er nicht eingriff, würde noch mehr Blut fließen.

42

Dienstagnachmittag

Zwei Stunden schon war Daria in der Badewanne. Das anfangs dampfende Wasser war inzwischen nur noch lauwarm, doch sie lag immer noch mit dem Kopf unter der Wasseroberfläche, kam nur hin und wieder hoch, holte kurz Atem und versank dann wieder.

Das Wasser schnitt sie von allem ab außer dem Rauschen in ihren Ohren und dem gelegentlichen Gluckern der Rohre hinter den gekachelten Wänden. Simon hatte mehrmals geklopft und ihren Namen gerufen, doch sie hatte ihn ignoriert. Sie konnte ihn nicht hören, nicht mit dem Kopf unter Wasser.

Als es langsam abzukühlen begann, hatte das Baby protestiert, jedenfalls war es ihr so vorgekommen; er hatte sich unruhig gedreht, als wollte er sie daran erinnern, dass er auch noch da war und die Kühle nicht mochte. Daria ignorierte seine Bewegungen ebenso stur wie sie Simon ignoriert hatte.

Das kalte Wasser erinnerte sie an einen der wenigen Tage, die sie mit Richard zu zweit in der Öffentlichkeit verbracht hatte. Sie waren nach Hastings gefahren. Er hatte ihr das Haus seiner Familie gezeigt, eine Villa in Old Town mit Blick übers Meer. Hand in Hand waren sie an der Flutlinie entlangspaziert, hatten Muscheln und vom Meer geglättete farbige Glasscherben gesammelt und gelacht wie die Kinder. Es war November gewesen, bitterkalt, und der Wind hätte sie beinahe umgeweht; doch Richard hatte ihre Hand festgehalten und ihr wie ein Anker Sicherheit gegeben. Seine Hand und die Finger waren heiß gewesen, seine Haut überraschend weich.

Mit den Gesichtern zum Meer hatten sie dagestanden, vom gelben Schaum der Brandung bespritzt, während das Wasser den Kies unter ihren Füßen in Bewegung hielt. Er hatte sie hochgehoben und gegen eine Buhne gelehnt. Ihre Finger waren verschränkt gewesen und das Holz in ihrem Rücken beruhigend verwittert und stabil. Er hatte seinen Körper gegen ihren gedrückt, das Haar peitschte ihr feucht ins Gesicht und wollte sich zwischen ihre Küsse drängen, die langsam, forschend und salzig waren.

Inzwischen konnte sie den Geruch des Meeres nicht mehr wahrnehmen, ohne an ihn zu denken.

Ihre Augen schmerzten. Sie stieß durch die Wasseroberfläche, ihre Lungen schrien nach Luft. Sie hörte ein Tap-tap-tap an der Badezimmertür. Wieder Simon, der mit seinen Fingernägeln klopfte. Warum konnte er nicht klopfen wie ein normaler Mensch?

»Daria? Daria, bitte, sag mir einfach, ob alles in Ordnung ist.«

»Mit geht's gut«, krächzte sie, umfasste ihre Knie und spürte, wie ihr runder Bauch sich an die glatten Oberschenkel presste. »Ich steige gerade aus der Wanne.«

»Unten ist jemand, der mit dir reden will.«

»Wirklich? Wer?« Beim Gedanken, es könne Richard sein – hier, in ihrem Haus –, spürte sie ein hoffnungsvolles Prickeln, direkt gefolgt von Furcht. Sie stieg aus der Wanne. Ihr Kopf fühlte sich leicht an, ihre Fingerspitzen taub und verschrumpelt. Ihre Haare klebten ihr am Kopf und an der Haut. Sie bedeckten ihre Brüste, die um eine

Körbchengröße geschwollen waren. Selbst die Berührung der Haare an ihren Brustwarzen bereitete ihr Schmerzen; sie waren zu empfindlich geworden. Sanft trocknete sie sich ab, schlüpfte in ihre formlose Unterwäsche und einen Morgenmantel.

»Es ist dieser junge Constable. Khan?«

»Oh.« Daria öffnete die Tür, zog den Morgenmantel eng um ihren feuchten Körper und stand ihrem Mann gegenüber. »Hat er gesagt, worum es geht?«

»Um die Arbeit wahrscheinlich«, antwortete Simon kühl. »Worum sonst?«

Es fühlte sich an wie ein Köder, den Daria nicht schlucken wollte. »Ich ziehe mich schnell an. Sag ihm, ich komme gleich runter.«

»Ich setze den Wasserkessel auf, ja?«

»Wie du willst.«

Daria wartete, bis sie das Knarren der dritten Stufe von unten hörte, dann betrat sie das große Schlafzimmer, das sie mit Simon teilte, eines der sieben Zimmer ihres viktorianischen Reihenmittelhauses im wohlhabenden Viertel um St John's. Das Haus war wesentlich größer als nötig: Außer dem Wohnzimmer hatten beide ihr eigenes Arbeitszimmer, dazu kam das Meditationszimmer (ein leerer Raum mit lediglich einem Bonsai, einem White-Noise-Gerät und zwei Yogamatten). Simons Rudergerät und Trainingsfahrrad standen in einem weiteren Raum, während die übrigen für Freunde bereitgehalten wurden, die gelegentlich kurzfristig hier übernachteten. Meistens Akademiker, die mit Daria redeten, als wäre sie immer noch Simons Schülerin, und die Späße darüber machten, wie geduldig er doch war, wenn sie den unvermeidlichen dienstlichen Anruf erhielt, der sie mitten während des Essens zum Verlassen einer

Dinnerparty zwang. Simon spielte souverän den leidgeprüften, stets vergebenden Ehemann.

Wenn sie nur wüssten …

Sie hatte schon entschieden, welches Zimmer das Baby bekommen sollte. Es lag direkt neben ihrem Schlafzimmer und ging zum langen, schmalen Garten an der Rückseite des Hauses hinaus. Als sie jetzt am Fenster stand und ihre Hände auf der leichten Wölbung ihres Bauchs lagen, bemerkte sie zum ersten Mal die Spuren von Kindern auf dem Rasen des Nachbargrundstücks – ein roter Plastiksandkasten, der von der Sonne bereits rosa ausgebleicht war, eine kleine Schaukel, eine gelbe Rutsche. Bälle und Fahrräder und diverses Plastikspielzeug. Sie lächelte.

Sie würde sein Zimmer hellblau streichen. Er würde den dick gepolsterten Ohrensessel bekommen, der ihrer Großmutter gehört hatte und der immer noch nach den Lavendelsäckchen roch, die sie unter die Sitzfläche genäht hatte, um die Motten fernzuhalten. Und sie würde gerahmte Poster von ihren Kindheitshelden Tim und Struppi aufhängen. Später würde sie ihm Bücher aus ihrer eigenen Kindheit vorlesen. Roald Dahl, Enid Blyton, Spike Milligan, Beatrix Potter. Er würde ihr Goldjunge sein, und sie würde alles tun, um ihn zu beschützen. Auch wenn der Preis dafür Trübsal wäre und eine Einsamkeit, die ihr zur zweiten Natur geworden war.

Grob rubbelte sich Daria die Haare trocken, öffnete den Kleiderschrank und suchte etwas zum Anziehen heraus.

DC Khan saß auf dem beigen Polstersofa im hellen Erker. Er trug eine lachsfarbene Baumwollhose, ein weißes Hemd und Slipper ohne Socken, sodass sie gute zehn Zentimeter von seinen nackten, unbehaarten Beinen sah.

Die blassgraue Jacke hing über seinem Arm. Insgesamt war er unpassend sommerlich gekleidet und offenbar unempfindlich gegen die Kälte des Hauses. Das große Wohnzimmer hatte hohe, einzelverglaste Fenster und verschlang ein Vermögen an Heizkosten, weshalb die gusseisernen Heizkörper nur im Winter in Betrieb genommen wurden.

Mit selbstzufriedener Miene zog Zaid eine Schachfigur auf ihrem Couchtisch, und sie wusste, dass Simon sich anstrengen musste, die Bestürzung über seine bevorstehende Niederlage gegen den jungen Mann nicht zu zeigen.

»Hallo, Zaid.«

»Hey, Ma'am. Hübsche Bude«, bemerkte er grinsend. »Ich muss wohl dafür sorgen, dass ich befördert werde.«

»Das Haus gehört der Bank«, erklärte Daria lächelnd und setzte sich ihm gegenüber. Simon schenkte Tee ein. »Trotzdem vielen Dank. Was brauchen Sie, Zaid?«

»Ihr Eingreifen«, sagte er, und sein Lächeln verschwand. »DS Llewellyn ist gerade bei Bish. Er und Carmichael glauben, dass Shane Johnson verantwortlich für den Mord an Deano ist. Sie wollen eine Verhaftung in die Wege leiten.«

»Wirklich? Auf welcher Grundlage?« Kaum nahm sie sich einen verdammten Tag frei …

»Weil Shane kein Alibi vorweisen kann. Wegen Shanes Vorgeschichte. Wegen der Ähnlichkeiten zum Fall Tom. Sie vermuten, dass Sam Stowes zwielichtige Geschäfte uns den Blick verstellt haben. Offenbar haben sie den Fall mit einem Profiler durchgesprochen, der sagt, Shane passt.«

»Aber es gibt keine Beweise, oder? Der Haftrichter würde uns lachend rauswerfen.«

Zaid hob die Hände. »Ich weiß. Es ist lächerlich. Es ist, als würde man ihn nach seinem Gesicht beurteilen.«

Daria schob das Kinn vor, starrte ins Leere und dachte schweigend nach. Schließlich fragte sie: »Und was glauben Sie?«

Zaid zuckte die Achseln. »Ich bin der Neuling, stimmt's? Noch ganz grün hinter den Ohren. Was ich denke, ist uninteressant.«

»Natürlich ist es das nicht«, sagte Daria. »Auf keinen Fall.«

Zaid lächelte schüchtern. »Also ... ohne respektlos klingen zu wollen: Ich traue Vegas Instinkt mehr als dem von Llewellyn. Und Vega hält Shane Johnson für unschuldig.«

»Vielleicht müssen wir DS Vega dann in die Diskussion einbeziehen«, sagte Daria. »Haben Sie mit ihm gesprochen?«

»Nee, Bru ... Ma'am«, korrigierte sich Zaid schnell. »Sein Handy ist tot.«

»Er geht nicht ran?«

»Nein, ich meine richtig tot. Der Anruf wird nicht mal durchgestellt. Zu Hause ist er nicht. Ich wollte vor einer Weile nach ihm sehen, aber sein Auto stand nicht vor der Tür.«

»Du meine Güte«, brummte Simon. »Er ist ein erwachsener Mann. Wahrscheinlich wollte er einfach einen Tag für sich haben. Er hat ein Recht auf ein bisschen Zeit alleine. Ihr solltet ihn nicht stören.«

»Nein. Sie verstehen das nicht. Er geht immer ans Telefon«, beharrte Zaid. »Immer, stimmt's, Ma'am?«

Daria hob die Teetasse und trank einen Schluck Earl Grey, um jede unwillkürliche Reaktion vor Simons aufmerksamen Blicken zu verbergen. »Es wäre ungewöhnlich«, gab sie zu. »Lassen Sie es mich versuchen. Schatz, wo ist mein Handy?«

Simon stand einen Moment reglos da. Seine Augen blitzten hinter den Brillengläsern. »Ich glaube, du hast es in deiner Jacke gelassen, Liebling.«

»Würdest du es mir bitte holen?«

»Natürlich.«

Kurz darauf kehrte Simon mit dem Smartphone zurück. Daria schaltete es ein. Sie spürte eine Enge in ihrer Brust, als es beinahe augenblicklich zu zwitschern begann. Zweiundzwanzig entgangene Anrufe von Vega, alle vom frühen Morgen. Sie wählte seine Nummer, aber es war, wie Zaid gesagt hatte – es kam keinerlei Verbindung zustande.

DI Rosen stand auf und schaute angespannt auf ihren Constable. »Simon hat wahrscheinlich recht. Er will einfach mal seine Ruhe haben. Trotzdem könnten wir uns kurz in den Wagen setzen und sehen, ob wir sein Auto irgendwo entdecken. Vielleicht ist er irgendwo zum Essen.«

»Ja, klar. Ich meine, es gibt ja bloß zweihundert beschissene Cafés in der Stadt. Wie schwer kann das schon sein?« Zaid lachte. Noch einmal beugte er sich zum Schachbrett, um Simons Dame zu schlagen. Dann zog er sich seine Jacke über. »Bis später, Si. Und danke für den Tee.«

Als sie die Haustür gerade erreicht hatten, klingelte das Telefon im Flur.

Simon ging an den Apparat. Er zupfte sich am Ohrläppchen, ehe er sich mit breitem Lächeln wieder an seine Frau wandte. »Es ist Richard. Rätsel gelöst.«

Rosen riss ihm den Apparat aus der Hand. »Richard. Was hast du … Okay, langsam. Du bist *wo*?«

43

Dienstagnachmittag

Im Farmhaus hatte Vega ein altmodisches Telefon und ein Telefonbuch entdeckt. Handynummern konnte er sich grundsätzlich nicht merken, aber zum Glück war der Festnetzanschluss der Rosens eingetragen.

Vielleicht war es das allererste Mal, dass er sich beim Klang von Simons Stimme freute. Sobald dieser ihn an Daria weitergereicht hatte, nannte Vega die Adresse der Farm und eine weichgespülte Version der Ereignisse. Ihr Versprechen, bald bei ihm zu sein, tröstete ihn.

Sein Adrenalinpegel sank, und Vega begann zu zittern. Er konnte es sich nicht leisten, ausgerechnet jetzt die Kontrolle zu verlieren, da Reese auszurasten drohte. Er schleppte sich hoch ins Bad und wusch sein Gesicht, ohne sich seine Verletzungen allzu genau anzusehen, eine hässliche Strieme auf der Wange und eine Platzwunde an der Augenbraue, die sein Auge bereits hatte zuschwellen lassen. Außerdem hatte er mehrere Schläge am Kopf eingesteckt und verspürte Übelkeit und Schwindel.

»Du bist nicht das Scheißopfer«, erinnerte Vega sein verschwommenes Spiegelbild. »Reiß dich zusammen. Mach deine verdammte Arbeit.«

Er kehrte zurück zu Kidd und setzte sich neben ihn auf den Boden. Er musste dafür sorgen, dass der Tatort unberührt blieb und die Pistole in Sicherheit war. Außerdem musste er versuchen, ein paar psychische Reserven zu mobilisieren, die ihn die nächsten Stunden durchstehen ließen. Gleich nach seinem Anruf bei den Rosens hatte er die uniformierten Kollegen verständigt und jeweils einen Streifenwagen zur Farm und zu Jason Sellers' Büro im Stadtzentrum schicken lassen. Außerdem hatte er ihnen aufgetragen, Dr. Fleischer und die Spurensicherung zu informieren.

Vega hörte die Geräusche eines Wagens, der sich über den Feldweg näherte. Sein Magen krampfte sich zusammen. Er fürchtete, dass möglicherweise Reese zurückkehrte, dass er seine Meinung geändert hatte und das, was Kidd begonnen hatte, doch noch zu Ende bringen wollte. Als er Darias dunkelblauen Prius erkannte, fiel ihm ein Stein vom Herzen. Mühsam kam er auf die Beine und winkte den Wagen heran.

Als Erste stieg DI Rosen aus, unmittelbar gefolgt von DC Khan. Sofort registrierten sie Vegas Gesichtsverletzungen und seine schmerzerfüllte, vorsichtige Körperhaltung. Dem Constable fiel die Kinnlade herunter, während Rosen den Kiefer so fest anspannte, dass die Farbe aus ihren Lippen wich.

»Scheiße, Sir. Was ist passiert?«

»Sie sollten mal den anderen Typen sehen«, krächzte Vega. Dann entdeckte Khan die hinter ihm liegende Leiche. Auch Rosen sah sie.

»Oh, Richard …«, flüsterte sie und berührte die Wunde an seiner Augenbraue mit den Fingerspitzen. Ihre Augen glänzten, und sie presste das Gesicht an seine Brust, sodass ihre Tränen von seinem Hemd aufgesaugt wurden. Vega legte seine großen Hände um ihre Taille, küsste ihre feuchten Haare und schob sie dann vorsichtig von sich weg, da ihm Khans Anwesenheit nur allzu bewusst war.

»Ist das Calvin Kidd?«

»Ja.«

»Hast du …?«

»Nein, nicht ich. Es war Reese. Die beiden waren in Menschenhandel verstrickt, um Sams Schulden abzubezahlen. In dieser Grube dort liegen Dutzende Einwanderer. Sie sind auf der Reise erstickt. Nein, schau nicht hin«, sagte Vega und packte Rosen, die an ihm vorbeigehen wollte, am Arm. »Dar, schau nicht hin. Vertrau mir einfach.«

»Es geht hier nicht um Vertrauen, sondern um professionelle Sorgfalt.« Sie schüttelte ihn ab und trat an den Rand der schlammigen Grube. Dann schaute sie hinein und hielt sich den Arm vor Mund und Nase. Vega blickte zu dem schweigenden Khan, dessen Gesicht einen grauen Farbton angenommen hatte.

»Alles in Ordnung?«

»Super. Und bei Ihnen?« Khan schluckte, was er sofort zu bereuen schien. »Sie müssen ins Krankenhaus, Vega Mega Drive. Lassen Sie Ihren Kopf nachsehen. Und dann soll sich jemand um Ihre Verletzungen kümmern.« Trotz des Schreckens, dessen Zeuge sie waren, brachte er ein Grinsen und ein kurzes Lachen zustande.

»Wir müssen das sofort melden«, sagte Rosen. »Auf die Gefahr hin, etwas Überflüssiges zu sagen. Dies ist ein Tatort.«

»Schon erledigt. Wir müssen Reese schnappen, und zwar schnell. Wenn er Jason erwischt, haben wir die nächste Leiche für Dr. Fleischer, und ihre Arbeitswoche dürfte auch so schon ziemlich ausgefüllt sein.«

»Jason? Sellers?«

»Ich erkläre es dir unterwegs. Zed, Sie bewachen den

Tatort, bis die Uniformierten und die Spurensicherung hier sind, klar?«

»Geht in Ordnung, Sir«, sagte Khan, schaute hinüber zu der Grube und bemerkte die Insekten, die sie umschwirrten. »Scheiße, ich wünschte, ich hätte Socken an. Die Viecher kriechen mir doch direkt in die Klamotten.«

Vega drängte Rosen zu ihrem Wagen. »Du musst auf die Tube drücken, Dar. Reese fährt, als wäre der Teufel hinter ihm her.«

»Nichts für ungut, aber das ist er wohl auch«, brummte Rosen.

»Fang an mit deinen Erklärungen«, sagte sie, als sie über den Feldweg rasten. »Bevor mir das Ausmaß deiner Dummheit richtig klar wird und ich zu wütend werde, um dir noch zuzuhören. Du hast ungefähr zwei Minuten.«

Vega lachte nervös. Ihre Miene war vollkommen ernst. »Also gut. Wir sind gleich in den allerersten Stunden der Ermittlung über die Ähnlichkeiten bei den Morden an Tom und Deano gestolpert, stimmt's?«

»Ja …«

»Und wir hatten Mühe, diesen Umstand mit anderen Aspekten des Falls in Einklang zu bringen, vor allem mit Sam Stowe und dem Schlamassel, in den er sich gebracht hatte. Das Vorgehen bei Deanos Mord war offensichtlich bewusst gewählt und außerdem sehr direkt und persönlich. Als wir dann mit Shane Johnson gesprochen und von seiner Bekanntschaft mit Tom erfuhren haben, führte uns das zunächst weg von Sams kriminellen Verbindungen.«

»Einverstanden«, sagte Rosen. »DS Llewellyn hat übrigens vor, Shane wegen Mordes an Deano zu verhaften.«

»Was? Das ist lächerlich. Shane war es nicht. Tom hat er getötet, ja, aber nicht Deano. Bishop wird sich auf diesen Mist doch nicht einlassen, oder?«

Rosen zuckte die Achseln. »Vielleicht, vielleicht auch nicht, keine Ahnung. Ich hatte heute Morgen frei. Zaid ist zu mir nach Hause gekommen, um mich vorzuwarnen.«

»Geht es dir gut? Ist das …« Vega schaute unwillkürlich auf ihren Bauch. Er registrierte, dass der Knopf an ihrer Hose sich spannte. Staunend wurde ihm bewusst, dass sie zu dritt in diesem Auto saßen. »Geht es ihm gut?«

»Ja, das tut es.« Daria lächelte. »Es geht ihm gut. Zurück zu Deano.«

»Ja, also …« Vega räusperte sich. »Vor unserem Gespräch mit Shane wusste niemand von der Verbindung zwischen Reese und Tom. Außer Reese selbst natürlich, und Sam. Reese hatte seinem Dad alles erzählt, der ihn – wenig überraschend – zum Stillschweigen verdonnert hatte.«

»Was Reese ziemlich verdächtig macht.«

»Genau«, sagte Vega. »*Genau.* Und das ist die Krux an der Sache.«

»Jetzt kann ich dir nicht mehr folgen.«

»Es war Jason, Dar. Er hat Deano umgebracht, weil Deano hinter die Sache mit den Einwanderern gekommen war und mitgekriegt hat, dass Reese fix und fertig war. Deano wollte das Schweigegelübde der Stowes brechen, um seinem Bruder zu helfen. Jason wusste das, weil der Junge ausgerechnet ihn um Hilfe gebeten hat. Natürlich konnte Deano nicht wissen, dass Jason hinter der ganzen verdammten Geschichte steckte.«

»Dann war Jason in Sams illegale Geschäfte verwickelt?«, fragte Daria in zweifelndem Ton. Als ihnen zwei

Streifenwagen in hoher Geschwindigkeit und mit heulenden Sirenen entgegenkamen – hoffentlich auf dem Weg zur Farm –, wich sie ganz an den Rand der schmalen Straße aus, sodass die Zweige der Hecke gegen Vegas Fenster schlugen und sich im Außenspiegel verfingen. »Jason kommt mir wie ein Wichtigtuer vor, aber letztlich harmlos.«

»Er ist alles Mögliche, aber nicht harmlos. Wenn meine Einschätzung stimmt, ist er ein Psychopath, dem nicht mal Kidd das Wasser reichen kann. Vermutlich war Jason Sams Protegé und zum unbedingten Erfolg entschlossen. Bei seinem eigenen Vater bekam Jason täglich vor Augen geführt, was aus guten Männern wird. Er wollte kein zweiter Eddie werden, verkrüppelt und pleite. Er wollte wie Sam sein. Und zwar so sehr, dass er sogar mit Sams Frau ins Bett ging. Ödipus in Reinkultur.«

»Das sind Vermutungen, Richard. Wo sind die Beweise?«

»Jason ist zum Beispiel mit Nige Abrahams befreundet, und Sam hatte Abrahams Novak bestohlen. Sie hatten Sam am Wickel, und sie zogen dieses üble Geschäft mit illegalen Einwanderern ab.«

»Und natürlich hast du für diese Theorie jede Menge Beweise …«

»Die hätte ich vielleicht, wenn ich nicht gezwungen worden wäre, zu Hause zu sitzen und Däumchen zu drehen.«

»Offensichtlich hast du eine Menge mehr gemacht, wofür ich dich später noch zusammenscheißen werde. Aber red erst mal weiter.«

»Schön. Wir wissen, dass Jason kostenlose Rechtsberatung für Asylbewerber und Migranten anbietet, denen die Abschiebung droht, richtig?«

»Ja-a…«

»Ich glaube nicht, dass pure Menschenfreundlichkeit dahintersteckt. Ich schätze, die Wohltätigkeitsarbeit bot ihm eine Chance, in Kontakt mit schutzlosen Familien hier und im Ausland zu kommen; sich ein Netzwerk verzweifelter Menschen aufzubauen, mit denen er dann handeln konnte wie mit Vieh.«

Rosen stöhnte verzweifelt auf. Sie bog jetzt auf eine Hauptstraße ein, ohne auf einen heranrasenden Land Rover zu achten, dessen Fahrer eine Vollbremsung hinlegte und ihnen nur um Haaresbreite ausweichen konnte. Rosen hob entschuldigend die Hand und ignorierte das wütende Hupen.

»Lass mal sehen, ob ich alles richtig verstanden habe«, sagte sie. »Jason Sellers schnappte sich also Deano, kurz nachdem er das Sportzentrum auf seinem BMX-Rad verlassen hatte. Er schlug ihn, folterte ihn, schoss ihm dann mit einer verdammten Bolzenpistole in den Hinterkopf und brachte ihn genau an die Stelle, wo damals Tom Healys Leiche gefunden wurde? Um den Mord Reese anzuhängen und von seinen Verbindungen zum organisierten Verbrechen abzulenken?«

»Genau. Bloß dass es Kidd und irgendein Levi waren, die sich Deano schnappten. Kidd hat ihn gefoltert, entweder im Auftrag von Jason oder von Abrahams Novak.«

»Klar…«

Vega musterte Rosen. Sie kaufte ihm seine Theorie nicht ab, aber er war zu verliebt, um sich darüber aufzuregen. Trotz der dunklen Ringe um ihre übermüdeten Augen sah sie wunderschön aus. Er liebte ihr Profil. Er würde es sofort auf eine Münze prägen lassen.

»Für mich klingt es wahrscheinlicher, dass Kidd der Mörder war«, stellte sie fest.

»Es kann nur Jason gewesen sein. Abgesehen von Shane, Reese und Sam war er der Einzige, der genug über Toms Tod wusste, um es so zu inszenieren. Sam benutzte Jason als Mittelsmann; er besuchte Shane im Jugendknast in Rochester, um Sams Anonymität zu wahren.«

»Aber Jason könnte auch Kidd für den Mord engagiert haben.«

»Nein. So gern ich ihm das auch anhängen würde. Kidd war in Reese verliebt, jedenfalls soweit das einem Mann wie ihm möglich war.«

»Tatsächlich?«

»Hmm. Ich vermute, dass Kidd auf seine kranke, verdrehte Art glaubte, sich gnädig verhalten zu haben. Er wusste, dass Reese seinen kleinen Bruder liebte, also sorgte er dafür, dass Deano schweigen würde, ohne ihn zu ermorden; was ihm im Normalfall keinerlei Skrupel bereitet hätte.« Vega wandte den Blick von Rosen ab und betrachtete stattdessen die zaghaften Strahlen der Nachmittagssonne über den Feldern. »Kidd hat Cherry ermordet. Er hat es gestanden, während er mir eine Pistole an den Kopf gehalten hat. Er hat sie mit Fentanyl vollgepumpt. Kidd wollte mich von dem Fall ablenken, weil Jodie mit mir gesprochen hat und er sich deswegen Sorgen machte. Er wusste, dass du mich in Urlaub schicken würdest. Wenn dich schon sonst nichts von der Richtigkeit meiner Theorie überzeugen kann …«

Rosen wusste nicht, was sie sagen sollte. Was konnte sie auch sagen? Stattdessen berührte sie seine Hand, die sich kalt und zittrig anfühlte.

»Lass mich dich ins Krankenhaus bringen. Bitte.«

»Erst muss ich Reese finden.«

»Um Reese kann ich mich kümmern.«

»Nein. Nein, ich muss das machen.« Vega schloss die Augen und ließ seinen blutbefleckten Kopf gegen die Rückenlehne sinken. »Ich hab ihm versprochen, dass ich ihm helfe.«

44

Dienstagnachmittag

Der Verkehr auf der A21 hielt sich in Grenzen, sodass sie die meiste Zeit mit Tempo neunzig fahren konnten. Selbst die Pembury Road – eine der Hauptverkehrsadern ins Stadtzentrum und normalerweise für Schrittverkehr berüchtigt – war frei.

Jasons Büroräume lagen an der Mount Ephraim Road, einer Einbahnstraße mit weiß und cremefarben gestrichenen georgianischen Stadthäusern in der Nähe der Gemeindewiesen, die überwiegend in Büroflächen umgewandelt worden waren: Steuerberater, Anlageberater, Designer und eben Anwälte. Es war die gehobene Variante der Straße, an der das Dowding House lag – mehr Substanz und ein soliderer Untergrund.

Schon aus der Entfernung war deutlich zu sehen, in welchem Gebäude Jason arbeitete. Um zwei vor dem Eingang parkende Streifenwagen mit pulsierendem Blaulicht herum hatte sich bereits eine Menschenmenge versammelt. Rosen parkte direkt dahinter.

»Mein Gott«, murmelte Vega, halb flehentlich, halb verblüfft. »Mein Gott, wir kommen zu spät.«

Während Rosen die Gaffer lautstark aufforderte, sich in Bewegung zu setzen, drängte er sich bereits durch die Menge. Die Glastür der Kanzlei war beschädigt; von einem zentralen Punkt mitten in der Tür zogen sich helle bläuliche Risse in alle Richtungen. Die Doppelverglasung war nicht zersprungen, hatte aber offensichtlich einen heftigen Schlag abbekommen. Auf dem gegenüberliegenden Bürgersteig entdeckte Vega einen silbernen Vauxhall Astra, der gegen die Fahrtrichtung abgestellt war.

»Was ist passiert?« Vega zückte seinen Dienstausweis und wandte sich an die uniformierten Beamten, die mit einer aufgelöst wirkenden Frau in Bleistiftrock und pinkfarbener Bluse sprachen.

»Ein junger, männlicher Weißer hat sich gewaltsam Zutritt verschafft«, erklärte die Polizistin. »Er wollte mit einem der Anwälte sprechen; sein Auftreten hat die Mitarbeiter an der Rezeption beunruhigt, sodass sie die Tür nicht aufdrücken wollten.« Sie deutete auf einen Schraubenschlüssel, der auf den roten Bordsteinplatten lag. »Er hat angefangen, auf das Glas einzuschlagen. Angeblich hat er auch gedroht, mit dem Auto durch die Türen zu brechen. Aber er ist verschwunden, als er die Sirenen gehört hat. Mein Kollege hat zu Fuß die Verfolgung aufgenommen, ihn aber möglicherweise verloren.«

»Ganz sicher«, brummte Vega. »Der Junge rennt wie ein verdammter Windhund. Wir müssen mit dem Anwalt sprechen, zu dem er wollte, Jason Sellers.«

»Ich kann Ihnen eine Telefonnummer geben«, bot die Frau an, bei der es sich um die Rezeptionistin handeln musste. Irgendjemand hatte ihr einen Tee gebracht. Sie hielt die weiße Tasse mit dem Firmenlogo fest in beiden Händen.

»Nein, wir müssen mit Sellers persönlich sprechen, und zwar auf der Stelle.«

»Er ist nicht hier. Wie ich schon dem Jungen gesagt habe, er ist in Urlaub. Der Junge wollte mir nicht glauben, aber es ist wahr. Ich habe versucht, Jason anzurufen, aber scheinbar hat er sein Telefon abgestellt. Außerhalb der Bürozeiten ist er oft schwer zu erreichen.«

Rosen legte eine Hand auf Vegas Schulter. »Reese hat ihn nicht erwischt. Wir finden Jason. Wir können ihn immer noch verhören.«

»Am wichtigsten ist jetzt Reese. Ich mache mir Sorgen um ihn.«

»Wohin kann er gegangen sein?«

»Jetzt, wo Kidd tot ist … am ehesten nach Hause.«

»Also fahren wir zu Jodie.«

»Können Sie uns begleiten?«, fragte Vega die Polizistin.

»Sicher. Ich sage nur eben den Kollegen aus dem anderen Streifenwagen Bescheid.«

Als sie sich auf den Weg zu ihren Kollegen machte, trat Rosen ein Stück näher an Vega heran. Im Gegensatz zu ihm selbst waren ihr sein Erscheinungsbild und das ständig anwachsende Publikum bewusst. Seine Verletzungen sahen ernst aus, und die Schwellungen waren stärker geworden.

»Lass mich dich ins Krankenhaus bringen, bitte. Wahrscheinlich hast du eine Gehirnerschütterung. Vielleicht sogar eine Gehirnblutung. Tot nützt du keinem mehr was.«

»Ich fahre zu Jodie. Und wenn Reese dort nicht ist, kannst du mich ins Krankenhaus bringen«, versprach Vega. »Es sieht schlimmer aus, als es ist. Ich fühl mich prima.«

Rosen seufzte. Sie kannte ihn gut genug, um zu spüren, dass er log, wusste aber auch, dass jede Diskussion sinnlos wäre. Wider besseres Wissen nickte sie zustimmend. »Na gut. Aber mach Jodie keine Angst. Wir werden nichts aus ihr herausbekommen, wenn du mit Blitz und Donner bei ihr reinmarschierst.«

»Ich weiß, wie ich mit Jodie reden muss. Sie vertraut

mir. Wenn das nicht so wäre, würde Cherry vielleicht noch leben.«

Wieder seufzte Rosen und strich sich durchs Haar, das inzwischen trocken, aber so schwer zu bändigen war wie immer. »Also gut, Richard. Ich lasse dir den Vortritt.«

»Danke«, sagte er schroff. Sie nahm seine Hand und drückte sie leicht. Er spürte einen gefährlichen Anflug von Hoffnung.

Montacute Gardens, wo Jodie ihre Wohnung besaß, lag nur ein kleines Stück von einem öffentlichen Parkplatz und der historischen Kurpromenade The Pantiles entfernt. Die Häuserreihe verbarg sich hinter einer Reihe von Buchen und einer struppigen Hecke, sodass Vega hoffte, sie könnten sich unbemerkt nähern. Die Polizistin, die sie begleitete, war klug genug, die Sirene rechtzeitig abzustellen und nicht unmittelbar vor dem Haus zu parken. Vega und Rosen stiegen aus und traten auf sie zu.

»Wie heißen Sie?«, fragte Vega.

»PC Fairfax.«

»Am besten bleiben Sie hier, Fairfax. Wenn Jodie eine Uniform sieht, wird sie gar nicht erst an die Tür kommen.«

»Vielleicht tut sie das sowieso nicht«, brummte Rosen.

»Werden Sie sich gewaltsam Zutritt verschaffen?«

»Dazu wird es nicht kommen«, erklärte Vega mit unbegründeter Zuversicht. Rosen wirkte nicht überzeugt, doch PC Fairfax entspannte sich ein wenig.

»Ich warte hier auf Sie«, entgegnete sie. »Mein Sergeant hat sich gerade über Funk gemeldet, er wird jeden Moment hier sein. Rufen Sie einfach, wenn Sie uns brauchen.«

»Danke.« Vega marschierte unter dem Baldachin knospender Buchen hinweg auf die Häuser zu. Er und Rosen schauten zu Jodies Wohnung hoch. Das Tageslicht schwand bereits, doch es brannte kein Licht. Nichts deutete darauf hin, dass sie zu Hause war.

»Sollen wir klingeln?«

»Warte noch einen Moment«, murmelte Vega. »Lass uns das Haus noch eine Minute beobachten.«

Er zog seinen blutdurchtränkten Kragen zurecht und hoffte, so ein wenig respektabler auszusehen. Im nächsten Augenblick erschien eine große blonde Frau am Fenster; sie war drahtig und attraktiv, hatte aber harte Gesichtszüge. Ihre großen braunen Augen – die Augen von Reese – schienen die Umgebung abzusuchen, als hielte sie nach einer möglichen Bedrohung Ausschau.

»Also gut«, sagte Vega. »Dann los.«

Sie stiegen die im Karomuster gefliesten Stufen zur imposanten Haustür hinauf, und Vega drückte die Klingel zu Wohnung Nummer vier. Nichts. Er hielt die Klingel gedrückt, und sie hörten ein ununterbrochenes Summen.

»Versuch's bei den Nachbarn«, schlug Rosen vor, obwohl ein Blick auf die freien Stellplätze vor dem Haus den Schluss nahelegte, dass die meisten, wenn nicht alle, unterwegs waren. Vega trat einen Schritt zurück, legte die Hände um den Mund und brüllte: »JODIE! JODIE! JODIE!«

»WAS IST?« Sie riss das Fenster auf und lehnte sich heraus. »Was ist los? Was wollen Sie von mir?«

»Lassen Sie mich rein, Jodie. Halten Sie mich nicht zum Narren, nicht heute.«

»Nein. Verpissen Sie sich.«

»Dein Charme wirkt heute nicht«, zischte Rosen an der Haustür. Vega winkte ab.

»Jodie, ich weiß, dass Reese bei Ihnen ist. Ich will ihm helfen, wirklich. Um Himmels willen, vertrauen Sie mir einfach, ja? Ein letztes Mal, bitte; vertrauen Sie mir, damit ich Ihrem Sohn helfen kann.«

»Er ist nicht hier«, rief Jodie nach einer winzigen Pause. »Und ich hab sie da unten gesehen, ihr Miststück von Chefin. Ihr könnt euch beide verpissen.«

»Seine Mistchefin wird hier unten bleiben, wenn das der Sache dient«, rief Rosen und trat unter dem Vordach heraus. »Kommen Sie, Jodie, lassen Sie ihn rein. Er war anständig zu Ihnen.«

»Ich hab ihr nichts erzählt, Jodie«, sagte Vega. »Ich hab keinem meiner Vorgesetzten gesagt, wer auf Sam geschossen hat. Und ich hab Ihnen geglaubt, als Sie gesagt haben, es wäre nicht um die Versicherung gegangen. Tausend andere hätten Ihnen nicht geglaubt, ich schon.«

»Was?«, flüsterte Rosen aufgebracht. »Wer? Wer hat auf Sam geschossen?«

Wieder winkte Vega ab.

Jodies Widerstand bröckelte. »Na gut. Sie, aber nicht die Frau. Und zum letzten Mal: Reese ist nicht hier.«

Sie verschwand vom Fenster, und Vega atmete erleichtert auf. Rosen hatte die Augen zusammengekniffen und die Arme vor der Brust verschränkt.

»Tut mir leid«, murmelte er.

»Klär das hier einfach.«

Die Tür öffnete sich einen Spalt breit, doch die Kette war noch vorgelegt. Jodie schaute nach draußen, die dunkel geschminkten Augen immer noch voller Misstrauen. Die Wimperntusche war ihr übers ganze Gesicht gelaufen; offenbar hatte sie geweint. Rosen trat demonstrativ ein paar Schritte zurück, und Vega näherte sich der Tür. Jodie ließ ihn ins Haus und schlug die Tür dann zu.

»Also gut, was ist so dringend? Und was zum Teufel ist mit Ihrem Gesicht passiert? Sie sehen aus wie ein weich geklopftes Steak.«

»Ich bin gegen eine Tür gelaufen«, sagte Vega und stieg vor ihr her die Treppe hoch. »Ich muss mit Ihrem Sohn sprechen.«

»Und ich sagte schon, dass Reese nicht hier ist!«

Als Vega ihre Wohnung betrat, nahm er den leichten Jauchegeruch war. Er begann zu suchen. Er schaute hinter das große Chesterfield-Sofa, öffnete die Anrichte, fand dort aber nur alte Brettspiele und Fotoalben. Als er den Schrank öffnete, fiel ein altes Bügeleisen heraus. Grinsend lehnte Jodie im Türrahmen.

»Das ist überhaupt nicht witzig«, erklärte Vega entnervt, ehe er ins Bad ging und hinter den Duschvorhang schaute. »Ich hab Angst um ihn, Jodie. Und die sollten Sie auch haben. Sie müssen ihm doch angesehen haben, dass er völlig durch den Wind ist.«

»Keine Ahnung, wovon Sie sprechen. Ich hab ihn seit Wochen nicht gesehen.« Aufmerksam musterte Jodie ihre künstlichen Fingernägel.

»Ihr Lover hat Deano ermordet«, fuhr Vega sie an. »Kapieren Sie es langsam? Warum Ihr Sohn Reese so verdammt durcheinander ist? Jason hat Deano ermordet, und Reese weiß das. Er hält es für seine eigene Schuld. Von dieser Idee muss ich ihn abbringen, Jodie, weil er es nicht mehr ertragen kann und es niemals hätte ertragen sollen!«

Jodie sah aus, als hätte er sie geschlagen. Sie riss die

geröteten Augen auf. »Nein. Nein, Sie liegen falsch. Jase würde Deano niemals wehtun. Er war für ihn wie ein Bruder! Wie können Sie es wagen? Drängen sich hier ins Haus und kommen mir mit grundlosen Anschuldigungen gegen unsere Familie, unsere Freunde …!«

Vega schob sich an ihr vorbei. Er trat in ihr Schlafzimmer, schaute unters Bett, entdeckte reihenweise Schuhe, aber keinen Hinweis auf ihren Sohn. Schließlich trat er ans Fenster und schaute hinaus. Zum Hinausspringen lag es zu hoch, viel zu hoch. Reese hätte auf keinen Fall unverletzt entkommen können.

»Sie haben keinen Durchsuchungsbeschluss«, blaffte Jodie ihn an. »Sie brauchen meine Erlaubnis, um sich hier aufzuhalten. Und die ziehe ich jetzt zurück. Hören Sie? Sie dürfen sich hier nicht aufhalten! Hauen Sie ab! RAUS!«

Verzweifelt blickte er sich um und ignorierte Jodie, die weiter schrie, er solle die Wohnung verlassen. Seine Aufmerksamkeit wurde von der Doppeltür auf der anderen Seite des Schlafzimmers geweckt. Ein Einbauschrank. Jodie hatte zur Tarnung einen Kleiderständer davor gerückt.

»Sie verdammt dumme Frau …«

Vega stieß den Kleiderständer beiseite und riss die Türen auf. Dort hing Jodies einziger übrig gebliebener Sohn an einer Kleiderstange, um den dünnen Hals ein seidenes Kleid, das er zu einer Schlinge gebunden und festgezogen hatte.

Hinter Vega schrie Jodie auf. Er packte Reese und hob ihn hoch, um den Druck von der Schlinge zu nehmen. »Machen Sie ihn los!«, brülle er Jodie an. »Machen Sie ihn los!«

Jodie war völlig durcheinander, weinte, rief den Namen ihres Sohnes. Reese zitterte in Vegas Armen. Er war so schmal. Immer noch ein Teenager.

»Es ist zu eng! Ich bekomme ihn nicht los!«

»Holen Sie Daria«, schrie Vega, um zu der panischen Jodie durchzudringen. »Lassen Sie meine Chefin rein und rufen Sie dann den Notarzt.«

Jodie rannte aus dem Zimmer. Vega schob sich weiter unter Reese, hob ihn auf seine Schulter und schob seine Finger unter die Seide. Als er die Schlinge endlich so weit gelockert hatte, dass er sie über Reeses Kopf ziehen konnte, spürte er keinen Puls mehr.

Vega legte den Jungen auf den Schlafzimmerboden und zog eins seiner Lider hoch. Die Augen waren blutunterlaufen, die Kapillaren geplatzt. Er legte seinen Mund auf den von Reese und versuchte, ihn mit kurzen, kräftigen Zügen zu beatmen. Seine Lippen waren noch warm. Vega verschränkte die Finger, presste seine Handballen auf Reeses Brustbein und zählte leise mit.

Plötzlich schnappte Reese mit einem saugenden Geräusch nach Luft. Seine roten Augen öffneten sich und füllten sich auf der Stelle mit Tränen. Vega lehnte sich zurück, hob das Gesicht kurz zum Himmel und dankte Gott.

Reese begann zu schluchzen, was ihm heftige Schmerzen bereiten musste. Um seine Kehle herum bildeten sich bereits grellviolette Blutergüsse. Vega zog ihn auf seinen Schoß und hielt ihn fest wie ein Kleinkind.

»Alles wird gut, mein Sohn. Alles wird gut. Du wirst es in Ordnung bringen.«

»W-wie denn?«, krächzte Reese. »Wie denn?«

»Mit deiner Zeugenaussage.«

Rosen stand in der Tür, neben ihr Jodie. Als sie ihren Sohn sah, am Leben, aber von großen Schmerzen erfüllt, stieß Jodie einen leisen Schrei aus.

Vega nahm Reeses Gesicht in seine Hände, damit der Junge ihn ansah. »Wir kriegen das ohne dich nicht hin, Reese.«

45

Dienstag, später Abend

»Wissen Sie, ich kann mich an Sie erinnern«, sagte Reese. Im Krankenhaushemd und in dem riesigen Bett wirkte seine blasse Haut beinahe durchscheinend. Als gehöre er eigentlich nicht zu dieser Welt. Die Handschelle an seinem knochigen Handgelenk fesselte ihn an das Gitterbett. »Von damals, als Sie mich geholt haben, um über Tom zu reden.«

»Ja?«, fragte Vega und zog den gepolsterten Stuhl ein Stück näher ans Bett. Sein Gesicht juckte an den Stellen, wo er genäht worden war, aber Schmerzen hatte er keine. Man hatte ihm ziemlich starke Tabletten verabreicht, sodass er seine Hände kaum spürte. »Ich war nicht besonders nett zu dir«, erinnerte er sich. »Und dein Dad hat mir eine reingehauen. Wahrscheinlich zu Recht.«

»Nein. Nicht zu Recht. Er wollte uns immer nur beschützen, Deano und mich. Manchmal war er ein Albtraum. Kaum gab es irgendwelchen Stress in der Schule, da tauchte er auf und machte Stunk. Mum auch. Das können Sie sich vorstellen, oder?« Wissend zog er die Augenbrauen hoch. »Sie haben sie kennengelernt, oder?«

»Ja, das habe ich«, erwiderte Vega lachend.

»Ich … Ich wollte Ihnen davon erzählen. Von diesem Online-Zeug. Und wie es sich angefühlt hat, Apex zu sein; mitzukriegen, wie sich coole Jungs wie Tom und Shane bei mir einschmeicheln wollten. Wie … *mächtig* ich mich dadurch fühlte. Einflussreich, verstehen Sie? Denn ich habe gewusst, dass es falsch war. Aber ich dachte, Sie könnten mich vielleicht verstehen.«

Reese schloss die Augen. Seine dichten, dunklen Wimpern flatterten, als wäre er kurz vor dem Einschlafen. Er erinnerte sich. Ein bislang verschlossener Raum öffnete sich. »Es fing im Park an. Dunorlan, unten am See, neben der Baracke, wo man die Tretboote und Ruderboote mieten kann. Wir waren dort oft mit der Familie, als Deano und ich noch klein waren; wir warfen den Enten tiefgefrorene Garnelen hin, weil Dad meinte, Brot wäre nicht gut für sie. Aber wir waren schon lange nicht mehr da gewesen.

Ich war in meinem ersten Jahr auf der Judd. Mittelschule, wissen Sie, ein echter Albtraum. Zu der Zeit haben sich langsam die Cliquen gebildet, aber sie waren noch nicht endgültig zusammengeschweißt. Jedenfalls war ich mit meinen Kumpels im Dunorlan-Park – na ja, das waren nicht wirklich Kumpels, aber Jungs, die mich tolerierten. Die sich entschlossen hatten, das Seltsame an mir zu ignorieren.«

»Das Seltsame?«

»Ja. Dieses undefinierbare Etwas. Dass irgendwas mit mir nicht stimmte. Ich weiß nicht, was es ist. Ich hab mich nie leicht mit Leuten angefreundet, ganz anders als Deano. Mum hat immer gesagt, Deano findet noch in einem leeren Zimmer Freunde.«

»Was ist im Park geschehen, Reese?«, drängte Vega. »Hast du Shane und Tom dort kennengelernt?«

Reese zuckte ein wenig zusammen. Hielt die Augen geschlossen. »Wir hatten unsere Blazer an, und sie waren auf der staatlichen Schule. Sie hatten billige Klamotten und taten sich dicke. Shane und Tom haben uns alle blöd angemacht. Sie haben Plastiktüten mit Hundescheiße aus den Mülleimern geholt und uns damit beworfen. Sie haben Blödsinn gemacht und einfach die Idioten gespielt. Dann, ich weiß nicht, hat sich irgendwas gedreht, und plötzlich war nur noch ich es, der von allen verarscht wurde. Als ich nach Hause gegangen bin, ist es mir vorgekommen, als hätte sich irgendwas verändert. Ich wusste, dass keiner in der Schule mehr mit mir reden würde. Und so war es dann auch.«

»Hättest du mit deinen Eltern darüber sprechen können?«

»Und ihnen verraten, wie peinlich ihr Ältester war? Keine Chance. Sam Stowe war eine Legende, das haben alle gesagt. Ich war eine einzige Enttäuschung, das musste ich nicht auch noch an die große Glocke hängen.«

»Wann bist du Tom und Shane das nächste Mal begegnet?«

»Gar nicht. Jedenfalls haben wir nicht geredet. Aber ein paar Wochen später hat meine Mum meine alte Playstation verkauft, weil Dad uns eine neuere Version besorgt hatte. Diese Frau kam bei uns vorbei, um sie abzuholen, und ich musste beinahe kotzen, als ich den Jungen gesehen habe, der hinter ihr stand. Tom. Er hat besser ausgesehen als Shane. Er konnte sich nicht an mich erinnern, glaube ich jedenfalls. Er hat sowieso die ganze Zeit nur auf sein Handy geguckt.«

»Dann hast du ihn aufgespürt? Online?«

»Ja, das hab ich mir fest vorgenommen.« Reese lächelte jetzt. »Ich hab ihn gefunden. Alle beide. Immer wenn ein Spiel lief, hab ich sie fertiggemacht. Dann wollten sie wissen, wer ich bin, und ich wollte ihnen auf keinen Fall die Wahrheit sagen.«

»Und so wurde Apex geboren.«

»Am Anfang war es ein Witz. Ich wollte sie ein bisschen runtermachen, mehr nicht. Und dann hat Shane sich richtig in die Sache reingekniet. Damals hab ich mit meinem Dad ständig *Spooks – Im Visier des MI5* gesehen, also hatte ich die Sprache voll drauf. Tom hat es nie so ernst genommen. Was mich geärgert hat. Bei ihm ist es mir am meisten darauf angekommen, dass er mich ernst nahm.«

»Weil er besser aussah?«

Reese errötete. »Das Leben wurde irgendwie sogar einfacher, als ich geoutet wurde. Zu der Zeit war ich fünfzehn, ich war inzwischen größer, und ich war der schwule Junge, und es war nicht mehr cool, auf mir rumzuhacken. Keiner wollte homophob genannt werden.«

»Aber als du fünfzehn warst, lebte Tom schon seit drei Jahren nicht mehr.«

»Ja«, sagte Reese. Eine Träne suchte sich ihren Weg zwischen seinen geschlossenen Lidern hindurch. »Und das tut mir leid. Können Sie das Toms Eltern von mir ausrichten? Können Sie es seiner Mum sagen? Bitte. Sagen Sie ihr, es tut mir so leid.«

»Das kannst du ihr selbst sagen, Reese.« Vega tätschelte ihm die Hand und erhob sich schwerfällig. »Und bis dahin ruhst du dich ein bisschen aus.«

»Wo wollen Sie hin?« Reese richtete sich mühsam auf. »Gehen Sie nicht weg.«

»Ich muss. Aber keine Sorge – wir werden in den nächsten Monaten viel Zeit zum Reden haben.« Ein letztes Mal drückte Vega seine Hand. Dann zog er den Vorhang zurück, hinter dem zwei Uniformierte und DI Rosen Wache hielten. »Wie gesagt, ruh dich ein bisschen aus. Ich besuche dich, sobald wir Jason geschnappt haben.«

46

Mittwochnachmittag

Rosen fuhr ihn von der Klinik nach Hause. Vega duschte ausgiebig und ließ sich schließlich feucht und nackt aufs Bett fallen. Eigentlich wollte er sich nur eine Minute ausruhen, doch dann übermannte ihn der Schlaf, und als er erwachte, waren drei Stunden vergangen.

Irgendwann musste Daria ins Zimmer gekommen sein. Er war zugedeckt, und auf dem Nachttisch stand ein längst kalt gewordener Kaffee in seinem Garfield-Becher. Vega glaubte, immer noch einen leichten Kuss auf seinen Lippen zu spüren.

Er zog eins seiner maßgeschneiderten Hemden an und spürte, wie ihm der dunkle graublaue Stoff Sicherheit gab und ein wenig von seinem alten Selbstvertrauen zurückkehrte. Er reckte das Kinn und richtete sich kerzengerade auf. Jetzt fühlte er sich fast wieder auf Augenhöhe mit Jason, trotz dessen Jugend, seinem Aussehen und seiner lässigen Arroganz.

Rosen saß an seinem Küchentisch. Sie war barfuß, hielt die Beine unter dem Stuhl überkreuzt und die Hände über dem Bauch gefaltet. Wie so oft schon setzte Vega sich ihr gegenüber und legte die Handflächen auf die Tischplatte. Sie lächelte. Das Schweigen fühlte sich tröstlich an.

Vega schaute sich in seiner vertrauten, makellos sauberen Küche mit ihrem Karomuster-Linoleumboden und den hellen Topfpflanzen um. Alles wirkte so normal und war alles andere als das: Cherry fehlte nach wie vor und ließ das Haus wie eine billige Imitation dessen erscheinen, was es einmal gewesen war.

Sie warteten auf einen Rückruf von Bishop. Der Detective Superintendent hatte sich Vegas Theorie über den Mord an Deano mit kaum verhohlenem Verdruss angehört, sich aber am Ende ein wenig beruhigt und versprochen, die vorgeschlagenen Ermittlungsschritte in die Wege zu leiten.

»Darf ich dich was fragen, Dar?«

»Natürlich.«

»Unser Sohn … Weiß Simon, dass ich der Vater bin?«

Daria stand auf und trat ans Spülbecken, als fühlte sie sich durch das Gesprächsthema beschmutzt und müsste sich nun die Hände waschen. Sie drückte ein wenig Spülmittel aus der Plastikflasche, hielt die Hände unter den Wasserhahn, rieb sie kräftig und schaute dabei hinaus in den Garten, den die Sicherheitsbeleuchtung der Nachbarn erhellte. Die Scheiben des Gewächshauses reflektierten beißend grell das Licht. Sie stellte sich vor, wie sie sich durch die Scheiben warf und was die rasiermesserscharfen Scherben ihrer Haut und ihrem Fleisch antun würden. Sie malte sich das Blut aus, meinte es beinahe riechen zu können. Manchmal verschafften ihr solche Vorstellungen eine willkommene Erleichterung. Sie schloss die Augen.

»Daria? Hast du gehört, was ich gefragt habe?«

»Ich war noch mal beim Ultraschall. Simon hat mich begleitet. Er kennt die Daten. Gesagt hat er nichts, aber ja, ich denke, er weiß Bescheid.«

»Dann verlass ihn, Dar«, drängte Vega im Flüsterton. »Was hält dich bei ihm? Ernsthaft? Was gibt er dir, was du von mir nicht bekommen könntest? Ich würde dir alles geben. Bis zum letzten Atemzug.«

Rosen hielt die Augen geschlossen. Sie lauschte dem leisen Summen des Hauses und Vegas pfeifendem Raucheratem. Sie stellte sich sein Herz vor, wie es vom Adrenalin überschwemmt in seiner Brust hämmerte. Vorsichtig suchte sie nach einer Formulierung für ihre Antwort, darauf bedacht, sie so sanft wie möglich rüberzubringen und diesem wichtigsten aller Organe so geringe Verletzungen wie möglich beizubringen.

Sie liebte ihn. Sie wusste, dass es so war. Das alles war nicht nur ein chemischer Prozess. Oder ein Symptom ihrer Krankheit.

Und trotzdem war es nicht genug.

Es klingelte an der Haustür. Sie wandte sich um, dankbar für die Unterbrechung, doch Vega war bereits aufgestanden und auf dem Weg zum Flur. Er glaubte zu wissen, wie ihre Entscheidung ausfallen würde. Und er wusste nicht, ob er sie jetzt verkraften konnte.

Er öffnete die Tür und sah sich Bishop gegenüber, dessen runzliges Gesicht noch röter wirkte als gewöhnlich. Unter seinen Armen färbten Schweißringe sein blaues Hemd dunkler, doch der Blick hinter seinen wodkablauen Augen war klar und fokussiert.

»Dürfen wir reinkommen?«, fragte er, während er sich bereits an Vega vorbeidrängte, DC Khan und DC Carmichael im Schlepptau.

»Sicher …«, erklärte Vega konsterniert. Khan grinste und zwinkerte ihm zu.

»Sie sehen besser aus als zuletzt, Bruder.«

»Offenbar sind Sie die Schmeißfliegen in Ihrer Hose schnell wieder losgeworden«, brummte Vega und klopfte

Khan auf die Schulter. Sie betraten die Küche, wo Daria sich gerade kaltes Wasser ins Gesicht spritzte.

Khan öffnete die Hintertür und zündete sich eine Zigarette an. Vega leistete ihm Gesellschaft und vermied es, Daria anzuschauen. Ihre unausgesprochene Entscheidung stand wie eine Wand zwischen ihnen. Er würde nicht noch einmal fragen.

»Rosen, kochen Sie einen Tee. Wir werden ihn brauchen«, blaffte Bishop und setzte sich an den Tisch. Rosen machte keine Anstalten, ihm zu gehorchen, also füllte stattdessen Carmichael den Kessel.

Während sie warteten, dass das Wasser zu kochen begann, breitete sich eine unbehagliche Stille aus. Vega blickte zwischen seinen Kollegen hin und her, die unsicher schienen, wie es weitergehen sollte. Er zog noch einmal an seiner Zigarette und wartete. Schließlich ergriff er das Wort.

»Und … Habt ihr Jason Sellers unter die Lupe genommen?«

Bishop warf Zaid einen Blick zu. »DC Khan, wollen Sie anfangen?«

Zaid, die Zigarette immer noch im Mundwinkel, öffnete den dünnen silbernen Laptop, den er mitgebracht hatte. »Klar. Also. Das hier hat Deano drei Wochen vor seinem Tod gefilmt, aber nie irgendwo hochgeladen. Wir haben bisher weder das Smartphone noch den Laptop des Jungen gefunden, doch zum Glück waren seine Geräte synchronisiert, sodass seine Bilder und Videos automatisch auf einen Datenspeicher im Netz hochgeladen wurden. Jetzt, wo wir wissen, was sich auf der Farm abgespielt hat, bekommt das Video eine ganz neue Bedeutung. Schauen Sie.«

Vega stellte sich so hin, dass er das Video besser sehen konnte, das scheinbar vor einem Gewerbebetrieb aufgenommen worden war. Das Bild war dunkel und die Qualität dürftig. Sie hörten Deanos Atem und das Schlurfen seiner Turnschuhe. Efeuumrankte Fenster, an die Wände gelehnte Traktorenreifen, an denen die Pflanzen hochkletterten.

Deano sagte nichts und bewegte sich langsam. Er führte die Kamera an einem LKW entlang, einem Iveco mit einer Delle im Kühlcontainer. Jetzt atmete Deano schneller. Vor irgendetwas hatte er Angst, oder vor irgendwem. Er war an einem Ort, wo er sich nicht hätte aufhalten dürfen, und das war ihm klar.

Deano streckte die Hand jetzt zur Tür des Führerhauses. Er zögerte einen Moment, ehe er an dem Griff zog. Die Tür öffnete sich nicht, und Deano stieß ein frustriertes Zischen aus.

Dann nahm er Stimmen in seinem Rücken wahr. Deano fluchte. Die Bilder ruckelten chaotisch, als er nach einem Versteck suchte. Er rollte sich unter den Lastwagen und schob sich auf dem Bauch liegend möglichst weit darunter. Die Kamera zeigte überwiegend den nackten Betonboden; nur ein dünner grauer Lichtschein war auszumachen.

Vega hörte, wie Deanos ängstliches Atmen noch leiser wurde. Die gedämpften Stimmen schienen sich zu nähern – eine klang aggressiv und ungeduldig, die andere leise und flehend.

»Es schert mich einen feuchten Dreck, dass der kleine Scheißer durcheinander ist. Wenn du ihn noch einmal herbringst, nehme ich ihn mir persönlich vor. Ist das klar, Pickelgesicht?«

»Er weiß nichts, Cal. Ich schwöre es. Lass ihn in Ruhe.«

»Wo zum Teufel ist er hin?«

Das Video brach ab. Stille breitete sich aus.

»Jemand hat sich Zugang zu Deanos Account verschafft und am Tag vor seinem Tod versucht, diesen Film zu löschen«, erklärte Khan schließlich. »Wollen Sie raten, von wo sich der Betreffende eingeloggt hat?«

»Von wo?«

Khan trommelte mit den Handflächen auf die Tischplatte, um die Spannung zu steigern. »Von Jasons beruflichem Laptop.«

»… Macht ihr Witze?« Vega betrachtete Rosen und gestattete sich ein wenig Hoffnung. »Das ist gut. Das ist *richtig* gut. Das ist eine konkrete Verbindung zwischen Jase und Deano. Und in dem LKW, den Deano sich angeschaut hat, sind die Einwanderer gestorben. Deano war dort und hat ihn gesehen. Das ist ein Motiv.«

Vega fragte sich, wie die Dinge gelaufen wären, wenn Deano stattdessen zu ihm gekommen wäre. Hätte er den Jungen ernst genommen? Er hoffte, er hätte es getan.

Er war immer noch in Gedanken versunken, als Khan den Faden wieder aufnahm. Vega brauchte einen Moment, um den Ausführungen seines DC zu folgen.

»Danach hab ich ein Schwätzchen mit Jases Sekretärinnen gehalten. Sie haben mich mit ein paar Klatschgeschichten versorgt.«

»Klatsch?«

»Spionage, nennen Sie es, wie Sie wollen.« Khan zuckte die Achseln. »Offenbar ist Jason kein unbeschriebenes Blatt; vor ein paar Jahren wäre er beinahe wegen Betrugs drangekriegt worden. Er hatte einen Klienten, dessen Frau ihn abzocken wollte. Anscheinend hat Jason ihm ein paar Ratschläge gegeben, die alles andere als legal waren.«

»Sein Fachgebiet ist Familienrecht«, brummte Vega. »Das Vermögen des Ehemanns vor der Frau zu verstecken, ist sein Job. Das wird uns nicht weiterhelfen.«

»Hey, ich bin noch nicht fertig«, erklärte Khan. »Laut Aussage der Gattin hat Jason nicht bloß Ratschläge gegeben oder Hypothesen durchgespielt, sondern auch betrügerische Hypothekengeschäfte arrangiert und dem Mann Kontakte zu echten Unterwelttypen verschafft, mit denen Sam schon seit Jahren unter einer Decke steckte.«

»Zum Beispiel?«

»Der Typ, dessen Vermögen Jase zu verschleiern half, war ein Immobilienmogul namens Nige Abrahams.«

»Nige Abrahams? Von Abrahams Novak Estates?«, fragte Vega. »Denen das Haus gehört, in dem Kidd und Reese sich versteckt hatten?«

»Ganz genau.« Khan nickte. »Vor achtzehn Monaten wurde Jason Sellers von der Verkehrspolizei mit überhöhter Geschwindigkeit erwischt, und auf dem Beifahrersitz saß Nige Abrahams. Offenbar hat Jase keine Probleme gemacht, aber Abrahams ist ausgeflippt. Die Kollegen mussten einen zweiten Streifenwagen dazurufen. Sie wollten Abrahams gleich mitnehmen, doch Jason konnte alle beruhigen. Abrahams kam mit einer mündlichen Verwarnung davon, und Jason bekam drei Punkte in der Verkehrssünderkartei.«

»Konfliktbewältigung«, murmelte Vega. »Sowas müssen Leute wie er draufhaben.«

»Es war Abrahams' Ex-Frau, die eine Beschwerde gegen Jase einreichte. Das Finanzamt ging der Sache nach. Nach einem kurzen Krankenhausaufenthalt wegen eines angeblichen Sturzes zog die Ex ihre Aussage zurück. Da die Steuerfahnder keine ausreichenden Beweise gefunden haben, wurde der Fall zu den Akten gelegt.«

»Stowe Construction hat ständig für Abrahams Novak Estates gearbeitet«, fügte Bishop hinzu. »Oder jedenfalls wurden sie für die Arbeit bezahlt. Komischerweise sind die Häuser bis heute alle Bruchbuden.«

»Jason hat Abrahams Novak geholfen, Geld zu waschen«, sagte Vega und hieb mit der Faust so heftig auf den Tisch, dass Carmichael zusammenzuckte. »Was bedeutet, dass wir Jason mit dem illegalen Teil von Sams Geschäften in Verbindung bringen können.«

»Wir können ihm auch nachweisen, dass er sich in der Nähe des Tatorts aufgehalten hat.« DC Anthony Carmichael hatte seit Betreten des Hauses unruhig herumgezappelt. Jetzt lehnte er sich mit dem Rücken an den Kühlschrank und riss dabei mehrere Buchstabenmagnete zu Boden, mit denen Cherry fantasievolle Schimpfwörter gebildet hatte. Als die Plastikbuchstaben zu Boden fielen, warf Vega ihm einen bösen Blick zu. Carmichael lief rot an und bückte sich schnell, um sie aufzuheben.

»Die Analyse der Handydaten zeigt, das Jason Sellers' Telefon während der mutmaßlichen Tatzeit ausgeschaltet war. Das letzte Signal vor dem Ausschalten wurde allerdings von einem Mobilfunkmast ganz in der Nähe der Stelle gesendet, an der wir Deanos Leiche gefunden haben. Was bedeutet, dass Jason sich ungefähr zur Tatzeit in der Nähe des Fundorts aufgehalten hat.«

Vega schloss die Augen, lächelte und gestattete sich für einen Moment – einen kleinen Moment nur – die Überzeugung, dass sie Sellers sozusagen auf frischer Tat ertappt hatten.

»Ich war schon beim Richter«, sagte Bishop. »Wir haben einen Durchsuchungsbeschluss für sein Grundstück und sämtliche Räumlichkeiten. Wir müssen überzeugendere Beweise finden, wenn wir Sellers tatsächlich wegen Deano drankriegen wollen. Ohne kriminaltechnische Beweise werden wir Mühe haben, eine Verurteilung zu erreichen.«

»Wir sollten es im Haus von Jasons Eltern versuchen«, sagte Vega. »Wenn es wirklich handfestes Beweismaterial gibt, war er sicher nicht so dumm, es mit zu sich nach Hause zu nehmen.«

»Prima. Dann fahren Sie mit einem Team zu seinen Eltern. Ich rufe ACC Mitra an und warne ihn vor, dass es in den nächsten Stunden ziemlich hektisch werden könnte.«

»Ja, Sir.« Vega betrachtete nacheinander seine Kollegen und spürte einen langsam wachsenden Stolz auf sie alle, einschließlich Carmichael. Dann fing er Rosens Blick auf und lächelte grimmig. »Wir schnappen uns den Scheißkerl. Wir schnappen ihn.«

47

Mittwochabend

Sie hielten vor der baufälligen Reihenhauszeile und parkten den Prius so dicht wie möglich am Gebüsch. Haselnuss- und Schmetterlingssträucher schlugen gegen das Fenster auf der Fahrerseite. Rosen, die am Steuer saß, reckte den Hals und hielt nach irgendwelchen Lebenszeichen in den Häusern Ausschau. Vega hielt einen Arm zum Fenster hinaus. Seine Finger, in denen er eine Selbstgedrehte hielt, waren taub von der Kälte.

Eine Schleiereule flog an der Windschutzscheibe vorbei und ließ sich auf einem überhängenden Ast nieder. In den gefiederten Klauen hielt sie eine fette braune Maus. Als Vega sich unwillkürlich deren plötzlichen, stillen Tod ausmalte, tauchte Jason vor seinem geistigen Auge auf. Ohne Zweifel hielt er sich für unantastbar und hatte nicht die geringste Ahnung, dass sie sich jeden Moment auf ihn stürzen würden.

Vega versuchte sich Jason als Jungen vorzustellen, wie er die Stufen zum Haus hinaufstieg, die Tür öffnete und seinen Schulranzen auf den Boden warf. Wie oft mochte er seinen Vater auf dem Boden im Flur vorgefunden haben, wenn dieser wieder einen Anfall erlitten und sich die Hose vollgepinkelt hatte? Vega vermutete, dass Jason dann voller Verachtung auf ihn hinabgeschaut hatte, mitleidlos und selbstsüchtig.

»In welchem wohnen die Sellers?«, fragte Rosen.

»Im zweiten von hinten«, sagte er. »Seit meinem letzten Besuch hat sich jemand im Garten zu schaffen gemacht.«

»Der Frühling ist da.« Rosen zuckte die Achseln. »Um sechs war es noch hell.«

»Hmm.«

»Sollen wir jetzt rein?«

»Ich denke schon.«

Hinter ihnen standen zwei Streifenwagen. Deren Besatzungen sahen zu, wie Vega und Rosen mit ihrem alles entscheidenden Schriftstück die Treppe zur Haustür hinaufstiegen und klingelten.

Inzwischen war es nach Mitternacht, zu spät für einen Höflichkeitsbesuch. Die Sellers mussten sich fragen, wer um diese Uhrzeit an ihrer Tür auftauchte – und warum. Dabei würden sich tief sitzende Ängste, die für gewöhnlich an den Rand des Bewusstseins verbannt waren, plötzlich in den Vordergrund schieben.

Es dauerte eine Weile, bis die Tür sich ein Stück öffnete. Eddies einst gut aussehendes, inzwischen schlaffes Gesicht erschien im Türspalt.

»Sie?« Als er den Detective erkannte, riss er die Augen auf. Vega bemerkte einen Anflug von Enttäuschung. »Ich schätze, Sie wollen reinkommen?«

Die Tür wurde ganz geöffnet, und Vega nickte dem Mann zur Begrüßung stumm zu. Er sah, wie Eddies Blicke zwischen ihm und Rosen hin- und herwanderten. Vega trat über die Schwelle und reichte Eddie den Durchsuchungsbeschluss. »Wir sind nicht allein, fürchte ich.«

Eddie las das Schriftstück durch.

»Haben Sie den Inhalt komplett verstanden?«, fragte Vega. »Wir werden eine gründliche Durchsuchung vornehmen, aber Sie können dabeibleiben und alles beobachten.«

»In welcher Angelegenheit ermitteln Sie? Unter welchem Verdacht stehen wir?« Dann wurde Eddie die Antwort klar; er fuhr sich übers Gesicht und gab Vega das Schriftstück zurück. »Deano Stowe?«

»Ja.«

»Eddie?« Judy Sellers tauchte auf. Sie trug ein billiges Nachthemd, unter dem ihr schlaffer Busen schwer herabhing. Sie trat an die Seite ihres Mannes und nahm seinen Arm. »Was wollen die hier? Wonach suchen sie?«

Sie standen nun zu viert am Fuß der Treppe, wodurch es im Hausflur ziemlich eng wurde. Eddie legte seine zitternde Hand auf Judys Schulter, um sie zu beruhigen und gleichzeitig sich selbst abzustützen. »Sie glauben, dass unser Jase irgendwas mit Deanos Tod zu tun hat?«

Wieder nickte Vega. Judy sperrte den Mund auf, doch Eddie schien sich plötzlich an einen schmerzlichen Gedanken erinnert zu fühlen, der ihm nicht zum ersten Mal durch den Kopf ging.

»Gut.« Er zuckte die Schultern. »Kommen Sie rein.«

»Nein! Das dürfen sie nicht!«, schrie Judy. »Nicht ohne unsere Erlaubnis! Lass sie nicht rein, Eddie! Lass sie nicht rein!«

»Sie haben einen Durchsuchungsbeschluss, Schatz«, stellte Eddie mit seiner derben, polternden Stimme fest. Wie schon bei seinem ersten Besuch verblüffte Vega die Erkenntnis, dass dieser Mann nur fünf Jahre älter war als Sam. Optisch schienen Jahrzehnte zwischen beiden Männern zu liegen. Sam gut in Form und jugendlich, Eddie gezeichnet von Krankheit und Unglück. »Warum machst du ihnen nicht einen Tee?«

»Auf keinen Fall!« Hinter ihrer Lesebrille funkelten Judys wütende Augen. »Mein Sohn ist ein guter Mann«, erklärte sie Vega. »Sie irren sich. Er ist brillant. Er wird Sie wegen dem hier verklagen. Das wird er. Sie können Ihre Karriere vergessen.«

Eddie schlurfte langsam zurück ins Wohnzimmer. »Hilf mir, Judy.«

Verwirrt packte sie seinen Arm und führte ihn zu seinem Lehnstuhl. Immer noch warf sie den Detectives im Flur, die offenbar gekommen waren, um ihr Leben zu zerstören, hasserfüllte Blicke zu.

Rosen gab den Uniformierten ein Zeichen, ins Haus zu kommen. Schweigend traten sie durch die Haustür und gaben sich Mühe, das Paar nicht zu beachten. Durchsuchungen waren unangenehme, intime Angelegenheiten. Mit knappen Anweisungen teilte Rosen ihre Leute ein.

»Wozu gehören die hier, Eddie?«, fragte Vega und steckte einen Finger in einen schweren Schlüsselring, der am Fuß der Treppe hing.

»Holzschuppen. Garage. Werkzeugkiste. Haustür. Hintertür.«

Vega nickte. »Sie haben einen schönen Garten.«

Eddie leckte sich über die trockenen Lippen. »Jase hat ihn letztes Wochenende auf Vordermann gebracht.«

Mit einem Mal wurde seine Stimme schwer. Vega kam es vor, als würde der Mann mit jeder neuen Erkenntnis ein Stück mehr in sich zusammenfallen.

»Danke«, murmelte Vega und ging durch die Küche hindurch zur Hintertür und hinaus in die Kälte.

Am rückwärtigen Ende des Gartens stand eine Reihe Garagen. Vega ging vorsichtig über das taufeuchte Gras und dann mehrere Betonstufen hinunter zu der gelben Holztür an der Rückseite von Sellers' Garage.

Der Schlüssel ließ sich problemlos im Schloss drehen. Auf der Suche nach einem Lichtschalter tastete sich Vega durch staubige Spinnweben an der Wand aus Porenbetonsteinen. Schließlich fand er den Schalter, die Neonröhre summte, flackerte auf und tauchte den nach feuchter Pappe und Benzin riechenden Raum in helles Licht.

Eddie besaß einen grünen Renault Megane mit einem Behindertenaufkleber an der Windschutzscheibe und einem Duftspender in Form eines flauschigen Hundes, der am Rückspiegel baumelte. Vega zog den Griff an der Fahrertür. Sie war offen. Er schaute sich im Innenraum um, warf einen Blick unter die Sitze, durchsuchte das Handschuhfach und entriegelte den Kofferraum. Das einzig Auffällige an diesem Wagen war seine Sauberkeit. Er war nicht nur ordentlich aufgeräumt, sondern frisch gereinigt.

»Jason hat ihn sich ausgeliehen, am Samstag, dem 27., dem Tag von Deanos Tod«, sagte Rosen, die an der Garagentür aufgetaucht war. »Ich habe Eddie gerade gefragt. Jason hat behauptet, sein eigenes Auto müsste in die Werkstatt. Er hat Eddies Wagen am darauffolgenden Freitag zurückgebracht.«

»Fand Eddie das ungewöhnlich?«

»Nur dass er ihn gereinigt hatte. Das war ungewöhnlich entgegenkommend, sagt Eddie. Für seine Frau war es nur ein weiterer Beweis für die Gewissenhaftigkeit ihres Sohnes.«

»Hmm.«

Vega hob den Kofferraumdeckel hoch. Drinnen war nicht viel zu sehen, nur ein leicht muffig riechender Regenmantel und ein Wagenheber.

»Hast du dein ALS-Kit dabei?«

»Hier.«

Vega nahm Rosen den schwarzen Koffer ab und ließ die Schlösser aufschnappen. Er enthielt ein Set von acht LED-Taschenlampen, deren gefärbte Linsen Licht in verschiedenen Wellenlängen erzeugten, unter dem Körperflüssigkeiten sichtbar wurden. Er suchte sich die passende Lampe aus, setzte eine Schutzbrille auf, wobei er ein bisschen stöhnte, weil das Plastik an den frisch genähten Wunden scheuerte, und richtete den Strahl der Lampe in den Kofferraum. Nichts.

»Da ist ein feiner Farbnebel auf dem Bodenbelag, als hätte jemand an einigen Stellen eine neue Schicht Farbe aufgesprüht«, bemerkte Rosen. »Siehst du das?«

»Hmm. Der Bodenbelag selbst sieht neu aus. Er könnte ausgetauscht worden sein. Warte.« Vega durchsuchte die Garage und fand einen Werkzeugkasten, den er mit einem der kleineren von Eddies Schlüsseln öffnete. Er nahm ein Teppichmesser heraus und fuhr damit an den Kofferraumseiten entlang, bis er den Belag abziehen konnte. Nun richtete er die Lampe auf das freigelegte grüne Metall.

Dort, im blauen Lichtschein, war ein schwarzer Fleck zu erkennen: Blut. Blut, das durch den ursprünglichen Belag gesickert war und einen Fleck auf dem Metall gebildet hatte. Trotz der darübergesprühten Farbschicht war es im UV-Licht deutlich zu erkennen.

Es war Deanos Blut. Vega wusste es, spürte es. Die Tests würden es später sicher beweisen. Schweigend sah er zu, wie Rosen ihr Handy nahm und die nötigen Anrufe machte.

Er malte sich aus, wie Kidd Deano in den Laderaum des Lieferwagens geschleppt hatte, den er ausgebrannt auf dem Feld gefunden hatte. Malte sich die Schmerzen aus, die der Mann dem Jungen zugefügt hatte.

Und dann …? Wahrscheinlich hatte Kidd den Jungen so gleichgültig, als würde er Abfall entsorgen, am Straßenrand liegen gelassen. Und gleich darauf Jason angerufen und ihm erklärt, er hätte Deano so gründlich bearbeitet, dass der Junge es niemals wagen würde, etwas zu verraten.

Kidd musste Jason gesagt haben, wo er Deano zurückgelassen hatte. Und Jason hatte das Risiko nicht eingehen wollen. Vielleicht hatte sich Kidd wegen seiner Gefühle für Reese auch einfach geweigert, den Jungen zu töten. Es musste Jason frustriert haben, dass Reese weiterhin Einfluss auf die Gefühle eines Mannes hatte, den er als seine persönliche Marionette betrachtete.

Also lieh Jason sich den Wagen seines Vaters, schaltete sein Handy ab und sammelte Deano auf.

War der Junge beim Anblick von Jason erleichtert gewesen? Wahrscheinlich schon, vermutete Vega. Er hatte ja nicht gewusst, dass Jason in der Sache mit drinhing. Immerhin hatte er ihn sogar um Hilfe gebeten.

Verstört und leidend, wie er war, musste der Junge bereitwillig, sogar dankbar, in den Wagen gestiegen sein.

Eine Bolzenschusspistole war nichts, was ein Anwalt ständig bei sich hatte. Jason musste sie sich vorher besorgt haben. Sicher war er auf das, was folgen sollte, vorbereitet gewesen.

Vega hoffte aus tiefstem Herzen, dass Deano von alldem nichts mehr mitbekommen hatte. Er hoffte es, konnte es aber nicht wirklich glauben. Dann richtete er die Taschenlampe auf das Armaturenbrett auf der Beifahrerseite.

Überall erschienen leuchtende Flecken.

Der Suchhund hatte sich auf die kürzlich umgegrabene Erde in den Blumenbeeten gelegt, genau dahin, wo die Fuchsien neu gepflanzt worden waren. Dort hatte die Spurensicherung in gut einem Meter Tiefe eine Bolzenschusspistole gefunden, die in einer Keksdose steckte und außerdem mit Noppenfolie umwickelt war.

Während das Team grub, hatte Vega auf der Küchentreppe gesessen, die Kollegen beobachtet und die Ohren des Springer Spaniels gekrault. Er versuchte, das Weinen Judys in ihrem Schlafzimmer zu ignorieren. Diverse Vorbereitungen wurden getroffen. Alle um ihn herum arbeiteten emsig, doch Vega wurde im Moment nicht gebraucht.

Irgendwann legte sich eine Hand auf seine Schulter. Rosen. »Es ist Zeit.«

Vega tätschelte den seidigen Kopf des Hundes und erhob sich steif. Er folgte Rosen ins Wohnzimmer, wo Eddie saß. Vega musterte ihn eine Weile. »Sind Sie bereit?«

Eddie nickte. Er wirkte erschöpft.

»Sie können jederzeit Stopp sagen«, erinnerte ihn Vega.

»Bringen wir es einfach hinter uns, ja?«

Vega öffnete den Laptop für ihn. Eddie loggte sich ein und fand seinen Sohn in der Kontaktliste. Er startete einen Videoanruf. Sie warteten, und das Programm trillerte, um ihnen zu signalisieren, dass die Verbindung aufgebaut wurde.

Das Icon drehte sich, dann tauchte die körnige Aufnahme eines Schlafzimmers auf dem Bildschirm auf: Jason war durch seine Nachttischlampe von hinten beleuchtet; sein nackter Oberkörper war gebräunt, und das zerzauste goldbraune Haar hing ihm über die Augen.

»Dad? Verdammt, es ist drei Uhr morgens. Was willst du?«

»Morgen, Jase«, sagte Eddie mit belegter Stimme. »Ich hab hier ein bisschen Ärger.«

Jason gähnte, setzte sich auf und veränderte die Position des Laptops auf seinen Beinen. Vega hörte das Rascheln der Laken und sah kurz das Tattoo auf Jasons Bizeps.

»Was ist los?«

»Die Polizei ist hier«, sagte Eddie. »In meinem Auto haben sie Blut gefunden, Jase. Und im Garten war eine Bolzenschusspistole. Sie sagen, dass sie beim Mord an Deano benutzt wurde.«

Jetzt erst bemerkte Jason die schattenhafte Gestalt neben der Schulter seines Vaters. Grüßend hob Vega die Hand. »Alles klar, Jase? Genießen Sie Ihren Urlaub?«

Jason schluckte. Vega sah das Hüpfen seines Adamsapfels. Vielleicht hatte er auch geflucht, dann aber so leise, dass Vega ihn nicht verstanden hatte.

»Sprich nicht mit ihnen«, sagte Jason und schob sich die Haare aus der Stirn. Seine Stimme war jetzt eiskalt. »Sag gar nichts.«

»Sie werden mich verhaften, Junge.«

»Das können Sie nicht.«

»Sie können es. Und sie werden es auch tun. Woher kam dieses ganze Blut in meinem Auto, Jase?«

»Wieso fragst du mich? Ich weiß doch nicht, was du so treibst, oder?«

»Mit mir hat das nichts zu tun! Ich weiß nicht, wo es herkommt.«

»Haben Sie das gehört?«, fragte Jase und schaute Vega direkt an. »Er streitet ab, irgendetwas gewusst zu haben. Falls Sie weitere Fragen haben, müssen Sie die an seinen Anwalt richten. Dad, du brauchst einen Rechtsbeistand.«

»Komm nach Hause, Jase«, sagte Eddie. »Bitte. Deine Mum und ich machen uns Sorgen.«

»Ich komme nicht. Weißt du, wie das aussehen würde?«

»Bitte, Jase!«

»Sie klammern sich an einen Strohhalm, Dad. Sie wissen nicht, wer Deano getötet hat, und verzweifeln langsam. Das alles wird sich in Luft auflösen. Du wirst schon sehen. Dir passiert nichts.«

»Glauben Sie, Ihr Dad hält im Gefängnis durch, Jase? Er kommt in Untersuchungshaft«, provozierte ihn Vega. »Glauben Sie, seine Gesundheit macht das mit?«

Ein höhnisches Lächeln umspielte Jasons Lippen. »Leere Drohungen, DS Vega. Aber ein netter Versuch.«

Vega konnte kaum etwas von dem Zimmer hinter dem jungen Mann erkennen, nur das Kopfbrett, das aus poliertem Holz war. Dann hörte man irgendwo im Haus den dumpfen Knall einer eingeschlagenen Tür und das Trampeln von Füßen auf einer Treppe. Die Schlafzimmertür musste offen gestanden haben, denn nun fiel Licht aus dem Flur herein. Als er das Laken um seinen Körper zerrte, ließ Jason den Laptop fallen. Seine Stimme klang jetzt weiter entfernt und ziemlich verwirrt.

Eddie schloss die Augen und hörte zu.

»Jason Sellers?«

»Was zum Teufel treiben Sie in meinem Haus? Was wollen Sie?«

»Ich bin DCS Bishop von der Kent Police. Ich nehme Sie fest …«

»Was tun Sie?«

»… wegen des Verdachts, Deano Stowe ermordet zu haben. Sie müssen nichts sagen …«

Erneut wurde der Laptop hochgehoben. Jasons panisches Gesicht drückte sich gegen den Bildschirm, als die Polizisten hinter ihm versuchten, ihn zu überwältigen. »Es war Reese! Verdammt, es war Reese! Ich werde reingelegt! Dad! Das alles hat Reese gemacht!«

»Übernimm die Verantwortung, Jase, ein einziges Mal in deinem Leben«, flehte Eddie ihn an. »Der kleine Deano … Warum? Warum, Jase?«

Das Videobild brach abrupt ab. Langsam klappte Vega den Laptop zu. »Deano war dabei, Jase das Leben ziemlich schwer zu machen.«

»Und stattdessen hat Jase sein Leben beendet?«

Vega nickte kaum merklich.

»Du hast mir das Herz gebrochen, Jase.« Eddie weinte in seine Hände. »Du hast es kaputt gemacht.«

Vega packte Eddies bebende Schultern. »Manchmal tun Kinder einem weh.«

48

Sonntagabend

Am wolkenverhangenen Nachthimmel zeigte sich kein einziger Stern. Vega atmete tief ein, spürte den Qualm in seinen Lungen und den rauchigen Geschmack des Whiskys auf seiner Zunge. Er wusste, dass er betrunken war, hatte aber das Gefühl, es sich verdient zu haben.

Die Nachricht von Rosens bevorstehendem Wechsel zur Polizei von Sussex hatte ihn wie ein Schlag in die Magengrube getroffen, machte aber vieles einfacher. Wenigstens konnte er sich jetzt wieder auf die Arbeit konzentrieren und ein wenig an seinem ramponierten Image arbeiten. Vielleicht sollte er eine Beförderung anstreben; sie war eigentlich überfällig.

The Pantiles war nach wie vor mit Lichterketten geschmückt. Es war einer dieser seltenen Abende, an denen die Trennlinie zwischen den Welten nicht so scharf zu verlaufen schien, an denen sie durchlässig wirkte. Vega schaute ins Leere und meinte Cherry auf einer Bank sitzen und ihn anlächeln zu sehen. Sie schien sich über seinen betrunkenen Zustand lustig zu machen.

Grüßend hob er die Hand, doch Cherry war bereits verschwunden. Er drehte sich um und lehnte sich gegen das schmiedeeiserne Geländer oberhalb des Lower Walk. Im Grey Lady spielten sich die Musiker warm.

»Wir sollten reingehen, Rich«, sagte Zaid. »Die Musik fängt an.«

Vega schüttelte den Kopf. »Ich schaff das nicht, Zed. Ich schaff es nicht.«

»Na schön.« Zaid zog an seiner Zigarette und gesellte sich schweigend zu ihm. Das Gedenkkonzert würde auch ohne sie prima laufen. Cherrys Freunde hatten eine wohlüberlegte Liste ihrer Lieblingssongs zusammengestellt und gingen mit einer Spendenbüchse herum, um für ein Tierheim zu sammeln, in dem Cherry tatsächlich einige Monate lang Erfahrungen mit der Arbeitswelt gesammelt hatte.

Vega hatte ihre Freunde nie gemocht; er hielt sie für verwöhnte Nichtsnutze und Totalversager. Aber die Art, wie sie ihrer Liebe zu seiner Quasi-Tochter Ausdruck verliehen, rührte ihn.

»Vorsicht«, sagte Zaid. »Si ist im Anmarsch.«

Vega drehte sich um und entdeckte Simon in einem frischen Leinenhemd und Jeans. Eine Frau in einem blassgelben Mantel stieg die Treppe hinauf; ihre kastanienbraunen Locken fielen ihr weich über die Schultern: Daria. Vega bemühte sich wacker, nichts zu empfinden. Er brachte ein schiefes Lächeln zustande. »Wie geht's, Si? Wie läuft's so?«

»Ich muss dir etwas sagen«, erklärte Simon und warf ihm durch seine Bifokalgläser einen entschlossenen Blick zu.

»Dann mal los. Spuck's aus.«

Simon ballte die Faust. Der Schlag kam gerade und präzise und ließ Vegas Kopf nach hinten taumeln. Während Si sich die Knöchel rieb, tastete Vega nach seiner Nase und spürte das Blut. Stirnrunzelnd sagte er: »Treffend ausgedrückt, Si.«

»Halt dich von ihr fern.« Simon keuchte und hielt sich

immer noch die Hand. »Du bist Gift, das hab ich immer gewusst. Du bist nicht gut für ihre seelische Gesundheit. Und du warst auch nicht gut für Cherry.«

»Spielen wir immer noch dieses Spiel?« Vega stöhnte und tupfte sich vorsichtig die blutige Nase ab. »Haben wir das nicht hinter uns? Ich bin nicht derjenige, der versucht, ihr den Verstand zu vernebeln. Das war immer deine Strategie. Sie kapiert es bloß nicht. Das muss ich dir wirklich lassen, Si – du hast ganze Arbeit geleistet.«

»Sie will nicht, dass du ihr Kind großziehst. Was sagt dir das? Für sie bist du ein Samenspender, sonst nichts.«

Vega warf Simon einen mitleidigen Blick zu. Er zuckte die breiten Schultern. »Und? Trotzdem ist er mein Sohn, und ich werde darum kämpfen, ihn sehen zu dürfen. Darauf kannst du dich verlassen.«

Simon musterte ihn, als suche er nach einem Grund, Vegas Aussage anzuzweifeln. Er fand keinen. »Na denn. Ich freue mich schon darauf, dich in einem Batman-Kostüm zu sehen, wie du ein Transparent an einer Straßenüberführung aufhängst.«

»Such dir ein Hobby, Si.« Vega wandte ihm den Rücken zu. Von so viel Selbstbeherrschung frustriert, marschierte Simon in den Club.

»Alles in Ordnung?«, fragte Khan und reichte Vega ein Papiertaschentuch, mit dem er sich die Oberlippe abtupfte.

»Nicht wirklich.«

»Was das Arschloch sagt, ist völlig egal, das weißt du doch. Wie du schon sagst, du hast ein Besuchsrecht.«

»Darüber zerbreche ich mir nicht den Kopf. Ich kenne einen guten Anwalt.«

»Was stört dich dann?«

»Dass Simon vielleicht nicht ganz unrecht hat. Ich stehe wieder ganz am Anfang, stimmt's?« Vega dachte an den Abend zurück, an dem er die Nachricht über den Leichenfund in Spine Wood bekommen hatte. Als er Cherry versprochen hatte, für sie da zu sein, und dieses Versprechen gebrochen hatte. Die Geschichte seines Lebens. Vielleicht hatte Daria einfach die richtige Entscheidung getroffen. »Jetzt stehe ich hier und lasse Cherry wieder hängen. Ich schaff's nicht. Ich kann da nicht reingehen. Ich kann sie nicht loslassen, aber ich kann auch nicht auf sie zugehen.«

Er hatte es nur vor sich hingemurmelt, doch Zaid hatte ihn verstanden. Er griff in seine Jackentasche und zog einen Beutel mit Teelichtern hervor. Dann hockte er sich hin und stellte die Kerzen in einer Reihe auf den Boden. »Hier«, sagte er und reichte Vega sein Feuerzeug. »Zünd sie an.«

»Wozu?«, fragte Vega und blinzelte mit trockenen Augen. »Was soll das?«

»Es ist eine Geste.« Zaid zuckte die Achseln. »Etwas anderes wäre deine Anwesenheit auch nicht gewesen, oder? Eine Geste. Dass du sie geliebt hast, weiß sie. Das musst du nicht beweisen.«

»Wusste sie das wirklich?«

»Aber klar, du dämlicher Arsch.« Zaid grinste. »Also zünd die Kerzen an. Selbstmitleid steht dir nicht besonders.«

Vega nahm das Feuerzeug. Knipste es an, schützte die Flamme vor der abendlichen Brise und zündete die Dochte der Teelichter an. Sie leuchteten golden in der Dunkelheit. Beim Anblick der flackernden, tanzenden Flammen schluckte Vega, von plötzlichen Gefühlen überwältigt. Zaid legte ihm eine Hand auf die Schulter und drückte fest zu.

»Für Cherry.«

»Für sie alle«, krächzte Vega und dachte an Deano, an Tom, an Reese und an die bislang namenlosen Toten in der Grube, deren persönliche Geschichten er noch in Erfahrung bringen wollte. »Für all die Verlorenen.«

»Komm, Bruder«, drängte ihn Zaid. »Lass uns ein Stück die Straße runtergehen und eine andere Bar suchen. Die Nacht ist noch jung.«

»Ja. Okay.« Vega steckte die Hände in die Taschen. Er drehte sich um und folgte Zaid die Kurpromenade entlang auf der Suche nach Licht, Wärme und Gelächter.

Bis zum nächsten Anruf.

Danksagung

Das Schreiben kann ein isolierender Prozess sein, der trotzdem nicht allein zu bewältigen ist. Ewige Liebe und Dank gebühren meinem Vater und Robin, die gelesen und abermals gelesen und mich wieder aufgerichtet haben, wenn die Worte nicht kommen wollten. Vielen Dank auch an die sagenhafte Jane Gregory und ihr ganzes Team, weil sie die Tür für mich geöffnet haben, allen voran Stephanie Glencross, die sich die Zeit nahm, Vega kennenzulernen. Und nicht zuletzt auch danke dem Penguin Verlag und Monika Kempf, die »Die Namen der Toten« hinaus in die Welt tragen.